Ella Danz

STEILUFER

Ella Danz

STEILUFER

Angermüllers zweiter Fall

KRIMI IM GMEINER-VERLAG

Wir machen's spannend

Bibliografische Information
der Deutschen Bibliothek
Die Deutsche Bibliothek verzeichnet diese
Publikation in der Deutschen Nationalbibliografie;
detaillierte bibliografische Daten sind im Internet
über http://dnb.ddb.de abrufbar.

Besuchen Sie uns im Internet:
www.gmeiner-verlag.de

Im Ehnried 5, 88605 Meßkirch
Telefon 07575/2095-0
info@gmeiner-verlag.de

2. Auflage 2007

Lektorat: Claudia Senghaas, Kirchardt
Umschlaggestaltung: U.O.R.G. Lutz Eberle, Stuttgart
Unter Verwendung eines Fotos von Nils Heiliger
Gesetzt aus der 9,4/12 Punkt GV Garamond
Druck: Fuldaer Verlagsanstalt, Fulda
Printed in Germany
ISBN 978-3-89977-707-9

Für Moni & Läusi mit Dank für die großartige Gastfreundschaft!

Und natürlich danke ich W. für seine kompromisslose Unterstützung.

Der Fund

Nachdem Dorothea Paschke im Alter von 40 Jahren die Hoffnung aufgegeben hatte, einmal eine eigene Familie zu gründen und ihr klar geworden war, dass sie die ihr verbleibenden Werktage bis zum Rentenalter im Vorzimmer von Dr. Hübner verbringen würde, den sie liebte und verehrte, für den sie aber immer nur die patente Dodo blieb, die man beauftragen konnte, seine Frau anzurufen, wenn es mal wieder später wurde – nachdem ihr dies klar geworden war, gab sie kurz entschlossen ihrem Leben einen neuen Sinn. Sie wollte einen Traum verwirklichen, der sie, wenn sie es recht bedachte, schon von Kindesbeinen an begleitet hatte. Mit preußischer Disziplin und eiserner Sparsamkeit, die ihre nichts ahnenden Mitmenschen gerne als krankhaften Geiz interpretierten, hatte sie begonnen, unbeirrt an der Verwirklichung ihres neu gesteckten Zieles zu arbeiten.

Dorothea Paschke war das einzige Kind ihrer Eltern – der Vater Postbeamter, die Mutter Hausfrau – und aufgewachsen im unspektakulären Lichterfelde, wo der alte Berliner Westen besonders provinziell war. Das hatte sie nie gestört. Das Leben war hier ruhig und übersichtlich und auch als sie sich eine eigene Wohnung nahm, zog sie nur ein paar Straßen weiter. Die tägliche Portion großstädtischen Flairs bezog sie auf dem Hin- und Rückweg zur Arbeit, denn das Büro der Dr.-Hübner-Konzertagentur befand sich mitten in der City, im Europa-Center, mit Blick auf Gedächtniskirche und Kurfürstendamm. Doch auch darauf hätte sie gerne verzichten können. Die Geschäfte ringsum wurden immer teurer, sodass sie lieber Stullen ins Büro mitbrachte, statt sich ein belegtes Brötchen zu holen, mittlerweile Baguette genannt und dafür zum doppelten Preis. Auch die unangenehmen Kehrseiten von Wohlstand und Fortschritt nahmen unübersehbar zu: der Verkehr, der Lärm, der Müll, der einfach so auf den Straßen lag, die vielen Penner, die auf den Stufen vor der Kirche lungerten – mit den Jahren schätzte sie die ordentliche Beschaulichkeit ihres Wohnbezirks immer mehr.

Seit die Familie Paschke es sich leisten konnte, verbrachte sie im Sommer drei Wochen an der Ostsee, in einer kleinen Pension nahe Timmendorfer Strand. Bei ihren Spaziergängen über die Promenade und durch den Ort mit seinen schicken Hotels und teuren Boutiquen genossen sie dann das Gefühl, in einem mondänen Badeort der großen Welt abgestiegen zu sein. Und als ihre Lebensplanung endlich klar vor ihr lag, beschloss Dorothea Paschke, dass sie ihren Ruhestand hier verbringen wollte. Sie erwarb ein Appartement in einer modernen Anlage mit allen Schikanen wie Pool, Garage und Portier, direkt an der Promenade, mit einer sonnigen Terrasse und herrlichem Blick aufs Meer. Sie aß im Büro ihre Stullen, ging kaum aus und besaß kein Auto, wohnte im Urlaub weiterhin in der kleinen Pension und vermietete ihre Traumwohnung an Feriengäste.

Vor drei Jahren, sie war gerade 58 geworden, rief ihr verehrter Chef sie zu sich und bot ihr eine größere Summe, wenn sie vorzeitig aus dem Betrieb ausschiede. Sie rechnete kurz nach, schob die Kränkung, dass man sie einfach so zum alten Eisen warf, kurz entschlossen beiseite, forderte mehr Geld, ging in den Vorruhestand und wenig später konnte sie ihren Traum endlich leben. Sie bezog ihr Luxusappartement am Meer und jeden Morgen, wenn sie nach dem Aufstehen erst einmal auf ihre Terrasse hinaustrat, um den weiten Blick zu genießen, dankte sie ihrem Schicksal.

Schnell hatte sich Dorothea Paschke in ihrem neuen Leben eingerichtet. Als sie berufstätig war, verlief ihr Alltag in einem festen Rhythmus: Montag bis Freitag arbeiten, Montag, Mittwoch und Freitag einkaufen, am Wochenende Hausputz, Gesichtsmaske, Maniküre, Elternbesuch, Spaziergang oder ein Kulturereignis, das wenig bis gar nichts kostete. Und auch jetzt hatte jeder Tag seine Aufgaben: kochen, putzen, bügeln, Sonderangebote studieren, einkaufen, Gymnastik, spazierengehen, Schönheitspflege – das und vieles mehr wollte erledigt werden. Die Belohnung für ihre strenge Zeiteinteilung war eine Wohnung, die blinkte und blitzte und in der sie jederzeit Besuch empfangen konnte und ihre gepflegte Erscheinung, der man weder die Vorzimmerdame, noch ihr Alter ansah. Allerdings bekam sie nie Besuch. Ihre Eltern waren inzwischen gestorben, weitere Verwandte hatte sie nicht und bisher hatte sie weder Nachbarn noch Herren, die sie beim Kurkonzert kennengelernt hatte, für wert befunden, ihre heiligen Hallen zu betreten. Nie wäre sie auf die Idee gekommen, die drei, vier ehemaligen Kollegen und Kolleginnen, denen sie an Weihnachten Karten sandte, in ihre neue Heimat einzuladen. Deshalb hatte sie auch lange gezögert, als Frau Geyer aus der Buchhaltung – inzwischen ebenfalls im Ruhestand – bei ihr anrief, um zu fragen, ob es nicht nett wäre, wenn sie für ein verlängertes Wochenende zu ihr nach Timmendorf käme.

Schließlich hatte der Stolz auf ihr neues, elegantes Leben gesiegt und sie sagte zu. Bestimmt würde die Geyer mächtig beeindruckt sein. Allerdings verwahrte sie sich dagegen, dass sie auch bei ihr nächtigte – so eng waren sie nun doch nicht miteinander – und empfahl ihr ein kleines Hotel in der Nachbarschaft. Dorothea empfing ihre alte Kollegin nach deren Ankunft am Freitagnachmittag zum Tee. Leider war es zu windig, um auf der Terrasse zu sitzen und so hatte sie den Tisch vor der großen Panoramascheibe gedeckt, die sie wöchentlich putzte und wie erwartet erging sich Frau Geyer in verzückten Ausführungen über die Lage, die Größe und die Noblesse von Dorotheas Domizil.

Als es mit den Komplimenten vorbei war, folgte bei Dorothea die Ernüchterung und sie musste feststellen, dass

Frau Geyer noch genauso übergewichtig und laut wie eh und je war. Mit großem Appetit verschlang sie die teuren Tortenstückchen, die Dorothea ausnahmsweise und nur für den Besuch besorgt hatte und versuchte, ihrer Gastgeberin klar zu machen, dass sie selbst viel lieber im Süden ihren Lebensabend verbringen wollte.

»Mein Rudi und ich, wir wollen uns ein Appartement auf Mallorca kaufen.«

Sie sprach das Wort ›Appartemang‹ und Rudi war ihr schrecklicher Mann, ein öliger Pharmareferent. Dass sie überhaupt einen Mann hatte, bei dieser Figur und dem ungezügelten Appetit, war Dorothea sowieso ein Rätsel, auch ihre Art, sich zu kleiden, hatte mit ihrem eigenen Stil einer schlichten, sportlichen Eleganz nichts gemein. Sie beschloss, den Großteil des Wochenendes mit der Kollegin an der frischen Luft zu verbringen. Schließlich wollte sie ja die Gegend kennenlernen und vielleicht würde sie dann nicht so viel reden. Jetzt folgte erst einmal eine weitere Peinlichkeit und bevor Dorothea Paschke protestieren konnte, hatte Frau Geyer die als Geschenk überreichte Likörflasche geöffnet, zwei Gläser aus dem Regal gegriffen und das ›Du‹ angeboten.

»Ich bin die Ute.«

»Dorothea«, sagte Dorothea Paschke überrumpelt.

»Ich werde dich Dodo nennen, so wie unser Doktorchen immer!«, und schon hatte Dorothea zwei feuchte Küsschen auf den Wangen.

Missmutig schlenderte Dorothea den Strand entlang. Pünktlich zu Frau Geyers Ankunft hatte sich das Wetter noch weiter verschlechtert, die Sonne ließ sich selten blicken und ein kräftiger, kalter Wind trieb dunkle Wolkenwände vor sich her, aus denen es hin und wieder regnete. Die Farbe des Meeres schwankte zwischen dunkelgrün und schmutzigbraun. Die Folge waren sich häufende Hinweise auf das mallorquinische Klima, das Ute und Rudi ja so glänzend bekam. Aber außer dass sie ihren neuen Badeanzug nicht würde tragen können, bedauerte Ute Geyer nicht ihr Kommen und auch die langen Spaziergänge schienen ihr nicht das Geringste auszumachen. Dorothea hatte sie am Sonnabendmorgen den mehrere Kilometer langen Weg am Steilufer nach Travemünde geführt, der mal oben auf der Höhe, mal unten am Wasser lief und vorgeschlagen, retour den Bus zu nehmen. Doch nach einem kräftigen Imbiss im Café an der Promenade in Travemünde – Ute hatte ein Bauernfrühstück und ein Stück Lübecker Marzipantorte, Dorothea ein Krabbensüppchen – fühlte Ute sich so gestärkt, dass sie auch den Rückweg zu Fuß machen wollte.

Dorothea zog die Kapuze ihres cremefarbenen Anoraks enger an den Kopf. Die dezenten braunen Streifen an den Ärmeln korrespondierten perfekt mit der Farbe ihrer sportlichen Wildlederschuhe und dem helleren Braun der schmal geschnittenen Hose. Ute lief durch den Sprühregen voraus, ihre orangefarbene Regenjacke leuchtete durch das Grau. Sie bückte sich hier nach einem Stein, sammelte dort eine Muschel ein und redete unentwegt. Durch Wind und Brandung verstand Dorothea kaum ein Wort und das war ihr nur recht.

»Dodo!«

Wie peinlich, mit diesem komischen Namen gerufen zu werden! Doch angesichts des Wetters war kaum jemand am Strand und schon gar nicht in Hörweite, der sich darüber hätte mokieren können. Ute balancierte auf einer aus großen Findlingen ins Meer gebauten Buhne, die an diesem Strandabschnitt, an dem in jedem Winterhalbjahr die Stürme fraßen, die Anlandung fördern sollte. Wenn sie bloß nicht noch ins Wasser fällt, dachte Dorothea, als ihre alte Kollegin jetzt auch noch heftig mit den Armen zu wedeln begann und immer wieder auf die andere Seite des Steinwalls deutete.

»Dodo! Schau dir das an!«

Im Nachhinein bereute Dorothea bitter, Utes Ruf gefolgt zu sein. Niemals wäre sie auf die Buhne geklettert, hätte sie vorher gewusst, was sie auf der anderen Seite zu sehen bekommen sollte. Utes Winken und Rufen hatten wohl eine gewisse Aufgeregtheit, doch nicht genug, um dahinter eine so grauenvolle Entdeckung zu vermuten. An der Seite der Buhne, an die die Brandung rollte, trieb ein kleines Schlauchboot in den Wellen. Die eine Luftkammer schien nicht mehr den vollen Inhalt zu haben und es schlug mit seinem Kunststoffboden gegen die mächtigen Basaltblöcke, was einen dumpfen Klang erzeugte. Ute stand breitbeinig auf den Steinen und zeigte mit dem Finger in das Boot.

»Siehst du, was da liegt?«, fragte sie durch Wind und Brandungsrauschen. Dorothea balancierte konzentriert über die Findlinge, um ihre neuen Schuhe zu schonen und nicht abzurutschen und dann hatte sie das Boot voll im Blick. Ungläubig starrte sie hinein. Sah die Gestalt darin liegen. Dann stieg Übelkeit in ihr hoch. Sie wendete sich abrupt ab und kroch auf allen Vieren über die Steine zurück an den Strand und es war ihr egal, dass sie dabei die edlen Schuhe verschrammte.

»Dodo! Nun warte doch mal! Wir können den doch hier nicht so liegen lassen!«

Dorothea versuchte, den Anblick sofort zu verdrängen, doch dieses im wahrsten Sinne des Wortes zu Brei geschlagene Gesicht, das nur noch eine schwarzbraunrote Masse zu sein schien, haftete in ihrem Kopf. Sie hielt sich die Ohren zu. Sie wollte dieses entsetzliche Ding nicht nur nicht mehr sehen, sie wollte auch nichts darüber hören.

1

Ungläubig starrte sie auf den Papierstreifen, den der Rechner ausgeworfen hatte. Wenn diese Zahlen wirklich stimmten, war ihre Situation nicht nur kritisch, sondern fast schon ausweglos. Wie konnte sie sich nur so täuschen? Der Juni war doch ein verhältnismäßig guter Monat gewesen! Das Wetter hatte mitgespielt, die Pfingstfeiertage waren sehr gut gelaufen und sie hatten eine große Hochzeitsgesellschaft, einen Empfang für den Fremdenverkehrsverein und zwei Geburtstage ausgerichtet. Außerdem hatte ein Team des Regionalfernsehens ein Portrait über ihr Restaurant gedreht und eine große Frauenzeitschrift einen Artikel veröffentlicht, der eine einzige Lobeshymne auf sie und ihre Kochkunst darstellte. Sie hatte ein so gutes Gefühl gehabt. Und nun das.

Resigniert legte Anna Floric den Streifen zuoberst auf den Stapel Briefe auf ihrem Schreibtisch. Fast alle bargen Rechnungen: von Lieferanten, von der Druckerei, von der Wäscherei, von der Autowerkstatt. Ihre Fantasie zum Ersinnen weiterer Sparmaßnahmen war erschöpft. Es würde ihr nichts weiter übrig bleiben, als wieder einmal einen sehr unangenehmen Gang zu ihrer Bank anzutreten und mit diesem Banausen im feinen Zwirn über eine Erweiterung ihres Kreditrahmens zu verhandeln. Schon bei dem Gedanken daran bekam Anna ein flaues Gefühl im Magen. Zahlen waren einfach nicht ihre Welt und vor diesem spießigen Filialleiter als Bittstellerin zu Kreuze zu kriechen, lag ihrem geradlinigen Wesen schon gar nicht. Mechanisch öffnete sie einen Brief nach dem anderen und stapelte alle Rechnungen in den Korb mit der ordentlichen Aufschrift ›Überweisen‹, der rechts auf dem großen, alten Eichenschreibtisch stand. Am liebsten hätte sie mit all diesen finanziellen Dingen gar nichts zu tun gehabt. Kochen, das war es, was sie konnte und wollte. Doch feine Speisen in einem ansprechenden Ambiente zu servieren, war eben noch lange keine Garantie für finanziellen Erfolg. Und sie hätte wissen müssen, auf welches Wagnis sie sich einließ, als sie ein eigenes Restaurant eröffnete, schließlich stammte sie aus einer Dynastie von Hoteliers und Gastwirten.

Ihr fiel ein, dass Yann sie erst kürzlich wieder gemahnt hatte, alle Forderungen penibel auf ihre Richtigkeit zu überprüfen, bevor sie überwiesen wurden, weil er sie in dieser Hinsicht für ein bisschen zu nachlässig hielt und er hatte wahrscheinlich recht. Mit einem Seufzer ergab sie sich dieser Einsicht und griff nach dem Packen Rechnungen, um ihre Pflicht zu tun. Vom Hof erklang ein lautes Motorengeräusch.

Anna hob den Kopf und sah durch das Fenster, wie der schmächtige Hadi sich gerade noch mit einem Sprung vor dem heranpreschenden Lieferwagen mit der Aufschrift ›Gourmet-Profi‹ in Sicherheit bringen konnte, der jetzt kurz vor ihm mit einem heftigen Ruck zum Stehen kam. Die Fahrertür sprang auf und heraus federte ein braun gebrannter Mann mit einem kurzen Bürstenschnitt, der an den Haarspitzen blond gefärbt war. Grinsend rief er etwas in Hadis Richtung, was Anna durch die geschlossenen Fenster nicht verstehen konnte. Hadi antwortete nur mit einer drohend erhobenen Faust und verschwand dann schnell in Richtung Remise. Gerade wollte Anna hinausstürzen und diesen rücksichtslosen Typen anschreien, in Zukunft auf ihrem Grundstück wie ein zivilisierter Mensch zu fahren, schließlich spielten hier auch öfter Kinder, da sah sie Matthias, den Kochlehrling, den alle nur ›Matte‹ nannten auf den Hof treten und ganz gegen seine Gewohnheit machte er ein freundliches Gesicht.

Er und dieser Rennfahrer klatschten sich wie alte Kumpels mit der rechten Hand ab, der Fahrer, der vielleicht um die 30 sein mochte, bot Matthias eine Zigarette an und dann standen sie nebeneinander und rauchten und schienen viel zu bereden zu haben. Der Ältere trug eine Art Armeehose in Tarnfarben zum weißen T-Shirt, das auch den Schriftzug ›Gourmet-Profi‹ trug und eng um seinen breiten Oberkörper und die muskulösen Arme spannte und ab und zu haute er Matte kräftig auf die Schulter. Das schien der wie ein Kompliment zu genießen.

»Anna! Die Frischware kommt gerade an. Ich nehme die Lieferung entgegen. Gibts irgendwas, das wir brauchen können, falls er ein zusätzliches Angebot hat?«

Yanns Stimme ließ Anna den Blick vom Hof nehmen und sie rief in den Treppenflur:

»Merci, Yann! Ich habe neulich mal nach Meeresschnecken gefragt. Wenn er heute welche hätte, wäre das schön, wir könnten mal wieder die kleinen Schneckenküchlein anbieten. Zwei Kisten würden ausreichen.«

»D'accord, cheffesse!«

Mit einem Lächeln beugte sich Anna wieder über die Rechnungen auf dem Schreibtisch. ›Chefin‹ nannte er sie. Yann war ihr Geschäftspartner, ihr Berater und darüber hinaus, wenn sie es recht bedachte, Teil ihres Lebens. Ohne ihn hätte sie die Idee, hierher in den Norden Deutschlands zu ziehen, die ›Villa Floric‹ zu eröffnen und ein neues Leben zu beginnen, wahrscheinlich nie in die Tat umgesetzt. Und dabei hatte sie viele Gründe gehabt, das Küstenstädtchen in der Bretagne, in dem sie geboren und aufgewachsen war, nach 27 Jahren zu verlassen. Als sie Yann von ihren Absichten erzählte, hatte er ihr sofort angeboten, mitzukommen – er, der jetzt auch schon auf die 40 ging, damals kaum

Deutsch sprach und in seiner Heimat am Atlantik fest verwurzelt schien. Natürlich hatte sie das im ersten Moment sehr erstaunt, doch da er außer einer Cousine, die in Nantes wohnte und die er kaum kannte, keinerlei Verwandte hatte und schon so lange mit ihrer Familie lebte, hatte sie sein Angebot dankbar angenommen und diese Entscheidung keine Sekunde bereut.

Seit mehr als drei Jahren lebten und arbeiteten sie schon an diesem Platz hoch über der Lübecker Bucht – und was für ein herrlicher Platz war das! Sie erinnerte sich noch an ihre erste Annäherung über den Fußweg, der über das Steilufer durch einen kleinen Laubwald führte, der sich plötzlich auftat und den Blick auf die in einem sanften Altrosa leuchtende Jugendstilvilla freigab, davor, begrenzt von Heckenrosen, eine Art natürliche Terrasse, unterhalb derer man die Ostsee in der Ferne glitzern sah und die Schemen der mecklenburgischen Küste erahnte. Immer wieder hatte ihre Tante Edith Anna von der schon lange leer stehenden historischen Gaststätte berichtet und versucht, sie zu einer persönlichen Inaugenscheinnahme nach Lübeck zu locken. Als sie dann endlich davor stand, war sie ohne Widerstand dem Charme des zweistöckigen Gebäudes aus den 20er Jahren und seiner traumhaften Umgebung erlegen und es hatte keiner weiteren Überredungskunst ihrer Tante bedurft.

Anna hatte sich ihren Anteil am Erbe auszahlen lassen und voller Elan hatten sie und Yann sich in die Renovierung gestürzt, behutsam die alte Bausubstanz unter den Renovierungsschäden früherer Besitzer freilegen lassen, den Garten neu angelegt und die Gasträume mit der gleichen Liebe und Aufmerksamkeit gestaltet, mit der sie eine eigene Wohnung eingerichtet hätten. Nach fünf Monaten voll harter Arbeit, nicht enden wollenden Diskussionen mit Architekten und Handwerkern, vielen schlaflosen Nächten und einem sich teuflisch schnell verkleinernden Kontostand, hatten Anna und Yann voller Stolz die Türen zu ihrem Restaurant ›Villa Floric‹ geöffnet und die ersten Gäste begrüßt. Im ersten Jahr konnten sie sich über mangelnden Zuspruch wahrlich nicht beklagen. Viele Feinschmecker in Lübeck und Umgebung schienen nur auf ein neues Ziel für ihre kulinarischen Wallfahrten gewartet zu haben und pilgerten scharenweise in die roséfarbene Villa hoch über dem Meer. Doch eine ebenso große Anzahl von Gästen wollte wohl nur ihre Neugierde befriedigen und mitreden können, war aber von den Kreationen der Küche im ›Floric‹ überfordert und ebenso wenig bereit, dafür den angemessenen Preis zu bezahlen.

Ja, ja – die Menschen hier waren nicht so leicht zu überzeugen. Jede Münze, die sie ausgaben, drehten sie dreimal um und zwar gerade die Pfeffersäcke, die es sich eigentlich leisten konnten. Sie hatten mindestens so harte Dickschädel wie die Bretonen und ein tief sitzendes Misstrauen gegen alles Neue und Unbekannte, ob es sich dabei um Personen, Moden oder Speisen handelte. »Wat de Buer nich kennt, fret he nich!«, hatte ihre Mutter sie schon gelehrt und die musste es wissen, schließlich stammte sie von hier oben. Im Gegensatz zu den Norddeutschen waren aber die Bretonen – auch wenn sie es nicht wahrhaben wollten – den Franzosen sehr ähnlich und hatten das typische Savoir-vivre im Laufe der Jahrhunderte genauso wie ihre Landsleute in den anderen Provinzen verinnerlicht. Nicht zuletzt deswegen war Annas Mutter nach einem Au-pair-Aufenthalt von der Bretagne nicht wieder losgekommen. Und natürlich wegen ihres Vaters.

Hals über Kopf musste sie sich damals in ihn verliebt haben. Und er sich in sie. Er war ein großer, gut aussehender Mann mit seinen dunklen, dichten Haaren und den braunen Augen, ein Witwer, dem man die 25 Jahre, die er älter war als sie, nicht ansah. Er konnte unwahrscheinlich charmant sein und nannte drei schon fast erwachsene Jungs sein

Eigen. Es war nicht leicht für die junge Deutsche, nach ihrer Heirat mit den großen Stiefsöhnen klarzukommen und das Vertrauen ihrer Umgebung zu gewinnen. Doch Annas Mutter war eine furchtlose Frau, ehrlich und klar, die einfach ihren Gefühlen folgte und dadurch letztlich jeden für sich einnahm. Anna war 17, als ihre Mutter, die doch überhaupt noch nicht alt war, voller Energie steckte und immer so vital wirkte, an einem zu spät erkannten Krebsleiden starb. Dass Anna der geliebten Mutter an Spontaneität und Geradlinigkeit in nichts nachstand, auch nicht an unbeugsamem Willen, hatte sie ihrer Umgebung schon seit Kindertagen klar gemacht. Und nach dem Tod der Mutter, mit dem ihr Vater noch weniger fertig wurde als sie, als Anna spürte, dass sie ihr Leben nun selbst in die Hand nehmen musste und in ihrer Gefühlswelt ein großes Loch klaffte, verliebte auch sie sich Hals über Kopf. Kompromisslos.

»Maman! J'ai faim!«, hallte es durch den Flur. Die Tonlage signalisierte dringenden Handlungsbedarf. Eilige Schritte, Hundegebell und gleich darauf schob sich ein dunkler Lockenkopf durch die geöffnete Tür, während der weißgraue Bobtail auf Anna zustürzte, um dann um Anerkennung hechelnd vor ihr sitzen zu bleiben.

»Braver Hund, Napoléon!«, kraulte sie das Tier hinter den Ohren. »Und du, mon petit nounours! Bist du am Verhungern? Da müssen wir ja ganz schnell etwas dagegen tun.«

Ehe seine Mutter ihn mit weiteren Peinlichkeiten wie ›kleines Bärchen‹ bloßstellen konnte, rief der Junge hastig:

»Und Jakob hat auch Hunger!«

Schon erschien der Kopf des Freundes im Türrahmen, die Wangen vom Toben gerötet, das weißblonde Haar zerzaust, und schaute erwartungsvoll zu Anna.

»Was wünschen Sie denn zu speisen, Messieurs?«

»Galettes!«, kam die Antwort zweistimmig und wie aus der Pistole geschossen.

»Das lässt sich wohl machen.«

Dankbar für die Unterbrechung der ihr ohnehin lästigen Beschäftigung legte Anna die Rechnungen zurück in den Korb und erhob sich vom Schreibtisch.

»Verschieben wir es auf morgen!«, sagte sie fröhlich zu den Jungen und hakte einen rechts, einen links unter. Mit einer Mischung aus Bedauern und Belustigung registrierte Anna, dass die Jungen sich kaum merklich gegen diese Berührung sträubten. Die unbeschwerten Kindertage waren endgültig vorbei und allzu große körperliche Nähe oder gar Zärtlichkeiten in der Öffentlichkeit eigentlich nicht mehr erwünscht. Wie die beiden schon wieder gewachsen waren! Es fehlte nicht mehr viel und sie würden sie überragen. Sie musste allerdings zugeben, dass es angesichts ihrer Größe von eins zweiundsechzig nichts Außergewöhnliches war, überragt zu werden. Klein, wie sie war, wenn auch ein bisschen rundlich, die blonden, lockigen Haare zu einem lustigen Pferdeschwanz gebunden, in Jeans und Sweatshirt, hätte man Anna auch für die große Schwester der beiden halten können. Jakob war immerhin schon 13 Jahre alt, aber Lionel gerade erst 12 geworden und fast schon ebenso groß. Nicht nur, was das anbetraf, wurde Lionel seinem Vater immer ähnlicher.

»Machst du uns wieder Schinken und Käse auf die Pfannkuchen?«

Jakob sah sie gespannt von der Seite an und stolperte, wie so oft, über seine offenen Schnürsenkel. Ebenso wie diese immer offen waren, schien der Junge auch immer hungrig zu sein und wusste sehr genau, was ihm schmeckte. Seine Mutter Frauke war eine offene, freundliche Person und, neben ihrer Tante Edith, Annas beste Freundin, mit der sie reden, lachen und bei der sie sich ausheulen konnte. All dies freilich viel zu selten, da sie beide wenig Zeit hatten. Doch vom Kochen hatte Frauke keine Ahnung. Sie gab auch offen zu, dass sie daran nichts weiter interessierte, als dass es möglichst wenig Aufwand kostete. Ihr Beruf als Ärztin im Krankenhaus ließ ihr ohnehin nicht viel Zeit für Häuslichkeiten.

»Klar, Jakob, kein Problem.«

Wenns weiter nichts war! Anna erfüllte dem Jungen gerne seinen Wunsch. Sie war froh, dass er und Lionel sich so gut verstanden. Für Lionel war es anfangs nicht leicht gewesen, sich in dem fremden Land und in der anderen Sprache zurechtzufinden. Seine Deutschkenntnisse waren nicht sehr gut und ihm fehlten die Freunde, die er in seiner bretonischen Heimat zurücklassen musste. Jakob war ein kräftiger Kerl, etwas ungelenk und ein wenig langsam im Begreifen, aber sehr gutmütig und mit einer unerschöpflichen Fantasie begabt, was das Erfinden ihrer Spielwelten anbetraf. Lionel und er waren ein wunderbares Gespann. Sie langweilten sich nie, die einfachsten Dinge dienten als Spielzeuge und sie waren stundenlang nicht zu hören und zu sehen, wenn sie wieder einmal an einem großen Projekt arbeiteten. Zurzeit hatten sie Ferien und da immer noch nicht das ersehnte Strandwetter herrschte, bauten sie im Wäldchen hinter der Villa an einer ›Weltraumburg‹ – was auch immer das sein mochte, es nahm sie ganz in Anspruch und nur ein Anfall von Hunger trieb sie dann ins Haus.

Die beiden Jungen saßen an dem langen, glatten Holztisch, der fast eine ganze Seite der Restaurantküche einnahm, und stürzten sich mit Heißhunger auf die Buchweizenpfannkuchen, die Anna in einer schweren, alten Eisenpfanne im Akkord für sie buk. Fast immer war eine Schüssel Teig für diese bretonische Spezialität vorrätig, denn er sollte vor dem Zubereiten mindestens einige Stunden geruht haben und winzige Galettes pflegte man in der ›Villa Floric‹ mit Räucherlachs und Dillsahne auch als Amuse-Gueule für die Gäste zu servieren. Sobald von dem heißen Schweineschmalz leichter Rauch aufstieg, goss Anna einen Schöpflöffel der dünnflüssigen Mischung aus Mehl und Milch in die Pfanne und sofort begann es knisternd zu brutzeln und köstlich zu duften. Lionel und sein Freund liebten eine deftige Variation und so legte Anna eine Scheibe Schinken auf den mit Butter bestrichenen Pfannkuchen, bestreute ihn mit geriebenem Käse, klappte ihn zusammen und ließ ihn noch eine Minute backen. Schon hielt Jakob ihr wieder seinen geleerten Teller entgegen und mit Freude sah sie zu, wie er sich ein dickes Stück des herzhaften Pfannkuchens, mit zartrosa Schinken und golden geschmolzenem Käse gefüllt, auf seine Gabel lud – und nicht einmal mehr nach Ketchup verlangte, wie am Beginn ihrer Bekanntschaft.

Die geräumige Profiküche, die förmlich nach Sauberkeit duftete, beherrscht von dem mächtigen Herd in der Mitte, in der die blanken Gerätschaften von der Decke hingen und aus Regalen blinkten, war dank ihrer drei großen Fenster ein heller, freundlicher Raum. Die gefliesten Wände und die Decke strahlten in reinstem Weiß, das nur durch eine Keramikreihe mit Blumenornamenten in Augenhöhe unterbrochen wurde, die den Blauton des ebenmäßigen Fliesenbodens aufnahm. In einer durch ein Regal voller Kochutensilien abgetrennten Nische stand ein mächtiger roher Holztisch mit zwei langen Bänken, an dem die Küchenmannschaft gemeinsam zu rasten, zu essen und zu reden pflegte. Auf dem Tisch leuchtete ein Strauß weißer Margeriten und blauer Glockenblumen. Für Anna waren die harmonische Gestaltung und die kleinen, persönlichen Akzente in ihrer Küche unverzichtbar. Kochen war für sie mehr als bloße Nahrungszubereitung. Es erforderte Fantasie, Kreativität, Improvisationstalent und das klappte am besten, wenn sie sich wohl fühlte, im Einklang mit sich und ihrer Umgebung stand. Schließlich verbrachte sie hier einen großen Teil ihrer Lebenszeit. Am Abend, wenn das Restaurant voll war, zählten natürlich nur die geschickte Aufteilung des Raumes und die praktische Anordnung der verschiedenen Arbeitsplätze – dann hatte niemand einen Blick für die Umgebung, alles und alle mussten dann nur reibungslos funktionieren.

»Wohin damit?«

Matthias, der Lehrling, stand mit dem üblichen unbewegten Gesicht in der Tür, zwei große Holzkisten vor sich hertragend.

»Was ist denn in den Kisten, Matte?«, fragte Anna ihn freundlich.

»Weiß nicht. Irgendwelche Meeresschweinereien. Schnecken. Keine Ahnung.«

»Ah, bien.«

Anna warf einen Blick in die Kisten und untersuchte neugierig ihren Inhalt.

»Das sind Wellhornschnecken und das sind Napfschnecken. Wunderbar! Bring sie hier in die Küche. Du kannst sie nachher gleich säubern und vorbereiten und erleben, wie ich meine delikaten Schneckenküchlein zubereite!«

Ohne Annas Begeisterung zu teilen, stellte der Junge die Kisten neben dem geräumigen Edelstahlbecken ab und verschwand wieder im Flur. Einen Moment später waren von dort ein Rumpeln und sogleich laute Stimmen zu hören. Ein Schwall arabischer Laute, aus deren Aufgeregtheit und Lautstärke Anna schloss, dass es sich um Schimpfworte handelte und dazwischen Matthias, der auch nicht gerade höflich darauf antwortete. Anna sah aus der Küchentür. Matthias war in dem engen Flur mit dem schmalen, kleinen Hadi zusammengestoßen, der gerade drei Eimer Crème fraîche in die Kühlkammer tragen wollte. Nun lagen die Gefäße am Boden und aus dem einen Eimer, der beim Sturz beschädigt worden war, floss der fette, weiße Inhalt auf die Fliesen. Hadis dunkle Hose hatte auch mehrere Spritzer abbekommen. Mit großen Gesten zeigte der kleine Algerier immer wieder darauf und machte offensichtlich Matthias dafür verantwortlich.

»Lass doch endlich das Gejaule, ich versteh sowieso kein Wort! Selbst schuld, wenn du nicht aufpassen kannst, Terrorist!«

»Na, na, Matte! Wie redest du denn mit deinem Kollegen? Das ist doch alles gar nicht so schlimm. Ihr beide beseitigt jetzt die Spuren eures kleinen Zusammenstoßes und das wars«, versuchte Anna die Gemüter zu beruhigen, doch Matthias schnaubte aufgebracht:

»Der soll erst mal mit seinem Gesabbel aufhören!«

»Dein Kollege heißt Hadi, Matte! Und du gehst jetzt einen Eimer Wasser, Putzmittel und Lappen holen, los!«, unterbrach ihn Anna bestimmt und schob ihn energisch beiseite. Da Hadis Deutschkenntnisse über das im Arbeitsalltag Notwendige nicht hinausreichten, schon gar nicht in diesem Zustand von Erregung, wandte sie sich auf Französisch an den anderen Streithahn.

»Warum regst du dich so auf, Hadi? Es ist doch nichts weiter passiert! Ihr macht das jetzt sauber und die Sache ist erledigt.«

In dem typisch gefärbten Französisch der Nordafrikaner beschwerte sich Hadi aufgeregt, dass er oft und immer wieder Probleme in der Zusammenarbeit mit Matthias habe, der sich nichts von ihm sagen lassen wolle, wenn er Fehler mache und alles auf ihn schiebe, wenn etwas schief gehe. In seinen dunklen Augen waren Wut und Trauer, als er ruhiger hinzufügte:

»Wir sind nur Kollegen. Er muss nicht mein Freund sein. Aber er beleidigt mich. Er sagt, ich soll doch zurück in meine Heimat, wenn es mir hier nicht passt. Er nennt mich

Terrorist. Er weiß gar nichts. Meine Familie ist von Terroristen getötet worden. Was in unserem Dorf noch nicht zerstört war, hat die Armee erst geplündert, dann zerstört.« Hadi brach ab und sah Anna an. Er wiederholte leise:

»Er weiß gar nichts.«

Und in diesem Satz lagen so viel Schmerz und Verzweiflung, dass Anna erst gar nicht wusste, was sie darauf sagen sollte.

»Du hast recht – er weiß nichts«, versuchte sie schließlich zu trösten, »er meint das bestimmt nicht so. Matte hat vor allem Probleme mit sich selbst. Er ist eben noch nicht so richtig erwachsen.«

Anna sah Hadis skeptischen Blick. Mit einem hilflos wirkenden Schulterzucken wandte er sich ab und kümmerte sich um die unversehrt gebliebenen Eimer mit der Crème fraîche. Er war höchstens vier Jahre älter als Matthias, doch die Erfahrungen in seiner Heimat, aus der er in Matthias' Alter hatte fliehen müssen, hatten ihn unfreiwillig sehr früh erwachsen werden lassen. Auch wenn der deutsche Junge nicht in paradiesischen Verhältnissen groß geworden war, vaterlos, sehr bescheidene Wohnverhältnisse, viel allein, weil die Mutter jede Putzstelle annehmen musste, um ihre beiden Söhne zu ernähren – er wusste wirklich nicht, wie gut er es hatte, im Vergleich zu Hadis Biografie und der der Anderen. Eigentlich hatte sie angenommen, Menschen, die tagtäglich miteinander arbeiteten, würden sich auch über die Arbeit hinaus füreinander interessieren – Matthias offensichtlich nicht. Vielleicht lag es auch nur an Hadis geringen Deutschkenntnissen, dass es mit dem Kontakt haperte. Sie würde mit Matthias einmal ein ernsthaftes Gespräch führen müssen, doch jetzt war dazu weder Zeit noch Gelegenheit.

»Ist Matte ein Rassist?«, fragte Lionel, der mit Jakob die Vorgänge im Flur interessiert verfolgt hatte, seine Mutter. Die Backen voller Pfannkuchen, schauten die beiden Anna gespannt an. Vor den großen Ferien hatten sie in der Schule das Thema Ausländerfeindlichkeit behandelt, nachdem ein schwarzer Junge, der eine höhere Klasse ihrer Schule besuchte, auf dem Schulweg von ein paar halbwüchsigen Neonazis böse misshandelt worden war. Einer von vielen kleinen Vorfällen, die Anna Angst machten.

»Matte ist ein dummer Junge, der mit sich selbst unzufrieden ist – kein Rassist«, antwortete sie bestimmt, doch in ihrem Kopf war sie sich nicht so sicher. Obwohl er schon ein paar Monate als Lehrling bei ihnen war, kannte sie Matthias im Grunde gar nicht, hatte über das Berufliche hinaus mit ihm kaum ein paar Worte gewechselt. Er war ein verschlossener Junge und hatte wahrscheinlich Schwierigkeiten mit der nicht ganz überwundenen Pubertät. Er war ein bisschen dicklich und hatte noch ein richtiges Kindergesicht. Die Haare trug er sehr kurz, was ihn eher entstellte, als ihm schmeichelte. Trotz seiner 19 Jahre war er gerade mal im ersten Lehrjahr. Nach der Schule, die er mit mäßigen Leistungen verlassen hatte, gab es keinen Beruf, der ihn wirklich interessiert hätte, geschweige denn Lehrstellen und er fiel seiner Mutter, die in der ›Villa Floric‹ putzte, mehr und mehr zur Last und als diese Anna um Hilfe bat, konnte sie, wie so oft, nicht nein sagen und nun war er hier. Er stellte sich gar nicht so schlecht an in der Küche, hatte flinke Finger und war schnell und ordentlich, doch verrichtete er alle Aufgaben mit mürrischem Gesicht und sprach nur das Nötigste. Waren seine ruppige Ausdrucksweise und seine kurzen Haare schon Ausdruck einer politischen Haltung? Anna seufzte. Ein persönliches Gespräch mit ihm stand wohl wirklich dringend auf der Tagesordnung.

Als die beiden Jungen ihr Mahl beendet hatten, trieb ihr Pflichtbewusstsein Anna doch wieder an ihren Schreibtisch zurück. Wenn sie sich nicht gerade der ungeliebten Buchführung widmen musste, fühlte sie sich in ihrem Büro sehr wohl. Im ersten Stock der Villa gelegen, war es der kleinere Teil eines großen Raumes, dessen Hauptteil sie zum Zimmer für Lionel ausgebaut hatten. Jede freie Wand des kleinen Büros wurde mit Regalen genutzt, die bis zur Decke mit Akten, Büchern und Fundstücken jeder Art voll gestopft waren. Fotos, alte Speisekarten, ein kleines Stillleben in Öl fanden sich darin, ebenso wie Muschelschalen, eine ungeöffnete Champagnerflasche, eine kleine Quicheform, drei Probegläschen Konfitüre und eine Reihe mehr oder minder geschmackvoller Werbegeschenke irgendwelcher Feinkostlieferanten. Hauptsache, Anna hatte die Dinge erst einmal von ihrem Schreibtisch. Das riesige Eichenungetüm bot trotz seiner ungeheuren Ausmaße kaum ausreichend Platz für Computer, Telefon und all die Papierstapel, Bücher und Zettel, die sich hier türmten. An der Rückwand des Raumes drängte sich noch ein mit flaschengrünem Samt bezogenes Jugendstilkanapee, auf dem Besucher Platz nehmen durften und vor dem ein winziges Bistrotischchen stand.

Lionels abgetrenntes Reich verfügte über vier Fenster, die einen freien Rundblick über die Lübecker Bucht erlaubten. Aber außer dass er Schiffe beobachten konnte, interessierte einen Jungen in Lionels Alter das Panorama eher wenig. Annas Büro hatte nur zwei Fenster, von denen eines zum Hof zeigte und das andere sie zumindest auf ein Zipfelchen Ostsee blicken ließ. Beide Aussichten hatte sie von ihrem Schreibtischstuhl aus im Blick und die dunklen, regenschwangeren Wolkenberge, die sich gerade von West nach Ost über den Himmel schoben, waren nicht dazu angetan, ihre durch die Beschäftigung mit den schlechten Umsätzen gedrückte Stimmung zu heben. Höchstens 16 Grad im Juli, dazu Regen und Wind: Das waren keine guten Aussichten für die Hochsaison, die hier gerade zwei Monate – Juli und August – dauerte.

»Ihre Zahlen, Frau Floric! Ihre Zahlen!«, würde der Mann in der Bank, der angeblich ihr persönlicher Berater war, wieder beschwörend raunen und sein Gesicht in besorgte Falten legen. Anna streckte beide Arme nach oben und gähnte herzhaft.

»Fatiguée, chefesse? Darf ich reinkommen?«

Yann deutete am Türrahmen ein Klopfen an, eine für seine natürliche Zurückhaltung typische Geste, denn die Bürotür stand immer offen.

»Müdigkeit wirst du dir heute nicht leisten können, Anna. Du weißt, wir haben heute Abend volles Haus: zwei Geburtstagsgesellschaften. Und es sind jetzt auch schon jede Menge Einzelreservierungen eingegangen – dabei ist erst früher Nachmittag!«

Anna hatte ihren Bürostuhl zu ihm herumgedreht und sah sein zufriedenes Gesicht.

»Mais c'est merveilleux, Yann! Eine bessere Nachricht konntest du mir gerade jetzt gar nicht bringen!«

»Gibt es Probleme? Ich finde, es läuft richtig gut zurzeit.«

»Das dachte ich auch. Setz dich doch, Yann!«, sagte Anna und deutete auf das grüne Kanapee.

»Ich hatte nicht vor, dich mit diesem neuen Finanzloch zu belästigen«, begann sie, doch Yann unterbrach sie sofort:

»Anna, du weißt, ich kann mir jederzeit das Geld aus meiner Lebensversicherung auszahlen lassen.«

Jetzt ließ Anna ihren Partner nicht ausreden.

»Und du weißt, dass ich das nicht will! Wahrscheinlich hast du noch nie richtig darüber nachgedacht, aber du wirst das Geld im Alter bestimmt gut brauchen können. So üppig wird deine Rente nicht sein und dann wird man mal krank, hat den einen oder anderen Wunsch und dann ist man froh, noch so ein kleines finanzielles Polster in der Hinterhand zu haben.«

Yann schüttelte seinen Kopf und lächelte.

»Du redest, als ob du meine Mutter wärst! Wir haben gerade vor kurzem dieses Restaurant eröffnet, unser Leben fängt doch langsam erst an!«

Yann war ein Mensch von schlichter Bodenständigkeit und normalerweise kein Freund vieler Worte, doch seit sie an der ›Villa Floric‹ und ihrer gemeinsamen Zukunft arbeiteten, war seine ruhige, fast schüchterne Zurückhaltung einer maßvollen Begeisterung gewichen. Wie er da so auf dem Kanapee saß – ein großer Mann in Jeans und Troyer, kurzes, dunkles Haar über dem sonnengebräunten Gesicht mit den wachen, blauen Augen, die forschend seine Umgebung erfassten –, strahlte er einen unerschütterlichen Optimismus aus, von dem Anna sich nur zu gerne anstecken ließ.

»Aber zurück zum Thema«, sagte Yann. »Ich will dir nur erklären, dass ich lieber jetzt das Geld nutzbringend investiere, als es liegen zu lassen, bis ich womöglich selbst gar nicht mehr bestimmen kann, was ich damit anfangen will. Und was den einen oder anderen Wunsch betrifft – das Meer, der Wein, eine charmante Partnerin – was will ich mehr?«

Er lächelte und heftete seinen klaren Blick fest auf Anna, deren Wangen sich sanft röteten, was ihr ziemlich peinlich war. Was war nur mit ihr los? Sie kannte Yann, seit sie 12 war, seitdem gehörte er einfach zu ihrem Leben und plötzlich gab es da so irritierende Momente. Dabei hatte sie geschworen, sich nicht noch einmal mit der sogenannten großen Liebe zu belasten, denn man konnte nie sicher sein, ob dieses Glück nicht abrupt beendet werden würde. Und dann war man einsamer als je zuvor. Das wusste sie sehr genau. Als Yann zu ihrem eigentlichen Gesprächsgegenstand zurückkehrte, war sie richtig erleichtert.

»Ich bin überzeugt, wir stehen auch diesen finanziellen Engpass durch, wir zwei alten Bretonen – glaubst du nicht? Wir haben schon so viel geschafft, da haut uns doch dieses kleine Finanzloch nicht um! Wir stehen am Beginn der Hauptsaison und ich bin sicher, das wird eine gute Saison! Ich rieche das: Es wird eine Supersaison!«

Froh und dankbar für Yanns aufmunternde Worte, beschloss Anna sogleich, zum Anfang kommender Woche einen Termin in der Bank zu vereinbaren – die Hoffnung auf eine gute Saison würde bestimmt zur Stärkung ihrer Selbstsicherheit in den Verhandlungen beitragen.

»Und sollte es wider Erwarten ganz schlecht laufen, haben wir für alle Fälle ja immer noch meine Lebensversicherung in der Hinterhand«, fügte Yann mit einem verschmitzten Grinsen hinzu und ließ Anna keine Gelegenheit zur Widerrede.

Zumindest für diesen Abend behielt Yann mit seiner Ankündigung einer Supersaison recht. Bereits um 19 Uhr war die ›Villa Floric‹ bis auf den letzten Platz besetzt und Yann, der am Abend für Rezeption und Bar zuständig war, musste viele enttäuschte Besucher abweisen. Zu Beginn ihrer Zeit in Schleswig-Holstein hatte dieses frühe Eintreffen der Gäste Anna und ihren Partner, die an französische Gepflogenheiten gewöhnt waren, noch etwas irritiert. Doch sie hatten sich schnell darauf eingestellt. Wie so oft hatte sich jetzt zum Abend die Sonne durch die dunklen Wolkenwände gekämpft und tauchte die Landschaft vor den großen Fenstern des ehemaligen Wintergartens in ein unwirkliches, golden getöntes Licht. Hier im Norden ließ die Dämmerung sich im Sommer besonders viel Zeit. Wenn es schon nicht möglich war, im Freien auf der Terrasse zu servieren, so konnte man hier wenigstens hinter Glas den grandiosen Ausblick genießen und zwischen Orangen- und

Lorbeerbäumchen speisen, die in Terrakottakübel gepflanzt den Raum zierten.

Immer noch erfüllte der Anblick der liebevoll hergerichteten Räumlichkeiten Anna mit Freude und Stolz. Sie würde nie all die Mühe, den Ärger und die Sorgen vergessen, die der Umbau bereitet hatte, doch sie würde das alles jederzeit noch einmal auf sich nehmen. Der Besucher betrat die ›Villa Floric‹ durch einen hallenartigen Raum, in dem die Rezeption und die Bar mit einer kleinen Lounge untergebracht waren. Hier herrschten Schwarz und Weiß und viel Spiegelglas vor und erinnerten zusammen mit organisch anmutenden Formen diskret an die Jugendstilvergangenheit des Hauses. Im Hintergrund führte eine Treppe in das obere Stockwerk, wo sich die Privaträume und auch Annas Büro befanden. Linker Hand lag das lichte, geräumige Restaurant mit dem ehemaligen Wintergarten und rechts, hinter der Lounge, gelangte man in die sogenannte Bibliothek. Um einige wenige Tische waren antike Sitzmöbel verschiedener Epochen gruppiert und wo sie an einer freien Wand standen, gab es auch Kanapees. Gefüllte Bücherregale und ein üppig verzierter Kamin rundeten den Eindruck gediegener Gemütlichkeit ab.

Leise Gespräche, sanftes Gläserklirren und der dezente Ton, wenn wohlerzogene Hände mit Besteck den feinen Speisen auf den Tellern zu Leibe rückten, erfüllten den Raum. Mit unnachahmlicher Grazie bewegte sich Djaffar zwischen den weiß gedeckten Tischen, lauschte freundlich und geduldig den Wünschen der Gäste und dirigierte unauffällig seine drei Kolleginnen und Kollegen dorthin, wo Bedarf war. In seinem dunklen Anzug und dem blendend weißen Hemd, das seinen olivfarbenen Teint noch dunkler erscheinen ließ, war der algerische Chefkellner eine wirklich beeindruckende Erscheinung, der mit seinem natürlichen Charme jeden auch noch so anspruchsvollen Gast zufriedenzustellen wusste.

Immer wieder geriet Anna ins Staunen, wenn sie daran dachte, was für einen Djaffar sie drei Jahre zuvor kennengelernt hatte: einen schüchternen, verunsicherten, ziemlich abgemagerten Mann, dessen beherrschendes Lebensthema die Angst war. Die Angst vor den schrecklichen Bildern seiner Vergangenheit, die Angst vor dem fremden, kalten Land und schließlich die Angst vor der Abschiebung in seine Heimat, die er zwar einerseits schmerzlich vermisste, aber andererseits fürchtete wegen der Metzeleien, die dort an der Tagesordnung waren, sei es durch islamische Fanatiker, die Armee oder Terroristen jedweder Gesinnung. Wer sich nicht zu den einen oder anderen bekennen wollte, war in Gefahr. Die Bedrohung war unberechenbar, man musste um Leib und Leben fürchten. Deshalb war er nach Deutschland gekommen, wo er, wie alle Flüchtlinge, in den ersten Monaten nur kaserniert und kontrolliert leben durfte. Dank des für alle Asylbewerber geltenden Arbeitsverbots zu Beginn seines Aufenthalts war er zur Untätigkeit gezwungen, wurde verfolgt von den Schreckensbildern in seinem Kopf und spürte dann noch die Ablehnung, ja den Hass, der ihm von vielen Menschen in seinem Gastgeberland entgegenschlug. Sie hielten ihn für einen Schmarotzer, der sich auf ihre Kosten einen lauen Lenz machte oder verachteten ihn einfach nur, weil er Ausländer war. Dabei war Djaffar den Deutschen dankbar, dass sie ihn aufgenommen hatten und wollte für sie arbeiten, egal was, auch für wenig Geld. Doch die deutschen Gesetze dulden keine Ausnahmen.

Aber dann hatte Djaffar Glück. Der Verein Asylhilfe e. V. nahm sich seiner an, unterstützte ihn beratend bei seinem Bemühen um Anerkennung als politischer Flüchtling, ließ ihn an einer Therapie gegen seine Depressionen teilnehmen und vermittelte ihm die Teilnahme an einem Deutschkurs. Durch ihren guten Draht zum Arbeitsamt erreichten die Leute vom Verein fast immer großzügige Ausnahmeregelungen vom geltenden Arbeitsverbot. So besorgten sie ihm hin und wieder den einen oder anderen Job und Djaffar, der eigentlich Lehrer war, nahm jede Arbeit begeistert an. Schließlich landete er auf der Baustelle des ›Floric‹ und lernte Anna kennen. Und seither gehörte er zum Team. Er hatte großes Glück gehabt, denn nach so kurzer Zeit ein Anrecht auf Asyl zu erhalten, war den wenigsten vergönnt.

Verstohlen beobachtete Anna, wie Djaffar einen Tisch mit sechs älteren Damen, die ihn und die Lokalität skeptisch musterten, bei der Auswahl von Speisen und Getränken beriet und wie er mit seiner Mischung aus vornehmer Zurückhaltung und natürlicher Freundlichkeit auch hier das Eis zum Schmelzen brachte.

»Das ist genau wie bei meinen Schulkindern früher. Du musst ihnen zeigen, dass sie dir wichtig sind, dass du nur für sie da bist – dann lieben sie dich«, war Djaffars Erklärung für seinen Erfolg bei den Gästen, als sie ihn einmal deswegen fragte.

Anna wandte sich wieder ihrer Küchenmannschaft zu und machte sich daran, die Beurre Blanc für den pochierten Seebarsch vorzubereiten. Matthias hatte die Schalotten bereits sehr fein gehackt und auch wenn es noch lange dauern würde, bis er die Kunst der gehobenen Küche beherrschen würde, ließ Anna es sich nicht nehmen, ihren Lehrling in die Geheimnisse der Zubereitung dieser klassischen Fischsauce einzuweihen.

»Das Geheimnis dieser Sauce, weißt du, worin das liegt?«

Aus Matthias' reglosem Gesichtsausdruck ließ sich weder Interesse noch das Gegenteil ablesen, doch Anna ließ sich davon nicht beirren.

»Die richtige Temperatur, mon ami, das ist das A und O!

Ist sie zu hoch, wird die Mischung flüssig, fettig, ölig – ist sie zu gering, verbinden sich die einzelnen Komponenten nicht. Die Temperatur muss stimmen – das ist die Kunst!«

Sie erhitzte die Schalotten mit Essig und Weißwein und kochte sie so lange, bis nur eine ganz geringe Menge an Flüssigkeit zurückblieb. Nun gab sie etwas Fischsud dazu und zog dann nussgroße Stückchen eiskalter Butter darunter, heftig mit einem Schneebesen schlagend, bis eine dicke, elfenbeinfarbene Creme entstanden war.

»Voilà, fertig! Her mit den Saucieren!«

Schnell reichte Matthias ihr das angewärmte Geschirr, sie füllte die Portionen ein, während Jack und Kirsten die Tranchen vom Seebarsch, die sie in einer Court-Bouillon pochiert hatten, auf den bereitgestellten Tellern mit Blättchen glatter Petersilie und hauchdünnen Zitronenscheiben arrangierten. Das Zusammenspiel klappte reibungslos – sie waren eben ein gutes Team.

Eine bunt zusammengewürfelte, junge Truppe hatte Anna um sich geschart. Aus Polen, Schottland, Algerien und Frankreich stammten die Mitglieder der Küchenmannschaft in der ›Villa Floric‹, nicht zu vergessen Johannes, der österreichische Vorspeisenspezialist und natürlich Matthias, Kirsten und Kai aus Schleswig-Holstein. Niemand war älter als 30 und alle waren höchst engagiert. Jeder ging seiner Arbeit mit Freude nach, weshalb sie auch gut besuchte Abende wie diesen relativ harmonisch und stressfrei überstanden. Selbst Matthias fügte sich in dieses perfekt funktionierende Räderwerk ein und Anna hegte die Hoffnung, dass diese Erfahrung sich auch positiv auf seine Persönlichkeitsentwicklung auswirken würde. Auch wenn der Junge es nie zugegeben hätte, es war nicht zu übersehen, dass er Jack mit einem gewissen Respekt begegnete.

Jack, Annas Souschef und mit 30 genauso alt wie sie, war manche Umwege gegangen, bevor er diesen Beruf ergriffen hatte. Er kam aus Schottland und in seiner Jugend war die Punkszene sein Zuhause. Später schlug er sich mit Jobs durch, vom Hafenarbeiter bis zum Ringer auf Rummelplätzen, und schließlich fuhr er zur See, wo er in der Schiffsküche landete, und damit die ersten Schritte in Richtung seines jetzigen Berufs machte. Er erkämpfte sich einen Ausbildungsplatz in einem Spitzenrestaurant an der Cote d'Azur, arbeitete in den Küchen diverser nobler Hotels. Einzig zwei Tätowierungen, die seine Oberarme zierten und von den Maori in Neuseeland stammten, zeugten noch von seiner Vergangenheit. Seit ein paar Monaten hatte er eine kleine Tochter und klagte mit ironischem Bedauern, dass er jetzt wohl gänzlich auf dem Weg zum Spießer sei.

»Hey, wo bleibt eigentlich unser Zuckerbäcker?«, rief Jack. Dieselbe Frage hatte sich Anna auch schon gestellt und nervös zur Uhr geschaut. Fouhad, der seit einiger Zeit als Pâtissier fungierte und die köstlichsten Nachspeisen schuf, war stets zuverlässig und kam sonst nie zu spät zur Arbeit. Allerdings hatte er wohl seit Kurzem eine Freundin in Travemünde, wie ihr die anderen aus der Remise erzählt hatten und fuhr, so oft er konnte, mit dem Roller zu ihr hin, was eine Verspätung erklären könnte. Doch das war nicht der Moment, über Fouhads Verbleib zu rätseln. Jemand anders musste seine Aufgaben übernehmen.

»Margoszata, kümmerst du dich bitte um die Desserts, bis Fouhad hier auftaucht?«

»Mach ich! Sogar gerne«, rief die junge Polin fröhlich, die dem Team seit Anbeginn als Köchin angehörte und die mit ihrem Talent, ihrer Energie und ihrem Ehrgeiz sicherlich eines Tages ihr eigenes Restaurant haben würde.

Als Anna gegen 11 endlich dazu kam, ihren Gästen persönlich einen guten Abend zu wünschen und Komplimente und Anregungen entgegenzunehmen, war das Restaurant immer noch gut besetzt. Die Begegnung mit den Gästen war ihr keine lästige Pflicht, sondern wichtiger Bestandteil ihrer Arbeit. Zum einen sah sie sich nicht nur als Köchin, sondern auch als Gastgeberin und zum anderen konnte sie erst in diesem Dialog feststellen, ob ihre Arbeit gewürdigt wurde und was vielleicht doch noch verbessert oder verändert werden konnte. Neuen Impulsen gegenüber war Anna immer aufgeschlossen.

Dr. Burmester war der letzte Gast, an dessen Tisch sie an diesem Abend verweilte. Er war ein wohl situierter Rechtsanwalt und angesichts seines Alters von fast 70 Jahren, was man ihm überhaupt nicht ansah, nur noch in Ausnahmefällen in seinem Beruf tätig. Er war stets elegant gekleidet, mit einer flotten, sportlichen Note und in seinem Gesicht stand meist ein nachsichtiges Lächeln. Er war nicht so häufig in der ›Villa Floric‹, wenn er kam, war es meist an einem Freitagabend und in Begleitung einiger Herren seines Alters. Aber er legte Wert darauf, jedes Mal von den Chefs wahrgenommen und wie ein vertrauter Stammgast behandelt zu werden. Dann neigte er dazu, Anna Ratschläge geben zu wollen – nicht, was ihre Kochkunst betraf, bewahre. Er war mit den Speisen immer hochzufrieden und insgeheim fragte sich Anna, ob er deren exquisiten Standard überhaupt beurteilen konnte, denn sie hatte den Eindruck, dass sein Geschmack sich auf einem eher schlichten Niveau bewegte.

Seine Hinweise bezogen sich vielmehr auf allgemeine Lebensbereiche, in denen er sich ihr überlegen fühlte.

Als sie so neben ihm stand, nett anzusehen mit den widerspenstigen, blonden Locken, in der blütenweißen Kochjacke mit dem eingestickten Schriftzug ›Anna Floric – Cuisinière‹, nahm er wieder einmal ihre Hand und tätschelte sie – vorgeblich väterlich. Zum einen schien er es als ein Vorrecht seines Alters zu betrachten, junge Frauen anfassen zu dürfen, wenn ihm danach war, zum anderen stellte er sich gern als Freund der Familie dar, da er noch ihre früh verstorbenen Großeltern mütterlicherseits gekannt hatte.

»Aber nur flüchtig!«, wie ihre Tante Edith betonte, als Anna sie danach gefragt hatte.

»Und sie mochten ihn gar nicht besonders, wenn ich mich recht entsinne.«

Dr. Burmester hielt Annas Hand immer noch in seiner Rechten und sprach dabei mit seinen Tischgenossen, als ob sie gar nicht anwesend oder aber ein unverständiges, kleines Kind wäre.

»Wir können sie ja einfach danach fragen – bestimmt wird Mademoiselle Anna ihre Gründe haben.«

Die anderen alten Herren lächelten satt und nickten zustimmend und starrten Anna dabei fast die Kleider vom Leib, während Burmester sich leutselig an sie wandte:

»Meine Freunde und ich haben über das Arbeitslosenproblem gesprochen, das keine unserer Regierungen in den letzten Jahren in den Griff bekommen hat. Und nun würde uns einmal interessieren, warum Sie so viel ausländisches Personal beschäftigen, Anna. Sie erlauben die Frage: Gibt es hier an der Küste nicht eine Menge deutsche Arbeitslose?«

Hinter der zur Schau gestellten jovialen Behäbigkeit verspürte Anna durchaus etwas Lauerndes in den Blicken der Herrenrunde. Natürlich hätte sie vieles auf diese Frage referieren können über Kosten und Lohnforderungen, über Arbeitsunwillige, die das Arbeitsamt geschickt hatte, über die Chemie, die stimmen musste zwischen den Mitarbeitern, über die Pflicht, Menschen in Not zu helfen und vieles mehr. Sie schaffte es endlich, Dr. Burmester ihre Hand zu entwinden und sagte nur freundlich:

»Es ist schwierig, die richtigen Leute zu finden, aber ich denke, ich habe mittlerweile ein ganz gutes Team zusammen. Sie sind doch zufrieden, Messieurs?«

Heftiges, zustimmendes Nicken sämtlicher Herren.

Anna war nicht in die Falle gegangen. Sie winkte Djaffar heran und fragte in die Runde:

»Darf ich Sie noch zu einem Digestif einladen?«

Natürlich rief auch diese Frage einvernehmliches Nicken hervor und als Djaffar das Tablett mit den Gläsern voll braungoldenem Goutte servierte, einem bretonischen Cidrebrand, hob Anna ihr Glas mit einem Santé, nahm einen kleinen Schluck und verabschiedete sich dann schnell.

Kurz darauf stand sie am Rand der Terrasse, schaute auf die unter einem sternenlosen Himmel schwarz daliegende Ostsee und atmete tief die frische, kühle Nachtluft. Nur ganz vereinzelt bewegten sich ein paar Lichter auf dem Meer, dort eine Fähre, vielleicht auf dem Weg nach Skandinavien, hier ein paar kleine Fischerboote und in der Ferne zu ihrer Linken blinkte ruhig und gleichmäßig der Leuchtturm von Pelzerhaken. Anna seufzte. Immerhin, es war ein erfolgreicher Abend gewesen, aber sie würden noch viele derartige Abende brauchen, um ihre finanzielle Krise zu überwinden. Manchmal verließ sie die Zuversicht und das Gefühl der Verlassenheit wurde so stark, dass sich ihr Magen schmerzhaft zusammenzog. Gestern in Lübeck, in der belebten Fußgängerzone vor dem Rathaus, hatte sie einen Moment lang geglaubt, in der Menge eine wohlbekannte Gestalt entdeckt zu haben, die aber gleich darauf wieder verschwunden war. Sie sah wohl schon Gespenster.

»Ach, Said! Ich fühl mich so allein. Warum bist du nicht da?«, flüsterte sie in die Dunkelheit. Sie hörte ein Geräusch und drehte sich schnell um.

»Nicht erschrecken, ich bins.«

Yann trat neben sie und Anna hoffte im Stillen, er mochte ihr leises Flehen nicht gehört haben. Er rieb sich freudig die Hände.

»Formidable, n'est-ce pas? Siehst du, ich habe immer

recht, cheffesse! Ab jetzt gehts aufwärts! Ein fantastischer Umsatz heute!«

»Ach, Yann! Was würde ich bloß ohne deinen unerschütterlichen Optimismus machen?«

»Schön, zu wissen, dass ich hier doch irgendwie gebraucht werde!«, sagte Yann gut gelaunt, aber mit unüberhörbarer Selbstironie und legte seinen Arm um ihre Schultern.

»Jetzt tu nicht so, als ob du nicht wüsstest, wie wichtig du hier bist!«, protestierte Anna und knuffte ihn sanft in die Seite. Und wie schon öfter in den letzten Wochen spürte sie bei diesem freundschaftlichen Geplänkel eine gewisse Befangenheit. Seine Nähe machte sie auf eine ganz eigene Art nervös und sie fühlte sich so unsicher wie ein Teenager beim ersten Rendezvous. Täuschte sie sich oder hatte sich auch sein Verhalten ihr gegenüber geändert? Am besten, sie dachte gar nicht darüber nach. Ihre Wunden waren noch lange nicht verheilt und sie wollte sich neben all den anderen Sorgen nicht auch noch mit ihrem Gefühlschaos auseinandersetzen müssen. Ihr Leben war in Ordnung, wie es war. Es gab keine Notwendigkeit, etwas zu verändern. Um diese Gedanken zu verscheuchen, schnitt Anna ein Thema an, das sie schon den ganzen Abend beschäftigt hatte:

»Yann, ich fange langsam an mir Sorgen zu machen. Wegen Fouhad«, sagte sie in ernstem Tonfall. »Er ist bis jetzt nicht aufgetaucht und dabei ist er doch so ein zuverlässiger Kerl.«

Yann zog seinen Arm zurück und sah sie an.

»Aber Anna, das kann mal passieren. C'est l'amour, tout simplement! Unseren lieben Fouhad hats erwischt. Trotzdem werde ich morgen ein ernstes Wörtchen mit ihm reden müssen.«

»Ich weiß nicht. Es passt so gar nicht zu ihm: Du weißt,

wie wichtig ihm sein Posten in der Küche ist. Mich beunruhigt das irgendwie.«

»Also, wenn Fouhad morgen wirklich nicht wieder auftaucht, sollten wir etwas unternehmen. Aber ich bin mir sicher, er ist morgen wieder da!«

»Vielleicht hast du ja recht.« Anna reckte beide Arme und gähnte. »Puh! Heute war wirklich ein anstrengender Tag. Ich bin ganz schön geschafft und geh schlafen.«

»Ja, ruh dich aus, Anna. Du wirst deine Kräfte brauchen, denn das war heute nur der Anfang der goldenen Ära in der ›Villa Floric‹! Ich spüre das: Der Sommer kommt und er wird großartig, du wirst sehen!«

»Ich werde von jetzt an auch ganz fest daran glauben! Vielleicht hilft das ja. Gute Nacht, Yann!«

2

›La donna è mobile, qual piuma al vento.‹ Die Arie näherte sich ihrem Höhepunkt, noch einmal schwoll die Musik an. Der Mann, der voller Inbrunst mit dem Gemüsemesser auf die knackigen, roten Paprikaschoten hackte, stand dem die Unzuverlässigkeit des weiblichen Wesens beklagenden Tenor aus den Lautsprechern in nichts nach. Aus voller Kehle schmetterte er: ›E di pensier!‹ Das Messer verharrte dramatisch in der Luft und kehrte erst mit dem Schlussakkord wieder zu dem roten Gemüse auf dem Holzbrett zurück.

Auf dem Herd begann das Olivenöl in der großen Eisenpfanne zu brodeln und mit einem eleganten Schwung ließ Georg Angermüller die Paprikastreifen hineingleiten. Seine Stimmung hätte besser nicht sein können: Es war Sonnabendnachmittag, die Zwillinge, Julia und Judith, verbrachten das Wochenende mit ihrem Hockeyclub bei einem Turnier in Kiel, Astrid war zum Segeln und er durfte in aller Ruhe in der Küche werkeln. Sie hatten für den Abend ein paar Freunde eingeladen und aus dem geplanten kleinen Essen hatte sich während seiner Überlegungen dazu in Nullkommanix ein üppiger Reigen mediterraner Köstlichkeiten entwickelt.

Ein kurzes Prüfen mit der Gabel – das Gemüse hatte jetzt genau die richtige Konsistenz. Georg Angermüller beförderte die Paprika mit dem Schaumlöffel auf bereitgelegtes Küchenkrepp, wo auch die schon gegarten Auberginen- und Bleichselleriescheiben lagerten und gab nun die Zwiebelringe in das heiße Öl, auf dass sie sich golden färbten. Es folgten die geschälten, entkernten, zerkleinerten Tomaten, die Kapern sowie das gehackte Basilikum und sogleich erfüllte ein süßlich würziger Duft den Raum. Jetzt noch die eingeweichten Sultaninen dazu, die in Scheiben geschnittenen grünen Oliven, salzen und pfeffern, mit Balsamico und Zucker abschmecken und eine kleine Weile köcheln lassen.

Lange schon hatte Angermüller nicht mehr seiner Kochleidenschaft so ausgiebig frönen können. Ein überquellender Schreibtisch und unvorhergesehene Dienste, auch am Wochenende, hatten seine Freizeit immer knapper werden lassen und außer zu solchen Verpflichtungen wie Besuchen bei seinen Schwiegereltern oder Veranstaltungen in der Waldorfschule der Mädchen hatte es nicht gereicht. Und dabei musste er sich sowohl von seiner Schwiegermutter wie von der Lehrerin seiner Töchter anhören, wie kostbar und selten doch seine Besuche seien.

In den letzten Wochen schien auch Astrids Reservoir an Verständnis für die Unwägbarkeiten seines Berufes manchmal erschöpft und er spürte, wie sie mit einer Mischung aus Ärger und Resignation reagierte, wenn er wieder einmal seine Versprechungen, statt ihrer zum Elternabend zu gehen, etwas mit den Mädchen zu unternehmen oder kleine Erledigungen für den Haushalt zu übernehmen, nicht einhalten konnte. Schließlich war auch Astrid als Sozialpädagogin mit ihrer Tätigkeit in einem gemeinnützigen Hilfsprojekt für Asylbewerber mehr als ausgelastet und musste dazu noch die Kindererziehung, den Haushalt, ja den ganzen restlichen Lebenshintergrund der Familie stemmen. Wieder einmal nahm er sich vor, alles zu ändern, und wusste gleichzeitig, dass es nicht in seiner Macht lag, die Bedingungen seines Berufes zu ändern.

Wenn er auch bedauerte, dass Astrid jetzt nicht hier war, so freute er sich doch für sie, dass sie wieder einmal die Gelegenheit hatte, ihrem geliebten Segelsport zu frönen.

Auf diesem Gebiet konnte er seiner Frau leider kein guter Partner sein. Angermüller brauchte nur die Boote im Hafen auf dem Wasser schaukeln zu sehen, das Schlagen der Fallen zu hören und den Teer zu riechen und schon wurde ihm flau im Magen. An den einzigen Törn, zu dem ihn Astrid in ihrem kleinen Piraten überreden konnte, erinnerte er sich immer noch mit Grausen. Damals waren sie frisch verliebt und er wollte sich keine Blöße geben. Aber sobald er seinen Fuß auf schwankende Planken setzte, hatte ihn die Seekrankheit fest im Griff. In der Umgebung des oberfränkischen Dorfes, aus dem er stammte, gab es weit und breit kein schiffbares Gewässer. In seiner Kindheit war er höchstens ein paar Mal Tretboot gefahren. Astrid hatte schon als Mädchen von sechs Jahren mit dem Segeln begonnen, denn hier in Lübeck war das nichts Besonderes und er hatte ihre Vorfreude gespürt, als sie heute Morgen zu dem Törn mit ihren Kollegen aufgebrochen war.

Ein Blick aus dem Fenster in den grauvioletten Himmel, wo sich regenschwere Wolkenberge zusammenzogen, bestätigte Angermüller, dass er sich momentan bestimmt im komfortableren Ambiente bewegte. Nur dass man sich im Monat Juli befand, war noch lange keine Garantie für sommerliches Wetter, schon gar nicht hier an der Küste. Zum Glück hatten sie heute Abend keine Gartenparty geplant. Die Genüsse aus den Mittelmeerländern, die er bereitet hatte, würden seine Freunde auch trotz der unwirtlichen Witterung in südliche Sphären versetzen. Zufrieden nahm Georg Angermüller eine irdene Schüssel aus dem Schrank, vermischte darin die gebratenen Auberginen und Paprika mit der pikant-fruchtigen, sämigen Sauce und streute mit großzügiger Hand noch geröstete Pinienkerne darüber. Gespannt probierte er einen Löffel seiner Variation der sizilianischen Caponata und schnalzte schließlich genüsslich mit der Zunge. Ja, das war gelungen. Jetzt noch ein paar Stunden in den Kühlschrank und das Gericht war perfekt.

Scampi mit provenzalischer Aioli, Blätterteigtaschen mit griechischem Schafskäse, Tomatensalat mit Thunfisch und Zwiebeln, gorgonzolagefüllte Datteln mit Parmaschinken umhüllt, eine kräftige Tortilla aus Kartoffeln, Eiern und Chorizo, weiße Bohnen in Knoblauch-Tomatensauce, nicht zu vergessen die Caponata – dazu knuspriges Baguette, Oliven, eingelegte Tomaten – ob die Gäste dann noch Appetit auf seine hausgemachten Nudeln mit Steinpilzsauce haben würden? Egal. Den Teig hatte Georg Angermüller ohnehin schon fertig. Jetzt konnte er ihn auch noch schnell durch die Maschine drehen und notfalls die Nudeln aufbewahren, wenn kein Bedarf mehr bestand. Bei unzureichender Beleuchtung fischte er die schwere, selten benutzte Nudelmaschine aus der hintersten Ecke des Flurschrankes. Seit Monaten war eine Reparatur nötig, aber er vergaß es immer wieder. Durch das dramatische ›Nessun dorma‹ tönte das Telefonklingeln. Zum Glück wenigstens nicht sein Diensthandy. Er rappelte sich so schnell wie möglich hoch, was bei seinen fast zwei Metern Körpergröße in dieser Enge nicht ganz einfach war, stieß sich an den Kopf, eilte fluchend zur Anlage, um die Musik leiser zu stellen und hastete schließlich an den Apparat.

»Hallo, Georg, ich bins! Kannst du mich hören?«

Trotz des lauten Rauschens und Knatterns, das aus dem Hörer drang, hatte Georg Angermüller sofort Astrids Stimme erkannt.

»Die Verbindung ist ziemlich schlecht, aber ich höre dich. Was ist los, Schatz? Alles in Ordnung?«

Er hielt die Seefahrt bekanntermaßen für ein gefährliches Unterfangen und die Besorgnis in seiner Frage war nicht zu überhören.

»Es geht mir gut – mach dir keine Sorgen! Ich wollte dir nur sagen, dass ich es nicht pünktlich zum Eintreffen unserer Gäste schaffen werde. Der Wind hat gedreht und es kachelt nicht schlecht. Wir müssen genau dagegen ankreuzen und zu zweit ist das eine ganz schöne Plackerei. Aber macht Spaß!«

»Alles klar!«

Gar nichts war klar. Wieso waren sie nur zu zweit auf dem Schiff? Er hatte verstanden, die neue Jacht eines Kollegen von Astrid sollte mit einer Crew aus Mitarbeitern ihrer Beratungsstelle die Jungfernfahrt antreten. Na ja, vielleicht hatte er nicht richtig zugehört, als Astrid davon erzählte.

»Gut, dann weißt du Bescheid! Du hast doch nichts dagegen, wenn ich Martin mitbringe, oder? Dann lernst du ihn endlich mal kennen und aus Erfahrung weiß ich, dass bestimmt genug da ist an Essen und Trinken, wenn du dafür sorgst.«

»Ja, ja, is scho Recht. Gute Fahrt noch!«

»Mast- und Schotbruch heißt das! Bis heute Abend. Tschüss, Georg!«

»Ade!«

Langsam legte Angermüller den Hörer auf und kraulte gedankenverloren seinen dunklen Vollbart. Die spinnen, diese Segler. Sich Mast- und Schotbruch zu wünschen, dazu gehörte schon ein gesunder Galgenhumor – es war einfach nicht seine Welt. Und Astrid hatte sich ja keineswegs unglücklich angehört, im Gegenteil, der Kampf gegen die Elemente schien ihr Vergnügen zu bereiten. Er ging zurück zum Flurschrank, holte die Nudelmaschine heraus und begann damit den wunderbar elastischen, gelbgoldenen Nudelteig in dünne, samtweiche Blätter zu walzen, aus denen die Maschine anschließend ebenmäßige, originalgetreue Tagliatelle schnitt.

Zwischendurch stellte er die Musik wieder lauter und pfiff bei dem Gassenhauer ›Funiculi – Funicula‹ aus voller Kraft mit. Doch dieses leichtfüßige Schweben beim Schaffensakt seiner Köstlichkeiten und die Vorfreude darauf, wie sich die Freunde wohlig von seinen Kreationen verwöhnen lassen würden, wollten sich nicht wieder so richtig einstellen. Einem winzigen Sprung in einer Meißener Kostbarkeit gleich, störte etwas die Vollkommenheit seiner Stimmung. Doch er sollte nicht dazu kommen, der Ursache für diesen Misston auf den Grund gehen zu können. Gerade als er die letzte Portion Nudeln im Hartweizenmehl gewälzt und anschließend auf ein Küchentuch gebreitet hatte, erklang die Melodie seines Diensthandys.

Weniger als eine halbe Stunde später stieg Hauptkommissar Angermüller aus dem silbergrauen Audi, der ihm und seinem Teamkollegen Claus Jansen als Dienstfahrzeug diente, seit Jansens aufgemotzter, schwarzer Rallyegolf vor ein paar Monaten gestohlen worden war. Man war den Dieben zwar bald auf die Spur gekommen, doch die jugendlichen Täter hatten noch in der Nacht des Diebstahls einen Totalschaden gebaut und anschließend das Fahrzeug in einem kleinen See versenkt. Eine gewisse klammheimliche Freude hatte sich Angermüller im ersten Moment nicht verkneifen können, litt er doch mitunter Höllenqualen wegen der halsbrecherischen Fahrweise des Kollegen in seiner hart gefederten, unbequemen Rennsemmel. Doch wenn er meinte, nun geruhsamere Dienstfahrten genießen zu können, hatte er sich getäuscht: Jansen, der Herzensbrecher, hatte über seinen Draht zu einer jungen Dame bei der Staatsanwaltschaft aus einer Beschlagnahme den Audi mit unvorstellbaren 335 PS unter der Motorhaube organisiert. Da Angermüller sich nur äußerst ungern selbst ans Steuer setzte, gestalteten sich die Dienstfahrten jetzt zwar wesentlich bequemer und luxuriöser – aber keineswegs in geruhsamerem Tempo.

»Guter Wagen!«

Jansen federte aus der Fahrertür, tätschelte anerkennend das Wagendach und meinte zufrieden:

»Von Lübeck hierher ans Steilufer in knapp fünfzehn Minuten – das soll uns erst mal einer nachmachen.«

»Na, hoffentlich macht uns das keiner nach. Die Kollegen von der Verkehrspolizei würden sich bedanken«, knurrte Angermüller, schüttelte seinen Kopf mit dem dicht gelockten, braunen Haar, das sich einfach nicht in eine adrette Form zwingen ließ, und versuchte, seine verspannten Schultern zu lockern.

Eine ganze Reihe Autos, darunter zivile und Einsatzfahrzeuge, parkte am Rand des unbefestigten Feldweges, der zum Brodtener Ufer führte. Am Ende stand ein uniformierter Kollege, der ihnen den Weg durch ein kleines Wäldchen hinunter zum Strand zeigte. Heftiger Wind sprühte einen unangenehmen, feinen Regen in ihre Gesichter und die Rotoren der riesigen Windräder, die auf dem Feld neben ihnen gespenstisch in den dunkelgrauen Himmel wuchsen, arbeiteten auf Hochtouren. Ein merkwürdiges Rauschen ging von ihnen aus und erhöhte die Nervosität, die Georg Angermüller jedes Mal erfasste, wenn ihm der Anblick eines Mordopfers bevorstand.

Dort wo eine Buhne ins Wasser ragte, lag ein Boot am Ufer. Der von Steinen und Treibgut übersäte Strand war hier sehr schmal und auf einer Länge von etwa 10 Metern komplett abgesperrt. Strandspaziergänger mussten über das Steilufer ausweichen, das an dieser Stelle seinem Namen keine Ehre machte, da es von Stürmen und Regen im Lauf der Zeit schon recht flach gewaschen worden war. Ein Häuflein Urlauber in wetterfester Kleidung harrte gaffend vor den rotweiß gestreiften Bändern aus – was sollte man bei diesem Wetter auch Besseres anfangen?

Jansen und Angermüller nickten grüßend den Kollegen und Kolleginnen von der Kriminaltechnik zu, die in ihren weißen Anzügen dabei waren, die nähere Umgebung auf Spuren zu untersuchen. Eine uniformierte Beamtin kam auf sie zu, grüßte, zeigte zum Rand der Absperrung und erklärte dann:

»Da sind die beiden Damen, die den Toten gefunden haben. Sie wollen ja sicher mit denen sprechen. Die sind inzwischen schon völlig durchgefroren.«

»Na, dann wollen wir sie mal erlösen«, meinte Jansen.

»Die eine, die Schlanke, hat die Geschichte sehr mitgenommen. Vorsicht!«, warnte die Polizistin noch. Angermüller nickte.

»Danke für den Hinweis.«

Etwas abseits, auf einem ausgeblichenen Baumstamm, den das Meer wohl hier angespült hatte, saßen die zwei Frauen, notdürftig mit einer Plastikplane gegen die vom Himmel stäubende Nässe geschützt.

»Guten Tag! Mein Name ist Angermüller, das ist Kommissar Jansen, Kripo Lübeck. Wir würden gerne mit Ihnen sprechen. Sie haben den Toten gefunden und die Polizei verständigt?«

»Ja, das haben wir«, sagte die eleganter gekleidete, schlankere der beiden Damen. Sie sprach ruhig und gefasst, doch ihre Stimme zitterte und aus ihrem Blick auf die beiden Beamten sprach der blanke Vorwurf. »Wir sitzen schon über eine Stunde hier in Kälte und Regen, holen uns noch den Tod und kein Mensch kümmert sich um uns. Wir haben etwas ganz Schreckliches erlebt und bräuchten eigentlich psychologische Betreuung. Aber man lässt uns hier mutterseelenallein.«

Das plötzlich aufflammende Blitzlicht des Polizeifotografen, der Aufnahmen am Fundort auf der Buhne machte, ließ sie erschrocken zusammenzucken und dann fiel ihre mühsam beherrschte Haltung in sich zusammen. Sie brach in Tränen aus und legte sich schützend die Hände vors Gesicht. Tröstend klopfte ihr die korpulente Frau in der leuchtend orangefarbenen Regenjacke, die neben ihr saß, auf den Rücken.

»Ist gleich vorbei, Dodo! Jetzt sind die Herren ja da. Wir können bestimmt bald gehen, einen heißen Tee trinken und einen Happen essen. Du wirst sehen.«

Ruckartig hob die eben noch Verzweifelte den Kopf und mit einer unerwarteten Aggressivität brach es aus ihr heraus:

»Ich heiße Dorothea. Für nichts und niemanden bin ich Dodo, schon gar nicht für dich. Und jetzt schon wieder an Essen denken kann auch nur jemand mit dem Gemüt eines Fleischerhundes!«

Gelassen nahm ihre Begleiterin diesen Ausbruch zur Kenntnis und sagte freundlich zu den Polizisten:

»Stellen Sie Ihre Fragen und wir werden Ihnen helfen, so gut wir können. Je eher wir das hinter uns bringen, desto schneller sind wir zu Hause.«

Zügig führten Angermüller und Jansen dann die Befragung durch und außer der Tatsache, wann und wie die beiden Spaziergängerinnen zufällig das Boot mit dem Toten entdeckt hatten und dass sie dann über das Handy eines vorbeikommenden Touristen die Polizei benachrichtigt hatten, erfuhren sie keine weiterführenden Neuigkeiten. Die Kommissare bedankten sich bei den beiden Frauen, ließen einen Kollegen die Personalien aufnehmen und veranlassten, dass sie mit einem Dienstwagen nach Hause gebracht wurden. Die orange gekleidete Dame schien zu bedauern, nicht weiter der Polizeiarbeit folgen zu können, während ihre elegante Begleiterin wie eine beleidigte Hoheit davon rauschte. Na ja, solche Menschen gab es eben auch, dachte Angermüller und versuchte, sich innerlich für den ihm noch bevorstehenden, schlimmsten Moment am Tatort zu wappnen.

Was einmal das Gesicht eines Menschen gewesen war, glich einer riesigen, bräunlich-roten Wunde, die an der Stirn von dunklem, gelocktem Haar gerahmt wurde, das durch verkrustetes Blut verklebt war. Von den Augen waren nur noch die Höhlen übrig. Der Anblick ließ Angermüllers Magen rebellieren, doch er zwang sich trotzdem, genau hinzusehen. Auf dem Boden des kleinen Schlauchbootes, dessen eine Luftkammer schlaff in sich zusammengefallen war, stand vielleicht zwei Zentimeter hoch das Wasser. Es wies eine rotbraune Färbung auf und in dieser Lache lag eine männliche Gestalt, mit einem dicken, blauen Tau wie ein Paket verschnürt, in blauen Jeans und einem roten Sweatshirt, das zum Hals hin schwarz von dem bereits angetrockneten Blut war. Beide Hände waren zu Fäusten geballt. Ein Fuß steckte in einem weißen Sportschuh, der andere war barfuß. Auf den ersten Blick schien der übrige Körper des Toten unversehrt. Der oder die Täter hatten sich bei ihrem blutigen Geschäft ganz auf das Gesicht konzentriert.

»Tach, Georg! Hallo, Jansen! Sehr unschön, das hier«, grüßte der Mann im Schutzanzug, der dicht neben dem Boot hockte und den Toten untersuchte.

»Hallo, Steffen!«, erwiderte Angermüller.

»Trotzdem gut, dich hier zu treffen! Gibt es schon etwas zu berichten?«

Angermüller war wirklich froh, dass es Dr. Steffen von Schmidt-Elm war, mit dem er zusammenarbeiten musste. Er war einer der zuständigen Rechtsmediziner, hervorragend in seinem Fach und im Gegensatz zu manchem Kollegen ein feinfühliger Mensch, dem die Würde seiner Patienten ein achtenswertes Gut war – gleich ob sie noch lebten oder schon tot waren.

»Ich kann dir sagen, dass dieser Mann noch jung war und wahrscheinlich aus dem Nahen Osten oder Nordafrika stammt. Tot ist er wahrscheinlich schon länger als 24 Stunden, wie lange genau, weiß ich erst morgen. Das Gesicht wurde mit großer Gewalt – Schläge mit einem harten, kantigen Gegenstand oder Tritte vielleicht – zerstört. Außerdem scheinen auch Vögel bereits am Werk gewesen zu sein. Ob er durch eine dieser massiven Kopfverletzungen gestorben ist oder ob es noch eine andere Todesursache gibt – das werde ich herausfinden. Ziemlich sicher bin ich, dass er nicht erst in dieser Nussschale so zugerichtet wurde.«

Schmidt-Elm deutete zum Heck des Bootes.

»Trotz des Spritzwassers und Regens sind hier an der Reling noch deutliche Blutspuren erkennbar und – vorausgesetzt, sie stammen nicht vom Täter – dann wurde unser Opfer wahrscheinlich über das Heck ins Boot geschleift.«

Der Rechtsmediziner erhob sich und winkte die Fahrer heran, die schon mit dem Metallsarg etwas abseits bereitstanden.

»Ich fahre jetzt ins Institut mit ihm, spätestens morgen habe ich mehr Einzelheiten für euch. Eines ist mir aber jetzt schon klar: Hier waren wahnsinnige Wut oder unbändiger Hass am Werk.«

»Danke für deine Ausführungen, Steffen. Vielleicht sehen wir uns ja am Abend noch, ich habe bis vor einer halben Stunde nämlich in der Küche gestanden und ich hoffe doch, mich heute später noch zu meinen Gästen setzen zu können.«

Der Rechtsmediziner war für Georg Angermüller nicht nur ein geschätzter Kollege, sondern sein engster und ältester Freund in Lübeck.

»Ich sitze immer gerne bei dir am Tisch, Schorsch! Ich werde sehen, wie ich vorankomme. Wir telefonieren und vielleicht weiß ich dann ja schon mehr. Da kommt Ameise, der will euch sicher auch noch was erzählen. Bis später!«

Der mit Ameise Bezeichnete war der Kollege Andreas Meise, ein kleiner, zierlicher Mann, seines Zeichens Kriminaltechniker und für seine akribische Arbeitsweise bekannt. Wenn er sich etwas davon versprach, konnte er den ganzen Strand höchstpersönlich mit den Händen umpflügen. Er kam über die großen Basaltblöcke behände auf sie zugesprungen.

»Moin, Angermüller, moin, Jansen! Ist das nich schön, wie die Kleine da so im Sand buddelt? Der Strand ist an und für sich ja sauber, aber ich lass sie da man büschen üben.«

Ameise streckte in einer anzüglichen Bewegung sein Hinterteil heraus und zeigte grienend auf eine Frau mit langem, blonden Zopf, die im weißen Schutzanzug ein paar Meter von ihnen entfernt am Strand hockte und konzentriert mit einer kleinen Harke Zentimeter um Zentimeter den Sand umgrub. Sofort tat sie Angermüller leid. Ausgerechnet Ameise, der seine mangelnde Körpergröße durch ein schmieriges Machogehabe auszugleichen suchte, musste die engagierte, junge Beamtin zugeteilt werden.

»Hast du auch irgendwas Substanzielles zum Thema beizutragen?«, fragte Angermüller und musterte ihn kühl.

»Schlechte Laune, Kollege?«, blaffte Ameise zurück und fuhr dann, als keine Reaktion kam, in sachlichem Ton fort:

»Soweit ich das sehe, ist unsere Leiche auf dem Seeweg hierher gekommen. Der Strandabschnitt hier sah genauso jungfräulich aus wie die gesamte Umgebung. Keinerlei Schleif- und Kampfspuren, Blutreste oder sonstige Veränderungen. Und in dem Kahn ist kein Körnchen Sand. Selbst wenn die Tat schon mehr als 24 Stunden zurückliegt, hätte es hier noch deutliche Zeichen geben müssen. Wenn nicht am Strand, dann wenigstens Spuren auf diesen Steinen, so, wie der Junge geblutet haben muss – laut Angabe von Dr. Stefanie. Die Witterung der letzten Tage hätte die Spuren nicht komplett tilgen können. Aber wie gesagt, hier ist nix.«

Angermüller versuchte, die primitive Anspielung auf Steffens Homosexualität zu ignorieren. Dieser Ameise war einfach ein widerlicher Mensch, fachlich allerdings ausgesprochen kompetent. Er fragte ihn knapp:

»Sonst noch was?«

Ameise deutete aufs Wasser.

»Kann natürlich aus allen vier Himmelsrichtungen hier angetrieben sein, das Dinghi. Ich bin kein Wetterfrosch und weiß nix über die Windverhältnisse der letzten Tage. Kann ja überall herkommen, Timmendorf, Scharbeutz, Rostock, Schweden, durch den Kanal aus der Nordsee.«

»Nu werd nich albern!«, murrte Jansen.

»Weiß mans? Wir werden das nachprüfen. Irgendjemand wird das Schiffchen ja vermissen. Scheint ein Dinghi von einer größeren Jacht zu sein oder gewesen zu sein. Ganz verwaschen ist am Heck noch die Schrift zu erkennen: ›Tender to Mary‹ – was für ein entzückender Name für ein Boot. Diese Mary würde ich gerne mal kennenlernen.«

Ameise griente genüsslich.

»Und seht ihr hier den Tampen?«

Er zeigte zum Bug des Bootes, wo ein kurzes Stück Leine in einer Öse hing.

»Damit ist das Schiffchen gezogen worden und dann – zack – hat jemand die Leine gekappt. Ist ein sauberer, glatter Schnitt, wahrscheinlich mit einem scharfen Messer.«

»Irgendwelche Papiere bei dem Toten?«, hakte Jansen ein. Ameise schüttelte den Kopf.

»Natürlich nichts. Die Klamotten sind nach oberflächlicher Betrachtung typisch mitteleuropäische Massenware, aber wir werden die Etiketten und Fasern noch genauestens untersuchen. Interessant vielleicht noch: Dieses blaue Tau, das um den Mann gewickelt ist, ist ein ganz spezielles, das gibts nur bei Jachtausrüstern, wird für die Schoten bei Segelbooten verwendet. Besteht wahrscheinlich aus einer Polyestermischung. Tja, das wärs erst mal.«

»Gut. Wir bleiben in Verbindung.«

Angermüller wandte sich zum Gehen.

»Eh ich es vergesse!«, er drehte sich noch einmal um.

»Da du ja ohnehin keine sinnvolle Verwendung für Kriminalobermeisterin Kruse hast, nehmen wir sie dir ab. Kollege Niemann hat um Unterstützung bei den Akten gebeten.«

Das stimmte so zwar nicht, doch Angermüller wusste, dass Anja Kruse und Thomas Niemann schon öfter mit Erfolg zusammengearbeitet hatten und er konnte sehen, wie sich die junge Frau über seinen Vorschlag freute.

»Du hast doch nichts dagegen?«, fragte er Ameise.

»Wenns euch Spaß macht. Kann ich ja verstehen, dass ihr auch mal so was Junges, Knackiges aus der Nähe betrachten wollt.«

Auf dieser Seite des Elbe-Lübeck-Kanals lag eines der Industriegebiete der Stadt, unwirtlich und hässlich in seiner wilden Mischung aus Frei- und Nutzflächen, zweckmäßigen Gebäuden, Höfen, in denen am Wochenende bis auf geparkte LKW entweder Leere herrschte oder Industriemüll lagerte. Eine Ansiedlung, wie man sie nach getaner Arbeit nur zu gerne hinter sich lässt. Am anderen Ufer der Wasserstraße machte sich das dichte Grün der Kleingartenanlagen von St. Lorenz breit. Angermüller sah aus dem Fenster, wie heftige Windböen in kurzen Abständen über die Wasserfläche des Kanals rasten und sie sekundenlang aufwühlten. Unberechenbar, bedrohlich wirkte dieser Wind, den man hier oben um die Ecken toben hörte. Er musste an Astrid denken, die wahrscheinlich immer noch mit ihrem Kollegen in der Lübecker Bucht kreuzte, doch dies waren weder die Zeit noch der Ort, sich Grübeleien hinzugeben.

Es war früher Samstagabend und die Männer und Frauen des Kommissariats 1, zuständig für Mord und Kapitaldelikte, saßen im siebten Stock des schmucklosen, olivbeigen Hochhauses zusammen, in dem die Polizeidirektion Schleswig-Holstein Süd residierte. Sie sortierten die bisher zusammengetragenen Fakten im Fall des Toten vom Steilufer. Allerdings war die Ausbeute noch ziemlich mager. Die zufällig vorbeikommenden Strandspaziergänger hatten alle nichts gesehen und gehört – wie sollten sie auch, wenn das Boot samt Inhalt höchstwahrscheinlich übers Wasser angetrieben worden war. So hielten sie sich erst einmal an Routineaufgaben fest wie Vermisstenmeldungen durchsuchen, Wetterverhältnisse erforschen und Diebstahlanzeigen von gestohlenen Booten überprüfen.

Unter den eher leger gekleideten Kriminalbeamten fiel ein jüngerer Mann im gut sitzenden, anthrazitgrauen Dreiteiler auf, der sich jetzt zu Wort meldete. Es war Erik Lüthge, einer der beiden Kapitalstaatsanwälte für Mord und Leichensachen, so der offizielle Titel. In seiner Freizeit war er der klassischen Musik sehr zugetan und soeben direkt aus einem Empfang der Intendanz des Schleswig-Holstein Musik-Festivals hierher geeilt. Er äußerte seine Vermutung, wo man nach den Tätern suchen sollte; eine Vermutung, die bisher niemand ausgesprochen hatte, die aber wohl von jedem im Raum geteilt wurde: Ein Ausländer war auf brutale Weise ermordet worden – da war der Gedanke an rasierte Glatzen und deutschnationales Gegröle nur zu naheliegend. Auch bei Angermüller, der die Mordkommission leitete, hatten die entsprechenden Alarmglocken sofort geschrillt und er hatte, da der Behördenchef in Urlaub war, den Stellvertreter Walter Eckmann sofort informiert und ihn gebeten, die erste Sitzung zu leiten.

Nervös klickte Eckmann mit der Mine seines Kugelschreibers und das sollte viel heißen, denn eigentlich war der Vize-Kriminaldirektor sonst nicht so leicht aus der Ruhe zu bringen. Eben deswegen war er bei den Kolleginnen und Kollegen beliebt. Wer ihn überzeugen wollte, der brauchte vernünftige Argumente – Machtkämpfe und Prinzipienreiterei waren dem großen, beinahe dürren Mann fremd.

Doch jetzt legte sich die Stirn seines fast haarlosen Kopfes in tiefe Sorgenfalten.

»Egal, ob Staatsanwalt Lüthges Vermutung sich bestätigt oder nicht: Kolleginnen und Kollegen, ihr wisst, dass ein gewaltsam zu Tode gekommener Ausländer hier in Lübeck große Aufmerksamkeit von Presse und Öffentlichkeit auf sich ziehen wird. Deshalb: Wir müssen in diesem Fall noch sorgfältiger als sonst arbeiten, wir dürfen uns nicht einen Patzer erlauben.«

Eckmann sah ernst in die Runde.

Die Vorgänge um die Brandstiftung in einem Asylbewerberheim in Lübeck Mitte der 90er Jahre, durch die 10 Menschen den Tod fanden und die nie endgültig aufgeklärt werden konnten, hatten in der Öffentlichkeit Zweifel an der korrekten Arbeit von Polizei und Staatsanwaltschaft geweckt. Bis heute gab es Leute, die glaubten, es sei damals schlampig bis bewusst nachlässig ermittelt worden. Kein Wunder also, dass der neue Fall Nervosität erzeugte.

»Vielleicht haben wir ja Glück und das Schlauchboot ist aus Meckpomm hier angetrieben. Die im Osten mögen doch erst recht keine Ausländer«, warf jemand halblaut in die Runde.

Angermüller räusperte sich.

»Diesen unqualifizierten Kommentar will ich nicht gehört haben. Die Statistik spricht für Schleswig-Holstein eine andere Sprache, wie wir alle wissen. Wir sollten sofort die Akten unserer deutschnationalen Kunden durchforsten, davon haben wir hier nämlich auch mehr als genug. Also, wer in letzter Zeit durch irgendwelche Großtaten auffiel oder gerade aus dem Knast entlassen wurde.«

Kriminaloberkommissar Niemann und Kriminalobermeisterin Kruse konnten sich ein kurzes, zufriedenes Grinsen nicht verkneifen.

»Läuft schon. Wir haben uns deswegen bereits mit den

Kollegen vom Staatsschutz in Verbindung gesetzt«, sagte Thomas Niemann. Er erfüllte die Aufgabe des Aktenführers nicht nur sehr gewissenhaft, sondern ging der bei vielen Kollegen unbeliebten Tätigkeit mit ausgeprägter Leidenschaft nach. Zwischen Aktendeckeln und auf dem Bildschirm wurde der Fall für ihn zu einem aufregenden, riesigen Puzzle, an dem er Tage und Nächte verbringen konnte, von den Kollegen draußen mit immer neuen Informationen gefüttert, die er dann in einen logischen Zusammenhang zu bringen versuchte. Schon in mehreren Fällen hatte Anja Kruse mit ihm zusammengearbeitet und die beiden schienen sich aufs Beste zu ergänzen. Insofern hatte Angermüller die junge Frau nicht ganz uneigennützig bei dem Kollegen Ameise abgezogen, für den sie ohnehin nur das Objekt seiner schlechten, zweideutigen Witze war.

»Ihr habt die Bilder gesehen – das Opfer hat so gut wie kein Gesicht mehr, was natürlich unsere Nachforschungen um einiges erschwert«, mischte sich Georg Angermüller ein.

»Deshalb schlage ich vor, dass wir eine Rekonstruktion seines Gesichts in Auftrag geben.«

Eckmann wiegte skeptisch seinen Kopf.

»Eine sehr gute Idee! Aber wer soll das denn machen? Die vom LKA in Kiel können das nicht, soviel ich weiß.«

Angermüller überlegte.

»Ich werde mich darum kümmern. Vielleicht gibts ja eine Möglichkeit.«

»Versuchs, Georg. Wenn es klappt – umso besser!«

Eckmann sah in die Runde.

»Gut. Mit dem Durchsehen der Liste von abgängigen Personen und dem Überprüfen der in Frage kommenden Häfen, wo dieses Boot vermisst werden kann, seid ihr erst einmal beschäftigt. Mehr können wir jetzt nicht tun. Vielleicht bringen uns die Erkenntnisse aus Obduktion und Labor ja weiter.«

Er machte eine kleine Pause und fügte dann hinzu:

»Und noch etwas: Es ist absolut wichtig, dass alle weitergegebenen Informationen koordiniert werden, damit wir den schmalen Grat zwischen Auskunft und Geheimhaltung ohne Absturz hinkriegen. Das heißt im Klartext: Nachrichtensperre – wenn hier überhaupt Informationen rausgehen, dann über mich.«

Alle Anwesenden signalisierten Zustimmung.

»Habt ihr sonst noch was?«

Als niemand sich zu Wort meldete, schlug der Kriminaldirektor leicht mit beiden Händen auf die Resopaltischplatte und erhob sich.

»Na, denn man tau! Wann sehen wir uns hier wieder, Georg?«

»Morgen Nachmittag, 4 Uhr.«

»Alles klar – bis dahin, in alter Frische!«

Eckmann wandte sich zum Gehen, da fiel ihm noch etwas ein:

»Ach ja! Ich soll euch von unserem Leitenden grüßen! Ich habe ihn in seinem Kurort am Tegernsee angerufen und über die Lage informiert – er wollte das bei besonders wichtigen Fällen so haben. Ihr wisst ja, er ist eigentlich unverzichtbar hier. Ich soll euch auch etwas ausrichten. Wie lauteten doch noch seine Worte?« Der hagere Eckmann kratzte sich scheinbar ratlos am Kinn.

»Ich erwarte zügige Aufklärung, meine Damen und Herren!«, antworteten mehrere Stimmen lahm und Jansen imitierte ein Gähnen.

»Genau das war es!«, sagte Eckmann mit gespieltem Erstaunen. »Übrigens hat er schon zwei Kilo abgenommen und freut sich auf seine Rückkehr in zwei Wochen.«

Wie so oft an Schlechtwettertagen im Sommer an der Küste wurden in den Abendstunden die wolkenfreien Abschnitte am Himmel immer zahlreicher. Tief im Westen konnte man noch den letzten Schein der untergegangenen Sonne ahnen, während die Stadt mit den sieben Türmen schon in einem unwirklichen Dämmerlicht lag. Jansen ließ den Audi zügig über die Kronsforder und dann die Hüxtertorallee rollen und Angermüller genoss den Blick auf die Hansestadt, die ihm nun schon seit fast 15 Jahren Heimat war. Er lebte gerne hier. Die Altstadt mit ihren prächtigen Bürgerhäusern aus den verschiedensten Stilepochen und den winzigen Gassen, die man hier Gänge nannte, den vielen Stiftshöfen und Kirchen war wie ein lebendiges Geschichtsbuch und bot, umgeben von Kanälen und Flüssen, immer wieder neue malerische Ausblicke. Natürlich gab es auch einige ziemlich hässliche Ecken, die sich hier und da unvorteilhaft in den Vordergrund schoben. Man brauchte ein bisschen Zeit, um den komplexen Reiz der alten Hansestadt zu entdecken und Georg Angermüller bedauerte, davon nicht mehr zu haben.

Auch wenn die Stadtverwaltung immer wieder betonte, dass Lübeck eine moderne Großstadt sei – was von der Einwohnerzahl her durchaus berechtigt war-, im Alltag der Stadt war davon wenig zu spüren. Und das schätzte der aus Oberfranken Zugezogene besonders: Hier war das Leben noch gemächlich. In den von ihm bevorzugten kleinen Läden in der Hüxstraße war der Umgang verbindlich und persönlich und auch Taxifahrer und Amtspersonen waren in Lübeck selten so unwillig und schlecht gelaunt, wie er es in manchen deutschen Großstädten schon erlebt hatte. Die angeblich so kühlen Norddeutschen erwiesen sich als freundliche und hilfsbereite Menschen – von Angermüllers Schwiegermutter Johanna einmal abgesehen. Auf den ersten Blick war sie eine vornehme alte Dame, die vor allem ihre Heimatstadt über alles liebte und manchmal ein wenig zu neugierig war. Doch hinter dem verbindlichen Lächeln, mit dem sie ihre Fragen stellte, fällte sie mit gnadenloser Strenge ein unwiderrufliches Urteil über ihre Mitmenschen. Sie befand, wer würdig war, in ihre Lübsche Gesellschaft aufgenommen zu werden und wer nicht. Der Kriminalhauptkommissar Georg Angermüller gehörte in ihren Augen jedenfalls nicht dazu. Trotzdem hatte er ihre Tochter Astrid geheiratet, was sie bis heute nicht verwunden hatte.

Während eines Praktikums bei der Kriminalinspektion in Lübeck hatte Angermüller die Neigung zu seinem Beruf entdeckt und da ihm die Ostseestadt gefiel, war er gleich dageblieben. So hatte er das Glück gehabt, Astrid kennen zu lernen. Natürlich hätte er mit seinem Jurastudium auch etwas anderes anfangen können und dass er dies nicht getan hatte – ›nichts aus sich gemacht hatte‹ –, nahm ihm Johanna bis heute übel. Doch wer war Johanna? Der Kommissar summte leise vor sich hin, als der Audi in die gepflasterte, kurze Straße einbog, die auf die Wakenitz zulief und in der sich die dreistöckigen Häuschen aus der Gründerzeit mit ihren kleinen Vorgärten eng aneinander schmiegten. Er war zu Hause.

»Danke, Kollege – bis morgen!«

»Da nich für – tschüss, Georg!«

Jansen brauste mit dem Wagen davon und Angermüller sah ihm nach. Mit seinen 31 Jahren war Claus Jansen fast 10 Jahre jünger als Angermüller. Sie arbeiteten jetzt schon eine ganze Weile zusammen und er war ein unkomplizierter Kollege, engagiert, klar, mit einer guten Portion Humor. Grübeleien waren seine Sache nicht, aber er hatte klare moralische Vorstellungen und nahm seinen Beruf sportlich: so viele Punkte wie möglich machen, um die andere Seite zu schlagen. Privat liebte er schnelle Autos und seine Unabhängigkeit. Sein Handy hatte in immer kürzeren Abständen Signale eingehender Nachrichten gesendet, was nur heißen konnte, dass eine seiner zahlreichen Freundinnen bereits voller Ungeduld auf ihn wartete.

Angermüller öffnete die Gartenpforte. Die Aussicht auf einen Abend voller kulinarischer Genüsse unter Freunden stimmte ihn milde und er vergab die ewigen Sticheleien seiner Schwiegermutter. Auch die Gedanken an den Toten vom Steilufer versuchte er, in die hinterste Ecke seines Bewusstseins zu verbannen. Jetzt wollte er nur noch genießen.

Im Flur umhüllte ihn sofort eine Duftwolke aus Olivenöl, Knoblauch und Gebratenem, die seinen Magen sich zusammenziehen ließ. Erst jetzt spürte er, wie hungrig er war, hatte er doch seit dem Frühstück und einigen wenigen Probierhappen während des Kochens nichts mehr gegessen. Gläserklingen, Geschirrklappern und fröhliches Stimmengewirr hinter der Tür zur Küche zeigten ihm, dass seine Gäste kein Problem gehabt hatten, ohne ihn anzufangen. Das hatte er auch so gewollt und Hedi und John, die nebenan wohnenden Freunde, die immer einen Schlüssel für das Angermüllersche Haus hatten, gebeten, in seinem Namen die Gäste zu empfangen und zu bewirten, falls er es nicht mehr rechtzeitig schaffen würde. Er wusste, dass die beiden dazu nur allzu gerne bereit waren. Hedi und John, ein kinderloses Lehrerpaar, stets sonnengebräunt und gut gelaunt, seit Kurzem frühpensioniert, waren immer auf der Suche nach Aufgaben, wenn sie nicht gerade mit ihrem Segelboot irgendwo in den schwedischen Schären kreuzten oder die dänische Inselwelt erkundeten. Neben ihrer außergewöhnlichen nachbarlichen Hilfsbereitschaft kennzeichnete sie ein leidenschaftliches Interesse am Kochen und Essen, was natürlich sofort eine gute Basis für den Aufbau freundschaftlicher Beziehungen geliefert hatte.

Niemand nahm Notiz, als Angermüller seine Küche betrat. Hedi und John saßen mit dem Rücken zur Tür, Carola und Margret waren in ihre Teller vertieft und Lars studierte durch die vorgehaltene Lesebrille das Etikett einer bereits geleerten Weinflasche. Ein großer, blonder Mann, der auf Angermüllers angestammten Stuhl saß, wie er sofort registrierte, war dabei, mit ausladender Geste eine neue Flasche Rotwein zu entkorken. Und Astrid, die daneben saß, wurde gerade von einem ihrer seltenen, dafür umso heftigeren Lachanfälle geschüttelt.

»Guten Abend miteinander! Ihr seid ja schon gut in Stimmung!«, grüßte Angermüller in den Raum und erntete eine vielstimmige, fröhliche Antwort.

»Da ist ja unser Gastgeber endlich!«, rief Hedi und sprang von ihrem Stuhl hoch, erstaunlich behände für ihre massige Figur, und umarmte ihn herzlich. Sie und John übertrafen Georg Angermüllers bereits ansehnliche Körperfülle noch um ein Vielfaches.

»Wie du siehst, haben wir uns doch für den Tisch hier in der Küche entschieden«, erklärte Hedi, während sie für ihn eine Sitzgelegenheit heranschaffte.

»Hier ist es irgendwie gemütlicher, alle haben Platz und solange es nicht kühler wird, können wir die Tür zum Garten offen lassen und uns wenigstens vorstellen, es wäre ein Sommerabend!«

Die geräumige Küche ging in eine Art Wintergarten über, wo ein stabiler Holztisch stand, an dem bis zu 10 Personen problemlos Platz finden konnten.

»Darf ich ein Glas Rotwein anbieten?«, richtete sich der Blonde, der seinen Stammplatz okkupierte, an Angermüller und erhob sich.

»Morellino di Scansano – Vino Toscano,Vendemmia Neunzehn undert akt unde neunzig«,

las er mit einem Akzent, der wohl italienisch klingen

sollte, und löste damit bei Astrid einen erneuten Heiterkeitsanfall aus.

»Vielleicht sollten wir uns noch bekannt machen, bevor Sie mich bewirten: Georg Angermüller, Astrids Mann.«

Über den Tisch hinweg sah ihn der andere milde lächelnd an.

»Das habe ich mir fast gedacht, Herr Kommissar.«

Astrid gluckste vor Vergnügen – sie schien wirklich schon reichlich von dem roten Wein genossen zu haben.

»Ich bin Martin Aalsen, der Neue in Astrids Verein. Schön, Sie kennenzulernen.«

Angermüller umrundete den Tisch und sie gaben sich die Hand. Martins Händedruck war fest und zupackend.

»Hallo, Schatz!«, begrüßte er dann seine Frau mit einem Wangenkuss. »Schön, dass du wohlbehalten wieder an Land gekommen bist!«

»Du bist und bleibst eine unverbesserliche Landratte!«, meinte Astrid und lächelte belustigt.

»Aber sagt mal: Wollt ihr euch nicht duzen? Wir duzen uns doch hier alle in der Runde und da sollte Martin keine Ausnahme sein. Wir müssen doch nicht die s-teifen Hanseaten spielen!«

Angermüller wunderte sich, wo das sonst so zurückhaltende Wesen seiner Frau geblieben war. Er kannte diesen Martin noch gar nicht und schon sollte er ihn zu seinem engeren Freundeskreis zählen.

Als alle Gläser gefüllt waren, stieß man miteinander an und besiegelte damit das allgemeine ›Du‹. Georg Angermüller ließ langsam und genießerisch den ersten Schluck Wein durch seine Kehle rinnen. Während um ihn herum geplaudert und gelacht wurde, arbeitete er sich mit stiller Andacht durch die üppige Palette mediterraner Spezialitäten und fühlte, wie ihn jeder Bissen ein wenig mehr mit der Welt versöhnte. Selbst die Tatsache, dass dieser Martin, aus einem schier unendlichen Fundus schöpfend, eine Segleranekdote nach der anderen zum Besten gab, konnte sein wachsendes Wohlgefühl nicht trüben. Während er versonnen die mit Gorgonzola gefüllten, von aromatischem Parmaschinken umhüllten Datteln genoss, nachschmeckte, sich ein Stück knuspriges Weißbrot abbrach und mit einem kräftigen Schluck Rotwein nachspülte, wanderten seine Gedanken in das kleine Ristorante an der Straße im Val di Cecina. In dessen schattigem Garten hatten sie im letzten August ausgiebig geschlemmt. Eigentlich sollte es nur ein bescheidener Imbiss werden, doch als der kleine, rundliche Wirt mit leuchtenden Augen seine Spezialitäten aufzählte, konnte Angermüller nicht widerstehen und bestellte hiervon ein bisschen und davon ein bisschen und schließlich saßen sie mehr als drei Stunden, von denen Angermüller keine Minute bereute, denn es war einfach köstlich! Besonders die sämigsahnige Steinpilzsauce auf den hausgemachten Nudeln war von einem überwältigenden Aroma. Mit gedankenverlorener Hingabe säuberte Angermüller seinen Teller mit einem Stück Brot von den letzten Tropfen Öl.

Apropos Nudeln.

Er erhob sich und machte sich am Herd zu schaffen und als die Knoblauchzehe, die in einer Mischung aus Butter und Olivenöl im Topf schmorte, eine braungoldene Farbe angenommen hatte, nahm er sie mit einer Gabel heraus. Nur ein leichter Hauch ihres Aromas blieb zurück. Bald duftete es im Raum wunderbar nach Steinpilzen. Er goss großzügig mit Sahne auf und stellte die Flamme klein, damit das Ganze langsam köcheln und sich zu einer harmonischen Einheit verbinden konnte. Im großen Edelstahltopf näherte sich das Wasser seinem Siedepunkt, Angermüller streute eine Hand voll Salz hinein, stellte das Brett mit den hausgemachten Tagliatelle bereit und pfiff leise eine Melodie – Kochen hatte schon etwas mit Glückseligkeit zu tun.

»Also, für diese Pasta würde ich dir glatt drei goldene Kochlöffel verleihen!«, unterbrach Carolas sonore Stimme wenig später die genießerische Stille am Tisch. Angermüller kochte nicht für Komplimente, aber er wusste wohl, wie streng Carola mit ihren Urteilen war. Sie selbst brachte zwar höchstens einen ordentlichen Kaffee zustande, was sie während ihrer Jahre in der Stadtverwaltung gelernt hatte. Außerdem fand sie, der Dreck und die Arbeit in der eigenen Küche lohnten sich nicht, schon gar nicht für sie als Single. Aber sie fühlte sich berufen, in ihrer Freizeit hin und wieder Restaurantkritiken für hiesige Zeitungen zu verfassen und dabei goldene, silberne, bronzene oder auch rostige Kochlöffel als Noten zu verteilen und die Leserschaft schien sich ihren Einschätzungen tatsächlich anzuschließen. Mittlerweile war sie dafür stadtbekannt und wenn sie in einem Lokal auftauchte, nicht zu übersehen mit ihrer stattlichen Figur und den extravaganten, meist schwarzen Kleidern, behängt mit ausgefallenen, großen Ketten, packte die Damen und Herren in der Küche ängstliche Nervosität.

»Was sind wir heute gnädig, meine Liebe! Dank deines kenntnisreichen Urteils weiß ich jetzt erst richtig einzuschätzen, was mein Freund uns hier Delikates serviert.«

Steffen, in einem grob gestrickten Baumwollpulli, der mit seinem Naturton perfekt zu der lässigen Leinenhose passte, hatte sich mittlerweile der Tafelrunde zugesellt und zeigte einmal mehr, dass Carola einer der ganz wenigen Menschen war, bei dem ihm seine sonst sprichwörtliche, vornehme Gelassenheit abhanden kam. Georg gegenüber nannte er sie nur das große, aufgeblasene Nichts. Begegnungen zwischen den beiden ließen sich nicht vermeiden, da er Georgs bester Freund und Carola seit Kindertragen Astrids enge Freundin war und so kam es immer mal wieder zu kleinen Scharmützeln.

Margret hüstelte und hob ihr Glas.

»Es schmeckt wieder alles ganz wunderbar, Georg! Und wir freuen uns immer, wenn du uns bekochst, vor allem bei deiner knapp bemessenen Freizeit! Vielen Dank für die Einladung und auf dein Wohl!«

In einem zauberhaften, alten Kontor in der Beckergrube betrieben Margret und Lars einen Laden mit exquisiten Weinen, Spirituosen, Schokoladen und natürlich dem berühmten Rotspon. Astrid kannte auch Margret schon seit ihrer Kindheit, denn sie war die Tochter der besten Freundin ihrer Mutter – aber trotzdem sehr nett, wie Angermüller zu sagen pflegte. Und Margret, zierlich, blond, nordisch, mit den besten Manieren war durch den jahrelangen Dienst am Kunden in ihrem ererbten Geschäft eine Meisterin der Diplomatie, stets von einer geduldigen Freundlichkeit und die Diskretion in Person. Ihr Mann Lars stand ihr darin in nichts nach. Auch Lars brachte noch einen Trinkspruch auf den Gastgeber aus und am Tisch herrschte wieder genussvolle Eintracht.

Georg Angermüller schob seinen Teller von sich. Nach einer zweiten Portion Tagliatelle mit der opulenten Steinpilzsahnesauce war er mehr als satt und lehnte sich ermattet in seinem Stuhl zurück. Von den Gesprächen ringsum nahm er nur noch einzelne Bruchstücke wahr – Carolas Klatschgeschichten und Martins Seemannsgarn interessierten ihn auch nicht wirklich. Und als Steffen ihm unauffällig ein Zeichen gab, ihm nach draußen zu folgen, war er richtig dankbar, aus dieser ermüdenden Zwangslage gerissen zu werden.

Die Nachtluft im Garten war frisch, aber nicht kalt und Angermüller fühlte sich sogleich wieder hellwach, zumal auch die Eindrücke vom Nachmittag in sein Bewusstsein zurückkehrten.

»Du hast uns heute ja wieder verwöhnt, Schorsch!«

Der Rechtsmediziner klopfte seinem Freund anerkennend auf die Schulter.

»Deine altbekannte Qualität eben! Aber das hätte ich

dir auch da drinnen vor Publikum sagen können. Ich wollte dir hier nur kurz mitteilen, was ich über unseren Freund vom Steilufer bisher herausgefunden habe. Viel ist es leider nicht: Wenn die serologischen Untersuchungen keine großen Abweichungen ergeben, würde ich sagen, als man ihn gefunden hat, war er ungefähr seit 30, 35 Stunden tot. Der Todeszeitpunkt liegt also in der Nacht von Donnerstag auf Freitag. Der Junge schien von bester Gesundheit zu sein, trotzdem ist er nur maximal 25 Jahre alt geworden.«

Schmidt-Elm seufzte.

»Der arme Kerl hatte sein ganzes Leben noch vor sich.«

Angermüller brummte zustimmend und sagte dann:

»Ja, und das Einzige, was wir noch für ihn tun können, ist, den oder die Mörder finden. Hast du noch etwas über ihn herausgefunden?«

»Er hat zwei böse Schädelfrakturen. Nach Schlägen mit einem schweren, kantigen Gegenstand ist die Schädeldecke an zwei Stellen gesplittert wie eine Eierschale. Aber er ist nicht unmittelbar daran gestorben. Er ist verblutet. Als man ihn gefesselt und in dem Boot auf die See geschickt hat, hat er ziemlich sicher noch gelebt. So weit erst mal inoffiziell, aber ich nehme an, diese Ergebnisse werden sich morgen erhärtet haben«, schloss Steffen von Schmidt-Elm seine Ausführungen.

»Du hast recht, das ist tatsächlich nicht sehr viel. Trotzdem danke!«, kommentierte Angermüller den Vortrag seines Freundes.

»Bitte, immer gern zu Diensten. Ich hätte da aber noch einen Vorschlag zu machen. Ich habe einen Studienfreund in Bonn, der auch als Anthropologe ausgebildet ist und sich seit einiger Zeit auf die Rekonstruktion von Gesichtern spezialisiert hat.«

Angermüller schlug sich gegen die Stirn.

»Jetzt weiß ichs wieder! Danach wollte ich dich den ganzen Abend schon fragen! Gesichtsrekonstruktion! Entschuldige, dass ich dich unterbrochen habe.«

»Macht nichts. Ja, also, dieser Freund arbeitet oft für das BKA mit einem speziellen Computerprogramm. Normalerweise geht es dabei um skelettierte Leichen. Es wäre für mich kein Problem, ihm auch für unseren Fall die entsprechenden Daten zu liefern, denn ein Gesicht wäre für eure Ermittlungen ja von großem Vorteil.«

»Das kannst du laut sagen! Also, wenn du das in die Wege leiten könntest, wäre das ein großer Schritt vorwärts!«

»Wird gemacht! Kein Problem.«

»Wenns ohne Dienstweg ginge«, Angermüller kratzte sich am Kopf, »wäre es natürlich noch besser und vor allem schneller.«

Steffen nickte.

»Das hatte ich ohnehin vor. Aber ein Weilchen wird es schon brauchen, bis wir ein Ergebnis haben.«

»Wie lange?«

»Rechne mit ungefähr 10 Tagen!«

»Was hilfts! Sollten wir bereits vorher den Fall geklärt haben – umso besser! Bei uns wird jedenfalls auf Hochtouren daran gearbeitet. Alle sind total nervös wegen des Wirbels, den ein toter Ausländer in Lübeck in den Medien auslösen kann. Und ich glaube kaum, dass sich jemand an unserer Privatinitiative stößt. Gerade unseren Chefs wird jedes Mittel recht sein, diesen Fall so schnell wie möglich zu einem erfolgreichen Abschluss zu bringen.«

Nachdem der letzte Gast gegangen war, verwandelte sich Astrids ausgelassene Fröhlichkeit mit einem Schlag in totale Müdigkeit und sie schleppte sich nur noch gähnend zwischen Tisch und Spülmaschine hin und her.

»Geh doch schlafen! Ich schaff das schon allein«, ermunterte Angermüller seine Frau.

»Ach, danke, das ist nett!«

Astrid legte ihre Arme um seinen Hals.

»Das war so schön heute – ich bin richtig glücklich.«

»Ja, das war mal wieder ein richtig netter Abend«, stimmte Angermüller zu.

»Das auch – aber ich meine vor allem den Tag auf der Ostsee! Guter Wind und ein schnelles Schiff und so ein toller Segler wie Martin – wir sind ein echt gutes Team!«

Und mehr zu sich selbst fügte sie hinzu: »Ich war ja völlig entwöhnt, so lange war ich nicht mehr auf dem Wasser.«

Angermüller spürte einen kleinen Stich bei dieser Bemerkung. Zum einen fühlte er sich schuldig, seiner Frau dieses Vergnügen nicht bieten zu können und zum anderen missfiel ihm der Gedanke, dass sie ausgerechnet mit diesem Martin wieder ihrem geliebten Hobby nachgehen konnte.

»Aber ich hole das jetzt alles nach! Morgen wollen wir einen Törn in Richtung Mecklenburgische Küste machen. Du müsstest dich allerdings um die Kinder kümmern und sie gegen 18 Uhr vom Bus abholen. Ich kann nämlich nicht sagen, wann ich zurückkomme.«

»Mmh. Ich weiß natürlich auch noch nicht, wie sich das morgen bei uns entwickelt«, murmelte Angermüller skeptisch.

»Dann musst du das eben organisieren!«

Astrid nahm ihre Arme von seinem Hals. Sie war plötzlich wieder ziemlich wach.

»Ich bin schon um neun mit Martin verabredet und mag so früh am Sonntag niemanden stören. Du wirst es wohl schaffen, jemanden von den anderen Eltern oder den Trainer zu bitten, sie hier abzuliefern, wenn du es selbst nicht schaffst.«

»Klar, das klappt schon«, beruhigte sie Angermüller,

überrascht von ihrem gereizten Ton und setzte hinzu: »Das ist dir wohl sehr wichtig mit deinem Segeltörn?«

Er meinte das gar nicht kritisch, es erstaunte ihn nur die Leidenschaft, mit der sie um den morgigen Tag kämpfte. Doch offensichtlich war dies genau die falsche Frage.

»Was soll denn diese Frage? Alles, was du tust, ist immer enorm wichtig und alles muss sich dem unterordnen: Familie, Freizeit, unser ganzes Leben und wenn ich einmal an meinem wohlverdienten Wochenende etwas für mich selbst tun will, dann ist das zu viel verlangt?«

»Das habe ich überhaupt nicht damit sagen wollen.«

Angermüller versuchte, zu beschwichtigen:

»Es gibt wirklich keinen Grund zur Aufregung.«

»Stimmt.«

Auch Astrid wollte keinen Streit.

»Ich gehe segeln und du holst die Kinder ab. Ansonsten hast du was Besseres zu tun – wie immer!«

Betont munter gab sie ihrem Mann einen Kuss auf die Wange.

»Dann ist ja alles geregelt und ich kann beruhigt schlafen gehen.«

Sie wandte sich zum Gehen.

»Warte! Du bist doch viel zu müde, die Treppe hochzuklettern!«

Kurzerhand schulterte Angermüller seine Frau und trug sie die Treppe hoch ins obere Stockwerk. Es war ihm eine leichte Übung, denn trotz ihrer fast 40 Jahre und einer Zwillingsschwangerschaft hatte sich Astrid ihre knabenhafte Statur bewahrt. Er selbst war leider in der letzten Zeit ein wenig aus der Form geraten. Zusammen mit seiner Körpergröße und dem dunklen Vollbart wirkte er dadurch mehr und wie ein großer Bär. Immer wieder nahm er sich vor, etwas gegen sein Übergewicht zu unternehmen, das er auf das beruflich bedingte, häufig unregelmäßige Essen schob. In Wahrheit aber wusste er, dass ihm seine tiefe Leidenschaft für gutes Essen im Wege stand und immer wieder verhinderte, dass er sich maßvolle Zügel anlegte.

Als er Astrid auf die Bettkante absetzte, lächelte sie wieder.

»Danke, Schatz! Das hätte aber nicht nötig getan.«

Angermüller beugte sich zu ihr herunter und gab ihr einen Gutenachtkuss.

»Mach ich doch gern. Ich muss unten noch ein bissle aufräumen. Schlaf gut und träum was Schönes!«

Es war mittlerweile halb zwei und Georg Angermüller stand immer noch in der Küche und entsorgte die Reste des genussreichen Abends. Er naschte hie und da noch ein wenig und beseitigte gewissenhaft auch die letzten Spuren an Löffeln und Schüsseln. Da er immer nach der Devise ›Besser zu viel als zu wenig‹ für seine Gäste sorgte, war der Kühlschrank bald gut gefüllt mit Schüsselchen und Tellerchen voller mehr oder weniger großer Portionen übrig gebliebener mediterraner Spezialitäten. Und er war nicht böse darüber, sich dieser verbliebenen Köstlichkeiten demnächst noch einmal annehmen zu dürfen.

Als er dann endlich auch ins Schlafzimmer schlich, lag Astrid in friedlichem Schlummer. Er musste an ihren Satz denken, er habe wie immer was Besseres zu tun und schüttelte mit einem traurigen Lächeln seinen Kopf.

»Was Besseres! Den Mörder von einem armen Teufel ohne Gesicht finden. Ich kann mir nix Schöneres denken an einem Sonntag«, brummte Georg Angermüller leise und machte das Licht aus.

3

Der Wind war heftig und empfindlich kalt. Am Himmel zogen Wolkenberge von hellgrau bis blaulila vorüber. Irgendwo dahinter war die Sonne zu vermuten, nur zeigen wollte sie sich nicht. Wenigstens war es trocken und alle Urlauber schienen auf die Idee gekommen zu sein, das sehr durchwachsene Wetter an diesem Sonntag für einen Spaziergang um den hübschen, kleinen Hafen zu nutzen, der sich wie ein Fjord lang und schmal ins Land hineinzog. Hier gab es schicke Hochseejachten zu bestaunen und PS-starke Motorboote, sogar echte Ostseekutter, die aber schon lange nicht mehr zum Fischfang auf See fuhren, da die Schleppnetzfischerei ihre Besatzungen nicht mehr ernähren konnte. An der Promenade stand Imbissbude neben Imbissbude und man hielt das hier übliche bunte Angebot für Touristen bereit: Von Pizza, Döner, Hamburgern und allerlei anderen Fastfoodvarianten über Fischbrötchen bis hin zu Crêpes und Eis reichte die Palette und selbstverständlich gab es auch eine große Auswahl an alkoholischen Getränken.

Braungebrannte Hamburger Pensionäre und ihre Damen, alle in ähnliche Freizeitjacken teurer Markenfabrikate gekleidet, orderten lautstark ihre ›Caipis‹ – Caipirinha war, dem Angebot nach zu urteilen, das Modegetränk dieses Ostseesommers. Bunte Jogginganzüge, Kinder und Hunde waren meist die Kennzeichen der Familien, die ihren Urlaub im Wohnwagen auf einem der vielen Campingplätze am Strand verbrachten, bei schlechtem Wetter ihren engen Behausungen entflohen und die sich nun mit den vielen anderen auf der Promenade drängten.

Nirgendwo war ein Parkplatz zu bekommen. Selbst in dem für den öffentlichen Verkehr gesperrten Strandweg standen die Autos dicht an dicht. Schließlich lenkte Jansen den Dienstwagen direkt vor die Ausfahrt der ›Lübschen Seglervereinigung 1910 e. V.‹ und stellte den Motor ab.

»Die können sich ja melden, wenn wir stören«, knurrte er, an Angermüller gerichtet. Das Metalltor mit dem Hinweisschild ›Zutritt nur für Mitglieder‹ fiel laut hinter ihnen ins Schloss und sofort hatten sie die lebhafte, laute, nach Frittierfett stinkende Urlauberwelt hinter sich gelassen. Schon in drei Segelvereinen hatten die beiden Beamten nach der Herkunft des Schlauchbootes geforscht, in dem der Tote am Steilufer angetrieben worden war. Dieser hier war der bei weitem beeindruckendste Verein, was Lage, Grundstück und Ausstattung betraf. Gepflegter Rasen, aufwendige Blumenrabatten und eine geräumige, weiße Villa in der typischen Bäderarchitektur der Jahrhundertwende als Clubhaus.

»Guten Tag! Können wir behilflich sein, die Herren?«

Der scharfe Unterton dieses höflichen Angebots war nicht zu überhören. Eine weißhaarige, ältere Dame, bekleidet mit einem dezent blauweiß geringelten Shirt unter einer marineblauen Weste, mit einer Bermuda in derselben Farbe und mit den typischen, mokassinartigen Bootsschuhen an den Füßen, löste sich aus einer Gruppe von Frauen, alle mehr oder weniger ähnlich angezogen, die im Gespräch beieinander standen. Sie trat den beiden Kommissaren in den Weg und warf ihnen aus ihren hellen Augen, die im scharfen Kontrast zu ihrem dunklen, wettergegerbten Teint standen, einen prüfenden Blick zu. Angermüller, mit seiner olivbraunen Wildlederjacke und den Cordhosen, und Jansen, mit schwarzer Lederjacke und Jeans bekleidet, wirkten in diesem maritimen Ambiente, in dem nur die Farben Blau und Weiß zu existieren schienen, wie zwei Außerirdische.

»Suchen Sie jemanden, sind Sie Gäste eines Clubmitglieds?«, fragte die energische Seniorin noch einmal.

»Guten Tag! Mein Name ist Jansen, Kommissar Jansen, das ist mein Kollege, Hauptkommissar Angermüller. Wir sind von der Kriminalpolizei Lübeck.« Sie zeigten ihre Ausweise.

»Wir brauchen ein paar Informationen über die in Ihrem Verein liegenden Boote. Sie haben doch hier bestimmt so was wie einen Hafenwart.«

Es war nicht so, dass diese Erklärungen einen erkennbaren Eindruck bei der Dame hinterließen, geschweige denn, sie freundlicher stimmten.

»Sicherlich haben wir hier einen Hafenmeister.«

»Wie heißt er?«

»Er heißt Henry Sievers. Warten Sie hier. Ich hole ihn.«

»Danke, nicht nötig! Wir werden ihn schon finden. Außerdem würden wir uns hier gerne noch ein wenig umschauen, wenn Sie nichts dagegen haben.«

Kaum merklich hob sie die Brauen.

»Bitte.«

Fremde, die nicht unter dem Schutz eines Vereinsmitgliedes standen, hatten in diesem exklusiven Club offensichtlich nichts zu suchen, selbst wenn sie von der Polizei waren. Angermüller und Jansen setzten ihren Weg fort. Zum Wasser hin lag eine große, asphaltierte Fläche, auf der fünf oder sechs Jachten auf Trailern oder Metallgerüsten standen. An einigen der Boote arbeiteten Leute mit Schleifgeräten oder Farbe und Pinsel. Ein paar Männer waren dabei, mit einem großen Kran, der direkt ans Ufer gebaut war, ein Schiff zu Wasser zu lassen. Drei Stege gingen aufs Wasser hinaus und so um die 25 Schiffe unterschiedlicher Form und Größe schaukelten daran, festgemacht in der Dünung. Etwa die Hälfte der Liegeplätze war leer, doch die an Land zurückgebliebenen Tampen zeigten an, dass in den meisten davon sonst auch Boote lagen.

Die Beamten betraten die Steganlage und suchten nach jener ›Mary‹, zu der mutmaßlich das am Strand angetriebene Schlauchboot gehörte. Die Namen, die ihnen begegneten, zeugten teils von der Romantik, teils vom Humor ihrer Besitzer oder aber auch von dem heiligen Ernst, mit dem manche die Seefahrerei betrieben. Da gab es eine ›Südseeprinzessin‹ neben einer ›Flotten Lotte‹ oder einem ›Luxusleiner‹ und eben auch eine ›Pride of the Baltic‹ sowie die unvermeidliche ›Poseidon‹, aber keine ›Mary‹. Eine große Jacht mit dem sehnsuchtsvollen Namen ›Shangri La‹ glitt majestätisch vor ihnen in einen Liegeplatz und die jungen Menschen in eleganter Sportkleidung, die auf dem Bug standen, sahen ihnen erwartungsvoll entgegen. Endlich kapierte Angermüller, dass sie auf die Übergabe der Festmacherleinen, die direkt vor seinen Füßen lagen, warteten. Er bückte sich nach der einen und Jansen tat es ihm nach und wie immer fühlte sich Georg Angermüller in diesem seemännischen Umfeld, dessen Sprache allein ihm schon fremd war, seltsam unbehaglich.

»Können Sie uns sagen, wo wir den Herrn Sievers finden?«, fragte Jansen die junge Frau an Bord der ›Shangri La‹, der er die Leine übergeben hatte. Sie strich sich das vom Wind zerzauste Haar aus dem Gesicht und schaute sich suchend um.

»Also, wenn er nicht hier draußen auf dem Gelände ist, versuchen Sie es doch mal in der Villa. Da hat er sein kleines Büro, gleich unten links.«

»Man dankt!«

Jansen tippte sich mit zwei Fingern salutierend an den Kopf und die beiden Beamten bewegten sich in Richtung Vereinshaus.

Es war Mittagszeit und trotz des kühlen Wetters waren einige Tische auf der Terrasse vor dem seeseitigen Eingang der Villa besetzt. Angermüller warf interessierte Blicke auf die Teller, die ein junges Mädchen den Leuten gerade servierte, und verspürte beim Anblick einer goldbraun gebratenen Scholle mit Kartoffelsalat sofort ein leichtes Hungergefühl.

»Tach, die Herren! Wollen Sie sich für unsere Regatta anmelden oder sind Sie dienstlich hier?«, erklang hinter den Polizisten eine sonore Stimme. Sie drehten sich um und Jansen winkte dem Mann, der von seinem Tisch auf der Terrasse aufgestanden war, und sagte leise zu seinem Kollegen: »Der alte Burmester, der Schwätzer! Der hat mir gerade noch gefehlt!« Lauter rief er: „Moin, Doktor! Wir sind immer im Dienst, das wissen Sie doch!«, und sie setzten ohne stehen zu bleiben ihren Weg fort. Als sie im Treppenhaus der Villa standen, fragte Angermüller: »Wer ist dieser Dr. Burmester?«

»Kennst du den etwa nicht? Ein Rechtsanwalt aus Lübeck. Hat sich aber schon stark aufs Altenteil zurückgezogen. Macht nicht mehr viel mit Mandanten, dafür Politik. Steht irgend so einer Bürgervereinigung vor.«

Angermüller nickte langsam.

»Ja, wo du das jetzt sagst. Ich habe doch schon von dem gehört. Alteingesessener Lübecker Stadtadel, oder?«

»Ja, genau. Und ein absolut unangenehmer Klugschnacker! Hier sind wir richtig.«

Jansen zeigte nach links und klopfte an die offen stehende Tür. Von den Wänden in dem kleinen Raum war nichts mehr zu sehen, überall hingen Listen und Seekarten, ein schwarzes Brett, ein Schlüsselbrett und an die freien Stellen dazwischen hatte jemand Ansichtskarten aus allen Ecken der Welt gepinnt. Hinter einem kleinen Schreibtisch voller Papier saß ein weißhaariger Mann in einem dunkelblauen Wollpullover und schaute zu ihnen hoch.

»Moin! Was gibts?«

»Moin! Kripo Lübeck – das ist mein Kollege Angermüller, mein Name ist Jansen.«

Sie zeigten ihre Ausweise.

»Sie sind hier der Hafenmeister?«

Er stand von seinem Stuhl auf und gab den beiden mit festem Druck die Hand.

»Richtig. Henry Sievers.«

Henry Sievers hatte eine kräftige, tiefe Stimme und rollte das R, wie es im Lübschen Dialekt üblich war.

»Wir hätten da ein paar Fragen zu den Schiffen, die hier im Verein liegen.«

»Da sind Sie hier goldrichtig. Schießen Sie los.«

»Liegt hier im Hafen eine Jacht namens ›Mary‹?«, fragte Jansen.

»Nee. – Da brauch ich gar nich nachzusehen. Ne ›Mary‹ ham wir nich.«

Angermüller zog das Foto des Schlauchbootes aus einer Jackentasche und hielt es dem Hafenmeister hin.

»Und kennen Sie vielleicht dieses Schlauchboot?«

»Ja. ›Tender to Mary‹. Ist Vereinseigentum. Wurde mal als Trainerboot für die Jugendgruppe genutzt. Das liegt bei uns im Bootsschuppen – normalerweise.«

Angermüller und Jansen sahen sich hocherfreut an.

»Dann gehen wir doch mal nachschauen!«, sagte Angermüller aufgeräumt. Der Hafenmeister nickte und setzte die weiße Schirmmütze auf, die auf seinem Schreibtisch gelegen hatte. Sie verließen das Clubhaus durch einen kleinen Seiteneingang und gelangten auf einen freien, nicht befestigten Platz neben der Villa. Mehrere Trailer standen hier, ineinander geschoben, es lagerten Jollen kieloben auf dafür gebauten Gestellen, Bretter und ein paar offensichtlich reparaturbedürftige Boote lagen herum, verschmutzte Putzlumpen, leere Bierflaschen und diverse bekleckerte Farbdosen. Ein aus Holz gebautes Gebäude mit einem hohen Spitzdach stand im Hintergrund.

»Tscha. Das sah auch schon mal besser aus hier, aber da

hatten wir auch noch eine funktionierende Jugendabteilung und die waren für das Gelände verantwortlich.«

»Und warum ist das nicht mehr so?«, fragte Angermüller. Sievers zuckte mit den Schultern.

»Kein Nachwuchs. Seit zwei Jahren keiner mehr, der sich im Verein um die Jugendarbeit kümmert. So ist das. Aber ich bin hier nur angestellt, das müssen die Mitglieder selbst wissen.«

Er steckte einen Schlüssel aus seinem dicken Bund in das Schloss der Tür des Bootsschuppens und brummte ärgerlich:

»Wieder nich abgeschlossen! Und wenn dann was fehlt, ist das Gemecker groß! – So, da wären wir. Das Licht ist kaputt, muss ich mich mal um kümmern. Eigentlich soll die Tür immer abgeschlossen sein. Viel gearbeitet wird hier nur beim Auf- und Abslippen der Boote im Frühjahr und im Herbst. Im Winter lagern wir hier die Masten. Das Schlauchboot, nach dem Sie gefragt haben, liegt auf einem Trailer, gleich links in der Ecke. Wie ich schon sagte: normalerweise.«

Sievers sah sich suchend im Halbdunkel um. Nur durch je ein kleines Fenster rechts und links fiel schwaches Licht in den Raum, der unübersichtlich mit alten Schränken voller Werkzeug und Schiffsbaumaterialien gefüllt war. Es gab eine Werkbank und von einem Gestell, das in dem freien Dachraum angebracht war, baumelten Drähte über ihren Köpfen, die sich als die Wanten eines einzelnen Mastes entpuppten, der dort oben lagerte. Es roch nach feuchtem Tauwerk und Holzschutzfarbe.

»Tscha. Da steht nur der leere Trailer. Aber Sie wissen ja wohl besser, wo der ›Tender to Mary‹ abgeblieben ist?«, wandte sich Sievers an die Beamten und konnte eine gewisse Neugier nicht verbergen. Jansen ging auf die Frage nicht ein.

»Kann denn eine Person allein so ein Schlauchboot zum Wasser schaffen?«

»Kein Problem. Wenn man es zum Beispiel auf so einen Slipwagen packt.«

Der Hafenmeister zeigte zu dem Jollenlagerplatz im Freien, wo eine Art Wagen lehnte, der nur aus ein paar Metallrohren bestand, mit einer Deichsel und einer Achse mit zwei Rädern daran.

»Damit lässt sich so ein kleines Boot ganz leicht zu Wasser bringen.«

Jansen begann, sich genauer in dem Schuppen umzusehen, und Angermüller fragte den Hafenmeister nach den vorhandenen Schlüsseln zum Bootsschuppen.

»Jedes Mitglied, das ein eigenes Schiff hat, hat auch einen Schlüssel zum Bootsschuppen. Das Problem ist natürlich, dass übers Wasser jeder, der will, hier reinkommt – nen Wachschutz gibts hier nicht. Wir hatten hier schon des Öfteren Einbrüche oder Diebstähle. Manchmal haben die hier aber einfach nur randaliert und Sachen kaputt gemacht. Wahrscheinlich sone Halbstarken, die nicht wissen wohin mit ihrer Kraft.«

»Ja, Herr Sievers, übers Wasser kommt man hier natürlich auch rein. Trotzdem müssten wir wissen, wer über die entsprechenden Schlüssel verfügt.«

»Klar. Aber ich hab da nix mit zu tun. Wer und wie? Das wissen am besten die vom Vorstand. Die haben ihre Listen.«

»Ist jetzt jemand vom Vorstand auf dem Gelände?«, fragte Angermüller.

»Den Burmester hab ich vorhin gesehen. Ich kann Sie zu ihm bringen. Fragen Sie den. Der vertellt Ihnen bestimmt gerne was.«

»Ach so, der Herr Burmester, der ist uns bekannt. Ja, vielen Dank, Herr Sievers, das wars fürs Erste.«

Der Hafenmeister zögerte.

»Den Motor haben die Kerle ja nicht geklaut, der liegt da

drüben noch. Die müssen das Schlauchboot mit einem anderen Kahn geschleppt haben, wenn sie damit auf See unterwegs gewesen sein sollten – oder sie sind gerudert.«

Es war ihm anzumerken, dass er die polizeilichen Ermittlungen höchst interessant fand und gerne mehr dazu beigetragen als auch darüber erfahren hätte. Angermüller lächelte.

»Stimmt. In diese Richtung haben wir auch schon gedacht. Vielleicht haben wir später noch ein paar Fragen dazu.«

»Jederzeit, ich bin hier«, nickte Sievers und ging zurück in Richtung Villa.

»Das ging ja schneller, als ich dachte«, stellte Angermüller, zu seinem Kollegen gewandt, fest. »Ich hab schon befürchtet, wir dürfen noch den ganzen Tag die Segelvereine und Häfen in der Lübecker Bucht abklappern. Und hast du irgendwas Interessantes hier gefunden?«

»Nö, auf den ersten Blick und bei den Lichtverhältnissen nix. Aber die Jungs von der Spusi sind da büschen gründlicher als ich. – Ich ruf gleich mal Ameise an.«

Angermüller nickte.

»Und ich rede mal mit dem Burmester.«

Als Angermüller auf die Terrasse trat und den Tisch, an dem Burmeister saß, ansteuerte, sah er, dass dieser gerade beim Essen war. Er wollte sich diskret wieder entfernen, da hatte der Anwalt ihn aber schon entdeckt.

»Wollten Sie zu mir?«

»Eigentlich ja. Aber lassen Sie sich nicht beim Essen stören – es hat Zeit, ich komme gleich noch mal wieder!«

»Nein, bleiben Sie man. Ich bin sowieso fertig. Mehr als zwei Matjesfilets mit Speckbohnen schaden ohnehin meinem Cholesterinspiegel – die Portionen hier sind gewaltig!«

Angermüller, der näher getreten war, sah auf dem Teller,

den Burmester beiseite geschoben hatte, neben sattgelben Kartoffelscheiben und einem Rest grüner, fettglänzender Bohnen mit rosafarbenen Speckstückchen noch ein silbrig schimmerndes, drittes Matjesfilet liegen.

»Mmh, das sieht aber gut aus!«, entfuhr es ihm spontan.

»Und so schmeckt das auch! Unser Ökonom war früher Schiffskoch und er weiß eben, dass die Mannschaft meutert, wenn er keine Qualität bietet! Möchten Sie auch etwas essen?«

»Entschuldigen Sie, ich habe mich noch gar nicht vorgestellt: Hauptkommissar Angermüller, Kripo Lübeck. Danke, ich möchte nichts essen«, log er, ohne eine Miene zu verziehen, und hoffte, sein Magen würde keine verräterischen Geräusche von sich geben.

»Herr Burmester, ich hätte ein paar Fragen an Sie in Ihrer Eigenschaft als Vorstandsmitglied dieses Vereins. Haben Sie einen Moment Zeit für mich?«

»Setzen Sie sich doch«, sagte der Mann in jovialem Ton und zog einen Stuhl für Angermüller heran, der darauf Platz nahm.

»Worum geht es denn? Hat eines unserer Vereinsmitglieder was verbrochen?«

Er lehnte sich mit einem gönnerhaften Lächeln auf seinem Stuhl zurück, zog eine Schachtel Zigarillos aus seiner Jacketttasche, aus der anderen ein großes, goldenes Feuerzeug. In seinem gut geschnittenen, hellen Leinenanzug mit dem dunkelblauen Polohemd darunter, das Gesicht sonnengebräunt unter dem dichten grau melierten Haar, entsprach er exakt dem Bild des sportlichen, alterslosen Gentleman, den man gemeinhin in Kreisen wie diesen vermutete. Während er sich das Zigarillo anzündete, musterte er den Kommissar sehr genau.

»Wir ermitteln in einem Mordfall und ob eines Ihrer

Vereinsmitglieder damit etwas zu tun hat, wissen wir noch nicht«, erwiderte Angermüller. »Ihr Herr Sievers sagte uns, Sie könnten Auskunft geben, wer hier über welche Schlüssel verfügt, Zugang zum Gelände und den Gebäuden hat und so weiter.«

»Das ist richtig, das kann ich Ihnen sagen«, nickte Burmester hinter einer Rauchwolke.

»Alle ordentlichen Mitglieder haben einen Generalschlüssel für das Grundstück und das Vereinshaus. Für bestimmte Räume haben nur Vorstandsmitglieder einen Schlüssel, zum Beispiel das Vorstandsbüro oder unseren Trophäenraum, wie wir ihn nennen. Da bewahren wir wertvolle Pokale auf – die stammen zum Teil noch aus Kaisers Zeiten – und da lagert auch unser Archiv.«

»Was ist mit dem Bootsschuppen hinter der Villa?«

»Aha. Ist das der Ort des Verbrechens?«

»Auch das wissen wir noch nicht. Aber Sie helfen uns, es herauszufinden, wenn Sie mir sagen können, wie das mit den Schlüsseln für den Bootsschuppen ist«, wiederholte Angermüller freundlich seine Frage.

»Sie lassen sich nicht in die Karten gucken, was?«, stellte Burmester fest und es war ihm anzumerken, dass er gerne mehr gehört hätte, doch er sagte verständnisvoll:

»Aber Sie haben ja recht, junger Mann! Ich weiß gute Ermittlungsarbeit zu schätzen. Also: Für den Bootsschuppen bekommt einen Schlüssel, wer ihn haben will und selbstverständlich gibt es auch darüber eine Liste.«

Angermüller holte das Foto des Schlauchbootes hervor und legte es auf den Tisch.

»Das ist ja mein oller Tender! Das ist doch nicht etwa gestohlen worden, das olle Ding?«, rief Burmester überrascht aus, der sofort einen Blick darauf geworfen hatte.

»Das Schlauchboot gehört Ihnen?«

»Gehörte! Gehörte!«, stellte Burmester klar. »Und das ist

schon lange her. Es war das Beiboot zu meiner ›Mary‹ und als ich die verkauft habe – das ist jetzt fast 10 Jahre her –, hatte der neue Besitzer keine Verwendung für den Tender und da habe ich ihn dem Verein für die Jugendgruppe überlassen. Man muss doch was tun für die jungen Leute, damit sie ihre Freizeit sinnvoll verbringen können. Sonst verlottert diese Generation doch völlig. Ist das nicht so?«

Er sah Angermüller Zustimmung heischend an und als dieser nicht reagierte, fragte er ungeduldig: »Was ist denn nun mit dem ›Tender to Mary‹ passiert?«

»Ich kann Ihnen nur sagen, dass das Boot aus dem Schuppen hier entwendet wurde und jetzt eine wichtige Rolle für unsere Ermittlungen spielt. Eine Frage: Wäre es wohl möglich, Kopien Ihrer Mitgliederlisten mit den Angaben zu den jeweiligen Schlüsseln zu bekommen?«

»Vom Wasser her kann man auch ohne Schlüssel auf das Grundstück gelangen – haben Sie daran gedacht oder haben Sie einen konkreten Anlass, das auszuschließen?«

Das hartnäckige Nachbohren des alten Herrn begann zu nerven und Angermüller sagte nur kurz und knapp: »Wir schließen zum jetzigen Zeitpunkt gar nichts aus und deshalb hätte ich auch gerne Ihre Aufstellung über die Schlüsselvergabe an die Mitglieder.«

Endlich hatte Burmester verstanden. Er erhob sich und klopfte Angermüller gönnerhaft auf die Schulter: »Na, ich will man nich so sein – auch wenn Sie so verschlossen sind wie eine Auster, Herr Kommissar, und einem alten Juristen nichts anvertrauen wollen! Kommen Sie mit ins Vorstandsbüro, da kriegen Sie alles, was Ihr Herz begehrt.«

Die Kollegen von der Spurensicherung kamen wenig später mit ihren Autos direkt auf das Grundstück gefahren. Ihr Eintreffen hatte unter den Seglern die mit Neugierde gepaarte Unruhe ausgelöst, die sie naturgemäß überall zu verursachen schienen. Einige Clubmitglieder blieben hartnäckig an den rotweißen Absperrbändern stehen, in der Annahme, einen Blick auf welche Verbrechensdetails auch immer erhaschen zu können. Und das, obwohl ihnen Ameise in seiner direkten Art mehrmals deutlich gesagt hatte, dass es hier weder eine Leiche noch ihre Einzelteile zu bestaunen geben würde.

Nachdem Angermüller und Jansen die Kriminaltechniker über den Bootsschuppen und das dort verschwundene Schlauchboot ins Bild gesetzt hatten, verließen sie den Segelverein. Da beide hungrig waren, versorgten sie sich an den Buden auf der Promenade noch mit Essbarem, bevor sie wieder in ihren Wagen stiegen. Jansen hätte seine Portion Gyros mit Pommes auch sofort an der Imbisstheke verzehrt, doch er kannte die Abneigung von Georg Angermüller, eine Mahlzeit stehend zu sich zu nehmen. Also packten sie die Tüten mit dem Essen ins Auto und Jansen steuerte einen außerhalb gelegenen Parkplatz am Strand an, der bei dieser kühlen Witterung wenig belebt war. Während er ohne Umstände sein Gyros aus der Folie wickelte, nicht darauf Acht gebend, dass Zaziki und Krautsalat auch mal auf seine Hose tropften, und sich zwischendurch mit den Fingern dicke Pommesbündel mit Mayo in den Mund schob, richtete Angermüller sich erst einmal ein: Eine Papierserviette legte er auf die Oberschenkel, packte die beiden Fischbrötchen – Bismarck und geräucherter Rollmops – mit Sorgfalt aus, die andere Papierserviette in der Hand. Erst jetzt konnte er seine Mahlzeit beginnen. Versonnen schaute er auf die aufgewühlte See, biss erwartungsvoll in das erste Brötchen und gab sich dann ganz dem Genuss hin. Er hatte nicht gleich an der erstbesten Bude gekauft, wo die Ware offensichtlich schon länger lag, der Fisch angetrocknet und das Brot durchgeweicht war. Erst bei einer alten Frau, die jedes Brötchen frisch aufschnitt und nach den Wünschen ihrer Kunden belegte, hatte er zugegriffen und war jetzt mit seiner Wahl sehr zufrieden.

Heftige Böen zerrten am Wagen und brachten ihn zum Schaukeln. Der Wind war heute wieder sehr stark und er musste an Astrid auf ihrem Segelboot denken. Dabei fiel ihm ihr kleines Scharmützel in der letzten Nacht ein.

Er hatte sich zwar vorgenommen, das Ganze nicht zu ernst zu nehmen, doch natürlich war ihm immer bewusst, dass die Unwägbarkeiten seines Berufes für ein verlässlich planbares Familienleben eine Belastung darstellten. Bei Fällen wie diesen zählte nicht Sonn- nicht Feiertag, nicht die späte Abendstunde. Da musste man einfach dranbleiben. Ab und zu zeichnete ja auch gleich bleibende Regelmäßigkeit seinen Berufsalltag aus, beruhigte er sich selbst, da war Astrids Sichtweise einfach nicht objektiv. Außerdem war es ungerecht, ihm die persönliche Verantwortung dafür zuschieben zu wollen. Sie wusste doch, dass er das nicht selbst in der Hand hatte. Warum hatte sie sich gestern plötzlich über eine Tatsache aufgeregt, mit der sie seit Jahren schon lebte?

Ohne es zu bemerken, hatte er aufgehört zu essen und den Rest des zweiten Brötchens beiseite gelegt. Jansen, der seine Mahlzeit bereits beendet hatte, rülpste laut und vernehmlich.

»Georg, was ist los? Keinen Appetit?«

Irritiert sah Angermüller ihn an. Seine Gedanken drehten sich immer noch um die Vereinbarkeit seiner Tätigkeit mit einem geregelten Familienalltag, ein Thema, für das der bekennende Single Jansen sicherlich nicht der passende Gesprächspartner war.

»Was? Ach so«, er sah auf das halbe Brötchen. »Ich glaube, ich bin satt. Magst du es noch haben?«

»Nee, danke – glitschiger Fisch muss nicht sein.«

Angermüller wickelte den Brötchenrest wieder in das

Papier und steckte es in seine Jackentasche. Jansen griff nach hinten auf den Rücksitz und angelte sich die Listen mit den Namen der Clubmitglieder, die über einen oder mehrere Schlüssel für den Verein und seine Einrichtungen verfügten.

»Das sind bestimmt an die 200 Namen von Leuten, die irgendwelche Schlüsselgewalt haben. Das wird ein Späßchen, die alle zu überprüfen!«

»Wir geben die jetzt erst mal dem Kollegen Niemann und der lässt sie durch den Computer laufen – vielleicht ergeben sich da schon erste Anhaltspunkte«, sagte Angermüller ohne große Überzeugung.

Kaffeegeruch hing im Raum, trotz geöffneter Fenster. Dieser Duft gehörte zu den Räumen der Mordkommission wie die hellgrün und beige gestrichenen Wände, die unbequemen Plastikschalenstühle und die schmucklosen, weißgrauen Resopaltische. Plakate mit lächelnden Männern und Frauen in perfekt sitzenden Uniformen – Relikte diverser realitätsferner Imagekampagnen für die Polizeiarbeit – zeugten von dem Versuch, dem kahlen Raum so etwas wie Atmosphäre zu verleihen. Doch weder die Plakate noch ein paar mickrige Topfpflanzen, die jemand auf den Fensterbänken verteilt hatte, konnten den schäbigen, abgenutzten Eindruck des sogenannten kleinen Konferenzraumes vertreiben.

»Alle wieder frisch? Denn lasst uns mal die Fenster schließen«, forderte Angermüller die Kollegen auf, es ihm gleich zu tun. Nach zwei Stunden, in denen fast 20 Leute zusammengesessen und ihre Ergebnisse zusammengetragen hatten, war eine Frischluftzufuhr dringend nötig gewesen. Gerade hatte Dr. Steffen von Schmidt-Elm seine Ergebnisse der rechtsmedizinischen Untersuchung vorgetragen. Auch er hatte auf sein Wochenende verzichtet und getan, was er für die Aufklärung dieses Falles tun konnte. Nicht jeder seiner Kollegen hätte so gehandelt, doch Steffen war Rechtsmediziner aus Leidenschaft und nicht zuletzt deswegen eine anerkannte Kapazität in seinem Fach. Allerdings hatte die Obduktion keine wesentlich neuen Erkenntnisse gebracht, bis auf die genauere Eingrenzung des Todeszeitpunktes zwischen ein und 3 Uhr morgens von Donnerstag auf Freitag. Auch seine Vermutung, dass die Schläge auf den Kopf nur indirekt die Todesursache waren, hatte sich als richtig erwiesen: Der Junge war verblutet – hatte also noch gelebt, als man ihn in dem kleinen Boot auf seine letzte Reise schickte. Bei seiner Herkunft war sich Schmidt-Elm zu 80 Prozent sicher, dass er nach Körperbau sowie der Beschaffenheit von Haut und Haaren aus einem nordafrikanischen Land stammte. Die Untersuchung seiner Kleidungsstücke hatte nichts Spezielles ergeben, Konfektion, wie man sie überall in Mitteleuropa angeboten bekam.

Als Schmidt-Elm anhand der Fotos des Opfers noch einmal die Verletzungen erläutert hatte und wie sie nach seiner Ansicht zustande gekommen waren, war es nicht nur auffällig still geworden, auch das Atmen fiel manch einem der Anwesenden schwer, so beklemmend war der Anblick dieses brutal verstümmelten Gesichtes. Was der oder die Schläger übrig gelassen hatten, war von Möwen und anderen Seevögeln mit ihren scharfen Schnäbeln weiter bearbeitet worden.

Obwohl die Konfrontation mit den grausam zugerichteten Opfern zwischenmenschlicher Gewalt zu ihrem Alltag gehörte, löste der direkte Blick in diese Abgründe immer wieder eine Art Schock aus, denn kein Mensch will wirklich glauben, dass ein anderer zu solchen Taten fähig ist. Angermüller und seine Kollegen wussten es natürlich besser. Und was sie daran am meisten irritierte, war die Erkenntnis, dass diese Fähigkeit scheinbar in jedem Menschen zu stecken schien.

Die kriminaltechnischen Untersuchungen des Bootsschuppens und des Vereinsgeländes waren noch nicht beendet, doch bereits jetzt zeichnete sich ab, dass dort keine verwertbaren Spuren zu finden sein würden. Der einzig wichtige Fund war eine Rolle Tauwerk in einer Ecke des Bootsschuppens der Seglervereinigung, von der das Ende stammte, mit dem der Tote verschnürt worden war. Ansonsten war das Schlauchboot, der ›Tender to Mary‹, frei von jeglichen Hinweisen auf den oder die Täter. Es gab also kaum Anknüpfungspunkte. Angermüller spürte seine Ungeduld. Er wollte jetzt die Sache vorantreiben und nicht länger hier herumsitzen. Er bat um Ruhe und sagte dann:

»Viel haben wir nicht, wo wir einhaken können. Was solls – wir schnappen nach jedem Brocken, den wir kriegen können: Da ist die Frage der Schlüssel im Segelverein. Kollege Niemann und Kollegin Kruse – ihr seid ja ein bewährtes Team, ihr arbeitet an der Auswertung der Mitgliederlisten und meldet euch, sobald ihr auf Gold stoßt. Franke und Maßmann, ihr nehmt noch zwei Kollegen mit und geht den Tipps nach, die vom Staatsschutz über die Kunden aus der rechten Szene gekommen sind. Jansen und ich arbeiten die Vermisstenmeldungen ab. Wenn ihr sonst nichts mehr habt – wir sehen uns morgen um 14 Uhr hier wieder!«

Er hatte bei dieser Ankündigung auf seine Uhr geschaut und plötzlich fiel Angermüller ein, dass er es übernommen hatte, die Zwillinge abzuholen! Und jetzt war es fast eine Stunde später. Er versuchte, Julia über ihr Handy zu erreichen – besetzt. Er wählte Judiths Nummer und sie meldete sich sofort.

»Hallo, Papa!«

»Judith, hallo! Ich bin hier aufgehalten worden. Jetzt komme ich aber sofort. Wo seid ihr?«

»Zu Hause.«

»Wie seid ihr denn nach Hause gekommen? Es geht von dort doch gar kein Bus?«

»Wir haben Mama angerufen. Die ist gleich gekommen und mit uns nach Hause gefahren.«

»Dann gib mir doch bitte Mama jetzt mal.«

»Mach ich. Tschüss!«

Da es meist Astrid war, die den Chauffeur für die Kinder spielte, hatten sie gar nicht erst versucht, ihn zu erreichen, sondern sich gleich an ihre Mutter gewandt. Angermüller seufzte und machte sich auf eine geballte Ladung von Vorwürfen gefasst. Doch als sie ans Telefon kam, war sie völlig ruhig und sachlich.

»Es tut mir wirklich leid, Astrid, aber wir hatten hier eine wichtige Teamsitzung und ich hab heute Morgen völlig vergessen, dass ich jemand von den anderen Eltern bitten wollte, die beiden mitzunehmen.«

»Nun ist es gelaufen. Glücklicherweise war ich ja schon wieder an Land und erreichbar. Aber wir sollten schon mal in Ruhe über deinen Anteil an bestimmten Aufgaben reden. Wann kommst du?«

»Ich fürchte, nicht so früh. Wir müssen noch ein paar Vermisstenmeldungen nachgehen und ich kann nicht einschätzen, wie lange das dauert. Aber ich verspreche dir, wir setzen uns so bald wie möglich zusammen!«

»Versprich nichts, was du nicht halten kannst. Tschüss, Georg.«

Ihre Art, auf eines seiner typischen Missgeschicke so völlig emotionslos zu reagieren, erschien ihm fremd und verunsicherte ihn sehr. Aber sie wollte offensichtlich jetzt nicht weiter mit ihm sprechen, es blieb ihm gerade noch Zeit für ein kurzes ›Ade‹ und schon sie hatte aufgelegt.

Ärgerlich steckte er sein Handy wieder ein. Warum passierte ihm das immer wieder, warum gab er Astrids Vorwürfen, dass ihn das Familienleben schlichtweg nicht interessiere und ihm der Beruf über alles gehe, immer wieder neue Nahrung? Aber er würde in dieser Woche ganz bestimmt versuchen, einen freien Abend zu Hause zu verbringen, er würde was Nettes kochen und wenn die Kinder im Bett waren, einen guten Wein aufmachen und in aller Ruhe mit Astrid über alles reden.

»Georg, ich wollte noch kurz mit dir sprechen.«

Eckmann hatte neben ihm Platz genommen und seine Worte holten Angermüller wieder zu seinem Fall zurück.

»Was ist los?«, fragte er.

»Eine blöde Geschichte: Der Christensen rief vorhin hier an. Du weißt schon, der rasende Reporter von unserem Lokalblatt. Die haben Exklusivfotos von unserem Toten.«

»Wie sind die denn da rangekommen?«, fragte Angermüller empört.

»Touristen! Die hatten nix Besseres zu tun, als da am Steilufer eine Leiche zu fotografieren! Für 300 Euro haben sie die Fotos an die Zeitung verkauft – zusätzliches Urlaubsgeld, verstehst du. Zum Glück haben sie sich nicht an die Geier von diesem Revolverblatt gewendet. Der Christensen hat anständigerweise hier angerufen und mich informiert – aber natürlich will er jetzt Informationen, das sei seine ›journalistische Pflicht‹, sagt er.«

»Und wie bist du mit ihm verblieben?«, wollte Angermüller wissen.

»Ich konnte ihn bis morgen vertrösten. Ich wollte nur, dass du Bescheid weißt, wenn ich dann morgen offiziell die Presse informieren muss.«

»Alles klar, Chef!«

»Also, irgendwie riecht das hier eigenartig!«

Eckmann hielt seine Nase schnüffelnd in die Luft und Angermüller hob seine ebenfalls prüfend.

»Irgendwie nach Fisch«, resümierte Eckmann schließlich. Bei diesem Stichwort entsann sich Angermüller seiner nicht beendeten Mahlzeit im Auto und griff mit betretener Miene in die Tasche seiner Jacke, die hinter ihm über dem Stuhl hing. Unansehnliche Fettflecke zierten die braune, zusammengedrückte Papiertüte, die er ans Tageslicht beförderte und in der die Reste seines Brötchens mit geräuchertem Rollmops ihre appetitliche Frische längst eingebüßt hatten.

»Das hatte ich völlig vergessen«, murmelte er.

»Na denn, guten Appetit!«, wünschte Eckmann spöttisch und erhob sich. Auch Angermüller stand auf, warf das Fundstück schnell in den Abfallkorb und schloss sich Jansen an, der bereits an der Tür auf ihn wartete.

Es war kurz nach 22 Uhr, sie hatten drei Vermisstenmeldungen überprüft und keinerlei Verbindung zu ihrem Fall feststellen können. Bei einem der Abgängigen hatte es sich, trotz des männlich klingenden Vornamens, um ein junges Mädchen gehandelt, bei einem anderen um einen als riesenhaft groß und dick beschriebenen türkischen Gastwirt. Der Dritte, ein Kenianer war nach einem Streit mit seiner Frau verschwunden, hatte ihnen aber soeben höchstpersönlich die Tür vor der Nase zugeschlagen, als sie ihm ihre Polizeiausweise entgegenhielten.

»Wäre ja auch zu schön gewesen«, seufzte Jansen, während sie in den Audi stiegen. Sie verließen die unwirtliche Gegend in der Innenstadt, wo die Altstadthäuser noch nicht aufwendig restauriert und zum edlen Wohnambiente für Besserverdienende umgewandelt waren, sondern Spielsalons und Bordelle siedelten, die Drogenszene zu Hause war und in den engen Wohnungen, die noch nicht entmietet waren, die sozial Schwachen hausten. Die nächste Adresse auf ihrer Liste führte sie nach Travemünde.

Sie klingelten an der Haustür eines rot geklinkerten

Mietshauses, das erste in einer Reihe von fast identischen Häusern, die wahrscheinlich aus den 30er Jahren stammten und sofort erklang der Summer. Ihren Besuch hatten sie angesichts der späten Stunde telefonisch angekündigt und die junge Frau, die im Erdgeschoß ihre Wohnungstür öffnete, erwartete sie schon. Angermüller schätzte ihr Alter auf Ende 20. Sie war nicht sehr groß, hatte helles, langes Haar, ein offen wirkendes Gesicht, in dem vor allem die frischen, roten Wangen auffielen, und begrüßte sie zwar freundlich, aber mit offensichtlicher Nervosität. Sie bat die Beamten aus dem winzigen Flur in ein nicht gerade geräumiges Wohnzimmer, das mit einer blauweiß geblümten Couchgarnitur und Regalwänden aus hellem Holz eingerichtet und damit auch ausgefüllt war. Die Regale bargen vom Boden bis zur Decke, exakt auf Kante einsortiert, CDs, Bücher und Fotoalben, dazwischen – ebenfalls systematisch angeordnet – allerlei Nippes in Blau und Weiß, die Vorhänge waren blauweiß geblümt und der Fleckerlteppich auf den abgezogenen Holzdielen war ebenfalls blauweiß gemustert.

»Wissen Sie etwas über Fouhad? Möchten Sie sich vielleicht setzen? Entschuldigen Sie, aber ich bin völlig fertig. Die ganze Zeit überlege ich, wo er sein kann, ob ihm etwas passiert ist – ich bin so froh, dass Sie jetzt gekommen sind. Jetzt wird wenigstens was getan.«

Sie hatte sich auf die vorderste Kante des Sofas gesetzt, presste ihre zu Fäusten geballten Hände unters Kinn und sah Angermüller und seinen Kollegen mit großen Augen an.

»Ja, Frau Lentz.« Angermüller räusperte sich. Angesichts der Hoffnungen, die die junge Frau in ihren Besuch setzte, war ihm die Situation alles andere als angenehm.

»Am besten, Sie erzählen uns noch einmal, seit wann Sie ihren Freund vermissen und vielleicht haben Sie ja ein Foto von ihm für uns.«

»Ja klar, hab ich das!«

Jenny Lentz sprang sofort auf und zog ein blaues Fotoalbum aus einem der Regale, das von oben bis unten mit weiteren Alben voll war, alle in Blau oder Blauweiß gebunden. Die eingeklebten Bilder, offensichtlich auf einer Grillparty aufgenommen, stammten von vor drei Wochen, wie Angermüller an den in kindlich ordentlicher Schrift darunter gemalten Texten erkennen konnte. Auf den meisten lächelte ein sympathisch wirkender junger Mann mit schwarzen Locken allein, mit anderen jungen Leuten oder mit Jenny Lentz in die Kamera.

»Das ist Fouhad«, sagte sie und deutete auf ein Portraitfoto.

»Wie lange kennen Sie ihn schon?«, wollte Angermüller wissen.

»Seit Silvester sind wir zusammen, das ist jetzt schon über ein halbes Jahr!«, antwortete die junge Frau nicht ohne Stolz auf dieses Jubiläum.

»Und seit wann vermissen Sie ihn?«, fragte Jansen.

»Seit Donnerstag eigentlich. Er hatte da seinen freien Tag und normalerweise kommt er mich dann immer mittags in der Wäscherei abholen und an diesem Donnerstag ist er nicht gekommen.«

»Sie haben ihn erst…« Jansen schaute auf seine Notizen und sagte dann: »Sie haben aber erst gestern die Vermisstenanzeige aufgegeben.«

»Na ja«, die junge Frau zögerte. »Wir hatten uns letztes Wochenende gestritten und seitdem auch nicht miteinander telefoniert. Als er nicht gekommen ist, dachte ich natürlich, das ist noch wegen dieser dummen Streiterei.«

»Worum gings denn?«, wollte Jansen wissen.

»Ach, nichts Wichtiges eigentlich. Es ging um den Geburtstag meiner Mutter. Wir sind da beide eingeladen. Der ist nächstes Wochenende und Fouhad sagte, er kommt nicht mit, weil da wieder viele von meinen Verwandten sind und die alle Nazis sind.«

»Wie kommt er denn darauf?«

Jenny Lentz schien zu überlegen, wie sie sich am besten ausdrücken sollte.

»Natürlich machen manche von denen so dämliche Bemerkungen. Sie nennen ihn immer nur Ali und fragen nach seinem Harem. Fouhad isst kein Schweinefleisch, aber nicht wegen der Religion, sondern weil er es einfach nicht mag. Na ja, und die versuchen immer wieder, ihm welches anzudrehen und finden das furchtbar witzig«, sie hob resigniert die Schultern. »Oder sie machen halt irgendeinen anderen Blödsinn. Manchmal reden sie auch über die ganzen Ausländer, die den Deutschen die Arbeitsplätze wegnehmen. Aber die meinen das nicht persönlich, das ist nur Gerede.«

»Und Ihr Freund sieht das anders?«

»Fouhad sagt, dass sie nicht so reden würden, wenn sie anders darüber dächten und dass er mit solchen Leuten nicht an einem Tisch sitzen will. Aber, wie gesagt, das sind alles ganz normale Leute, keine Rechten oder Skins oder so was.« Etwas hilflos zuckte Jenny Lentz mit den Schultern und knetete verlegen ihre Hände.

»Mmh«, machte Angermüller. »Also, am Donnerstag ist Ihr Freund nicht gekommen. Und dann?«

»Freitag musste er arbeiten, da habe ich sowieso nicht mit ihm gerechnet. Aber natürlich war ich unruhig und als er sich auch wieder nicht telefonisch gemeldet hat, habe ich gestern in der ›Villa Floric‹ angerufen. Und als die gesagt haben, dass er Freitag nicht zur Arbeit gekommen ist und sie auch nicht wissen, wo er ist, bin ich sofort zur Polizei gegangen.«

Die Röte ihrer Wangen hatte mittlerweile ihr ganzes Gesicht zum Glühen gebracht. Sie konnte ihre Aufregung nicht mehr unterdrücken und seufzte von ganz tief drinnen: »Hoffentlich ist ihm nichts passiert!«

Angermüller und Jansen wechselten einen Blick. Sie fanden es beide überflüssig, zu diesem Zeitpunkt den Toten vom Steilufer zu erwähnen und fragten nur noch einmal sämtliche Details für eine exakte Personenbeschreibung ab. Sie erfuhren, dass der junge Mann immer mit einem Roller unterwegs war, und notierten sich die Adresse des Restaurants, wo er nicht nur in der Küche arbeitete, sondern auch wohnte, wie ihnen seine Freundin erklärte. Dann ließen sie sich noch eines der aktuellen Fotos aushändigen und versprachen der jungen Frau, sich zu melden, wenn sie etwas über Fouhad in Erfahrung gebracht hätten.

»Das könnte leider ein Volltreffer sein«, meinte Jansen, als sie wieder im Auto saßen.

»Ja, des passt«, brummte Angermüller zustimmend, während er mit dem Sicherheitsgurt kämpfte, der für seine Körpermaße ein wenig zu knapp eingestellt war.

»Mensch! Nu stell dir das Ding doch 'n büschen weiter ein! Das kann man ja nich mit ansehen!«

Jansen beugte sich weit herüber und zog kräftig an der Erweiterungsschlaufe.

»So – jetzt läufst du mir wenigstens nich mehr blau an!«

Zum Richtigstellen dieser weit übertriebenen Aussage kam Angermüller nicht mehr, denn der Ruf seines Handys ertönte und er begann den Kampf mit dem Sicherheitsgurt von Neuem, schnallte sich los, durchsuchte seine Taschen und hatte endlich die Stimme des Kollegen Niemann am Ohr.

»Ich wollte euch nur noch eine Vermisstenmeldung durchgeben, die irgendwie hier hängen geblieben ist, obwohl sie schon gestern einging. Ein Restaurant, ›Villa Floric‹ heißt das, liegt an der Steilküste bei der Kaiserhöhe, wartet seit vorgestern auf einen seiner Mitarbeiter. Fouhad Ferhati. Der ist Algerier.«

»Stimmt exakt! Wir kommen gerade von seiner Freundin, haben ein Foto von dem Vermissten und werden uns als Nächstes um das Restaurant kümmern.«

»Na, supi! Aber nicht, dass du denkst, du kannst dort auf Staatskosten speisen, Kollege Angermüller! Das is so 'n Edelschuppen, das is im Etat nich drin!«

»Hab ich schon von ghört. Schade eigentlich – aber wie kommst du drauf, dass mich das interessieren könnte?«

Thomas Niemann lachte.

»Kann ich mir auch nicht erklären.«

»Na ja, Niemann«, brummte Angermüller gutmütig und bat ihn dann, die Kollegen von der Verkehrsüberwachung nach dem Motorroller des Vermissten fahnden zu lassen.

»So, das wär erledigt«, sagte er dann zu Jansen. »Es ist jetzt eh schon spät. Ich schlag vor, wir machen Feierabend für heute und fahren gleich morgen früh zu diesem Restaurant. Einverstanden?«

Jansen nickte und lenkte den Wagen auf die B75 in Richtung Innenstadt.

Als Angermüller die Tür aufschloss, war im Haus alles dunkel und still und er verspürte leichte Enttäuschung. Er hatte gehofft, mit Astrid noch ein Glas Wein trinken und in entspannter Atmosphäre reden zu können: über die Kinder, sie beide, die beruflichen Verpflichtungen und wie ein für alle Seiten zufrieden stellendes Familienleben aussehen sollte. Nun musste er, ohne sein Versäumnis von heute noch einmal erklären zu können, mit seinen Schuldgefühlen schlafen gehen. Der Heißhunger, den er gerade noch verspürt hatte, löste sich bei diesen Gedanken einfach in Nichts auf. Er begnügte sich damit, eine Flasche Rotwein aus der Küche zu holen, legte im Wohnzimmer Puccinis ›Tosca‹ in den CD-Player, setzte den Kopfhörer auf und ließ sich mit einem Glas Wein in seinem Sessel nieder. Das große Operndrama war genau die richtige Ablenkung von seinen Alltagssorgen und noch bevor die Heldin ihren Peiniger erdolcht hatte, spürte er, wie sich eine angenehme Schwere in seinen Gliedern ausbreitete. Er stellte die Musik ab, löschte das Licht und ging leise ins obere Stockwerk. An der angelehnten Tür des Kinderzimmers lauschte er auf die regelmäßigen Atemzüge der Zwillinge, ging kurz ins Badezimmer und legte sich dann im Dunkeln in sein Bett. Astrid schnarchte leise und es dauerte gar nicht lange, da war auch Georg Angermüller eingeschlafen.

4

»Maman! Können wir heute draußen frühstücken?«, schallte es durch den Flur. Irritiert schaute Anna von ihrem Schreibtisch auf. Sie saß schon seit einer Stunde über Rechnungen und Kontoauszügen und war dabei, sich Argumente für den unangenehmen Besuch bei ihrer Bank zurechtzulegen. Einen Blick nach draußen und einen Gedanken an das Wetter hatte sie bisher nicht verschwendet.

»Viens, Lionel! Wir müssen doch nicht durchs ganze Haus schreien.«

Barfuß und atemlos kam ihr Sohn noch in seinem Schlafanzug angerannt, der Hund folgte auf dem Fuße.

»Guten Morgen, mein Schatz! Ist es nicht viel zu kalt, um draußen zu sitzen?«

»Es ist ganz toll draußen! Schau doch! Die Sonne scheint und heute kann ich mit Jakob endlich an den Strand! Ich muss ihn gleich anrufen!«

Lionels Begeisterung war nicht zu bremsen.

»Doucement, mon fils! Lass uns erst einmal den Wetterbericht hören.«

»Pah, Wetterbericht! Yann sagt auch immer, wozu Wetterbericht, wenn ich vor die Tür gehe, sehe ich doch, wie das Wetter ist!«

Anna schüttelte belustigt den Kopf – wie immer, wenn er etwas durchsetzen wollte, war der Junge um kein Argument verlegen. In seinen Ferien gönnte sie sich den Luxus eines gemütlichen gemeinsamen Frühstücks und einmal in der Woche unternahmen sie etwas Besonderes, da ein Urlaub in der Hochsaison einfach nicht infrage kam. Und bisher waren diese Ferien zu Hause wirklich nicht vom Wetter verwöhnt worden. Durchs Fenster sah sie einen lange vermissten, wolkenfreien Himmel. Sie konnte Lionels Ungeduld gut verstehen.

»Guten Morgen, ihr zwei! Lionel hat völlig recht: Der Sommer ist da, egal, was der Wetterbericht sagt und hier ein kleiner Vorgeschmack, Madame!«

Yann stand in der Tür und bot der überraschten Anna mit einer galanten Geste eine voll erblühte, gelborange Rose an, wie sie im Garten vor dem Restaurant wuchsen. Ein flüchtiges Lächeln huschte über ihr Gesicht, gleich darauf sagte sie energisch:

»Na gut, ihr wollt es so! Dann müsst ihr sofort einen windgeschützten Platz auf der Terrasse suchen, Tisch und Stühle rausstellen und den Tisch decken! Ich mache Frühstück und du ziehst dir vorher noch was an Lionel, klar?«

Über der Lübecker Bucht lag ein dunstiger Schleier, der Himmel wölbte sich endlos blau und die Sonne strahlte ungehindert auf den Frühstückstisch in der Ecke neben dem Wintergarten. Anna dehnte sich wohlig und spürte, wie sehr sie die Helligkeit und die Wärme vermisst hatte. Sie genoss diesen seltenen Moment des entspannten, harmonischen Zusammenseins mit den beiden wichtigsten Personen in ihrem Leben, wenn alle Zukunftsängste plötzlich ganz klein waren. Zufrieden schaute sie zu Lionel, der neben seinen unverzichtbaren Cornflakes noch ein dickes Stück Quatre Quarts mit Hagebuttenmarmelade verzehrte. Man konnte ihm diesen ebenso simplen wie schmackhaften Kuchen, der nach altem, bretonischen Rezept mit reichlich gesalzener Butter gebacken wurde, zu jeder Mahlzeit vorsetzen – er bekam nie genug davon. Als sie aufsah, blickte sie direkt in die Augen von Yann, der sie mit einem versonnenen Gesichtsausdruck betrachtete.

»Wenn es jetzt wirklich endlich Sommer wird, dann glaube ich, dass du magische Kräfte hast, Yann«, sagte sie schnell, um von ihrer Verlegenheit abzulenken.

»Ich mache keine leeren Versprechungen, Anna – du wirst sehen, ab jetzt wird alles gut.« Yann griff über den Tisch und nahm ihre Hand: »Der Sommer fängt an, das Geschäft wird boomen und zu uns kommt das große Glück.«

Lionel, der die ganze Zeit versunken seinen Quatre Quarts genossen hatte, schaute plötzlich aufmerksam von einem zum anderen. Vergeblich suchte Anna nach einer geistreichen Antwort, um die Stimmung, die auf einmal über ihnen lag und die auch Lionel nicht entgangen war, mit einer witzigen Bemerkung aufzulösen – es wollte ihr nichts einfallen. Aber das war auch gar nicht mehr nötig. In die friedliche Idylle schallten laute Stimmen von der Remise herüber, Yann ließ ihre Hand los und sie erhoben sich beide, um nach der Ursache des Aufruhrs zu schauen.

Das Gebäude auf der gegenüberliegenden Längsseite des Hofes hinter der Villa, das Remise genannt wurde, war ein flacher, ebenerdiger Bau und in den 20er Jahren einmal ein Konzertpavillon gewesen. Irgendwann später wurde es als Geräteschuppen und Werkstatt ausgebaut. Da es solide gemauert und ziemlich geräumig war, hatte einer der Vorbesitzer es zu einem Wohnhaus für das Personal umgestaltet. Es war keine Luxusunterkunft, aber durchaus eine respektable Bleibe mit vier Zimmern, einer großen Küche und einem Badezimmer. Als Anna und Yann das Restaurant übernommen hatten, war Djaffar der Erste, der hier eingezogen war. Andere Mitbewohner waren hinzugekommen und wieder gegangen und seit Längerem wohnten nun auch schon Fouhad und Hadi in dieser Wohngemeinschaft. Vor drei Wochen war Omar eingezogen und er war es, mit dem sich Hadi gerade ein lautes Wortgefecht lieferte.

Auch wer nicht des Arabischen mächtig war, konnte sofort erfassen, dass hier ein heftiger Streit im Gange war. Zwischen dem Neuen und der kleinen Gemeinschaft hatte es schon des Öfteren Probleme gegeben. Wahrscheinlich ging es wieder um das wenig gottgefällige Leben, das seine Mitbewohner nach Omars Auffassung führten. Er versuchte ständig, sie zu erziehen, kritisierte an ihnen herum und mischte sich in ihre Art zu leben ein. Das fing bei der Rai-Musik an, die sie so gerne hörten, und ging bis zu ihrer Kleidung. Er wollte ihnen vorschreiben, wie und wann sie zu beten und die Moschee zu besuchen hätten und all das führte dann immer wieder zu heißen Diskussionen. Djaffar versuchte, die beiden mit beruhigenden Worten zu trennen, doch es wollte ihm nicht gelingen. Im Gegenteil: Der schmächtige Hadi zitterte vor Erregung, ging plötzlich auf Omar los und packte ihn am Kragen seines weiten Umhangs.

»Eh, les gars! Was ist los?«, rief Anna. Hadi zögerte einen Moment, doch dann ließ er seinen Gegner los, der voller Wut vor ihm ausspuckte und ihn mit einem ebenso giftigen wie abfälligen Blick fixierte. Hadi setzte zu einer wortreichen Erklärung an, während Omar stumm und finster mit verschränkten Armen danebenstand. Yann gab Anna ein Zeichen, dass er sich hier nicht einmischen wollte, und entfernte sich in Richtung Terrasse, den widerstrebenden Lionel mit sich ziehend, der seinem Hund neugierig an den Ort des lauten Geschehens gefolgt war. Wieder einmal blieb es ihr allein überlassen, die Wogen der Auseinandersetzung zu glätten und Anna verspürte darüber leichten Ärger: Auf der anderen Seite musste sie zugeben, dass das Projekt Remise allein ihr Wunsch und Wille war und Yann nie ein Hehl daraus gemacht hatte, dass er damit nichts zu tun haben wollte. Er tolerierte ihr Tun, hatte aber von Anfang an klargestellt, dass es allein ihre Sache war, wenn sie junge Nordafrikaner, die es hierher verschlagen hatte, unterstützen wollte.

»Er sagt«, Hadi zeigte mit dem Finger anklagend auf Omar, »Fouhad sei jetzt in der Hölle, wo er auch hingehört, weil er mit dieser deutschen Ungläubigen rumhurt. Die gebe ihm nur Alkohol zu trinken und Schweinefleisch zu essen. Und ich hab ihm gesagt, er soll nicht so einen Quatsch erzählen, sondern vielleicht darüber nachdenken, was mit unserem Kumpel passiert ist und wo wir nach ihm suchen können. Ich mache mir nämlich Sorgen um Fouhad, verstehst du!«, fuhr Hadi den immer noch ungerührt Verharrenden an.

»Ja, wir machen uns auch Sorgen«, pflichtete Anna bei. »Na ja, wir können erst mal nur abwarten, die Polizei ist informiert und wird sich sofort melden, wenn sie was weiß. Hoffentlich hatte er keinen Unfall mit dem Roller. Und dir ist also egal, was mit deinem Freund passiert ist?«, wandte sie sich an Omar.

»Er ist nicht mein Freund«, antwortete der nur, ohne sie anzusehen, drehte sich um und ließ sie einfach stehen. Anna hatte nicht übel Lust, ihn sofort an die Luft zu setzen. Er war vom Asylhilfeverein hierher gebracht worden und ihr von Anfang an nur mit Verachtung begegnet. Eine Frau als Chefin stand seiner tiefsten, inneren Überzeugung entgegen und eine Ungläubige verdiente in seinen Augen schon gar keinen Respekt. Sie beschloss, ihn so schnell wie möglich wieder loszuwerden. Weder war er eine Hilfe im Restaurant, da er sich weigerte, irgendetwas anzufassen, das mit Schweinefleisch in Berührung gekommen war, noch beachtete er ihre Anweisungen, wenn sie ihn im Garten und auf dem Grundstück arbeiten ließ. Sie erwartete keine unendliche Dankbarkeit, aber zumindest ein Einfügen in die Alltagsregeln in der ›Villa Floric‹ und dass man sie mit der Achtung behandelte, die auch sie gewöhnlich jedem anderen Menschen entgegenbrachte. Seit er hier war, herrschten immer wieder Streit und Unfrieden in der Remise. Nein, das musste sie sich nun wirklich nicht mehr antun.

»Also, des muss ich sagen, des gefällt mir fei ausnehmend gut hier!«

Georg Angermüller stand auf der Terrasse hoch über der in der Sonne glitzernden Ostsee und schaute sich beeindruckt seine Umgebung an. Die steinerne Balustrade vor ihm, flankiert von Palmenkübeln, die weit ausladenden Platanen auf dem gepflegten Rasen und dahinter die roséfarbene Villa – an einem Sommertag wie heute brauchte dieser Ort den Vergleich mit der Côte d'Azur nicht zu fürchten.

»Bist du etwa noch nich in diesem Schuppen gewesen? Ich hab ja für so 'n Schnickschnack sowieso nix übrig, aber so ein Gourmet wie du?«

Der Unterton, mit dem Jansen das Wort ›Gourmet‹ bedachte, belegte deutlich, dass er mit dieser Spezies nicht viel am Hut hatte.

»Ich weiß auch net – irgendwie haben wir es nie gschafft, hier mal herzukommen«, bedauerte Angermüller.

»Ich kenn das noch von meiner Oma. Das war damals ein bekanntes Ausflugslokal und sie hat hier mit ihren Freundinnen Cremetorten gespachtelt und sich aufgeregt, weil es Kaffee nur kännchenweise gab. Und ich kriegte nie den großen Früchtebecher, sondern jedes Mal ein Fürst-Pückler-Eis – Vanille, quietschrosa Erdbeere und blasse Schokolade –, geschmeckt hat das nich doll.«

Trotz dieser wenig begeisterten Aussage verlor sich Jansen in seinen Kindheitserinnerungen.

»Jansen, wir sind nicht nur zu unserem Vergnügen hier! Auf gehts!«, holte Angermüller seinen Kollegen ins Hier und Jetzt zurück und sie gingen über den knirschenden Kies in Richtung Villa.

Sie wollten gerade die Stufen zum Eingang hochsteigen,

als ein Hund – so ein weiß-graues, ziemlich großes Tier, bei dem man nicht erkennen konnte, wo vorne und hinten war – aufgeregt auf sie zugelaufen kam, gefolgt von einem Jungen in Shorts und T-Shirt. Das Tier lief um die Beamten herum und schnüffelte neugierig und der Junge sagte: „Hallo, das Restaurant ist noch zu, aber wenn Sie heute Abend kommen wollen, nehmen wir gerne Ihre Reservierung entgegen.«

»Ah, du bist hier wohl der Chef?«, fragte Jansen.

»Nein, das ist meine Maman«, antwortete der Junge ernsthaft und versuchte, sich eine dunkelbraune Locke, die ihm von seinem dichten Haarschopf in die Stirn hing, aus dem Gesicht zu pusten: »Und wenn Sie die sprechen wollen, die ist hinten bei der Remise.«

»Zeigst du uns den Weg? Wie heißt du?«

»Ich heiße Lionel Floric.«

Und damit hüpfte er, umtänzelt von seinem Hund, den Beamten voraus in Richtung Remise.

»Grüß Gott! Angermüller mein Name, von der Kripo Lübeck, das ist mein Kollege Jansen. Frau Floric – wir sind hier wegen Ihrer Vermisstenanzeige.«

»Haben Sie Fouhad gefunden? Geht es ihm gut?«

»Es tut mir leid – es gibt noch keinen konkreten Hinweis auf die vermisste Person. Wir haben nur noch ein paar Fragen.«

»Was möchten Sie wissen? Setzen wir uns doch!«

Anna Floric deutete auf eine Gruppe Gartenmöbel, die sich gleich neben dem Eingang des Flachbaus befand. Während sie auf den Holzstühlen Platz nahmen, musterte Angermüller sie unauffällig, – die Restaurantbesitzerin und berühmte Köchin hatte er sich anders vorgestellt. Älter und irgendwie bedeutender, jedenfalls nicht so wie diese natürliche junge Frau, klein, ein wenig stämmig, mit lustig gelockten, blonden Haaren, in Jeans und T-Shirt, die ihn mit ihren hellgrauen Augen abwartend ansah. Mit den Ellbogen auf ihre Rückenlehne gestützt, stand der Junge hinter dem Stuhl seiner Mutter und es war ihm anzusehen, dass er nicht ein Wort verpassen wollte, das hier gesprochen wurde. Bis auf die hellen Augen, die zu seinem olivfarbenen Teint besonders auffällig waren, hatte er mit seiner Mutter kaum Ähnlichkeit.

»Lionel!«, sagte Anna Floric in einem sehr bestimmten Ton, ohne sich nach ihm umzudrehen und als er sich nicht bewegen wollte, noch einmal etwas lauter: »Lionel, s'il te plaît!«

Mit einem beleidigten Gesichtsausdruck und betont langsam zog sich der Junge, gefolgt von seinem Hund, vom Ort des Geschehens zurück.

»Zuerst wüssten wir gerne, wann und wo Sie den Herrn«, Angermüller schaute in seine Unterlagen, »Fouhad Ferhati zum letzten Mal gesehen haben.«

»Das war Mittwochabend, in der Küche, denn am Donnerstag hatte Fouhad seinen freien Tag.«

»Sie meinen, in Ihrer Restaurantküche? Was macht er da?«

»Er arbeitet da, er ist unser Pâtissier.«

»Was heißt das, ist er Konditor?«

»Oh, non! Er ist für die Nachspeisen zuständig, das kann auch einmal Gebäck sein, aber er macht alles, ob Crème brûlée, Millefeuille oder eine Mousse von Aprikosen.«

»Das hört sich sehr gut an!«, nickte Angermüller anerkennend, während Jansen ihm einen genervten Blick zuwarf und fragte dann: »Sie sprechen ausgezeichnet Deutsch, Madame – wo haben Sie es gelernt?«

»Meine Mutter war Lübeckerin.«

»Ah, so.« Es war Georg Angermüller anzumerken, dass er das Gespräch liebend gern auf dieser privaten Ebene fortgesetzt hätte – seine alte Liebe zu Frankreich und seine Neigung für exquisite Gaumenfreuden machten Anna Floric für ihn zu einer höchst interessanten Gesprächspartnerin. Aber er hatte hier anderes zu tun und mit Jansen im Nacken war eine entspannte Unterhaltung über sein Lieblingsthema ohnehin kein Vergnügen.

»Zurück zu Herrn Ferhati: Wie ging es ihm in letzter Zeit? Hat er irgendwelche persönlichen Probleme gehabt?«

»Nicht, dass ich wüsste. Fouhad ist trotz der schlimmen Erlebnisse in seiner Vergangenheit ein erstaunlich fröhlicher, positiv eingestellter Mensch. Natürlich fehlen ihm seine Familie und seine Heimat. Aber seit einigen Monaten hat er ja dieses Mädchen in Travemünde und macht seitdem einen richtig glücklichen Eindruck auf mich.«

»Was ist mit Drogen?«, wollte Jansen wissen.

»Rührt Fouhad nicht an.«

»Ich meine jetzt nicht als Konsument – könnte es sein, dass er mit Drogenhandel zu tun hat? Nordafrikaner, da liegt das ja nahe.«

»Woher nehmen Sie eigentlich die Unverschämtheit für so eine Behauptung? Nimmt die deutsche Polizei platte Vorurteile als Grundlage für ihre Ermittlungsarbeit? C'est incroyable!«

Anna Floric war empört, doch Jansen ließ sich davon nicht schrecken.

»Tscha, wir haben so unsere Erfahrungswerte und die Frage nach Verbindungen zur Drogenszene ist danach leider naheliegend«, sagte er achselzuckend und sah sie abwartend an.

»Natürlich hat Fouhad nichts mit Drogenhandel zu tun. Wir hatten hier noch nie Probleme mit Dealern. Die Leute, die hierher kommen, sind an einer echten Arbeit interessiert. Sie haben ihr, wenn auch bescheidenes, Auskommen und ich glaube, sie fühlen sich bei uns wohl.«

Die Antwort der Restaurantchefin klang jetzt wieder ruhig und sachlich und Angermüller fragte:

»Wann hat Herr Ferhati denn am Mittwoch Feierabend gehabt?«

»Ich denke, das muss gegen halb 11 gewesen sein, da haben wir die Küche geschlossen. Es war nicht besonders viel los am Mittwoch.«

»Wissen Sie, ob er dann nach Hause ging, oder ist er noch einmal weg?«

»Ich habe irgendwann noch seinen Roller knattern hören – aber da fragen Sie besser seine Mitbewohner, die wissen das bestimmt genauer.«

»Wo finden wir die?«

»Gleich hier. Das ist unsere Remise und einige unserer Mitarbeiter wohnen hier.«

»Aha, die jungen Männer, mit denen Sie vorhin sprachen, als wir ankamen!«, mischte sich Jansen ein. »Habe ich mich getäuscht oder sind Ihre Mitarbeiter alle Ausländer?«

»Sie haben sich getäuscht, Herr Kommissar! Wir sind zwar eine sehr gemischte Truppe, aber einige meiner Mitarbeiter sind durchaus echte Holsteiner!«

Jansen schaffte es spielend, seine Fragen auf eine Art zu stellen, die Anna Floric sofort in Harnisch brachte. Sie wurde wohl des Öfteren nach der Zusammensetzung ihres Teams gefragt und schien die ständigen Rechtfertigungen leid.

»Wenn Sie aber die meinen, die in der Remise wohnen, die kommen alle aus Algerien. Sie sind wegen der Zustände in ihrem Heimatland hier und das legal. Sie haben alle eine Genehmigung, in Deutschland zu arbeiten und Ihre Kollegen kommen auch häufig genug vorbei, um alles immer wieder zu kontrollieren!«

»Nu ma ganz ruhig, Frau Floric!« Jansen, der sich keiner Schuld bewusst war, klang leicht gereizt. »Erstens sind wir nicht die Ausländerpolizei und zweitens haben Sie sich an uns gewandt wegen Ihres verschwundenen Mitarbeiters.«

»Entschuldigung, tut mir leid! Aber wissen Sie, wenn man ewig dieselben Fragen hört. Keiner hat was gegen Ausländer, aber alle wollen immer von mir wissen, warum ich bei der hohen Arbeitslosigkeit so wenig Einheimische beschäftige.« Anna Floric geriet wieder in Rage: »Jedes Mal muss ich mich rechtfertigen, dass das Angebot sowohl an qualifizierten Fachkräften wie an willigen Hilfskräften einfach lächerlich ist und dass meine Jungs hier die Jobs machen, die übrig bleiben – andere dürfen sie gar nicht annehmen, solange sie noch keine unbefristete Aufenthaltserlaubnis haben. Außerdem spart der Staat das Geld, das er sonst für ihre Unterbringung in diesen luxuriösen Asylantenunterkünften ausgeben müsste! So, das musste einmal gesagt werden.«

Anna Floric holte tief Luft.

»Soll ich meine ausländischen Mitarbeiter jetzt herholen?«, fragte sie dann mit übertriebener Betonung des Adjektivs.

»Danke, ist nicht nötig!«

Die beiden Beamten erhoben sich.

»Wir würden uns sowieso ganz gerne einmal das Zimmer von Herrn Ferhati ansehen, wenn Sie nichts dagegen haben.«

»Ganz und gar nicht – bitte kommen Sie.«

Fouhad Ferhatis Reich wirkte wie ein typisches Jugendzimmer, wenn auch ein sehr ordentliches. Eingerichtet mit zweckmäßigen, hellen Kiefernmöbeln, an den Wänden drei aus Magazinen ausgeschnittene Bilder von berühmten Fußballhelden, sehr exakt nebeneinander angebracht, daneben eine Pinnwand mit Fotos und im Regal neben einem Kassettenrecorder wenige Bücher, drei Aktenordner, ein Fußball und eine Wasserpfeife. Auf einem kleinen Schreibtisch waren Hefte und Bücher ordentlich gestapelt, die auf einen Deutschkurs schließen ließen. Alles war sehr aufgeräumt, nichts lag irgendwo herum, sogar das Bett sah aus wie gerade vom Zimmermädchen gemacht.

»Die gehört dem Vermissten, nehme ich an?«

Jansen deutete auf ein rotes Basecap, das neben dem Kleiderschrank an einem Garderobenbrett über einem schwarzen Jackett hing.

»Das ist seine Lieblingsmütze! Er setzt sie immer verkehrt herum auf, obwohl das ein bisschen doof aussieht«, lächelte Anna Floric.

Jansen griff in die Tasche seiner Jeansjacke, streifte sich Gummihandschuhe über, holte eine Plastiktüte hervor, nahm die Mütze vom Haken und packte sie ein.

»Kann uns vielleicht weiterhelfen, man weiß ja nie!«, sagte er freundlich zu Anna, die leicht irritiert zusah.

Angermüller war vor die Pinnwand getreten. Neben ein paar bunten Ansichtskarten, von denen manche Meer und Strand, mehrere eine Stadt namens Oran zeigten sowie einem Foto von Ferhati und seiner Travemünder Freundin gab es eine Reihe Familienbilder, wahrscheinlich von seinen Angehörigen in Algerien. Auf einem war ein älterer Mann abgebildet, in einer Djellaba, dem typischen wollenen Kapuzenmantel, sowie eine Frau in einem geblümten, langen Kleid, um den Kopf locker ein Tuch geschlungen, aus dem das dunkle, von Silbersträhnen durchzogene Haar hervorquoll. Die jüngeren Leute auf anderen, offensichtlich vom Fotografen gemachten Fotos, waren modern gekleidet und hatten sich wohl für einen festlichen Anlass sehr schick gemacht.

»Das sind Fouhads Eltern und Geschwister. Sie fehlen ihm sehr – wer weiß, wann er sie wiedersehen wird.«

Anna Floric war neben Angermüller getreten.

»Warum ist er hierhergekommen?«

»Das ist eine lange Geschichte, aber um es kurz zu machen: Er hatte sich einer Gruppe angeschlossen, die für demokratische Verhältnisse eintritt, Menschenrechtsverletzungen in Algerien öffentlich anprangert, einen dritten Weg zwischen der herrschenden Politik und den islamistischen Organisationen versucht – das hat bereits gereicht, dass er festgenommen und gefoltert wurde.«

»Algerien, Algerien?«, sinnierte Angermüller. »Ich dachte, die politische Lage hätte sich beruhigt dort.«

»Sie hat sich so weit beruhigt, dass es nach dem offenen Bürgerkrieg in den 90er Jahren mit zehntausenden von Toten jetzt ›nur‹ noch mehrere 100 Verschwundene pro Jahr gibt, die meistens nie wieder auftauchen. Und Leute, die einfach nur ihre menschlichen Freiheitsrechte einfordern, sitzen zwischen allen Stühlen – verfolgt vom Regime, dem Militär und den Islamisten müssen sie um Leib und Leben fürchten«, Anna Floric seufzte. »Ich könnte Ihnen noch eine Menge mehr dazu erzählen, aber Sie sind wegen etwas anderem hier.«

Bestimmt könnte auch Astrid einiges zu diesem Thema beitragen, dachte Angermüller. Sie arbeitete schließlich in einem Asylhilfeprojekt und sie wusste nur zu genau, welchen Repressalien die Menschen, mit denen sie zu tun hatte, in ihren Heimatländern ausgesetzt waren. Es war ihm plötzlich seltsam unangenehm, dass er fast nie mit ihr über diese Dinge sprach. Aber sie hatten so wenig Zeit miteinander, weshalb sie meist über die Kinder oder die Organisation des Alltags redeten, wenn sie sich sahen. Wirkliche Mußestunden zu zweit waren so selten wie Perlen in einer Auster. Viel zu sehr drängten sich die Schattenseiten dieser Welt in sein Leben, mit denen sein Beruf ihn ständig zusammenbrachte, und oft genug verfolgten ihn seine Fälle bis in den Schlaf. Aber er würde Astrid nach der ›Villa Floric‹ und ihren algerischen Bewohnern fragen, wer weiß, vielleicht konnte es von Nutzen sein.

»Na gut, dann wollen wir mal mit den Mitbewohnern von Herrn Ferhati sprechen.«

Sie betraten die geräumige Küche. An einem großen, runden Holztisch saß ein gepflegter Mann um die 30 in einem hellblauen Polohemd, in der Hand ein Glas Tee. Hinter ihm stand ein schmaler, jüngerer Mann in Jeans und Sweatshirt und machte sich mit einem Topf am Herd zu schaffen. Als Anna Floric die beiden auf Französisch ansprach, verstand Georg Angermüller zwar nicht jedes Wort – zu lange schon hatte er die Sprache nicht mehr gesprochen – aber er erfasste den Inhalt und hörte sehr wohl, dass sie ihn und seinen Kollegen als ›Flics‹ vorstellte, was ein nicht unbedingt nettes französisches Wort für Polizisten war.

»Können Sie für uns dolmetschen?«, fragte er sie.

»Das ist nicht nötig, ich spreche Deutsch. Was wollen Sie über Fouhad wissen?« Der am Tisch sitzende Mann hatte sich erhoben, er stellte sich als Djaffar Lahlou, Chefkellner in der ›Villa Floric‹, vor.

»Spricht der andere junge Mann auch Deutsch?«

»Nur ein bisschen. Mein Name ist Hadi Khaled«, mischte sich der Junge vom Herd mit einem schüchternen Lächeln ein.

»Dann sagen Sie mir doch bitte, wann und wo haben Sie denn Ihren Kollegen das letzte Mal gesehen?«

»Das war Mittwochnacht, nach der Arbeit. Wir haben in der Küche gesessen und geredet. Fouhad, Hadi und ich. Omar war in seinem Zimmer.«

»Omar?«

Angermüller blickte fragend zu Anna Floric.

»Ja, Omar Chabi – er ist noch nicht lange hier und sondert sich so ein bisschen ab. Er ist jetzt auch in seinem Zimmer. Soll ich ihn holen?«

»Lassen Sie nur, Frau Floric – wir gehen anschließend zu ihm. Wie lange haben Sie denn noch hier zusammengesessen?«, wandte sich der Kommissar wieder an Djaffar.

»Vielleicht bis Mitternacht. So genau weiß ich das nicht mehr.«

Der Chefkellner tauschte sich kurz auf Arabisch mit Hadi aus.

»Es war kurz vor Mitternacht, da hat sich Fouhad entschlossen, doch noch nach Travemünde zu fahren. Wir sind auf unsere Zimmer gegangen, ich habe noch ein wenig gelesen und habe dann gehört, wie Fouhad mit dem Roller losgefahren ist. Hadi hat das auch so im Kopf.«

»Was wollte Herr Ferhati so spät noch in Travemünde?«

»Er kennt dort ein Mädchen. Sie hatten wohl einen kleinen Streit gehabt; er wollte sie ein bisschen ärgern, meldete sich zuerst nicht bei ihr. Aber dann war sein Ärger rasch verflogen, weshalb er sie mit seinem Besuch überraschen wollte«, schloss Djaffar.

Ein verlegenes Grinsen hatte sich auf Hadis Gesicht ausgebreitet, als von Fouhads Freundin die Rede war und er sagte leise: »Fouhad viel verliebt.«

Angermüller musste lächeln.

»Hatte Ihr Kollege irgendwelche Probleme oder gab es Leute, mit denen er Probleme hatte, die ihn bedrohten?«

Die beiden dachten kurz nach, wechselten ein paar Worte in ihrer Heimatsprache und schüttelten dann entschieden den Kopf.

»Können Sie uns sagen, wie er gekleidet war, als er sich auf den Weg nach Travemünde machte?«

»Ich glaube, er hat sich noch umgezogen«, sagte Djaffar, »aber wir haben ihn beide nicht das Haus verlassen sehen.

Aber wahrscheinlich hatte er Jeans und irgendein Sweatshirt an und bestimmt seine blaue Windjacke.«

»Und was für Schuhe?«

»Turnschuhe – Fouhad trägt immer Turnschuhe.«

Die beiden Beamten wechselten einen kurzen Blick.

»Ja, das wars erst mal. Mein Kollege nimmt noch Ihre Personalien auf, falls wir Rückfragen haben.«

Das entsprach nicht ganz der Wahrheit. In einem Mordfall wurden alle Daten einer Routineprüfung unterzogen, auch die scheinbar unbeteiligter Zeugen.

»Merci, Messieurs!«, dankte Angermüller den beiden Männern und schnupperte dann neugierig in Richtung Herd, an dem immer noch der junge Mann stand, der jetzt den Deckel vom Topf nahm, um darin zu rühren. Ein intensiver Duft von Lammfleisch, Zwiebeln und Gewürzen erfüllte die Luft.

»C'est couscous?«, fragte der Kommissar Hadi fast ein wenig schüchtern auf Französisch. Der kräftige Eintopf, von dem typisch nordafrikanischen Weizengrieß begleitet, war das einzige Gericht aus dem Maghreb, das er bisher gekostet hatte.

»Ah non! C'est Chorba M'katfa – c'est bien!«, Hadi machte große Augen und rieb sich genießerisch den Bauch. »Vous voulez goûter?«, fragte er Angermüller und hielt ihm seinen Löffel hin.

»Non, merci!«, wehrte Angermüller dankend ab, der gerne probiert hätte, wäre er nicht im Dienst und vor allem nicht in der Begleitung Jansens gewesen. Trotzdem nahm er sich noch die Zeit, zu fragen, was das denn für ein Gericht sei, und Djaffar erklärte auf Deutsch, dass es sich dabei um eine Art reichhaltige Gemüsesuppe mit Lammfleisch und Kichererbsen handelte, die unter anderem mit Chilis, Koriander und Zimt gewürzt wurde und in die zum Schluss feine Fadennudeln gestreut wurden. Serviert wurde die Suppe mit

Zitronenscheiben. Angermüller dankte für die Auskunft und dachte wieder einmal, dass es noch einen unendlichen Kosmos von Speisen auf dieser Welt gab, die es wert waren, von ihm entdeckt zu werden.

Omar Chabi, der andere Bewohner der Remise, saß auf einem Stuhl am Tisch und las in einem Buch, als sie eintraten. Auch hier war alles sehr ordentlich, doch im Gegensatz zu Fouhads Reich ohne jegliche persönlichen Accessoires, nur ein Radio stand noch auf dem Tisch. Keine Bilder, keine Fotos – ein Bett, ein Schrank, Tisch und Stuhl und ein kleiner, aufgerollter Teppich in einer Ecke. In seiner Kargheit erinnerte das Zimmer an eine Mönchszelle. Bevor sie guten Tag sagen konnten, war Chabi aufgestanden, der wohl mitbekommen hatte, dass die Polizei im Hause war, und reichte ihnen unaufgefordert und ohne ein Wort seine Papiere.

Freundlich dankend nahm Angermüller sie entgegen und gab sie an Jansen weiter. Doch Chabi reagierte nicht auf sein Lächeln und sah mit mürrischem Blick direkt an den beiden Beamten vorbei. Auf die Frage »Sprechen Sie Deutsch?« antwortete er nur mit einem abfälligen Schulterzucken.

»Am besten, wir lassen Djaffar dolmetschen«, mischte sich Anna ein, die die Beamten zu ihm geführt hatte. „Omar spricht kaum Deutsch und ich als Frau bin sowieso nicht würdig, für ihn zu übersetzen.« Mit einem genervten Seitenblick auf ihn ging sie Djaffar holen.

Außer dass ziemlich deutlich wurde, dass Omar die Lebensweise seiner Mitbewohner nicht gut hieß, insbesondere die des lebenslustigen Fouhad Ferhati, blieb seine Befragung ohne weiterführende Erkenntnisse.

»Ich ruf den Kollegen Niemann an, der soll die Jungs alle mal überprüfen. Wer weiß, was die für Geschichten untereinander laufen haben, auch wenn die Chefin hier das anders sieht – man kann nie wissen«, sagte Jansen und fingerte sein

Handy aus der Hosentasche, als sie wieder vor der Remise in der Sonne standen.

Die beiden Beamten wollten gerade den Hof überqueren, um sich von der Restaurantchefin, die sich in ihr Büro begeben hatte, zu verabschieden, als ein blauer Lieferwagen in gefährlich schnellem Tempo um die Ecke geschossen kam. Mit einem unangenehmen Quietschen und einem harten Ruck kam das Fahrzeug direkt neben Jansen zum Stehen, sodass nicht einmal mehr eine Handbreit zwischen ihn und den Wagen passte.

»Tickst du nich sauber, oder was?«, brüllte Jansen den Fahrer an und schlug mit der flachen Hand gegen die Windschutzscheibe. Der sprang sofort aus dem Wagen und brüllte zurück: »Nu hab dich ma nich so! Is doch nix passiert!«

Jansen zückte seinen Dienstausweis.

»Papiere!«

»Oh nee! Auch nochn Bulle, hab ich ein Glück heute«, stöhnte der Mann genervt, während er sich ins Führerhaus beugte, um nach den Unterlagen zu suchen.

Aus der Villa stürmte Anna Floric.

»Das ist gut, dass Sie sich diesen verrückten Rennfahrer mal vornehmen! Der rast immer so! Neulich hat er beinahe Hadi über den Haufen gefahren! Außerdem spielen hier auch Kinder und so rücksichtslos fährt man einfach nicht!«

»Mann! Is ja gut.« Der aggressive Unterton war nicht zu überhören, aber angesichts der ihm gegenüberstehenden Polizisten und Anna Floric blieb dem Lieferanten keine andere Wahl, als klein beizugeben. Er fuhr sich mit der Hand durch das dunkle, an den Spitzen blond gefärbte Haar.

»Ich muss jetzt meinen Kram abladen.«

Ungeduldig trat er von einem Fuß auf den anderen, was den Eindruck mühevoll zurückgehaltener Körperkraft noch verstärkte. Jansen musterte ihn mit abschätzigem Blick. Die

Füße steckten in eng geschnürten Stiefeln und das stramm sitzende T-Shirt mit der Aufschrift ›Gourmet-Profi‹ über der feldgrünen Hose zeichnete jede Faser seines durchtrainierten Körpers ab. Sein Deckhaar stand als Bürste auf dem Kopf und der Nacken war hoch ausrasiert. Der Kommissar blätterte langsam die ihm gereichten Fahrzeugdokumente durch.

»Sollte es wieder vorkommen, dass Sie Ihre Mitmenschen in Gefahr bringen, gibt es einige Maßnahmen, die Ihnen nicht gefallen werden. Wir werden dann als Erstes Ihren Chef informieren und ich denke nicht, dass der Ihre Fahrweise als seinem Laden zuträglich betrachtet.«

Jansen gab die Papiere zurück.

»Alles klar, Chef!«, salutierte der Profi, ohne sich die Mühe zu machen, besonders überzeugend wirken zu wollen und wandte sich übergangslos dem Ausladen seiner Waren zu.

»Maman! Maman! Yann will mit Jakob und mir an den Strand fahren! Dürfen wir?«

Lionel und sein Hund kamen angerannt, langsam gefolgt von einem großen, schlanken Mann in Jeans, den Anna als Yann Tanguy, ihren Partner, vorstellte. Dunkles, kurzes Haar, sein Teint von der Sonne gebräunt, ein verhaltenes Lächeln – sieht nett aus, dachte Angermüller, aber der Junge sieht ihm nicht sehr ähnlich. »Wir wollten uns eh verabschieden. Du hast ja mit deiner Mutter was Wichtiges zu besprechen!«, sagte er augenzwinkernd zu Lionel. »Wir melden uns, sobald wir etwas über den Verbleib von Herrn Ferhati wissen. Wiedersehen.«

Es war früher Abend und Angermüller ging zu Fuß durch die Lübecker Altstadt nach Hause. Er hatte sich von Jansen an der Obertrave absetzen lassen und genoss das Schlendern durch die schmalen Gänge mit ihren liebevoll restaurierten Häuschen, die sich häufig mit grünen Kletterpflanzen schmückten oder gar einen romantischen, kleinen Garten vorzuweisen hatten. Seine Wildlederjacke hatte er locker über eine Schulter gelegt, denn die Luft war warm und mild. Den ganzen Tag hatte die Sonne vom Himmel gestrahlt und in jedem Gespräch hatte man sich gegenseitig versichert, dass dies wohl der lang erwartete Sommer sein müsse, der endlich Einzug gehalten habe.

Die Mediterranisierung der deutschen Innenstädte machte auch vor der altehrwürdigen Hansestadt im Norden nicht halt. Überall, wo es ein geeignetes Fleckchen gab, luden Tische und Stühle zum Verweilen unter freiem Himmel ein und schufen ein südlich anmutendes Flair. Im Innenhof der ›Neuen Rösterei‹ fand auch Angermüller einen Platz an einem Tischchen und gönnte sich einen Milchkaffee. Er spürte, wie er sich entspannte, als er sich zurücklehnte und das bunte Treiben um sich herum beobachtete, doch seine Gedanken kreisten um die mehr oder weniger mageren Ergebnisse des heutigen Tages.

Die Chancen, dass es sich bei dem Toten vom Strand um den verschwundenen Fouhad Ferhati handelte, standen fifty-fifty. Alter, Größe, Figur und was sie über die Kleidung des Vermissten wussten, sprachen durchaus dafür. Natürlich wäre der Versuch einer Identifizierung der Leiche möglich gewesen, aber bis heute hatten sie die Öffentlichkeit aus dem Fall heraus halten können. Außerdem erschwerte das Nichtvorhandensein des Gesichts diesen Weg und solange es andere Möglichkeiten gab, festzustellen, ob der Tote mit dem Vermissten identisch war, musste man niemandem unnötigerweise solch einen grässlichen Anblick zumuten. Spätestens übermorgen würden dem LKA in Kiel die Ergebnisse der Genanalyse der am Basecap gefundenen Haare vorliegen, um sie mit den Materialien des Toten vergleichen zu können.

Nach der Teamsitzung am Nachmittag hatte Eckmann dem Lokalreporter grünes Licht für die Veröffentlichung seiner Exklusivfotos geben müssen. Der hatte allerdings zugesichert, bei den Aufnahmen nur Totalen zu nehmen und die grausigen Details wegzulassen. Aber natürlich wollte er endlich seine Fotos verwerten und der Erste sein, der über den unbekannten Toten vom Strand berichtete. Das war zwar nicht gerade erfreulich, doch sie teilten ohnehin nur das mit, was in Hinblick auf ihre Ermittlungen zu verantworten war und da sie eh noch im Nebel stocherten, war das nicht viel. Die Pressestelle gab also eine Meldung heraus, dass am Wochenende ein unbekannter Toter in einem Boot am Strand angetrieben worden war und dass es sich bei der Leiche um einen noch jungen, höchstwahrscheinlich aus Nordafrika stammenden Mann handelte. Auch den Todeszeitpunkt – die Nacht von Donnerstag auf Freitag – fügte man hinzu und schloss dann mit dem altbekannten, alles und nichts sagenden Satz: »Die Motivlage ist unklar – wir ermitteln in alle Richtungen.«

Als Angermüller seinen Heimweg fortsetzte, fielen ihm die Jungs in der Remise der ›Villa Floric‹ ein und plötzlich hatte er den exotischen, anregenden Duft ihres Chorba M'katfa in der Nase. Er bekam großen Appetit auf ein würziges, scharfes Gericht, etwas, das schnell zuzubereiten war, vielleicht mit Huhn oder aber mit Hackfleisch. Kurz entschlossen bog er in die Hüxstraße ein und kaufte im Naturkostladen ein gutes Pfund Rinderhack, eine Tüte Bulgur, ein Bund Frühlingszwiebeln, großblättrige Petersilie und eine wunderbar duftende, frische Knoblauchknolle.

Außer den klagenden Schreien der Schwalben, die am immer noch wolkenlosen, blauen Himmel pfeilschnell hin und her jagten, war im kleinen Garten des Angermüllerschen Hauses nichts zu hören. Georg saß am gedeckten Tisch und wartete auf die Rückkehr von Astrid und den Zwillingen. Er hatte aus den mitgebrachten Zutaten eine orientalisch inspirierte Fleischpfanne komponiert, mit einem Hauch Zimt gewürzt und mit Pul Biber, einem türkischen Gewürz aus geschroteten Paprika- und Chilischoten, leicht geschärft und dazu das Bulgur mit Rosinen gekocht. Als er die Küche mit seinen Einkäufen betreten hatte, war ihm eingefallen, dass es im Kühlschrank noch reichlich Essensreste von Samstagabend gab – daran hatte er überhaupt nicht mehr gedacht. Nun gut, dann gab es eben auch noch eine große Auswahl an Vorspeisen und die Hackfleischpfanne als Hauptgang. Wo die drei nur blieben – er war wirklich sehr hungrig, denn er hatte nichts als ein ziemlich weiches, gummiartiges Wurstbrötchen am Mittag in der Kantine gegessen.

Endlich hörte er die Tür ins Schloss fallen und gleich darauf kamen Julia und Judith in den Garten getobt.

»Wir waren am Strand! Und wir haben gebadet! Das war toll, Papi!«

»Das war soo geil!«

»Das Wasser war gar nicht kalt!«

»Das war sogar pipiwarm!«

»Kommst du morgen auch mit?«

Die beiden Mädchen waren in ihrer Begeisterung kaum zu bremsen.

»Schaun mer mal, ob ich morgen mitkommen kann. Bestimmt habt ihr riesigen Hunger! Ich hab was Gutes gekocht für euch!«

»Uups!«, machte Julia und schaute ihre Schwester betreten an. Astrid tauchte in der Küchentür auf. Sie trug das türkisgrüne Sommerkleid, das ihr so gut zu stand zu den hellblonden, halblangen Haaren und ihre leichte Sonnenbräune dezent betonte.

»Wir haben leider schon gegessen. Hallo, Georg!«, begrüßte sie ihren Mann und trat zu ihm an den Tisch. »Wir haben Martin am Strand getroffen und sind zusammen Pizza essen gegangen. Du hättest anrufen sollen.«

»Ich wollte euch überraschen.«

Georg Angermüller war die Enttäuschung anzuhören.

»Ja, schade«, sagte Astrid nur knapp und sah auf den überreichlich gedeckten Tisch. »Wieso hast du eigentlich noch was Neues gekocht? Da waren doch noch massenhaft Reste vom Wochenende?«

»Ich hab mich halt inspirieren lassen.«

Astrid zuckte ungehalten mit den Schultern. Sie war klein und zierlich und wirkte sehr mädchenhaft. Ihre Willensstärke und Energie wurden deshalb leicht unterschätzt. Selbst Georg überraschte sie damit hin und wieder. Mit der Strenge einer Lehrerin tadelte sie:

»Manchmal bist du irgendwie so unvernünftig, Georg, so maßlos.« Sie sah ihn kopfschüttelnd an. »Da kommst du nach Wochen einmal früher nach Hause und hast nichts Besseres zu tun, als dich an den Herd zu stellen.«

»Ich dachte, wir machen uns einen gemütlichen Abend im Garten. Ich koch was Schönes, wir trinken einen guten Wein und reden mal wieder in aller Ruhe.«

»Warum musst du immer gleich so einen Aufwand treiben? Ein Stück Käse und ein Baguette tun es doch auch. Kein Wunder, wenn du immer mehr zulegst. Ich hab noch was zu tun, ich geh rein und ihr, Kinder, kümmert euch um die nassen Badeanzüge und so weiter!«

Angermüller blieb allein an seiner üppigen Tafel zurück. Auf Astrids heftige Reaktion war er überhaupt nicht vorbereitet und ihre Worte trafen ihn ganz tief drinnen. Seit wann störte sie sich daran, dass er Spaß am Kochen hatte? Er fühlte sich wie vor den Kopf gestoßen. Er trank noch den Rotwein in seinem Glas aus und begann dann, mechanisch den Tisch abzuräumen. Mit sorgfältiger Routine versorgte er alle Töpfe, Schüsselchen und Teller voller nicht angerührter Delikatessen und stapelte sie geschickt in den prall gefüllten Kühlschrank. Das nagende Hungergefühl hatte sich einfach in Luft aufgelöst.

5

Der Sommer war ausgebrochen! Wirklich. Endlich. Das hörbare Grinsen der ewig gut gelaunten Moderatoren privater Musiksender wuchs ins Unerträgliche, Hoteliers und Gastronomen an der Küste schöpften Hoffnung für die sehr mäßig gestartete Saison und Angermüller hatte von Cordhose und Sweatshirt zu einer leichten Baumwollhose und Polohemd gewechselt – nicht, ohne bedauernd festzustellen, dass die Hose, die er sich im letzten Sommer gekauft hatte, am Bund ein wenig spannte.

Er saß mit Jansen in seinem Büro, einem schmucklosen, kleinen Raum, in den jetzt ungehindert die Sonne strahlte, da die automatische Jalousie aus unerfindlichen Gründen gerade heute den Dienst versagte. Eher lustlos blätterten die beiden Beamten in dem Material, das die Kollegen vom Staatsschutz aus dem neunten Stock zum Thema ausländerfeindliche Straftaten zusammengetragen hatten.

Ohne es dem anderen zu sagen, wartete jeder nur auf die Ergebnisse des Abgleichs der genetischen Daten des Toten vom Steilufer mit denen des vermissten Mitarbeiters aus der ›Villa Floric‹. Auch wenn sie niemandem Schlechtes wünschten, hofften Angermüller und Jansen, dass sie identisch sein würden, damit sie endlich wüssten, nach wessen Mörder sie eigentlich zu suchen hatten.

Eine Mischung aus Unwissenheit und Verblendung, Dummheit, roher Gewalt und unmenschlichem Hass schlug ihnen aus ihrer Lektüre entgegen. Da gab es Ausländer verprügelnde Skinheads ebenso wie biedere Bürger, die Flugblätter volksverhetzenden Inhalts herausgaben oder

Musikgruppen, die eindeutig rechtes Gedankengut in den Texten zu ihrer Krawallmusik verbreiteten. Es gab Netzwerke von Rechten, die vorgaben, die sozial Schwachen und Benachteiligten unterstützen zu wollen, in Wahrheit aber nur daran interessiert waren, ihren nationalen Nachwuchs zu rekrutieren, zweite Weltkriegsteilnehmer, die um den Ruf der Wehrmacht besorgt waren und einen Verleger, der antisemitische Pamphlete druckte. Das war keine homogene und schon gar keine Massenbewegung, nichts, was die Demokratie in ihren Grundfesten bedrohte, dennoch fand Angermüller es erschreckend, wie viele Menschen sich offensichtlich in diesem Staat nicht zu Hause fühlten.

»Ach nee!«, entfuhr es Jansen mit einem Mal und er reichte seinem Kollegen ein Foto über den Schreibtisch.

»Kennste den?«

»Aber natürlich! Das ist doch der Rennfahrer von gestern!«

»Genau! Unser ›Gourmet-Profi‹! Maik Priewe, Jahrgang 78, stammt aus einem Kaff bei Schwerin. Wurde verdächtigt, dort einem Vietnamesen die Imbissbude angesteckt zu haben, es konnte ihm aber nichts nachgewiesen werden. Er war Mitglied in der ›Nationalen Kameradschaft Nordgau‹, aus der er wegen Disziplinlosigkeit und anderer Unstimmigkeiten mit den Kameraden rausgeflogen ist. Bekam diverse Anzeigen wegen Körperverletzung, Bedrohung, Nötigung – meistens von Ausländern. Verwendung verfassungsfeindlicher Kennzeichen.«

»Das ist ja ein richtig sympathisches Bürschle!«

»Du sagst es! Verurteilt wurde er zu zwei Jahren wegen Rädelsführerschaft bei einem Angriff auf eine Gedenkveranstaltung am Cap-Arcona-Ehrenfriedhof bei Neustadt. Vor einem halben Jahr entlassen. Neulich gabs Ärger wegen Ruhestörung: angeblich eine Geburtstagsfeier, war aber ein nicht genehmigtes Konzert dieser Nazirocker ›Wotanswuth‹, tsss! Sonst keine neuen Auffälligkeiten.«

Ein Anruf beim ›Gourmet-Profi‹, dem Edelgastronomie-Lieferservice mit Sitz im Hamburger Hafen, ergab, dass Maik Priewe heute nur eine kleine Tour hatte. Die nette, gesprächige Dame am Telefon erzählte Jansen, dass dieser außerdem am Mittwoch seinen freien Tag hätte und man ihn erst übermorgen wieder bei seiner Arbeitsstelle erwartete.

»Bestimmt fährt der Maik zum Strand – bei dem tollen Wetter heute!«, meinte sie dann noch und es war ihr anzuhören, dass sie bedauerte, nicht dabei sein zu können.

Gemeldet war Priewe im Stadtteil Buntekuh und so machten sich die beiden Kommissare auf den Weg dorthin. Sie benötigten nur knapp 10 Minuten für den Weg von der Possehlstraße aus. Priewe wohnte in einem der Hochhäuser im Hudekamp – eine nicht gerade begehrte Wohnlage in der Stadt. Es war das Viertel mit der höchsten Arbeitslosigkeit, in dem die Kriminalität wucherte und das Gemisch vieler unterschiedlicher Nationalitäten auf engem, unattraktivem Raum schürte Aggressivität und Extremismus. Es brauchte viel Geduld und einen langen Atem, hier mehr Lebens- und Wohnqualität zu schaffen, mit immer weniger Personal bei stetig knapper werdenden finanziellen Mitteln. Angermüller beneidete die Quartiersmanager und Sozialarbeiter nicht, die hier mit Bürgertreffs, Jugendcafés, frischer Farbe und Aufforstung der mickrigen Rasenflächen einen wenig aussichtsreichen Kampf gegen Verwahrlosung, Elend und Trostlosigkeit führten.

Sie klingelten vergeblich. Priewe schien nicht zu Hause zu sein. Auch den Lieferwagen konnten sie nirgends entdecken.

»Wat nu?«, fragte Jansen, als sie wieder in ihrem Audi saßen.

»Ich schlag vor, wir schaun mal beim ›Studio 88‹ vorbei.«

»Du meinst diese Muckibude, die immer wieder in den Akten auftauchte? Gut kombiniert, Herr Kommissar! Nur vom Kistenschleppen hat der Priewe seine Muskelpakete bestimmt nicht!«

»Und es liegt hier gleich um die Ecke, in Moisling.«

Kurz darauf bogen sie durch eine Einfahrt auf ein großes Industriegelände. Links residierten mehrere kleine Speditionsbetriebe und eine Importfirma für asiatische Lebensmittel. In einem Flachbau auf der rechten Seite wies eine bunte Schildersammlung am Eingang auf die verschiedensten Gewerbe hin, von einer Glaserei über ein Fotostudio bis zu einem Schädlingsbekämpfungsunternehmen. Das zweistöckige Haus an der Stirnseite stand im Erdgeschoß leer, nur über einem der Fenster im ersten Stock stand in großen altdeutschen Lettern ›Studio für Körperkultur 88!‹.

»Net grad sehr schick hier«, murmelte Angermüller angesichts der ziemlich heruntergekommenen Gebäude, von Müll überquellender Container und großer Löcher im Asphalt. »Aber die richtige Adresse!« Er wies zum Aufgang des ›Studio 88‹, vor dem der Wagen des ›Gourmet-Profi‹ parkte.

Gerade wollten sie aus dem Auto steigen, da hielt Angermüller seinen Kollegen zurück:

»Warte mal!«

Als Jansen ihm einen verwunderten Blick zuwarf, deutete er zu einer Außentreppe, über die Maik Priewe soeben in Begleitung eines halbwüchsigen Jungen das Studio verließ.

»Ich erklärs dir gleich!«, murmelte er und zog sich so weit wie möglich von der Windschutzscheibe in den Schatten des

Autos zurück. Doch die beiden auf der Treppe redeten und lachten und warfen keinen Blick in Richtung des geparkten Audis. Sie stiegen in den Lieferwagen, der gleich darauf mit quietschenden Reifen durch die Hofeinfahrt preschte.

»Bleib mal an ihm dran!«

»Klaro – und?«, fragte Jansen, während er sich in den lebhaften Verkehr auf der Hamburger Straße einfädelte.

»Der Junge bei Priewe – das war mein Neffe«, Angermüller schüttelte ungläubig den Kopf. »Ich hätt ihn fast net erkannt. Beim letzten Mal hatte er noch längere Haare. Der ist jetzt 16 oder 17, der Marco. Was hat der mit diesem rechten Schläger zu tun?«

»Scheiße«, war Jansens ganzer Kommentar. Der ›Gourmet-Profi‹ fuhr in Richtung Innenstadt, bog dann aber ab zur Autobahn und nahm die Abzweigung nach Travemünde. Konzentriert folgte Jansen dem in hohem Tempo fahrenden Wagen in angemessenem Abstand. Angermüller versuchte, die Gedanken zu ordnen, die ihm wegen seines Neffen durch den Kopf gingen.

Im Grunde kannte er Marco gar nicht. Als die Kinder noch klein waren, hatte man sich öfter an den Wochenenden getroffen und gemeinsam etwas unternommen. Seit einigen Jahren sah er Astrids Schwestern und ihre Familien nur noch an Weihnachten, Ostern oder bei Familienfeiern und wenn die Kinder zu pubertierenden Jugendlichen wurden, so wie Marco oder auch seine Nichte Stefanie, dann gestaltete sich die Kommunikation sehr heikel oder sie fand gar nicht statt. Ein wenig graute Angermüller bereits davor, seine beiden Töchter an diese seltsame Zwischenzeit zu verlieren, in der Erwachsene zu peinlichen Figuren werden und die jungen Menschen nur noch ihresgleichen als ihrer Aufmerksamkeit für wert befinden. Doch dieser Priewe, immerhin ja auch ein Erwachsener, hatte offensichtlich einen Zugang zu Marco gefunden. Seinen Neffen in vertrautem Kontakt mit einem bereits straffällig gewordenen Neonazi zu wissen, beunruhigte Angermüller zutiefst.

Der ›Gourmet-Profi‹ nahm die Ausfahrt zu einer Tankstelle, die Beamten stoppten ebenfalls und warteten etwas abseits am Rand des Geländes. Priewe und Marco verschwanden im Verkaufsraum und als sie wieder auftauchten, hatten sie einige Sixpacks mit Bierdosen unterm Arm, verstauten sie im Wagen und fuhren wieder los.

»Na, sach ma! Ob das nu Zufall is?«

Jansen bremste ab, während der blaue Lieferwagen in einer Staubwolke viel zu schnell in den Feldweg Richtung Brodtener Ufer rumpelte, den sie am Samstag zum Fundort des angetriebenen Schlauchbootes genommen hatten. Auch heute parkten hier eine ganze Reihe Autos. Die vielen Kennzeichen aus den verschiedensten deutschen Regionen deuteten auf Urlauber hin.

»Das muss Zufall sein. Unser Opfer kam ja auf dem Seeweg hierher. Die wollen jedenfalls genau zu dem Strand, die beiden«, meinte Angermüller nachdenklich.

»Jo, Party machen.«

Jansen parkte den Wagen an der Landstraße neben der Einmündung des Feldweges und die Kommissare folgten Maik Priewe und Marco, die inzwischen das Auto in Ermangelung eines Parkplatzes einfach auf dem angrenzenden Feld stehen gelassen hatten, zu Fuß in Richtung Strand. Die großen Windräder auf dem Feld rotierten lebhaft in der milden Brise, doch heute im hellen Sonnenlicht hatte die Szenerie etwas Heiteres, Unbeschwertes. Als sie die Stelle erreichten, wo der Weg zum Strand abstieg, hielt Angermüller seinen Kollegen zurück.

»Lass uns erst einmal von hier oben einen Blick werfen.«

Vorsichtig näherten sie sich dem Rand des Steilufers,

in das die Sturmfluten im Winter immer wieder Erdabbrüche fraßen und schauten suchend über den Strand, der mit Grüppchen von Badegästen belebt war. Richtig voll wurde es an dieser Ecke nie. Es war eher ein Geheimtipp für Leute, die den großen Rummel scheuten und etwas größeren Abstand zwischen den Badelaken bevorzugten. Dafür allerdings war der Strand nicht sehr breit und der Sand ging ziemlich bald in grobe Kiesel über, die den Rand des Wassers säumten.

Um einen toten Baumstamm – es war der, auf dem am Samstag die beiden Frauen gesessen hatten, die den Toten gefunden hatten – lagerte ein Grüppchen junger Leute. Drei Männer mit nackten, muskelbepackten Oberkörpern saßen im Sand, zwei davon mit Glatze, schwarzen Hosen und Schnürstiefeln und ein junges Mädchen mit kurzem Haar, ebenfalls in Hose und Stiefeln sowie einem knappen Top, saß zwischen ihnen auf dem ausgeblichenen Baum. Es kämpfte mit einem kurzbeinigen, kräftigen Hund spielerisch um ein Stück Holz. Der Wind trieb Musikfetzen nach oben zum Steilufer – eine krawallartige, scheppernde Mischung. Sogar aus dieser Entfernung war bei den beiden Glatzköpfen eine großflächige Tätowierung auf Armen und Rücken auszumachen. Als die Clique Priewe und Marco mit den Bierdosen über den Strand kommen sah, brach ein Johlen aus, von dem Angermüller nicht hätte sagen können, ob es freundlich oder aggressiv gemeint war.

»Bei welchem Kostümverleih haben die sich denn wieder ausstatten lassen?«, murmelte er.

»Alles für den Neonazi, Sommerkatalog«, meinte Jansen. »Wie du siehst, hilft das: Um die rum ist eine 10 Meter breite Sicherheitszone. Mit denen will keiner was zu tun haben.«

»Bis auf meinen Neffen.«

»Wollen wir ihm mal guten Tag sagen?«

»Weißt was, Kollege: Heut mach ich pünktlich Feierabend. Die ganze Familie feiert die traditionelle Strandkorbpremiere und ich war die ganzen letzten Jahre nie dabei.«

Angermüller schlug seinem Kollegen gut gelaunt auf die Schulter.

»Hä? Willst du mich verarschen?«

»Nicht im Geringsten! Das machen die Dittmers jedes Jahr, wenn endlich der Sommer da ist. Man verabredet sich am Tag zuvor und dann treffen sich alle bei den Strandkörben mit Kind und Kegel und es gibt ein großes Familienpicknick.«

Wahrscheinlich hat Astrid eh damit gerechnet, dass ich nicht komme, so wie immer – dachte Georg Angermüller bei sich – dann werde ich sie mal überraschen und Pluspunkte sammeln. Vielleicht gelingt es uns dann, endlich mal wieder in Ruhe miteinander zu reden. Ich hole zu Hause nur schnell meine Badesachen und lass mich von Jansen hinbringen.

»Im Ernst: Ich werde die Gelegenheit nutzen und mal mit Marcos Eltern reden, vielleicht ist der Junge ja selbst auch da. Ich weiß, dass sein Vater immer auf solchen Pflichtterminen besteht. Und ich find es gar net schlecht, wenn der Junge net weiß, was ich jetzt weiß.«

Vom Strand schallten Hundegebell und Bruchstücke eines lauten Wortwechsels herauf. Eine junge Frau, mit einem heulenden kleinen Kind an der einen Hand, stand vor der Gruppe Jugendlicher und zeigte mit der anderen Hand erregt auf den Hund. Das Mädchen hatte Mühe, ihn an seinem Halsband fest zu halten und er gab ein heiseres Bellen von sich. Erst schien es, als wollten die zwei tätowierten Muskelpakete auf die Frau losgehen, doch als noch mehr Urlauber kamen und sich protestierend hinter sie stellten, trat Maik Priewe dazwischen und redete offensichtlich beruhigend auf seine Kumpels ein. Der Hund wurde angeleint und die Urlauber zogen sich zu ihren Handtüchern und Sonnenschirmen zurück.

Ein Duft nach frisch gebackenem Brot mit einer leichten Koriandernote erfüllte die Restaurantküche. Vor ein paar Tagen von Anna in die Zubereitung eingewiesen, präsentierte Hadi ihr die ersten, in Eigenregie hergestellten kleinen Brote, die man in der ›Villa Floric‹ den Gästen zur Begrüßung mit einem Schüsselchen gesalzener Butter auf den Tisch stellte. Es war ein traditionelles Rezept, das Anna aus der Bretagne mitgebracht hatte und das Geheimnis des speziellen Geschmacks der Brote war, neben der Zugabe von gemahlenem Koriander, der Anteil von Buchweizenmehl im Teig. Sie brach sich ein Stückchen ab, steckte es in den Mund, kaute sorgfältig, während Hadi sie gespannt beobachtete. Als sie ihn schließlich mit einem freundlichen Lob für sein Werk bedachte, strahlte er vor Stolz. Er brachte die Brote in den Vorratsraum und widmete sich dann dem Waschen, Putzen und Schneiden von Salat und Gemüse.

Anna war dabei, die Speisekarte neu zu gestalten. Das warme Wetter änderte auch die Bedürfnisse der Gäste. Keine schweren Eintöpfe und Fleischgerichte mehr, dafür leichte Fischgerichte, Salate und wenig Fleisch. Gratinierte Schollenfilets auf jungem Spinat, Doraden aus dem Ofen nach Mittelmeerart, Entenbrustfilets auf Sommersalaten, Lammkarree mit grünen Bohnen – das Angebot an frischen Gemüsen und Salaten, zartem Fleisch und Fisch aller Art war um diese Jahreszeit wunderbar vielfältig und wenn möglich, zog sie es vor, vieles davon bei Produzenten in der Umgebung einzukaufen. So wusste sie genau über Herkunft und Qualität Bescheid, lange Transportwege wurden vermieden und die teils nach alter Tradition arbeitenden, kleinen Betriebe in der Region unterstützt. Glücklicherweise waren auch an heißen Tagen die Sommerabende hier an der Küste von einer erfrischenden Kühle und nur ganz selten so drückend, dass die Leute überhaupt keinen Appetit mehr hatten. Hoffentlich hatte Yann auch bedacht, dass die Gäste jetzt wieder einem trockenen Weißen den Vorzug gaben und genug von ihrem Hauswein, einem schlichten aber wohl schmeckenden Muscadet, bestellt.

Die ›Villa Floric‹ war ein Restaurant für Feinschmecker, für Leute, die Wert auf Geschmack und Qualität legten und auch einmal etwas Neues entdecken wollten. Aber es gehörte zu Annas Philosophie als Köchin und Gastgeberin, dass sich hier nicht nur die Menschen mit den dicken Brieftaschen wohl fühlen sollten. Trotzdem hielt sich gerade bei den Einheimischen das hartnäckige Vorurteil, es handele sich um einen teuren Edelschuppen. Bei Anna sollte das Genießen nicht einer privilegierten Minderheit vorbehalten bleiben; gerade in Zeiten, da das Kochen im Alltag immer mehr aus der Mode kam, nur noch Fertigpackungen aufgerissen und in der Mikrowelle erhitzt wurden, fand sie es wichtig, den Geschmack des Natürlichen, Echten ihrem Publikum nahezubringen – das konnte der Industrielle mit seiner Gattin sein, dessen Jacht in Travemünde lag, ebenso wie der kleine Angestellte aus Solingen, der hier mit seiner Familie den Jahresurlaub verbrachte. Trotz eines eigenen Hotels hatten es auch ihre Eltern nie zu großem Wohlstand gebracht, aber in ihrer französischen Heimat war gutes Essen von jeher ein Recht für alle. Anna hatte ihre Bodenhaftung nie verloren und auch sie als Fachfrau fühlte sich nicht wohl in jenen Tempeln des teuren Geschmacks, wo die Kellner das Publikum an Arroganz zu übertreffen suchten und ein Abend zu zweit ein kleines Vermögen kostete. Und wer weiß, ob die Leute, die dort zu Gast waren, die ihnen vorgesetzten Köstlichkeiten zu schätzen wussten, ob es nicht viel eher das Bewusstsein war, sich etwas zu leisten, das für andere unerreichbar war. In der ›Villa Floric‹ jedenfalls gab es auch immer ein paar weniger teure Gerichte auf der Karte und kein Kellner schaute die Gäste, die sie orderten, schief an.

Ihre Küche war zwar an der französischen orientiert, enthielt aber durchaus auch italienische oder asiatische, manchmal afrikanische Elemente, berücksichtigte sogar holsteinische Spezialitäten – Anna nannte sie ihre ›moderne Weltküche‹. Es gab überall kulinarische Köstlichkeiten zu entdecken und sie wollte sich nicht versagen, die Spezialitäten verschiedener Länder auszuprobieren, nur um sich mit dem Zusatz ›französisches Restaurant‹ schmücken zu dürfen.

Nanu, wie war sie nur bei ihrer Weltküche gelandet? Hatte sie sich nicht um etwas ganz anderes kümmern wollen? Anna rief sich zur Ordnung – ach ja, der Muscadet! Und Yann! Bei dem Gedanken an ihn spürte sie wieder diese neue Art von Aufgeregtheit, eine durchaus angenehme Art von Aufgeregtheit. Es war ein Gefühl der Erwartung, der Gespanntheit, ein überwacher Zustand, wie sie ihn vor langer, langer Zeit einmal gekannt hatte. In ihrer Erinnerung stand Said plötzlich wieder vor ihr und mit ihm kam die Sorge um den verschwundenen Fouhad zurück. Heute Morgen hatte sie in der Zeitung diese Meldung über einen unbekannten Toten am Strand in der Nähe des Restaurants entdeckt und natürlich sofort an Fouhad gedacht. Aber Yann hatte sie beruhigt und gemeint, dann hätte die Polizei bestimmt diesen Toten erwähnt. Er schien sich ziemlich sicher, dass es sich dabei nicht um Fouhad handelte.

Die Polizei tappte anscheinend im Dunkeln und die beiden Beamten, die gestern bei ihr gewesen waren, hatten nicht gerade ihr Vertrauen in diese Institution erweckt. Der jüngere, schmale schien ein Problem mit Ausländern zu haben und der andere war zwar ganz sympathisch und offensichtlich ein Gourmet, aber stellte man sich so den brillanten Kopf einer erfolgreich arbeitenden Mordkommission vor?

So ruhig und gemütlich, wie er war, hatte er aber auch gar nichts von einem harten, gerissenen Bullen.

Jack, Margoszata und die anderen aus der Küchenmannschaft trafen ein und rissen Anna aus ihren Gedanken. Man begrüßte sich und nahm an dem großen Tisch Platz, um kurz über das Programm des heutigen Abends zu sprechen. Kurz drauf klapperten Töpfe und Pfannen, Schneebesen schlugen in Metallschüsseln, Geschirr wurde bereitgestellt und man bereitete sich auf das Eintreffen der ersten Gäste vor. Anna war gerade dabei, Matte, dem Lehrling, zu zeigen, wie er die Doraden für den Ofen vorzubereiten hatte, da ertönten vom Hof laute Rufe und Hundegebell.

»Maman! Maman!«

»Anna!«

Schnell lief Anna nach draußen. War den Kindern etwas zugestoßen? Mit hochroten Köpfen und verschwitzten Gesichtern kamen Lionel und Jakob angerannt, aufgeregt umkreist von dem laut bellenden Napoléon.

»Maman! Weißt du was?«

Lionel musste erst einmal innehalten, denn ihm blieb die Luft fast weg, ob von der Aufregung oder dem schnellen Lauf, ließ sich nicht feststellen. Auch Jakob stand schwer atmend neben ihm, die immer erstaunt wirkenden, großen Augen noch größer als sonst, und versuchte vergeblich, einen vollständigen Satz zustande zu bringen.

»Du, Anna, da hinten. Wir haben da…«

»Doucement! Ganz ruhig, ihr zwei! Napoléon, du bist jetzt auch mal still! Was haben denn meine tapferen Weltraumritter für eine tolle Entdeckung gemacht?«

Endlich konnte Lionel seine Mitteilung loswerden:

»Wir haben Fouhads Motorroller gefunden!«

»Ja, in dem Wald an der Straße bei Bauer Madsen!«, fügte Jakob mit offensichtlichem Stolz hinzu.

»Wirklich, Jungs?«, fragte Anna alarmiert.

»Er ist gar nicht kaputt, nur ein bisschen dreckig!«

»Da lagen viele Blätter und so drüber!«

»Jetzt müssen wir bei der Polizei anrufen!«

Der Eifer der Kinder war nicht zu bremsen und Anna suchte nach den Karten mit den Telefonnummern, die ihr die beiden Beamten dagelassen hatten. Sicherlich war dieser Fund eine wichtige Nachricht für die Polizei, aber war es auch eine gute Nachricht? In ihrem Kopf malte sie sich die verschiedensten Bedeutungen aus, die sie haben konnte und obwohl ja überhaupt nichts klar war, merkte Anna, wie sofort wieder die Sorge um Fouhad zurückkehrte. Gleichzeitig kroch eine Angst in ihr hoch, die sie trotz der sommerlichen Temperaturen frieren ließ.

6

Die Geräusche um ihn herum – Kinderstimmen, Bootsmotoren, Wasserplätschern – vermischten sich zu einem beruhigenden, gleichmäßigen Rauschen, er fühlte seinen Körper angenehm schwer werden und tauchte ein in ein Meer aus purpurner Farbe.

»Georg!«

Die klare Stimme seiner Schwiegermutter Johanna riss Georg Angermüller aus einem kurzen, entspannten Schlummer.

»Bitte! Du schnarchst wie ein Walross!«

»Entschuldigung«, murmelte Georg etwas benommen und setzte sich auf seinem Handtuch auf. Das T-Shirt, das er zu seiner Badehose trug, klebte ihm am Körper und er hatte einen schalen Geschmack im Mund. Auch wenn es schon später Nachmittag war, die Sonne heizte immer noch mit großer Kraft. Vor etwa einer halben Stunde hatte ihn Jansen an der Kaiserallee abgesetzt, dort, wo der Travemünder Sandstrand seine letzten Ausläufer hatte. Seit Astrids Kindheit schon mietete die Familie beim Strandkorbvermieter Klüver ihren Strandkorb für die ganze Saison. Man kannte sich, man bekam einen guten Preis und hatte immer denselben Platz am Strand. Schon lange gab es drei familieneigene Körbe, den der Schwiegereltern und die beiden von Astrids Schwestern. Für Georg und Astrid lohnte sich angesichts ihrer wenigen Freizeit die Ausgabe nicht, aber die anderen boten ihnen immer wieder großzügig die Mitbenutzung an.

Strandkörbe – für Georg Angermüller, der in seiner Jugend

nur das Mittelmeer, nicht aber die deutschen Küsten kennengelernt hatte, hatten diese Gehäuse am Ostseestrand anfangs etwas Lächerliches, Spießiges. Am Strand brauchte man ein Handtuch, sonst nichts. Doch im Lauf der Zeit hatte er die Vorzüge dieser urdeutschen Erfindung schätzen gelernt: Man trotzte darin dem leider nicht immer strahlenden Ostseewetter und verlängerte so die Strandsaison, für den ganzen Kleinkindstrandbedarf war genügend Stauraum da und wenn man keine 20 mehr war, saß man auch mal gerne bequem, statt immer nur auf hartem Boden zu liegen.

Als er endlich die Dittmerschen Strandkörbe entdeckt hatte, musste er zu seiner Überraschung feststellen, dass weder Astrid und die Kinder noch seine Schwager, Nichten und Neffen zu sehen waren. Nur seine Schwiegermutter sowie Astrids Schwestern Sigrid und Gudrun thronten in jeweils einem Strandkorb, der genau zur Sonne hin ausgerichtet war, und bräunten ihre schlanken Gliedmaßen. Die Familienähnlichkeit der Damen war auffallend. Alle hatten die zierliche Statur und das hellblonde Haar, selbst Johanna mit ihren bald 76 war dank ihres Friseurs noch blond. Doch was ihr Wesen anbetraf, war Astrid irgendwie aus der Art geschlagen, wofür er sehr dankbar war – auch wenn er manchmal schwer mit ihrer Ernsthaftigkeit und Konsequenz zu kämpfen hatte. Sigrid und Gudrun waren von einer unglaublich selbstbewussten Oberflächlichkeit und hielten dabei ihre sehr beschränkte Weltsicht für das Maß aller Dinge.

Dafür, dass man ihm häufig vorwarf, sich viel zu rar zu machen, war die Freude über sein überraschendes Auftauchen zu diesem Familientermin recht mäßig, wie ihm schien.

Sie beschränkte sich auf ein: »Georg, du schon?«, beziehungsweise ein wenig begeistertes: »Na, das ist ja man ne Überraschung! Unsere Polizei hat ein Leben!«

Diese Bemerkung musste natürlich von Sigrid kommen, die nie berufstätig gewesen war, zwar drei Kinder hatte, aber auch Kinderfrau, Haushaltshilfe und Gärtner beschäftigte, finanziert von ihrem Mann Jochen, einem Zahnarzt. Angermüller dachte an die Hunderte von Überstunden, die er und die Kollegen ständig vor sich herschoben – an ein Abbummeln war überhaupt nicht zu denken – und versuchte, sich nicht über diese Gedankenlosigkeit zu ärgern.

Die Damen musterten ihn mit kühlen Kennerblicken, erkannten wahrscheinlich die schon ziemlich ausgeblichene, formlose Badehose der vergangenen Jahre, sahen seinen im letzten Winter wieder runder gewordenen Bauch und fragten pflichtgemäß, aber desinteressiert: „Wie gehts dir, Georg?«

»Danke, gut«, antwortete er ohne große Überzeugung. »Wo sind denn all die anderen? Ich dachte, es geht schon am Nachmittag los! Was ist mit Heini, wie geht's ihm?«

In Johannas Gesicht machte sich ernsthafte Besorgtheit bemerkbar.

»Heini fühlt sich heute nicht so. Die Hitze macht ihm ganz schön zu schaffen, da hat er es vorgezogen, zu Hause zu bleiben. Er bedauert das natürlich sehr! Du weißt, wie sehr er unsere Familientreffen liebt!«

Heini war Georgs Schwiegervater, ein feiner, alter Herr mit Stock und Hörgerät, der trotz seiner 80 Jahre immer noch gerne feierte, wenn seine Frau ihn denn ließ. Außer Astrid war er das einzige Familienmitglied, das Georgs uneingeschränkte Sympathie genoss.

»Jochen kommt erst später aus der Praxis und bringt auch die Kinder mit«, mischte sich Sigrid ein. »Laura war noch zu einem Kindergeburtstag eingeladen und die beiden Großen hatten keine Lust, mit uns Frauen allein zum Strand zu kommen. Wo steckt denn deine Familie?«

»Ehrlich gesagt, habe ich erwartet, sie hier zu treffen.

Aber vielleicht wollten sie auch noch einen neuen Badeanzug für Judith besorgen. Ich glaube, Astrid hat so was gesagt.«

Als der Gesprächsfluss ins Stocken geraten war, hatte Georg sich mit dem Kopf im Schatten neben einen der Strandkörbe auf sein Handtuch gelegt und es hatte gar nicht lange gedauert und er war eingedämmert.

Dankbar nahm Georg Angermüller ein Glas Mineralwasser entgegen, das seine Schwägerin Gudrun ihm anbot und versuchte, die Schläfrigkeit abzuschütteln, die ihn in der Wärme überkommen hatte.

»Ja, heute ist das Wetter wunderbar – aber bis Sonnabend ist noch lange hin, wer weiß, wie es da sein wird. Warum muss das nur immer so eine Zitterpartie sein an meinem Geburtstag?«

Zu Johannas Geburtstag bestand für die ganze Familie Anwesenheitspflicht und jedes Jahr gab es wieder die Diskussion: drinnen oder draußen? Spielte das Wetter mit, damit man an der langen Kaffeetafel in dem wunderschönen Garten sitzen und Johannas berühmte Lübecker Nusstorte genießen konnte?

»Ich weiß auch nicht, ob wir abends dann grillen sollten? Wenn wir ein Buffet machen, dann sind wir nicht so vom Wetter abhängig.«

»Also, deine selbst gemachten Bratheringe, die finde ich an so einem Sommerabend immer herrlich erfrischend! Und die kann man drinnen und draußen essen!«

Georg Angermüller lief bei dem Gedanken an den würzigen, sauren Bratfisch das Wasser im Munde zusammen. Das pappige Brötchen, das er sich im Personalrestaurant geholt hatte – dieses Etablissement betrat er nach diversen Erfahrungen aus Prinzip nur noch in Notfällen – hatte er nach wenigen Bissen beiseite gelegt.

»Ach, schmecken dir meine Bratheringe? Hast du die denn noch nicht selbst gemacht? Ich gebe dir gerne das Rezept!«

Johanna schien sichtbar geschmeichelt, so ein Lob aus dem Mund ihres kulinarisch bewanderten Schwiegersohnes zu hören. Es war aber auch das einzige Fachgebiet, in dem sie ihm Kompetenz zubilligte.

»Mir schmeckt alles bei dir!«

Das war natürlich ein wenig übertrieben. Johannas mehr als gar gekochte Gemüse, das viele Mehl in ihren Soßen und die ewigen Salzkartoffeln als Beilage waren nicht unbedingt nach Angermüllers Geschmack, aber die Momente der Harmonie mit der alten Frau waren so selten, dass er nicht umhin konnte, sie ein wenig auszukosten.

»Du könntest auch mal wieder das Zungenragout mit der Hagebuttensoße machen – einfach köstlich! Und dann noch einen ›Großen Hans‹! Das wäre ein Festessen!«

»Ach, so ein ›Großer Hans‹ ist doch nichts für einen Geburtstag«, wehrte Johanna huldvoll lächelnd ab.

»Na, Georg? Hungrig?«, fragte Gudrun hinterlistig. »Peter und der Junior kommen bestimmt bald mit den großen Picknickkörben.«

Peter war Gudruns Mann. Er stammte aus einer Timmendorfer Gastronomenfamilie und fühlte sich bei Familienzusammenkünften dieser Art immer für die Verpflegung verantwortlich – zu Angermüllers Leidwesen. Peter mochte zwar Hotelfachmann sein, doch von wirklich gutem Essen hatte er keine Ahnung. Gudrun und Peter betrieben zusammen das ererbte Hotel mit Restaurant in Niendorf, dem etwas weniger schicken Teil von Timmendorfer Strand, den Georg mit dem kleinen Hafen und seinem Strand sehr sympathisch fand. Die beiden lebten nicht schlecht von ihrem Hotelbetrieb, doch ließen sie oft genug durchblicken, dass sie sich im Nachteil fühlten, weil sie natürlich lieber das Firstclass-Hotel von Peters älterem Bruder direkt an der noblen Timmendorfer Strandallee ihr eigen genannt hätten.

Der ›Junior‹ war Angermüllers Neffe Marco, das einzige Kind von Gudrun und Peter, und sein Lebensweg schien vorgezeichnet: Als Sohn eines Mitglieds der Overmann-Familie wurde ihm bereits mit seiner Geburt die Pflicht zum Erhalt der Dynastie und des Erbes in die Wiege gelegt. Ob der Junge dies wollte oder die Fähigkeiten dazu mitbrachte, das wurde nicht gefragt. Georg wandte sich an seine Schwägerin:

»Wie gehts denn dem Marco? Hab ihn schon ewig nicht gesehen«

»Dem gehts gut, aber ich seh ihn auch kaum im Moment. Du weißt ja, wie die jungen Leute in den Ferien so sind: Sie liegen bis Mittag im Bett, dann wird wild herumtelefoniert und dann sind sie verschwunden bis in die frühen Morgenstunden. Aber er hatte auch ein gutes Zeugnis und da hat sich das unser Junior auch verdient. Er muss sich ja mal amüsieren dürfen.«

Schon immer sprach Gudrun nur lobend über ihr einziges Kind. Auch wenn allgemein bekannt war, dass Marco in der Schule keine Leuchte war und die letzte Klasse wiederholen musste, für sie war er ein begabter Schüler und nur die Lehrer oder die Mitschüler hatten Schuld an seinem Scheitern.

»Nach den Ferien geht er doch auf die neue Schule und dann muss er wieder hart arbeiten.«

Die neue Schule, von der Gudrun sprach, war eine Privatschule und die vorerst letzte Möglichkeit für Marco, sein Abitur zu machen. Er sollte nicht nur Englisch, sondern auch Französisch lernen, um danach eine hochkarätige Hotelfachschule in der Schweiz besuchen zu können. Angermüller kannte seinen Neffen zu wenig, um zu wissen, wie viel von diesen Zukunftsplänen auch dem Willen des Jungen entsprach. Er wusste nur, dass Marco schon immer scheinbar widerspruchslos den Wünschen und Vorstellungen seiner Eltern gefolgt war. In gewisser Weise war das auch verständlich: So lange er tat, was sie von ihm erwarteten, litt er keinen Mangel an Taschengeld. Teure Markenkleidung, Computer, Handy und Motorroller waren Selbstverständlichkeiten – warum sollte er diesen Lebensstandard aufs Spiel setzen? Er war nie unfreundlich oder störrisch, als pubertierender Jugendlicher höchstens sehr einsilbig. Angermüller schien es manchmal, dass er überhaupt keine eigene Meinung hatte, dass es nichts gab, was Marco wirklich interessierte. Wer weiß, in welches Vakuum dieser Maik Priewe mit seiner kruden Weltsicht da gestoßen war.

»Partyservice! Tach, die Damen! Ach, der Schwager Georg ist ja auch schon da! Nix zu tun, unsere Polizei?«

Peter stapfte mit zwei großen Kühltaschen durch den Sand auf die Strandkörbe zu und wie üblich musste er mit seiner lauten Stimme alles im Umkreis von mindestens 15 Metern auf seine Ankunft aufmerksam machen. Prompt wurde ihm auch aus einigen anderen Strandkörben zugerufen oder gewunken, so wie es sich bei einem Overmann gehörte. Angermüller überhörte die Bemerkung seines Schwagers, die dieser wohl für witzig hielt, wie er überhaupt von sich glaubte, ein Mensch mit Humor zu sein. Angermüller wusste es besser. Peters Humor endete da, wo sich jemand einen Scherz über ihn oder seinesgleichen erlaubte.

»Wo ist denn unser Junior? Der sollte dir doch helfen, die Getränke und das Essen herzubringen?«, fragte Gudrun ihren Mann.

»Weiß nicht, wo der wieder steckt! Der kriegt was zu hören.«

»Aber Peter, lass ihn doch – er hat Ferien.«

Peter brummelte irgendetwas Unverständliches. Er nahm Georgs Angebot, mit ihm die restlichen Sachen aus dem Auto zu holen, dankbar an und so schleppten sie Getränkekisten, einen Klapptisch und diverse Körbe, die mit Plastikgeschirr, Bechern und anderen Dingen beladen waren, an den Strand. Großpackungen von Buletten, Würstchen und Brötchen, ein Eimer Kartoffelsalat, ein Eimer Nudelsalat, ein großes Stück Gouda, Deligurken, Senf, Ketchup und zum Nachtisch je ein Eimer Schokoladenpudding und Rote Grütze, dazu ein paar Halbliterpackungen Vanillesauce – Peter stapelte sein Picknick aus dem Großmarkt auf dem mitgebrachten Tisch. Zumindest von der Menge her war es beeindruckend.

»Na, da kommen wir ja genau richtig!« Sigrids Mann Jochen traf mit den drei Kindern ein. »Mensch, das sieht ja wieder gut aus hier, Peter! Wann dürfen wir uns denn aufs Buffet stürzen? Bei mir klappern schon die Schläuche.«

Jochen, im weißen Polohemd und mit hellblauer Jeans, die er hochgekrempelt hatte, rieb sich den Magen. Er gab immer noch gerne den großen, frechen Jungen, obwohl er mit Ende 50 der weitaus Älteste in der Runde der Töchter und Schwiegersöhne war. Nach der Begrüßung verschwanden die kleine Laura und der 12 Jahre alte Philipp sogleich in Richtung Wasser und Stefanie, mit ihren 15 Jahren schon ganz Dame, zog sich mit gelangweiltem Gesicht und einer Modezeitschrift in einen der Strandkörbe zurück. Die anderen standen schon eine ganze Weile um den Tisch mit dem Picknick herum, tranken den unvermeidlichen Prosecco aus Plastikbechern und beratschlagten, ob sie auf Astrid und die Zwillinge warten sollten mit dem Essen.

»Hallo!«

Marco war plötzlich da, leise und unauffällig, mischte sich unter die anderen, schüttelte artig Hände und begrüßte Oma, Onkel und Tante. Georg sah, dass sein Schwager Peter sich aufregen wollte und dass Gudrun begütigend auf ihn einredete. Als sein Sohn dann vor ihm stand, sagte er nur einen kurzen Satz und gab ihm einen Klaps an den Hinterkopf. Marco nickte und grinste schief und die Sache schien erledigt.

»Marco! Wie geht's dir?«, versuchte Angermüller mit seinem Neffen ein Gespräch anzufangen, ehrlich erfreut, den Jungen zu sehen. Schließlich war er seinetwegen hierher gekommen und hatte schon fast ein schlechtes Gewissen gehabt, an einem Wochentag um diese Uhrzeit einfach faul am Strand zu liegen.

»Gut.«

»Was treibst du denn so in den Ferien?«

»Och, so abhängen halt.«

»Aha. Am Strand?«

»Auch.«

»Mmh.«

Ein tiefes Dröhnen erhob sich über dem Wasser und legte sich über die Kulisse der gewohnten Strandgeräusche. Es kam von einem riesenhaften Motorboot, das quer über die Lübecker Bucht raste. Seit ein paar Jahren gab es immer mehr von diesen sogenannten Powerbooten, die tankwagenweise Treibstoff verbrauchten und den Lärm eines startenden Düsenjets verursachten. Krampfhaft überlegte Angermüller, wie er den Jungen, der gelangweilt dem Boot hinterher sah und sich bestimmt gleich wieder absetzen würde, aus der Reserve locken könnte. Aus seinen Vernehmungen sollte er ja an schwierige Gesprächspartner gewöhnt sein.

»Treibst du eigentlich Sport?«

Befremdet sah Marco ihn an. Wieso stellte ihm ausgerechnet sein Onkel, der nicht gerade als Sportskanone bekannt war, diese Frage? Angermüller fügte schnell hinzu:

»Ich meine, du hast ganz schön Muckis gekriegt, oder? Gehst du irgendwo zum Pumpen?«

Diesen Ausdruck hatte er schon öfter bei jüngeren Kollegen gehört, die regelmäßig in Sportstudios Gewichte stemmten, für starke Arme und Waschbrettbauch. Marcos Oberarme sahen zwar keineswegs sonderlich kräftig aus, aber der Junge schien sich geschmeichelt zu fühlen und strich mit der Hand über seinen sich leicht wölbenden Bizeps.

»Ja, ne! Ist schon was zu sehen!«

»Ja, wirklich! Sieht man sofort! Wo trainierst du denn?«

»Ach, in so nem Studio.«

»Bei Euch in Timmendorf?«

»Nee, in Lübeck.«

»Lübeck – ist das nicht ein bisschen umständlich? Wie kommst du denn da hin? Du kannst doch noch nicht Auto fahren?«

»Nö. Aber meistens fahr ich mit Freunden, manchmal mit dem Roller und außerdem mach ich bald den Führerschein.«

»Wie lange trainierst du denn schon?«

»Ich hab erst vor ein paar Wochen angefangen, aber bringt ordentlich was!«

»Ja, ordentlich! Sag mal, Marco, kennst du zufällig das ›Studio 88‹?«

»Ja, das«, Marco sah seinen Onkel erstaunt an und unterbrach sich dann, »da hab ich schon von gehört.«

»Bist du nicht auch schon mal dort gewesen?«

Man konnte sehen, wie es in Marcos Hirn arbeitete. Die Fragen seines Onkels kamen völlig unerwartet und er schien nicht zu wissen, wie er damit umgehen sollte.

»Ein oder zwei Mal vielleicht.«

»Weißt du eigentlich, warum das ›Studio 88‹ heißt?«

Sichtlich verunsichert schüttelte Marco nur stumm den Kopf und malte mit dem nackten Fuß konzentriert eine Acht nach der anderen in den warmen Sand. Angermüller konnte nicht erkennen, ob sein Neffe bluffte oder ihm diese Zahl wirklich nichts sagte.

»Die Zahl acht steht für den achten Buchstaben im Alphabet, das ›H‹ und 88 bedeutet ›HH‹. Die Neonazis benutzen die Abkürzung für ›Heil Hitler‹ – hast du noch nicht davon gehört?«

»Ich weiß nicht. Vielleicht.«

Marco wand sich verlegen und suchte nach einer Möglichkeit, Angermüllers Fragen zu entkommen. Seine Mutter, die etwas abseits stand und den Wortlaut nicht hören konnte, hatte das Gespräch zwischen Onkel und Neffe zuerst mit Wohlgefallen verfolgt. Doch dann war ihr nicht entgangen, dass ihr Sohn sich bedrängt zu fühlen schien und sie fragte halb im Scherz, halb im Ernst: »Ist das ein Verhör, Herr Kommissar, was Sie da mit meinem Sohn veranstalten?«

»Natürlich nicht, Gudrun. Ich würde nur gerne von Marco wissen, ob er weiß, dass das Sportstudio, in dem er manchmal trainiert, ein beliebter Treffpunkt der Neonaziszene ist.«

»Wie bitte?«, Gudrun sah ihren Schwager entgeistert an. »Wie kommst du denn darauf?«

»Er ist da heute Nachmittag gesehen worden.«

Bei diesen Worten meinte Angermüller, ein leichtes Erschrecken in Marcos Gesicht wahrzunehmen.

»Wirklich? Stimmt das, Marco? Nun sag schon!«

Gudrun lenkte mit ihrer aufgeregten Reaktion die Aufmerksamkeit der anderen Familienmitglieder auf sich. Marco antwortete nicht und Angermüller fragte sich, ob es richtig war, ausgerechnet bei diesem familiären Treffen sein Wissen zu offenbaren. Andererseits konnte er so vielleicht informell klären, inwieweit der Junge in die rechte Szene verstrickt war, ohne ihn gleich ins Kommissariat einzubestellen.

»Was ist denn los? Hat mein Sohn was verbrochen?«

Als Marco die laute Stimme seines Vaters hörte, schien er

kleiner zu werden und Angermüller sah sich genötigt, eine beschwichtigende Erklärung abzugeben, wenn die unauffällig geplante Befragung von Marco nicht völlig in die Hose gehen sollte.

»In einem Sportstudio, das Marco kennt, verkehren auch manchmal Neonazis und ich dachte, vielleicht kann er uns irgendwelche Hinweise geben.«

Peter nahm diese Information gleichmütig auf.

»Neonazis? Gibts die hier überhaupt?«

»Entschuldige, Peter, liest du keine Zeitung? Auch hier im Norden geht die Statistik von Straftaten Rechter leider nach oben.«

»Nicht jeder Deutsche, der stolz auf sein Vaterland ist, muss gleich ein Neonazi sein.«

»Da gebe ich dir recht. Aber wenn er andere Menschen halb tot schlägt oder ihnen die Imbissbude anzündet, nur weil sie Ausländer sind.«

»Na ja, diese ausländischen Burschen sind auch nicht alle Engel.«

»Das behauptet ja niemand.« Angermüller spürte, wie ihm der Kamm schwoll angesichts dieser Ignoranz, die ihm entgegenschlug. Er hätte es wissen müssen. Mit der größtmöglichen Autorität eines Profis stellte er klar: »Fakt ist, es gibt Neonazis und sie begehen Straftaten und sorgen dafür, dass die Polizei eine Menge zu tun hat. So und jetzt würde ich mich gerne noch ein bisschen mit Marco unterhalten. Allein.«

Sein Auftreten als energischer Kriminalhauptkommissar bewirkte tatsächlich, dass die anderen sich zurückzogen und er sich mit Marco in einen der Strandkörbe setzen und das Gespräch weiterführen konnte.

»Also, Marco, du trainierst im ›Studio 88‹?«

»Nicht nur da, ich bin eigentlich in so einem großen Studio in der Kanalstraße angemeldet. Aber da sind so viele Ältere und ein paar Kumpel und ich trainieren halt ab und zu im ›88‹, da ist die Musik besser und es ist irgendwie lustiger.«

Nach wie vor wirkte Marco angespannt, war aber immerhin etwas mitteilsamer. Angermüller musterte den schlaksigen Jungen. Er trug eine weite Hose, die bis übers Knie reichte und ein ebenfalls weites T-Shirt mit dem Emblem einer Sportfirma. Seine Turnschuhe der gleichen teuren Marke, hatte er sich zusammengebunden über die Schulter gehängt – es war die unauffällige Freizeitkleidung der Mehrheit der Jugendlichen, ohne rechtsnationale Accessoires. Doch das war leider keine Garantie, dass auch der Kopf frei davon war, wie Angermüller wusste.

»Ist das nicht teuer, zwei Sportstudios zu bezahlen?«

»Im ›88‹, da kostets nix.«

»Wieso das?«

»Weiß nicht. Aber wir sind da immer mit einem, der kennt irgendwie den Besitzer.«

»Dieser eine Mann, ist das Maik Priewe?«

Wieder sah Marco seinen Onkel verblüfft an.

»Ja, Maik. Seinen Nachnamen weiß ich nicht.«

»Woher kennst du den?«

»Vor ein paar Wochen haben wir ihn in der Disco kennengelernt.«

»Wer ist ›wir‹?«

»Na ja, meine Kumpels aus Timmendorf: Kevin, Tommi, Sven. Aber das ist doch nichts Verbotenes. Warum fragst du mich das überhaupt alles?«

»Weißt du, dass euer Maik ein Typ ist, der schon mehrfach wegen Körperverletzung, Nötigung und so weiter vor Gericht stand und vor nicht allzu langer Zeit aus dem Knast gekommen ist?«

»Ja, schon. Er hat erzählt, dass er im Knast war, aber er sagt, das war ein Justizirrtum und die werden sich noch wundern, wenn er das erst mal in die Presse bringt.«

„Quatsch. Er hat mit einer Gruppe Jugendlicher erst Hakenkreuze geschmiert und dann haben sie eine Gedenkveranstaltung auf dem Cap-Arcona-Friedhof bei Neustadt gestört, mit Sprechchören und Baseballkeulen – so einer ist das.«

»Na ja, der hat was gegen Türken und Araber und so. Ich find die auch nicht so doll, mit denen gibts immer Stress. Der Maik ist in Ordnung, das ist ein klasse Typ.«

»Was ist denn so klasse an ihm?«

»Na, der ist halt ein richtiger Kumpel. Wir können in dem Studio trainieren, er gibt uns auch Tipps dafür. Er ist superwitzig, mit ihm kann man so richtig Scheiß machen. Der hat immer gute Ideen, Gotcha zum Beispiel.«

»Gotcha?«

»Das ist ein Kriegsspiel, wo du mit Farbmunition auf die Feinde schießt, irgendwo im Wald – echt geil!«

»Das ist doch verboten auf öffentlichem Gelände.«

»Keine Ahnung, weiß ich nicht. Ich war da auch noch nicht bei, nächstes Wochenende vielleicht, hat Maik gesagt, aber find ich echt abgefahren!«

Marcos Begeisterung war nicht zu überhören. Kopfschüttelnd sah Angermüller ihn an.

»Was findet ihr so toll an diesen Ballerspielen? Mir langts, wenn ich zweimal im Jahr ins Schießkino muss und ich hoffe immer, dass ich im Dienst um den Waffeneinsatz herumkomme.«

Sein Neffe grinste nur leicht verlegen statt einer Antwort.

»Und, was hat er noch zu bieten, dieser Maik?«

»O Mann!«, Marcos Unlust an dieser Unterhaltung war unübersehbar.

»Er gibt oft mal einen aus und dann macht der auch so Konzerte, ich glaube, der managt die Bands irgendwie und da will er uns auch umsonst mit hinnehmen.«

»Da spielen Nazirocker mit Auftrittsverbot ihre verbotene Krawallmusik, ›Wotans Wuth‹ oder wie die sich schimpfen – und es wird als private Geburtstagsfeier ausgegeben – da willst du hin?«

Wieder nur so ein blödes Grinsen und Schulterzucken bei Marco.

»Mensch, Marco! Was ist daran so lustig?« Angermüller wurde langsam ungehalten.

»Weiß ich nicht. Ich weiß nur, dass ich die Musik vom Maik gut finde und was mein Vater sagt, stimmt: Die Ausländer sind auch keine Engel.«

»Überall gibt es solche und solche. Das hat doch nichts mit der Herkunft zu tun.«

»Ja, aber die Ausländer kommen hierher, machen sich breit, laufen in Turban und Schleier rum, leben auf unsere Kosten und nehmen den Deutschen die Arbeitsplätze weg!«

Angermüller schüttelte den Kopf. Er hatte keine Lust mehr, sich das unausgegorene Gebrabbel seines Neffen weiter anzuhören. Vermutlich stammte die eine oder andere dieser Biertischthesen sogar von Marcos Vater.

»Sei ruhig, Marco, du erzählst einfach nur Bockmist. Willst du jetzt etwa auch so eine hirnlose Glatze werden? Ich sehe, deine Haare sind schon kürzer. Dann wirst du ja jetzt öfter mit den Kollegen vom Staatsschutz zu tun kriegen.«

Georg Angermüller machte Druck, um seinem Neffen klar zu machen, dass die Typen, mit denen er sich herumtrieb, keine Spaßvögel, sondern Kriminelle waren. Der Junge presste zwar mit einem trotzigen Ausdruck seine Lippen zusammen, konnte aber seine Verunsicherung nicht verbergen und wollte endlich dem Strandkorb und der Konfrontation mit seinem Onkel entfliehen. Philipp kam angerannt, die Hände hinter dem Rücken verborgen. Das Wasser tropfte ihm aus Haaren und Badehose und als er vor den beiden angekommen war, zog er schnell einen kleinen

Eimer hervor und kippte einen Schwall Wasser auf Marco und seinen Onkel.

»Ey, kleiner Mistkerl!«, rief Marco, sprang auf und wollte seinem kleinen Cousin, der sich feixend schon auf dem Rückzug befand, hinterher rennen. Doch Angermüller fasste ihn mit festem Griff am Handgelenk und sagte:

»Aber ich wollte noch was ganz anderes wissen: Wo warst du in der Nacht von Donnerstag auf Freitag?«

Marcos Augen weiteten sich erstaunt und er ließ sich wieder in den Strandkorb sinken.

»Warum willst du das wissen?«

»In dieser Nacht ist hier ein junger Mann aus Nordafrika totgeschlagen worden.«

Der Junge wurde blass.

»Werde ich etwa verdächtigt? Onkel Georg, damit habe ich wirklich nichts zu tun!«

Es war schon lange her, dass sein Neffe ihn so angesprochen hatte. Fast tat Angermüller der Junge leid, aber andererseits konnte ihm die Konfrontation mit der brutalen Wirklichkeit auch eine Lehre sein. Er ließ sich nichts anmerken und fragte nach:

»Also, wo warst du Donnerstagnacht?«

»Letzten Donnerstag? Da haben wir Svennis Geburtstag gefeiert.«

»Wo?«

»Bei Sven. Wir wollten am Strand feiern, aber das Wetter war nich so doll.«

Sichtlich erleichtert gab Marco diese Auskunft.

»Wer war alles dabei?«

»Sven, seine Schwester, Tommi mit seiner Freundin, der Kevin und ich.«

»Und dieser Maik war nicht dabei?«

»Nö. Der hatte keine Zeit.«

»Sag mal, Marco, stört es dich eigentlich nicht, dass dieser Maik ein rechter Schläger ist und dass der diese Glatzen als Freunde hat?«

»Weiß nicht. Zu mir sind die alle ganz in Ordnung.«

»Weißt du, was der Maik Donnerstagabend vorhatte, warum der nicht zu dem Geburtstag kommen konnte?«

»Geschäfte«, sagte Marco und hatte wieder sein Grinsen im Gesicht. »Der Maik sagt immer Geschäfte, wenn er keine Zeit hat.«

»Aha.«

Georg Angermüller war nicht ganz klar, was er von diesem Gespräch mit seinem Neffen zu halten hatte. So naiv, wie der Junge sich gab, war er mit Sicherheit nicht. Angepasst und abhängig von seinen Eltern, suchte er wahrscheinlich nach Gelegenheiten, auch einmal böse zu sein, Verbotenes zu tun, Angst zu verbreiten. Auf so jemanden übte die Neonaziszene mit ihrem martialischen Gehabe eine ungemeine Faszination aus. Bis jetzt schien er mit den brutalen Ritualen der Szene, die ohne jede Skrupel Schwächere erniedrigte und bei körperlicher Gewalt keine Grenze kannte, noch keine Bekanntschaft gemacht zu haben. Dieser Priewe stellte es scheinbar geschickt an, die Jungs erst einmal mit seinen relativ harmlosen Freizeitangeboten zu ködern. Angermüller konnte nicht glauben, dass Marco gezielt und aus Überzeugung zu dieser Clique gestoßen war. Aber er sah die Gefahr, dass Maik Priewe den wenig selbstbewussten Jungen problemlos zu seinem willfährigen Werkzeug machen könnte, um ihn für seine Zwecke zu missbrauchen. Vielleicht war es ja eine glückliche Fügung, dass er bei seinen Ermittlungen auf diesen gefährlichen Umgang seines Neffen aufmerksam geworden war.

»Und noch eine letzte Frage habe ich, Marco: Kennst du das Restaurant ›Villa Floric‹?«

Kurzes Nachdenken, dann:

»Nö. Kenn ich nich.«

»Na gut, Marco, dann beenden wir mal unser Gespräch. Es bleibt unter uns, ja?«

Marco nickte gehorsam.

»Auch in deinem Interesse würde ich dir raten, niemandem etwas darüber zu erzählen. Du weißt, wie Maik und seinesgleichen mit Verrätern umgehen?«

Angermüller konnte an seinem Gesichtsausdruck sehen, dass seine vieldeutige Warnung bei Marco ihre Wirkung nicht verfehlte. Vielleicht war das ja schon heilsamer Schock genug, um den Jungen in Zukunft von diesen Leuten fernzuhalten.

Die Sonne stand jetzt tief am Himmel und am Strand war es leerer geworden. Auf dem Volleyballfeld, das sich hinter den Strandkörben anschloss, kämpften ein paar junge Leute mit Spaß und Geschick um den Ball. Sie warfen lange Schatten, aber immer noch war es angenehm warm. Angermüller und sein Neffe waren aufgestanden.

»Komm, Marco, gehen wir zu den anderen, die wollen jetzt wohl picknicken.«

Gerade, als Georg sich fragte, wo denn Astrid und die Kinder blieben, fegten Julia und Judith heran und präsentierten voller Stolz ihre neuen Badeanzüge. Natürlich hatten sich die beiden wieder für ein und dasselbe Modell entschieden. Noch kosteten sie ihre Zwillingsähnlichkeit aus und liebten es, damit immer wieder für Verwirrung zu sorgen.

»Papi! Wie findest du den?«

»Ist der nicht geil?«

»Das ist doch ein oberschickes Teil, oder!«

»Papi! Nun guck doch mal!«

»Ja, Mädels, wirklich schick.«

Angermüller war nur halb bei der Sache und seine Töchter stoben auch gleich wieder davon, um sich in die Fluten zu stürzen. Er schaute nach Astrid, gespannt, ob ihm seine Überraschung, hier beim Picknick zugegen zu sein, gelungen war. Endlich sah er sie zwischen den Strandkörben auftauchen und musste dann feststellen, dass sie ihm eine noch größere Überraschung bereitete: Sie kam nicht allein. Neben ihr ging, sportlich-leger in Bermudas und Polohemd, Martin, ihr Kollege und Segelfreund. Die beiden waren in ein lebhaftes Gespräch vertieft und Astrid bemerkte ihren Mann erst, als sie genau vor ihm stand.

»Georg! Was machst du denn hier?«

So hatte sich Angermüller die Begrüßung nicht vorgestellt.

»Es hat sich so ergeben, dass ich früher Feierabend machen konnte und da dachte ich, ich überrasche euch.«

Er gab der verdutzten Astrid einen Wangenkuss und Martin die Hand, der wieder herzhaft zudrückte.

»Schorsch, so sieht man sich wieder! Astrid klagte, du hättest bestimmt wieder keine Zeit für die Strandparty und da hab ich gefragt, ob ich sie begleiten könnte. So ein Familienpicknick am Strand wird einem ja nicht alle Tage geboten.«

Und was hast du mit unserer Familie zu tun?, dachte Georg und beobachtete Astrid, wie sie die anderen begrüßte. Überrumpelt wirkte sie und leicht verärgert. Wahrscheinlich war ihr die Situation peinlich, auch vor Martin, wo sie ihm doch erzählt hatte, ihr Mann hätte ja nie Zeit. Hatte sie sich ertappt gefühlt, als er plötzlich vor ihr stand? Angermüller, reiß dich zamm! Jetzt nicht übertreiben. Das hier war kein heimliches Tête-à-tête, sondern ein harmloses Picknick im Familienkreis. Zwar gehörte Martin nicht zur Familie, aber womöglich war er für Astrid genau so ein Freund, wie Steffen für ihn, den er durchaus auch zu Familienfeiern einlud. Er konnte diese Sympathie für Martin zwar nicht so recht nachvollziehen, aber vielleicht schätzte er ihn nur falsch ein. Gerechterweise musste er zugeben, dass er ihn ja kaum kannte.

»Schön, dass du hier bist, Georg! Aber das nächste Mal rufst du besser vorher an!«

Astrid kam mit einem Becher Prosecco und wollte mit ihrem Mann anstoßen. Ihre Verärgerung schien verflogen.

»Dann ist es ja keine Überraschung mehr!«

»Ich glaube, ich liebe Überraschungen nicht allzu sehr.«

Martin wurde der ganzen Familie vorgestellt und dann endlich konnte man anfangen zu essen. Peter hatte seine Großpackungen mit Buletten, die Würstchen und Salateimer geöffnet und verteilte Plastikteller und ebensolches Besteck. Vorsichtig bediente sich Angermüller von dem Kartoffelsalat, nahm ein Würstchen und etwas Senf und beschloss gleich nach der ersten Gabel, sich nicht mit den glasigen Kartoffeln in schmieriger Tunke den Magen zu verderben. Das Würstchen und der Senf waren in Ordnung, die graubraunen Buletten hatte er lieber gleich liegen lassen. Die anderen waren des Lobes voll über das köstliche Strandbuffet und Georg fragte sich, wozu er sich bei seinen Einladungen für diese Truppe immer so eine Mühe gab.

Er ließ die gummiartigen Brötchen liegen, schnitt sich ein dickes Stück Gouda ab und merkte, dass sein vor kurzem noch riesiger Hunger schon fast gestillt war. Man musste ihm nur Essen in dieser Qualität vorsetzen und er würde abnehmen – doch welche anderen Genüsse würde er auf diese Weise versäumen! Eigentlich hätte er gerne mit Astrid über ihren Neffen gesprochen und ihre Ansicht zu den Dingen gehört, aber zum einen saß die ganze Familie drum herum und zum anderen war da Martin, der sich wieder als Erzähler betätigte und alle mit Erlebnissen aus seinem Seglerleben unterhielt. Zugegeben waren das zum Teil ganz amüsante Geschichten, trotzdem spürte Georg leisen Ärger, dass dieser Mensch sich so in den Vordergrund spielte. Astrids Familie, mit der ihm selbst der Umgang oft nicht leicht fiel, wickelte Martin einfach um den Finger. Auch Astrid amüsierte sich wieder köstlich. Georg fühlte sich ausgeschlossen und er sah die Hoffnung schwinden, an diesem Abend mit Astrid einmal wieder in Ruhe reden zu können.

Der Klingelton seines Diensthandys riss ihn aus seinen düsteren Gedanken.

»Claus, was gibts?«

»Na, du Beachboy! Isses nett bei deinem Strandpicknick?«

»Geht so. Aber deshalb rufst du nicht an, nehm ich an?«

»Der Motorroller von dem Vermissten ist aufgetaucht. Ich dachte, du willst vielleicht ...«

»Klar! Holst du mich ab?«

»Bin schon unterwegs!«

7

Helles Licht empfing Georg Angermüller, als er um kurz nach sechs das Badezimmer betrat. Er sah aus dem Fenster in das kleine Stück Himmel, das sich zwischen den Obstbäumen am Ende des Gartens und dem Nachbardach wölbte. Kein einziges Wölkchen mischte sich in das klare Blau. Auch dieser Tag würde sommerlich heiß werden und er verspürte den Wunsch nach Leichtigkeit; nur keinen unnötigen Ballast bei diesen Temperaturen. Intensiv begutachtete er das Bild, das der Spiegel über dem Waschbecken von seinem Gesicht zurückwarf. Normalerweise verschwendete er darauf keine Zeit, doch heute interessierte ihn, was er sah. Er musste feststellen, es gefiel ihm gar nicht. Kräftige, dunkle Locken umrahmten sein Gesicht, von dem nicht viel zu sehen war, denn ein dichter Vollbart verbarg die Hälfte davon. Einem plötzlichen Impuls folgend, griff er zum Rasierapparat und begann, sich den Bart abzunehmen.

Seine Gedanken wanderten zurück zum Vorabend und sofort sah er wieder Astrid und Martin am Strand in ein ernstes Gespräch vertieft, Martin, lässig und locker die Verwandtschaft unterhaltend, Astrid zum Lachen bringend, Martin, der sportlich Aktive, Martin, der Herr der sieben Meere. Nur ein paar Millimeter ließ er noch von seinen Barthaaren stehen. Der Mann im Spiegel kam ihm jetzt ziemlich unbekannt vor, erinnerte ihn höchstens vage an den Angermüller von vor, ja, wie viele Jahre hatte er eigentlich schon diesen Vollbart getragen? Viel zu lange jedenfalls. Er fühlte sich plötzlich wie befreit und voller Tatkraft. Die kleinen Schwierigkeiten mit Astrid in den letzten Wochen würde er in den Griff kriegen, es war alles nur eine Frage der Kommunikation, Missverständnisse, die sich klären ließen. Und wer war schon Martin? Seine Anwesenheit hatte höchstens bewirkt, dass Angermüller ohne zu großes Bedauern die Runde am Strand verlassen hatte, als er von Jansen zum Fundort des Rollers geholt worden war.

Dieser Fundort lag in einem kleinen Wäldchen aus Laubbäumen, wo von der schmalen Straße eine unbefestigte Zufahrt zu einem Bauernhof führte und war höchstens einen Kilometer von der ›Villa Floric‹ entfernt. In einer kleinen Senke hatten die Jungen beim Spielen den Roller entdeckt. Er war vollständig unter einem Haufen aus erdigem Wurzelwerk, Zweigen und trockenem Laub verborgen gewesen, sodass es schon ein Glücksfall war, dass die beiden Kinder darauf gestoßen waren. Klar war jetzt, dass Fouhad Ferhati damit keinen Unfall gehabt hatte. Jemand hatte den Roller in dem Versteck deponiert, in der Absicht, ihn irgendwann auch wieder zu benutzen, ob Ferhati selbst oder ein anderer, war die Frage. Den Schlüssel jedenfalls hatte dieser jemand abgezogen und mitgenommen.

Der Bauernhof, gar nicht weit von der Fundstelle entfernt, gehörte einem Biobauern, bei dem im Sommer immer viele junge Leute, meist Studenten, arbeiteten. Sie wohnten teils in einem großen Zelt, teils in einer Scheune, hatten nichts gehört noch gesehen, weder von Ferhati noch von seinem Motorroller, wie ihre Befragung ergab. Die Spurensicherung hatte noch am Abend unter Einsatz starker Scheinwerfer die Fundstelle abgesucht, war aber weder auf Spuren für einen Kampf noch auf sonstige weiterführende Hinweise gestoßen. Trotzdem war für heute Morgen ein Trupp mit Suchhunden in das Waldstück beordert, um nach dem Vermissten zu suchen. Der Motorroller war zur labortechnischen Untersuchung nach Lübeck transportiert worden.

Georg Angermüller klopfte sich mit den Händen sanft ein erfrischendes Rasierwasser ins Gesicht. Der Tag versprach, spannend zu werden. Heute war endlich auch mit dem Ergebnis der DNA-Analyse aus Kiel zu rechnen. Für den Nachmittag hatte er eine Teamsitzung angesetzt, in der alle ihre gesammelten Informationen zusammentragen würden und irgendwie meinte er zu spüren, dass die Ermittlungen an einem Wendepunkt angelangt waren. Gut gelaunt bereitete er das Frühstück, deckte den Tisch auf der Terrasse und legte Astrid, die erst später aufstehen musste, einen Zettel auf den Teller, dass er sich auf einen ruhigen Abend im Garten mit ihr freue. Er schnitt noch eine von Astrids Rosen ab, legte sie auf ihren Platz und holte sein Fahrrad aus dem Keller, das dort seit einer Tour mit den Mädchen am 1. Mai unbenutzt gestanden hatte und jetzt etwas Luft in die Reifen brauchte. Dann machte er sich auf den Weg in die Possehlstraße.

»Wie seh ich aus?«

Anna stand in der Eingangshalle des Restaurants, drehte sich nach rechts und nach links vor einem der großen Wandspiegel und begutachtete mit kritischen Blicken ihr Abbild. Es war kurz vor 9 Uhr am Morgen und sie musste sich beeilen, denn heute hatte sie endlich eine Verabredung mit dem Leiter der Bank, um über eine Ausweitung ihres Kreditrahmens zu verhandeln. Ihr wäre es lieber gewesen, Yann hätte diesen Termin wahrgenommen. Doch er fühlte sich mit seinen Deutschkenntnissen, besonders was große, zusammengesetzte Zahlen betraf, bei so einem existenziellen Thema nicht sicher genug. Außerdem meinte er, der Charme einer Frau sei immer noch das beste Argument, das Herz eines kühl kalkulierenden Bankmenschen zu erweichen und deshalb sollte Anna allein die Verhandlungen führen.

»Ravissante! Er wird für dich seinen Tresor leerräumen!«

»Das wäre schön! Aber ich fürchte, du übertreibst, Yann!«

»Nein, wirklich! Du siehst fantastisch aus!«

Anna, die man nur in Hosen und schlabbrigen T-Shirts oder in ihrer Kochkleidung kannte, trug ein helles Leinenkostüm, das geschickt ihre etwas rundliche Figur betonte, ohne sie dick aussehen zu lassen. Hier und da fielen ein paar blonde Locken aus den hochgesteckten Haaren in ihr Gesicht und eine schlichte Perlenkette, ein Erbstück ihrer Mutter, schmückte dezent ihren Hals. Die hochhackigen, schwarzen Schuhe ließen sie größer erscheinen und vervollständigten ihre elegante Erscheinung. Es war Yann anzusehen, dass die Komplimente, die er seiner Partnerin machte, absolut ehrlich gemeint waren.

»Wünsch mir Glück! Ich muss los!«

Anna klemmte sich die schwarzlederne Aktentasche unter den Arm und warf einen letzten Kontrollblick in den Spiegel. Ja, sie sah wirklich wie eine erfolgreiche Geschäftsfrau aus – zumindest stellte sie sich die so vor.

»Je touche du bois!«

Yann klopfte sich dreimal an den Kopf, nahm Anna bei den Schultern und küsste sie auf beide Wangen.

»Es wird klappen!«

»Bien sûr! Bis später!«

Als Anna das Haus verlassen hatte, ahnten sie noch nichts. Erst als Yann für sich, Lionel und Jakob, der bei seinem Freund übernachtet hatte, den Tisch für ein ausgiebiges Ferienfrühstück deckte und von der Terrasse mit dem leeren Tablett zurückkam, sah er es: Leuchtend rot auf der roséfarbenen Front des ›Floric‹ prangte unterhalb der Fenster ein Hakenkreuz und daneben stand in unregelmäßigen, ungelenken Buchstaben: ›Arbeit den Deutschen – Ausländer raus!‹

»Idiots!«, war alles, was Yann im ersten Moment einfiel. Dann dachte er sofort an Anna, welche Wirkung diese Schmiererei auf sie haben würde, dass ihre alten Ängste, die er endlich überwunden glaubte, nun wieder vollkommen von ihr Besitz ergreifen könnten, vor allem wegen Lionel, und er wurde wütend. Hatte sich denn die ganze Welt gegen ihn verschworen?

Wahrscheinlich hatte Anna doch recht und Fouhad war in die Hände dieser Ausländerhasser gefallen. Er überlegte, ob er versuchen sollte, sie über Handy zu erreichen, entschied sich aber dagegen. Sie musste erst einmal den Termin in der Bank hinter sich bringen. Von dieser Schweinerei würde sie noch früh genug erfahren.

Auf jeden Fall würde er sich davon die gemeinsamen Zukunftspläne nicht kaputt machen lassen, jetzt wo sich gerade alles so gut entwickelte. Ihn würden diese hirnlosen Schläger ganz bestimmt nicht einschüchtern. Dann kam ihm eine Idee. Neben einigen Nachteilen gab es eine Menge guter Gründe, die Presse über den Vorfall zu informieren. Yann rief einen Redakteur der Lübecker Zeitung an, der häufig Gast im Restaurant war und seinen Hinweis hochinteressant fand. Er wollte sofort einen Reporter schicken. Danach informierte er die Polizei.

»Mensch, Claus, wer ist denn der hübsche, junge Mann neben dir? Ein Neuer?«

Mit einem Grinsen deutete Ameise, der, wie meist an einem Tatort, in einem weißen Schutzanzug steckte, auf Angermüller, als der und Jansen vor der ›Villa Floric‹ ankamen. Jansen schnitt nur eine Grimasse und Angermüller tat, als ob er die Frotzelei nicht gehört hätte. Schon den ganzen Morgen musste er die Kommentare der Kollegen ob seines bartlosen Gesichtes über sich ergehen lassen, was die Hochstimmung, mit der er den Tag begonnen hatte, merklich dämpfte. Allerdings hatte er aus fast allen dieser dummen Bemerkungen herausgehört, dass er um Jahre jünger aussah und das war ja nicht das Schlechteste.

Auf dem gepflegten Rasen vor der alten Villa waren neben Ameise noch zwei weitere Kriminaltechniker damit beschäftigt, die Parolen an der Fassade zu untersuchen.

Auch Sobinsky und Eichhorn vom Kommissariat 5 waren schon vor Ort, fotografierten und machten sich Notizen. Ausländerfeindliche Parolen waren Alltagsroutine für die Männer der ›Ermittlungsgruppe Politisch Motivierte Kriminalität Rechts‹, wie sich diese Abteilung des Staatsschutzes etwas umständlich nannte und Angermüller beneidete sie weder um ihre Aufgabe noch um ihre Klientel. Allzu oft passierte es, dass sie offenkundig neonazistisch motivierte Taten und Täter aufdeckten, die ungeahndet bleiben mussten, da die rechte Szene oder ihre Anwälte mit leicht durchschaubaren Manövern auf der Klaviatur des freiheitlich-demokratischen Rechtssystems spielten. Mit Dreistigkeit zogen sie immer wieder den Kopf aus der Schlinge, indem sie beispielsweise behaupteten, das offensichtlich abgebildete Hakenkreuz wäre gar keins, da ein Häkchen fehlte.

Die Kollegen begrüßten sich und auch Eichhorn und Sobinsky musterten Angermüller sehr aufmerksam, sagten aber nichts zu seinem veränderten Aussehen. Es war, wie vorausgesagt, wieder ein makelloser Sommertag, nur ein ganz leises Lüftchen wehte und über der Ostsee lag ein zarter Dunstschleier, sodass Meer und Himmel sich am Horizont nicht mehr trennten. Die Szenerie hatte die Leichtigkeit eines impressionistischen Gemäldes. Umso absurder der Anblick der hässlichen Parolen, mit denen jemand ohne jeden Respekt die sorgfältig instand gesetzte, hübsche Jugendstilfassade der ›Villa Floric‹ verunziert hatte.

»So viel ist klar: Die Schrift wurde gesprüht. Es ist eine sehr schnell trocknende Farbe und deshalb schwierig, den genauen Zeitpunkt zu bestimmen, wann sie aufgebracht wurde. Aber wir haben Proben genommen, um die Art der Farbe zu bestimmen. Vielleicht kommen wir ja im Labor auch dem Sprühzeitpunkt auf die Spur. Verwertbare Fußabdrücke: Fehlanzeige.«

Ameise resümierte für Angermüller und Jansen sowie die Kollegen vom Staatsschutz, was er vom Kriminaltechnischen her bisher sicher sagen konnte. Es war nicht viel.

»Danke, Andreas. Ich hoffe, ihr habt später noch Neuigkeiten für uns.«

»I'll do my very best!«

»Und Kollegen, habt ihr schon einen Tipp?«, wandte sich Jansen an Sobinsky und Eichhorn. »Irgendeine Handschrift zu erkennen?«

Sobinsky schüttelte den Kopf.

»So, wie es im Moment aussieht, können wir von hier aus nichts feststellen. Es gibt keine Zeugen. Wir werden uns jetzt erst mal an den Computer setzen und Hausaufgaben machen müssen, ähnlich geartete Fälle, altbekannte Fassadenmaler überprüfen und so weiter.«

»Na gut. Der vermisste Algerier und diese Parolen, das sind bestimmt nur verschiedene Kapitel derselben Geschichte. Ihr seid nachher bei der Teamsitzung dabei, nehme ich an und euer Leiter wird in diesem Fall ja nicht wieder über Heldenklau meckern.«

Der ›Heldenklau‹, von dem Angermüller sprach, war die nette Umschreibung für den chronischen Personalmangel in der Bezirkskriminalinspektion, wenn ein Kommissariat bei besonders wichtigen Fällen seine Leute mit Kollegen aus einem anderen Kommissariat verstärken musste.

»Nein, diesmal bestimmt nicht! Da ziehen wir doch alle am gleichen Strang!«, lachte Sobinsky.

»Ich dachte eigentlich, das tun wir immer. Habt ihr schon mit den Leuten hier gesprochen?«

»Mit einem Herrn Yann Tanguy, dem Chef des Hauses. Er hat die Schmierereien entdeckt und angerufen. Der hat übrigens auch schon die Presse informiert. Als wir ankamen, war der Christensen von der Lübecker Zeitung hier schon wie wild am Fotografieren.«

»Ist das ein Problem für uns?«

»Nee, denk ich nich. Höchstens, dass diese Affen, die das hier verzapft haben, sich auch noch freuen. Je größer der Medienrummel, den es um ihren Schwachsinn gibt, desto besser finden die das doch!«, schimpfte Sobinsky.

Aufgeregt schnüffelnd umkreiste plötzlich ein langhaariger Hund die Männer und kurz darauf hüpften zwei Jungen die Stufen des Restaurants herunter. Sie blieben kurz stehen, lasen aufmerksam die auf die Hauswand gesprühte Parole und rannten dann auf die Gruppe der Beamten zu.

»Hallo!«, sagten beide und der eine von ihnen, ein ziemlich langer Kerl schon, mit blonden Haaren, schloss gleich die Frage an: »Waren das Rassisten?«

»Hallo, ihr zwei!«, grüßte Angermüller. »Du bist doch der kleine Chef hier? Lionel, oder? Und das ist dein Freund?«

Lionel nickte.

»Kommen die jetzt ins Gefängnis, die das gemacht haben?«

»Dein Freund Jakob hat recht: Leute, die so was denken und an Häuserwände sprühen sind Rassisten und wenn wir sie erwischen, werden sie natürlich bestraft.«

»Erwischt ihr sie denn?«

»Aber klar! Hier, meine Kollegen und ich, wir kriegen die ganz bestimmt.«

Alle Umstehenden nickten eifrig und jeder von ihnen hoffte, man würde ihm die Skepsis ob dieser allzu optimistischen Prognose nicht ansehen. Da fiel Jansen etwas ein:

»Übrigens, wir müssen uns bei euch ja noch bedanken! Das war wirklich klasse, wie ihr den Motorroller gestern aufgestöbert habt! Ihr habt sehr umsichtig gehandelt und uns bei der Arbeit prima unterstützt!«

Jakob und Lionel sagten nichts und sahen sich nur an. Aber an dem verlegenen Grinsen, das sich auf ihren Gesichtern breitmachte, war deutlich zu erkennen, dass sie ziemlich stolz auf dieses Lob waren.

Die Männer vom K5 hatten sich gerade verabschiedet, als Anna Floric um die Ecke des Restaurants herangestürmt kam.

»Was ist los? Haben Sie Fouhad gefunden?«

Jetzt erst wurde sie der Parole an der Hauswand gewahr, blieb stehen und rief entsetzt:

»Was ist das denn?«

Sie lief auf Angermüller, Jansen und die Kinder zu. Ihre schwarze Aktentasche ließ sie fallen, griff nach den beiden Jungen, legte ihre Arme um sie und drückte sie an sich.

»Wer hat das gemacht?«

Sie sah die beiden Beamten fassungslos an. Angermüller antwortete:

»Das werden wir herausfinden, das habe ich Lionel und seinem Freund auch schon versprochen. Beruhigen Sie sich, Frau Floric! Ich weiß, das ist schlimm, aber es ist ja sonst nichts passiert.«

Angermüller konnte sehen, dass die junge Frau mit den Tränen kämpfte. Sie sah heute anders aus als bei ihrem ersten Treffen und dieses elegante Kostüm stand ihr ausgezeichnet, fand er. Natürlich konnte er ihre Aufregung durchaus verstehen. Schließlich war Lionel mit seiner dunklen Hautfarbe auch ein Angriffsziel für diese Typen, die in ihrem dumpfen Hass auch nicht vor brutalen Attacken auf Kinder zurückschreckten. Allmählich schien sich Anna Floric wieder etwas zu fassen und sie atmete tief durch.

»Meinen Sie, es gibt einen Zusammenhang zwischen dem Verschwinden von Fouhad und dem hier?«, fragte sie nach einem kurzen Moment.

»Der Gedanke liegt natürlich nahe, aber bis jetzt haben wir noch keine konkreten Hinweise. Wir würden jetzt gerne noch einmal mit allen sprechen, die sich heute Nacht hier aufgehalten haben.«

Angermüller und Jansen wurde nur bestätigt, was die Kollegen vom K5 bereits festgestellt hatten: Es gab keine Zeugen. Weder Yann Tanguy noch Hadi und Djaffar aus der Remise hatten irgendetwas Verdächtiges in der vergangenen Nacht bemerkt. Omar Chabi war gar nicht anwesend. Er war am Tag zuvor zu Freunden nach Lübeck gefahren und wurde nicht vor dem nächsten Abend zurück erwartet.

Als die Kommissare sich verabschieden wollten, fanden sie Anna Floric und Yann Tanguy unter einem Sonnenschirm auf der Terrasse, wo die Kinder an einem reich gedeckten Tisch ihr verspätetes Frühstück einnahmen. Sie saßen zwischen großen Terrakottatöpfen mit Oleander und Lavendel, im Hintergrund an der Balustrade standen die Kübel mit den Palmen, die sich leise im Wind bewegten – der Anblick war so perfekt wie ein Foto aus einem Reiseprospekt für die Provence.

»Na, ihr habts gut, was?«, sprach Angermüller die Kinder an, die beide mit vollen Backen kauten. »Sitzt an diesem tollen Platz und könnt speisen wie die Könige! Der sieht ja lecker aus!«

Der Kommissar deutete auf den Kuchen, an dem sich Lionel und Jakob gütlich taten.

»Das ist ein Quatre Quarts!«, sagte Lionel mit vollem

Mund, sodass die Krümel flogen, was seinen Freund wiederum so zum Lachen brachte, dass auch bei ihm die Brösel stoben. Wie gut, dachte Angermüller, dass die Kinder noch in ihrer eigenen Welt leben, diesen Schmutz an der Wand schon wieder beiseitegeschoben haben und sich mit so kleinen Dingen köstlich amüsieren können.

»Jungs!«, mahnte Anna Floric die beiden, aber auch ihr war anzumerken, dass sie das Amüsement der Kinder mit Erleichterung zur Kenntnis nahm. Sie selbst schien sich auch wieder beruhigt und den ersten Schrecken überwunden zu haben.

»Was ist das für ein Kuchen?«

»Der kommt aus der Bretagne, wo wir früher gewohnt haben. Der schmeckt sehr lecker. Wollen Sie mal probieren?«

Lionel nahm ein großes Stück von der Kuchenplatte und hielt es Angermüller hin.

»Setzen Sie sich doch. Im Stehen isst es sich nicht gut, möchten Sie auch ein Stück?«, fragte Anna Floric. Jansen winkte dankend ab, aber die beiden Beamten nahmen am Tisch Platz und Angermüller verzehrte mit Appetit den duftenden, lockeren Kuchen.

»Mmh, da schmeckt man reichlich die gute Butter!«

»Ja, wir Bretonen lieben unsere gesalzene Butter! Das merkt man vielen Gerichten an, die aus der Bretagne kommen. Kein Wunder, wir haben ja auch das beste Salz und die beste Butter, die es gibt!«

Deutlich hörte man die Verbundenheit Anna Florics zu dem Landstrich ihrer Herkunft. Auch Yann Tanguy nickte voller Überzeugung.

»Und Sie, Herr Tanguy, vermissen Sie denn nicht Ihre Heimat?«, wollte Angermüller wissen. Yann schien etwas überrascht über diese persönliche Frage. Er zuckte mit den Achseln.

»Ach, wissen Sie, Heimat ist, da, wo die Menschen leben, die man liebt, und in der Bretagne gibt es für mich niemanden mehr.«

Anna Floric spielte konzentriert an einer Serviette.

»Und die Sprache, die Landschaft? Fehlt Ihnen das nicht manchmal?«

»Ah, non! Ich finde es gut, noch einmal etwas Neues angefangen zu haben, um es mit Edith Piaf zu sagen: Je ne regrette rien. Ein eigenes Restaurant war immer Teil meines Lebenstraumes und dieser Teil ist wahr geworden. Zurzeit läuft alles wunderbar! Gerade hat meine kluge Partnerin erfolgreich mit der Bank verhandelt, was unseren finanziellen Spielraum beruhigend vergrößert. Langsam gehen alle meine Wünsche in Erfüllung.« Yanns Blick streifte Anna. »Das Einzige, was mir und auch Anna hier manchmal fehlt, ist das Meer!«

»Na, na! Sie haben doch unsere schöne Ostsee vor der Tür!«, warf Jansen ein, ganz Lokalpatriot.

»Pah! Die Ostsee, ein Meer! Im Vergleich zum Atlantik ist das doch ein Meerchen!«

Durch Yanns französischen Akzent klang das wie ›Märschen‹ und Angermüller musste lachen. Jansen brummelte einen leisen Protest. Angermüller fand diesen Yann Tanguy ganz sympathisch. Der Mann musste in seinem Alter sein. Auch wenn er schüchtern wirkte, was an seinen nicht ganz perfekten Deutschkenntnissen liegen mochte, strahlte er auch in dieser eher unschönen Situation eine freundliche Gelassenheit aus. Angermüller dachte, dass seine ruhige, zurückhaltende Art sich gut mit dem offenen, geradlinigen Wesen Anna Florics ergänzte und er fragte sich nicht zum ersten Mal, in welchem Verhältnis die beiden privat zueinander standen.

»Eigentlich wollte Yann ja Kapitän werden und auf großen Schiffen um die Welt fahren!«

Gerade setzte Yann dazu an, dieser von Anna in scherzhaftem Ton aufgestellten Behauptung zu widersprechen, da klingelte das Mobiltelefon, das er vor sich auf dem Tisch liegen hatte. Er erhob sich mit einer entschuldigenden Geste und entfernte sich ein paar Schritte, um das Gespräch anzunehmen.

»Und jetzt ist Ihr Partner zu einer armen Landratte geworden?«

»Na ja, zumindest zum Freizeitkapitän hat es gereicht. Yann hat natürlich sein geliebtes Segelboot mit hierher gebracht.«

Angermüller wollte gerade erzählen, dass auch seine Frau von der Segelleidenschaft erfasst sei, und fragen, wo denn Yann seinen Liegeplatz habe, da bemerkte er, dass Anna Floric ihn ganz nachdenklich ansah.

Plötzlich sagte sie: »Natürlich! Sie haben keinen Bart mehr! Die ganze Zeit dachte ich schon, irgendwas ist anders an Ihnen. Steht Ihnen aber gut!«

Der Kommissar nahm leicht verlegen dieses Kompliment entgegen und Jansen griente.

»Das war das Fernsehen. Die wollen gleich vorbeikommen wegen der Naziparolen« sagte Yann Tanguy, als er kurz darauf zum Tisch zurückkam.

»Woher wissen die so schnell, was hier passiert ist?«, fragte Anna und in ihrer Stimme lag ein gewisses Befremden.

»Ich nehme an, der Mann von der Zeitung hat denen die Information weitergegeben.«

»Welche Zeitung?«

»Ich habe vorhin, nachdem ich diese Schweinerei entdeckt hatte, beim Redakteur von der Lübecker Zeitung angerufen, der bei uns Kunde ist. Der hat sofort einen Reporter vorbeigeschickt. Ich dachte, so ein Vorfall muss an die Öffentlichkeit und uns kann es nicht schaden, wenn wir ein bisschen Presse haben.«

»Oh Yann, warum hast du das nicht vorher mit mir besprochen. Ich sehe das anders«, Anna Floric klang nach Ärger und Unverständnis. »Wir müssen doch nicht noch mehr Aufmerksamkeit auf uns und unsere Leute lenken.«

»Au contraire! Im Gegenteil, wir müssen diesen Idioten zeigen, dass wir keine Angst vor ihnen haben! Ich vertraue auf die Solidarität der vernünftigen Menschen! Und auf unsere Kunden, die werden uns unterstützen.«

Diese Einstellung fand Angermüllers ungeteilte Zustimmung. Wenn man sich von diesen Typen einschüchtern ließ und seine Angst zeigte, hatten sie genau das erreicht, was sie erreichen wollten.

»Ich finde es trotzdem nicht gut, so einen Rummel zu veranstalten.« Anna hatten Yanns Argumente offenbar nicht überzeugt.

»Es tut mir leid, Anna! Wenn ich gewusst hätte…«

»Lass gut sein, Yann. Jetzt ist es sowieso zu spät. Wir reden irgendwann einmal in Ruhe darüber.«

»D'accord! Das machen wir! Und jetzt muss ich sehen, wie wir an die passende Wandfarbe kommen, damit wir diese Schweinerei übermalen können. So gut gefällt mir das auch nicht, dass ich es als Reklamespruch stehen lassen will.«

Wieder klingelte das Telefon, das Yann noch in der Hand hielt.

»Bonjour, Monsieur! Was kann ich für Sie tun? Einen Tisch für sechs Personen, heute um 19 Uhr? Sehr gerne, wird sofort gemacht. Bis heute Abend!«

Er legte den Apparat auf den Tisch und notierte fröhlich die Reservierung auf eine der Papierservietten.

»Es läuft wirklich gut! Die Leute mögen unsere Küche. Pardon, deine Küche!«

Anna Floric machte verlegen eine abwehrende Handbewegung.

»Was ist denn das Besondere an der bretonischen Küche und was sind Ihre persönlichen Spezialitäten, Frau Floric? Das würd mich schon mal interessieren.«

Der Charme des hellen Sommertages und die bezaubernde Umgebung – vielleicht auch die bezaubernde Köchin – hatten bewirkt, dass Georg Angermüller für einen kurzen Augenblick vergaß, warum er hier an diesem traumhaften Platz saß. Plötzlich verspürte er das Bedürfnis, die mühsame Ermittlungsarbeit hinter sich zu lassen und in die angenehmen Sphären exquisiter Gaumenfreuden einzutauchen.

Anna Floric war im ersten Moment etwas irritiert vom Ansinnen des Kommissars, jetzt über Kulinarisches zu referieren, doch dann erzählte sie vom aromatischen Salz aus La Guérande, von den vielfältigen Arten, in der Bretagne den Hummer zuzubereiten und von den köstlichen Salzlämmern aus der Marsch. Dann berichtete sie von den vielen Ähnlichkeiten der bretonischen mit der holsteinischen Küche, die sie entdeckt hatte. Sie vermutete den Grund dafür in dem eher rauen Klima und der Nähe zum Meer in beiden Regionen. Während sie so mit wachsender Begeisterung weiter redete, über Gerichte, die Salziges und Süßes miteinander verbanden, über die vielen Varianten der herzhaften, magenfüllenden Mehl- und Musspeisen, die es in ihrer alten und auch in ihrer neuen Heimat gab, wurde deutlich, dass Kochen nicht nur ihr Beruf, sondern ihre Leidenschaft war. Als Angermüller sich satt gehört hatte an Kaninchen in Cidre geschmort, an Cotriade, der bretonischen Variante einer Fischsuppe, an Coquilles Saint-Jacques nach der Art von Quiberon, an einem Kartoffelauflauf mit Speck und Rosinen und vielem mehr, bedankte er sich und versprach, irgendwann einmal auch als Gast in die ›Villa Floric‹ zu kommen. Dann trieb er Jansen zur Eile, der ihm dezent einen Vogel zeigte, sie verabschiedeten sich und kündigten an, sich zu melden, wenn es etwas Neues zum Verbleib von Fouhad Ferhati zu berichten geben würde.

Die Sonne hatte ihren Höchststand noch nicht erreicht, aber bereits jetzt zeigte der Außentemperaturmesser 25 Grad an. Angermüller genoss die angenehm kühle Luft, die ihm leise aus der Klimaanlage ihres luxuriösen Dienstwagens entgegenströmte.

»Weißt was: Jetzt ist dieser Priewe fällig!«, sagte er aufgeräumt zu Jansen, als sie die ›Villa Floric‹ über die kiesbestreute Zufahrt verließen.

»Na, sach ma, Georg! Eben dachte ich noch, du hast total vergessen, dass wir nicht fürs Klugschnacken über diesen französischen Kram bezahlt werden und nu hast du die gleiche gute Idee wie ich!«

Erfreut gab Jansen Gas, die Kiesel flogen und Angermüller wurde in seinen Sitz gedrückt.

»So hab ich das fei net gemeint, dass du jetzt wieder rasen musst wie so a Wilder!«

Der Protest seines Kollegen ließ Jansen wie immer unbeeindruckt.

»Die Tussi gestern am Telefon sagte, der Priewe hat heute seinen freien Tag. Also versuchen wir es zuerst wieder am Strand, oder? Das ist hier ja man gleich um die Ecke.«

Die Ostsee lag unter der Mittagssonne wie eine glitzernde Folie, sachte plätscherten kleine Wellen an den Strand und der Wind war fast eingeschlafen. Das Gehen in Schuhen über den weichen Sand war beschwerlich und in der Hitze ziemlich anstrengend. Zwischen den leicht bekleideten Badegästen, die sich bräunten, im Schatten ihrer Sonnenschirme dösten oder lasen, wirkten die beiden Beamten in ihrer Straßenkleidung wie Besucher von einem anderen Stern. Angermüller war warm, trotz des leichten Polohemdes und der dünnen Leinenhose. Jansen dagegen, wie immer in Turnschuhen, Jeans und Lederjacke, ging mit großen Schritten voran. Ihm schienen die hochsommerlichen Temperaturen nicht das Geringste auszumachen.

Ihre Annahme, Maik Priewe hier anzutreffen, erwies sich als goldrichtig. Die Clique, die sich um den ausgeblichenen Baumstamm versammelt hatte, war um ein paar Personen angewachsen. Angermüller erkannte neben Priewe nur das Mädchen mit seinem Hund und die beiden Glatzen vom Vortag. Sie waren im Übrigen die Einzigen in der Gruppe, die sich die Schädel kahl rasiert hatten. Seinen Neffen konnte er zu seiner Beruhigung nicht in der Clique entdecken. Da heute alle Badekleidung trugen, war nicht zu erkennen, ob sie sich auch zur rechtsradikalen Szene zählten. Einige der jungen Leute hatten, dem allgemeinen Modetrend folgend, an den Oberarmen oder auf der Schulter Tattoos, die aber unverfängliche Motive hatten. Nur das tätowierte Spinnennetz an den Ellbogen zweier Jungen, die ansonsten völlig unauffällig aussahen, konnte vielleicht als Kennzeichen einer gewissen Geisteshaltung gedeutet werden.

Aus einer Ecke schepperte Heavy Metal, leere Bierdosen lagen zu einer Pyramide aufgeschichtet im Sand und daneben wachte der stämmige Hund vom Tag zuvor. Maik Priewe, in einer schwarzen Bermuda-Badeshort, lag auf einem Handtuch und häufelte gelangweilt Sand auf den Rücken eines Mädchens, das neben ihm auf dem Bauch lag. Die tiefe Sonnenbräune seines muskulösen Körpers war beeindruckend. Keiner von den anderen aus der Clique war so intensiv gebräunt, viele waren sogar ziemlich blass und die beiden Glatzen näherten sich der Farbe gekochter Langusten, so einen Sonnenbrand hatten sie sich schon geholt.

»Ich glaubs ja nicht! Das Auge des Gesetzes!«, rief Priewe, als er der Beamten ansichtig wurde. »Seid ihr jetzt als Badepolizei abkommandiert oder was?«

Grölendes Gelächter erhob sich und der Mann griente triumphierend. Offensichtlich erinnerte er sich genau an sein Zusammentreffen mit Angermüller und Jansen auf dem Hof der ›Villa Floric‹.

»Wir würden gerne mal mit Ihnen reden, Herr Priewe«, sagte Jansen.

»Och, bin ich wieder mal ein bisschen zu schnell gefahren und habe arme, kleine Negerkinder gefährdet?«

»Wir haben ein paar Fragen.«

»Was für Fragen? Weswegen?«

»Zum Beispiel nach Ihrem Alibi.«

»Welches Alibi? Ich glaub, ich spinne! Da seht ihr, Freunde, was ich immer sage: Unsereins ist immer angearscht! Jeder Ali kann hier offen mit Rauschgift handeln, 100 Kinder machen und Sozialhilfe abkassieren und jemand wie ich, ein guter Deutscher, der regelmäßig arbeitet und seine Steuern zahlt, wird sogar in seiner wohlverdienten Freizeit mit falschen Verdächtigungen verfolgt!«

Die Clique nahm mit Begeisterung jeden von Priewes Sprüchen auf und klatschte johlend Beifall. Ohne davon Notiz zu nehmen, sagte Jansen:

»Wir würden gerne mit Ihnen reden. Und zwar allein. Können wir uns für einen Moment dort hinsetzen?« Jansen deutete zu einem Boot, das kieloben unterhalb des Steilufers lag.

»Meine Kameraden können gerne zuhören, vor denen hab ich keine Geheimnisse! Fragt mich doch!«

»Jetzt langts, Bürschle! Ab mit aufs Revier! Ziehen Sie sich an!«

Angermüller platzte der Kragen angesichts von so viel unverschämter Selbstsicherheit.

»Glaubt ihr, dass die das dürfen, Kameraden? Einen

unbescholtenen Deutschen einfach so mitnehmen?«, fragte Priewe in die Runde und Angermüller bedauerte sogleich, sich nicht besser beherrscht zu haben. Ein protestierendes Gemurmel wurde laut, der Kampfhund begann zu knurren und die beiden Glatzen erhoben sich langsam von ihren Handtüchern. Zwei Polizisten wurde in dieser Gesellschaft offensichtlich nicht viel Respekt entgegengebracht. Der Mann genoss noch einen Moment seine Machtdemonstration und sagte dann großzügig:

»Lasst gut sein, Kameraden! Ich habe heute gute Laune und ich helfe doch immer gerne, wenn ich so nett gefragt werde.«

Mit einem kraftvollen Sprung kam er auf die Füße und folgte Angermüller und Jansen zu dem Boot weiter oben am Strand. Maik Priewe hatte sich als der unangefochtene Anführer seiner Clique präsentiert, der seine Jungs fest im Griff hatte – schon wegen dieser Erkenntnis hatte sich ihr Ausflug an den Strand gelohnt, dachte Angermüller. Natürlich bot er den beiden Beamten ein lückenloses Alibi für die Nacht des Verschwindens von Fouhad Ferhati und gab fast die ganze Clique als Zeugen dafür an. Sie waren erst im ›Studio 88‹ trainieren und anschließend hatten sie noch in ihrer Stammkneipe in Marli, einem berüchtigten Treffpunkt der Szene, bis nachts um zwei ›einen netten Abend‹ verbracht, wie Priewe das in seinem Milieu übliche Saufgelage bezeichnete.

»Sie wissen Bescheid über den Fund, der vor ein paar Tagen an diesem Strand gemacht wurde?«

Jansen machte einen blinden Vorstoß, in der Hoffnung, irgendeine aussagekräftige Reaktion zu erzielen. Maik Priewe verschränkte seine kräftigen Arme vor der Brust und sah ihn nur gleichgültig an.

»Keine Ahnung.«

Doch dann glitt ein bösartiges Lächeln über sein Gesicht.

»Nee, ne! Hier habt ihr den toten Ausländer gefunden?

Klar, stand doch in der Zeitung vor paar Tagen: unterhalb des Steilufers! Genau hier? Geil!« Und laut rief er den anderen zu:

»Kameraden, hier ist ein ganz spezieller Platz! Es gibt was zu feiern!«

»Priewe! Lassen Sie das!«, schnauzte Angermüller. »Wo waren Sie letzte Nacht?«

»Na sach ma! Ihr seid ja neugierig! Wo waren wir heute Nacht, Cindy?«, fragte der Angesprochene laut über den Strand.

Das Mädchen, das neben Priewe am Strand gelegen hatte, setzte sich auf. Wahrscheinlich war sie noch keine 20, hatte einen kräftigen Körperbau unter dem schwarzen Badeanzug und langes blondes Haar.

»Bei mir natürlich«, sagte sie gedehnt und ein gewisser Stolz auf diese Tatsache war nicht zu überhören.

»Soll meine Verlobte noch mehr erzählen?«

»Danke, es reicht.« Angermüller hatte keine Lust, sich von diesem Typen noch länger an der Nase herumführen zu lassen. Dass Priewe mit den Vorgängen um die ›Villa Floric‹ nichts zu tun hatte, konnte einfach nicht sein. Aber bis jetzt hatten sie keine konkreten Hinweise auf eine Verbindung gefunden, außer dass Maik Priewe ein paar Mal die Woche Lebensmittel in das Restaurant lieferte.

An einem Verkaufswagen, der oberhalb des Strandes am Steilufer vorgefahren war, erstand Jansen eine Currywurst mit Pommes. Angermüller kaufte sich ein Eis. Die Begegnung mit der Clique und die vielen ungelösten Fragen im Zusammenhang mit dem Toten im Schlauchboot, das noch nicht geführte Gespräch mit Astrid und die ungewohnte Hitze hatten seinen sonst so guten Appetit merklich gedämpft. Obwohl sie sich bei weit geöffneten Türen in ihren Wagen gesetzt hatten, empfand er den Geruch von Jansens

Imbiss nach Ketchup und Frittierfett in seiner Nase fast als Angriff auf seine körperliche Unversehrtheit.

»Bist du endlich fertig mit deinem köstlichen Mahl?«

»Was is los, Georg? Du nimmst dir sonst alle Zeit der Welt zum Essen und nur weil du mal keinen Hunger hast, brauchst du mich hier nicht zu hetzen!« Jansen fuhr sich mit der Papierserviette über den Mund: »Mal wieder auf Diät?«

»Quatsch! Ich hab noch nie eine Diät gemacht«, knurrte Angermüller. »Mir ist der Appetit vergangen bei den Typen da am Strand!«

»Das kannst du laut sagen! Auf der anderen Seite, wat nich is, is nich! Der Priewe hat ein Alibi.«

»Glaubst du das etwa? Die halten doch zusammen wie Pech und Schwefel, diese Burschen!«

»Der Priewe wusste aber offensichtlich auch nicht, dass das Schlauchboot genau an der Stelle angetrieben war.«

»Mann, Claus! Was soll denn die Bemerkung? Wir haben doch festgestellt, dass es übers Wasser gekommen war. Das sagt doch gar nichts aus!«

Angermüller war ziemlich aufgebracht.

»Ganz sutsche! Reg dich nicht so auf bei der Hitze, Georg! Ich seh das ja ähnlich. Warts ab, vielleicht gibts ja heute noch Neuigkeiten.«

Wie auf ein Stichwort ertönte der Klingelton von Angermüllers Handy. Das Gespräch war kurz und offensichtlich nicht von erfreulichem Inhalt.

»Das war Niemann. Der Suchtrupp ist durch. Sie haben in dem Wäldchen jedes Blatt umgedreht – nichts. Wär ja auch zu schön gewesen.«

»Mensch, Georg! Was ist mit dir los? Du weißt doch: Die Hoffnung stirbt zuletzt!«

Angermüller grunzte nur etwas Unverständliches. Manchmal ging ihm Jansens ewige Gleichmut mächtig auf den Zeiger.

Die Straßen waren frei, wer nicht arbeiten musste, war bei diesem Wetter am Strand oder hielt ein Mittagsschläfchen irgendwo im Schatten. Jansen nutzte die Gelegenheit und der Wagen glitt pfeilschnell dahin. Angermüller war so in Gedanken, dass er gar nicht, wie sonst üblich, gegen die zu hohe Geschwindigkeit protestierte. Kurze Zeit später hatten sie die Bezirkskriminalinspektion Lübeck erreicht.

»Vom LKA kriegten wir den Hinweis, dass dieser Omar Chabi ein so genannter ›Emir‹ ist, was heißt, er war der Anführer einer Islamistengruppe in seiner algerischen Heimat. Deswegen hat er wohl dort auch Probleme gekriegt und ist dann geflohen – keiner weiß genau, wann. Er hat in Deutschland einen Asylantrag gestellt, erst vor einem Jahr. Die Kollegen haben keine Erkenntnisse, dass er hier Mitglied in einer festen Organisation ist. Auch wenn er einige Kontakte zu Landsleuten hat, scheint er letztlich ein Einzelgänger zu sein.«

Thomas Niemann schob seine Notizen beiseite.

»Fest steht nur, dass er ein religiöser Hardliner ist, der seine Glaubensbrüder indoktriniert und zum Kampf gegen die Ungläubigen aufruft – dass er so weit geht, abtrünnige Landsleute abmurksen zu lassen, das glaubt keiner vom LKA. Seine beiden Mitbewohner – Djaffar Lahlou und Hadi Khaled – sind absolut sauber, der eine ist bereits als politischer Flüchtling anerkannt, der andere wartet noch auf sein Verfahren.«

»Ich glaube, den Chabi hat keiner ernsthaft im Visier, oder?«, warf Jansen ein.

»Ich tue nur meine Pflicht. Ihr wolltet eine Überprüfung, ich liefere sie«, verteidigte sich Niemann.

»Ist schon in Ordnung, Thomas.«

Sie saßen bereits eine ganze Weile im kleinen Konferenzraum und trugen alle bisher bekannten Fakten zusammen. Fenster und Tür waren weit geöffnet, sodass ein kühler Luftzug durch den Raum strich und ab und zu Papiere vom Tisch segeln ließ.

»Und nun zu Maik Priewe und seiner Gang, Kollege Eichhorn«, forderte Angermüller den Mann von der Abteilung Staatsschutz auf.

»Ja, der Maik. Ihr habt alle seine Akte gelesen, nehme ich an? Ich würde sagen, er ist einer der buntesten Hunde der Neonaziszene. Er treibt sich da schon seit frühester Jugend rum, hat aber keine theoretische Grundlage, das interessiert ihn auch gar nicht. Ist quasi seine Freizeitbeschäftigung. Wenns sein muss, plappert er höchstens irgendwelche Sprüche von Altnazis nach.«

»Ist er Mitglied in einer fest organisierten Gruppe?«, fragte jemand.

»Wollte er immer sein, aber er ist überall wieder rausgeflogen. Er kann sich einfach nicht unterordnen und wat er nich im Kopf hat, das hat er in den Fäusten, er schlägt ziemlich schnell zu.«

»So ganz doof kann er nicht sein: Er hat doch diese Truppe um sich geschart, immerhin als unumstrittener Häuptling!«, warf Jansen ein.

»Als er gemerkt hat, dass er in den straff organisierten Nazivereinen nicht Fuß fassen konnte, hat er sich sozusagen ›selbstständig‹ gemacht. Dass er im Knast gesessen hat, macht ihn in seinen Kreisen zu einem echten Helden. Die haben ihn groß gefeiert, als er vor ein paar Wochen rauskam! Und er schafft es auch immer wieder, sich neue Anhänger heranzuziehen. Das sind meist jüngere Leute, viele sind natürlich Schulabbrecher und Arbeitslose, aber auch andere. Die fühlen sich benachteiligt, langweilen sich, wissen nicht, was sie mit ihrer Freizeit anfangen sollen, und er bietet ihnen was an, bis hin zu Randale.«

»Also, einfach nur Schlägereien?«

»Am Anfang steht immer das Saufen, das scheint zum germanischen Übermenschen dazuzugehören. Dann fallen die Hemmschwellen, man sucht sich Opfer: Behinderte, Ausländer, Punks, was grade so kommt. Und wenns passt, dann wird daraus schon mal eine politische Aktion, so wie der Überfall bei dieser Gedenkfeier am Cap-Arcona-Friedhof. Aber der Priewe ist kein intellektueller Führer mit einer Ideologie oder einer Vision, der bedient einfach nur die niederen Instinkte jedes Einzelnen, instrumentalisiert primitiven Fremdenhass, lastet jeden persönlichen Nachteil ›den Ausländern‹ an. Da werden Naziparolen gegrölt und Hakenkreuze getragen, dazu die entsprechende Musik und reichlich Alkohol – mit dieser diffusen Mischung fühlen die sich dann stark und wehe, so ein armer Ausländer kommt in ihre Nähe.«

»Gibt es denn Verbindungen zu den organisierten Rechten?«, erkundigte sich Angermüller.

»Offiziell distanzieren die sich von Leuten wie Priewe. Aber praktisch dienen sie als Fußvolk der Bewegung, bei Demos sind sie durchaus willkommen und sie führen im Grunde nur konsequent das aus, was die anderen predigen.«

»Wir sollten die Truppe auf jeden Fall im Auge behalten.«

»Sehe ich auch so. Diese Schmierereien an dem Restaurant würden durchaus zu denen passen«, stimmte Eichhorn zu.

Jansen sprach aus, was wohl alle im Raum dachten:

»Wir sind noch keinen Schritt weiter gekommen! Solange wir nicht wissen, wer der Tote ist.«

»Trotzdem: Es gibt da einen Zusammenhang zwischen dem verschwundenen Algerier und den Parolen an der Villa. Und fest steht, dass der Tote Nordafrikaner ist, wie Steffen nachgewiesen hat.«

Angermüller versuchte, mit dieser trotzigen Äußerung

gegen die sich breitmachende Frustration anzugehen. Aber seine hoffnungsvolle Stimmung, mit der er den Tag begonnen hatte, war geschmolzen wie das Eis in der Sonne. Die Kriminaltechniker hatten ihr Bestes getan, doch die Ergebnisse waren mager. Keine aussagekräftigen Fußspuren, Zigarettenkippen, Faserspuren, weder am Fundort des Rollers noch auf dem Rasen vor der beschmierten Wand der ›Villa Floric‹. Eine Erkenntnis war, dass der Motorroller wohl schon seit der Nacht des Verschwindens von Ferhati dort gelegen hatte und die andere, dass die Farbe, mit der die Parole gesprüht worden war, in jedem Baumarkt der Stadt im Sortiment geführt wurde. Alles nicht sehr erhellend.

»Eine Sache finde ich jedenfalls erfreulich: Die Presse hat sich bis auf den einen Artikel über den Toten vom Steilufer bisher ja absolut ruhig verhalten. Ihr wisst, wie störend das die Ermittlungen beeinflussen kann«, wechselte Eckmann, der ebenfalls zur Sitzung des Teams gestoßen war, das Thema. »Wenns nichts Spektakuläres zu melden gibt, verlieren die heute halt schnell das Interesse, glücklicherweise!«

»Ja! Und gegen so ein Superthema wie die Mordshitze in den bekannten 20 Zentimeter hohen Schlagzeilen kommen wir mit unserem unbekannten Toten sowieso nicht an!«, stimmte Angermüller zu. Die Melodie seines Handys erklang und er fingerte es aus der Hosentasche und ging auf den Flur, um das Gespräch entgegenzunehmen.

»Das war Kiel«, bemerkte er, als er an den Tisch zurückkam. Die Runde sah ihn erwartungsvoll an.

»Der Tote vom Strand ist hundertprozentig nicht Fouhad Ferhati.«

Allgemeines Stimmgewirr erhob sich. Jansen fluchte und haute mit der flachen Hand auf den Tisch.

»Na, na, was ist daran denn jetzt so schlimm, Kollege?«, rief Angermüller spöttisch in die Runde. »Dann haben wir eben jetzt nicht mehr ein Problem, sondern zwei.«

8

Der Tisch auf der Terrasse war reich gedeckt: Die stark nach Gewürzen und Knoblauch duftende Fleischpfanne, eingelegtes mediterranes Gemüse, Angermüllers hausgemachte Caponata, Parmaschinken, Salami, ein großes Stück Käse und Baguette waren zu sehen. Georg Angermüller hatte es geschafft, noch vor Ladenschluss in die Innenstadt zu kommen und hatte sich an Astrids Worte erinnert, dass früher ein Baguette und Käse für einen netten Abend zu zweit genügt hatten. Er hatte also Käse und Brot besorgt, war aber in dem italienischen Feinkostladen in der Hüxstraße dem Anblick des zarten Parmaschinkens und der aromatischen Fenchelsalami erlegen und hatte jeweils eine Lage davon erworben, nicht bedenkend, dass es zu Hause noch reichlich Reste gab. Das hatte natürlich einen Tadel von Astrid zur Folge, die von einer hartnäckigen Konsequenz sein konnte, wenn sie sich einmal an einem Thema festgebissen hatte.

»Wie siehst du überhaupt aus?«, unterbrach sie plötzlich ihre Kritik an Georgs unvernünftigem Einkaufsverhalten und ihm fiel ein, dass Astrid ja noch gar nicht gesehen hatte, dass er sich heute Morgen seines Vollbartes entledigt hatte. Julia und Judith kamen die Treppe heruntergerannt, denn sie wollten möglichst schnell das Abendessen hinter sich bringen, um eine Quizsendung im Fernsehen anschauen zu können, was ihnen während der Schulzeit nicht erlaubt war.

»Huch, Papi! Das sieht ja geil aus!«, rief Julia sofort, während Judith ihren Vater wie ein seltsames Tier betrachtete.

»Das sieht komisch aus, wenn man so deinen Mund sieht«, meinte sie.

»Is gar nich komisch! Er sieht aus wie ein Schauspieler!«

»Ich find es krass«, beharrte Judith. »Wie gefällt dir denn dein Mann, Mama?«, fragte sie Astrid im Erwachsenenplauderton.

»Ich bin zwar etwas überrascht, ist aber gar nicht so übel. So hat euer Vater früher schon mal ausgesehen.«

Die beiden Mädchen aßen in Windeseile nur eine Kleinigkeit und verschwanden dann zum Fernsehen im Haus. Georg saß endlich einmal wieder allein mit seiner Frau zusammen. Er bemühte sich, die Gedanken an den entmutigenden Verlauf des heutigen Tages wegzuschieben und konzentrierte sich ganz auf den Genuss des köstlichen Abendessens. Die Luft im Garten war mild und der Sommerabend schien wie gemacht für lange Gespräche. Aus der Nachbarschaft waren ab und zu leise Musik und Lachen zu hören, der Duft der üppigen Gartenrosen wurde mit einbrechender Dunkelheit immer stärker und eine Amsel zwitscherte sich die Seele aus dem Leib.

»Mmh, ist das gut! Seit Tagen habe ich nicht mehr richtig gegessen – und schon gar nicht so gut.«

Genießerisch strich sich Georg über den Bauch und nahm sich noch eine Scheibe Finocchiona. Astrid schüttelte den Kopf.

»Du bist einfach unverbesserlich, Georg! Ich denke nicht, dass du vom Fleische fällst, wenn du mal ein bisschen kürzertrittst!«

»Ehrlich, die letzten Tage war ich sehr bescheiden! Jansen und ich waren wieder mal ständig unterwegs und du weißt, ich hasse dieses Sich-irgendwo-schnell-was-zwischen-die-Zähne-Schieben. Außerdem die Wärme, gestern das Buffet von Schwager Peter. Und dann diese Glatzen, mit denen wir jetzt ständig beschäftigt sind, da vergeht dir sowieso der Appetit.«

»Wir lassen lieber das Thema Essen!«, resignierte Astrid. »Also, dann sag mal, was ist das mit den Glatzen? Und was hat Marco damit zu tun? Gudrun machte da gestern so eine Andeutung, aber weil Peter danebensaß, traute sich mein Schwesterlein wieder nicht, offen zu reden.«

»Ich hoffe eigentlich, Marco hat nichts damit zu tun«, brummte Angermüller und dann erzählte er Astrid von den Vorgängen um die ›Villa Floric‹, dem verschwundenen Fouhad, von dem Toten am Strand und was er über Marcos Verbindung zu Maik Priewe wusste.

»Lange kennt Marco ihn noch nicht und ich hoffe, ich konnte ihm klar machen, was für ein brutales Milieu das ist. Ich halte den Jungen zwar für verführbar, gerade von solchen Anführern wie dem Priewe. Du weißt ja: Er ist keine Leuchte, Politik interessiert ihn nicht und von seinem autoritären Vater wird er nicht gerade zu einem selbstständigen, verantwortungsvollen Menschen erzogen. Gudrun verhätschelt ihn und lässt ihm alles durchgehen. Letztlich ist der Marco immer nur auf der Suche nach Fun, Fun, Fun. Trotzdem denke ich nicht, dass er Freude an roher Gewalt hat – es sei denn, er wird durch Gruppendruck dazu gezwungen.«

»Puh! Das hört sich alles nicht so gut an und was du über Gudrun und Peter sagst, stimmt leider auch. Das war ja wirklich ein glücklicher Zufall, dass dir Marco über den Weg gelaufen ist, vielleicht gerade noch rechtzeitig!«

»Manchmal ist mein Job gar nicht so schlecht, gell?«

»Ach, Georg!«, Astrid verdrehte genervt die Augen. »Hab ich je das Gegenteil behauptet? Es ist nur schwierig, damit ein geregeltes Familienleben zu gestalten, vor allem, wenn Kinder da sind und beide Elternteile arbeiten.«

»Entschuldige, war eine dumme Bemerkung! Aber bevor wir jetzt über unser Familienleben sprechen, noch eine Frage: Kennst du eigentlich die Chefin von der ›Villa Floric‹?«

»Ja, natürlich. Eine tolle Frau! Wie sie kocht, weiß ich allerdings nicht, falls du daran interessiert bist.«

»Das war zwar auch keine nette Bemerkung von dir, aber keine Sorge, das werde ich bestimmt einmal selbst probieren!«

»Also, zu Frau Floric: Wir haben ihr schon öfter Asylbewerber vermittelt, immer Algerier. Die wohnen bei ihr in der Remise und arbeiten für das Restaurant. Das ist so eine halboffizielle Geschichte, die von der Landesbehörde geduldet wird und Frau Floric kämpft mit großem Einsatz für ihr kleines Projekt. Dazu musst du wissen, sie verdient daran keinen Cent und den Staat kostet die Unterbringung dort fast nichts, im Gegensatz zu diesen oft miesen, dafür sündhaft teuren Heimen. Und den Jungs geht es richtig gut da, sie können arbeiten, sie fühlen sich einfach als normale, freie Individuen und nicht als kasernierte Almosenempfänger. Bewundernswert, was die Frau da leistet!«

»Weißt du, warum sie sich gerade für Algerier so engagiert?«

»Privat kenne ich Frau Floric nicht. Ich habe nur gehört, der Vater ihres Kindes soll auch ein Flüchtling aus Algerien sein, aber sie lebt jetzt mit dem Kind allein. Ob sie sich getrennt haben, oder der Mann gestorben ist – keine Ahnung.«

Eine kurze Pause entstand und Astrid schlug vor, erst einmal den Tisch abzuräumen, bevor noch mehr Insekten, angelockt vom Windlicht auf dem Tisch, in die Schüsselchen und Teller mit den übrig gebliebenen Speisen taumelten, um im Olivenöl ihr Leben zu lassen. Dann saßen sie wieder im Garten, Gläser mit Rotwein vor sich auf dem

Tisch und Astrid zählte auf, welche Probleme sie in ihrem Familienalltag sah und wo man ihrer Meinung nach ansetzen könnte, um die Situation für alle Seiten befriedigend zu verbessern. Georg überlegte derweil, wie er am unverfänglichsten nach Martin fragen könnte, wo er herkam, wie seine familiäre Situation war, ob seine Stelle unbefristet war und die Frage, die ihn am meisten interessierte, nämlich, was Astrid so toll an ihrem neuen Kollegen fand.

»So, Georg, jetzt hab ich die ganze Zeit geredet. Wie siehst du das denn? Was hältst du zum Beispiel von einem Au-pair-Mädchen?«

»Da muss ich erst mal drüber nachdenken. Sind die Zwillinge nicht schon zu alt dafür?«

»Aber wir würden mehrere Fliegen mit einer Klappe schlagen! Die könnte leichte Hausarbeiten machen und wäre gleichzeitig auch für die Kinder da. Die nächsten ein bis zwei Jahre finde ich eine Betreuung für die Mädels eigentlich noch angemessen. Außerdem fiele das lästige Kochen weg.«

»Ich weiß nicht, ob ich das will.«

Der Gedanke an eine fremde Person in seinen vier Wänden war Georg erst einmal nicht so angenehm. Andererseits, seit Astrid eine umfangreichere Stelle hatte und in Zeiten wie diesen, wenn ein wichtiger Fall vollen Einsatz verlangte, gab es ständig Stress mit der Organisation des Alltags und sicherlich könnte so ein Au-pair einiges auffangen. Vielleicht hätten sie dann auch mehr Zeit füreinander? Aber wollte Astrid das überhaupt? Sie brachte sich oft genug auch Arbeit mit nach Hause oder ging zu Veranstaltungen am Wochenende, womöglich würde sie dann nur an noch mehr Meetings, Briefings, Workshops und wie das alles hieß, teilnehmen. Und womöglich hatte das Au-pair-Mädchen keine Ahnung vom Kochen.

Astrid schien auch nicht ganz überzeugt:

»Und ich weiß nicht, ob das wirklich die Schwierigkeiten zwischen uns beseitigt, ob du dich dann mehr mit den Kindern beschäftigen würdest. Das ist für die beiden ja was ganz Besonderes, wenn Papi mal was mit ihnen unternimmt! Und ein großes Problem ist ja auch deine Unzuverlässigkeit, wenns um Termine geht.«

»Also, unzuverlässig würde ich mich nicht gerade nennen!«, protestierte Georg Angermüller. »Ich kann doch nichts dafür, wenn wir bei einem wichtigen Fall rund um die Uhr im Einsatz sind! Und das kommt ja auch nicht alle Tage vor.«

»Aber wenn es vorkommt, bist du nicht in der Lage, daran zu denken, dass du etwas umorganisieren musst, damit keine Pannen entstehen. So wie neulich, als die Mädchen vom Hockeyturnier kamen und du sie nicht abgeholt hast, aber auch nicht Bescheid gesagt hast. Es gibt Handys, Georg!«

»Tut mir leid, da hab ichs halt vergessen.«

»Ja, aber das tust du immer! Weil du dich einfach nicht verantwortlich fühlst und alles immer auf mich abwälzt!«

Astrids Stimme war im Laufe des Gesprächs immer lauter geworden. Georg konnte sich nicht erinnern, wann er sie das letzte Mal derart wütend gesehen hatte und er wagte zu sagen:

»So geladen habe ich dich ja noch nie gesehen! Warum regst du dich so auf, wir können doch alles in Ruhe besprechen. Möchtest du vielleicht noch ein Glas Wein?«

Astrid sah ihn an wie einen Geisteskranken und ihre Stimme war gefährlich leise:

»Ich möchte kein Glas Wein und wir sind gerade dabei, alles in Ruhe zu besprechen.«

Georg schüttelte den Kopf und mehr zu sich selbst murmelte er:

»Irgendwie hast du dich ganz schön verändert in der letzten Zeit.«

Diese Bemerkung brachte Astrid wieder in Rage.

»Ich habe mich überhaupt nicht verändert! Ich vertrete einfach nur konsequent meine Interessen. Martin sagt, es hat keinen Sinn, wenn ich immer alles verstehe und schlucke. Ich soll dir endlich einmal deine Fehler und Grenzen aufzeigen!«

Georg Angermüller war voll guten Willens in dieses Gespräch gegangen, doch jetzt drohte er die Geduld zu verlieren.

»Ach, sagt das der Martin?«

»Ja, das sagt er und auch, dass ich aufhören muss, für dich mitzudenken und dir alles abnehmen zu wollen, weil ich von vornherein annehme, dass es nicht klappt, wenn ich es dir überlasse! Und dass ich das alles schon viel zu lange mitgemacht habe!«

»Du erzählst Martin also, dass ich mich verantwortungslos verhalte.«

»Quatsch! Wie kommst du denn darauf?«

Aus dem Haus hörte man das Klingeln des Telefons und gleich darauf kam Julia angerannt.

»Ist für dich, Papa! Tante Gudrun!«, rief sie, gab Georg den Apparat und war schon wieder im Haus verschwunden.

»Gudrun!«, sagte Angermüller erstaunt, denn seine Schwägerin hatte ihn, außer vielleicht an seinem Geburtstag, noch nie angerufen. Auch Astrid warf ihm einen fragenden Blick zu.

»Guten Abend! Was gibts?«

»Guten Abend, Georg! Entschuldige die späte Störung! Du hast gestern doch mit unserem Junior gesprochen. Ja, also, ich habe auch noch mal in aller Ruhe mit ihm geredet. Ich habe ihm klar gemacht, dass diese Neonazis doch nicht der richtige Umgang für ihn sind, dass er damit auch unserem Geschäft schadet und so weiter. Ich glaube, das hat er auch eingesehen. Was sollen denn die Leute denken, wenn unser Sohn mit solchen primitiven Schlägern verkehrt!«

»Das ist weniger eine Frage des schlechten Umgangs, als dass diese Burschen kriminell sind, Gudrun! Das sind rechte Schläger, die diesen Staat nicht wollen, die Andersdenkende und -aussehende hassen, manchmal sogar totschlagen. Davor habe ich Marco gewarnt.«

Georg, ohnehin schon in gereizter Stimmung, bemühte sich, ruhig zu bleiben angesichts der Ignoranz seiner Schwägerin.

»Gut, wenn du das so sagst. Jedenfalls haben wir, wie gesagt, heute auch noch einmal miteinander gesprochen und ich wollte dir nur versichern, der Marco ist ein guter Junge!«

»Ja, das hoffe ich!«

»Er wollte dich auch noch mal sprechen, Georg. Einen Moment!« Angermüller hörte seine Schwägerin nach ihrem Sohn rufen.

»Tschüss, Georg! Ich geb dir den Junior!«

»Hallo, Onkel Georg! Ich muss dir was sagen!«

Sein Neffe sagte wieder »Onkel Georg« – und Angermüller überlegte, ob er wohl doch was auf dem Kerbholz hatte.

»Hallo, Marco! Dann leg mal los!«

Und dann hörte er zu und seinem Gesicht war anzusehen, dass es höchst interessante Dinge waren, die ihm Marco mitzuteilen hatte.

»Vielen Dank, Marco! Ich denke, du hast uns sehr geholfen! Und wie ich schon gestern Abend sagte: Rede mit niemandem darüber! Und Marco: Halte dich von Priewe und seiner Gang fern!«

Das Telefonat war genau im richtigen Augenblick gekommen. Die Unterbrechung hatte die beiden Streitenden sich wieder etwas beruhigen lassen. Astrid sah ihren Mann gespannt an, als er das Gespräch beendet hatte.

»Sag schon! Was hat dir denn Marco zu erzählen gehabt?«

»Er hat eben im Fernsehen in einer Sendung etwas über die Schmierereien an der ›Villa Floric‹ gesehen. Gestern habe ich ihn nach dem Restaurant gefragt und da meinte er, dass ihm das nichts sagt. Aber als er jetzt den Bericht gesehen hat, fiel ihm ein, dass er doch schon davon gehört hat: Einer der Jungs aus der Clique von Maik Priewe, der ist dort Lehrling in der Küche! Matte heißt der oder so!«

»Na, das ist ja interessant!«

»Genau das denke ich auch! Der verschwundene Algerier, der Tote vom Steilufer, die Hetzparolen – alles hängt irgendwie mit der ›Villa Floric‹ zusammen«, sinnierte Angermüller. »Ich fürchte, ich muss noch mal weg – tut mir leid!«

»Ja, mir auch! Dann müssen wir halt unser Gespräch wieder einmal verschieben!«

»Du denkst aber jetzt nicht, dass ich mich wieder verantwortungslos verhalte?«

»Mensch, Georg! Was soll das? So kommen wir schon gar nicht weiter.«

»Tut mir leid, das war jetzt blöd von mir!«

Angermüller gab seiner Frau einen versöhnlichen Kuss auf die Wange.

»Ich drück euch die Daumen, dass ihr auf der richtigen Spur seid!«, wünschte Astrid.

»Danke!«

Er ging mit dem Telefon ins Haus. Während er Jansens Nummer eingab, resümierte er, dass das Gespräch mit Astrid nichts gebracht hatte. Im Gegenteil – so einen Streit wie eben hatten sie noch nie miteinander ausgetragen und er hatte jetzt ein schlechteres Gefühl als vorher.

Gelbgolden glänzten die Kartoffelscheiben hinter der gläsernen Backofentür und ein herrlicher Duft von Olivenöl und Rosmarin erfüllte die Küche. Anna seufzte zufrieden. Wie gut, dass sie spontan entschieden hatte, ihre Freundin Frauke mit einem Abendessen zu überraschen. Bevor Frauke irgendeine Packung aus ihrer immer umfangreichen Sammlung an Tiefkühlkost gegriffen und in die Mikrowelle gesteckt hatte, war sie mit einem Korb voller Köstlichkeiten aufgetaucht und hatte in der Küche zu wirken begonnen.

Als Lionel äußerte, heute Nacht bei Jakob schlafen zu wollen, war das Anna mehr als recht. Seit Fouhads Verschwinden hatte sie schon ein diffuses Gefühl der Bedrohung empfunden und die Schmierereien, die am Morgen aufgetaucht waren, hatten ihr die Richtigkeit dieser Gefühle nur bestätigt. Sie glaubte Lionel im Moment einfach bei seinem Freund besser aufgehoben, solange die ›Villa Floric‹ offensichtlich im Visier dieser Rassisten lag. Und da sie selbst jetzt einen Menschen brauchte, bei dem sie ohne Vorbehalte über ihre Sorgen und Ängste reden konnte, hatte sie kurzerhand für diesen Abend freigenommen. Die Küchenmannschaft würde auch einmal ohne sie klarkommen, schließlich waren alle gut eingearbeitete Profis.

»Ich sehe dir zu gerne beim Kochen zu!«

Frauke saß mit einem Glas Weißwein auf der Eckbank in der Küche ihrer Kate. Hinter der weit geöffneten Tür lag ein üppiger Bauerngarten, sattes Grün geschmückt mit Rittersporn, Heckenrosen, gelben Margeriten und anderen Farbtupfern und in der Mitte eine große Rasenfläche, auf der Lionel und Jakob mit dem Aufbau eines Indianerzeltes beschäftigt waren, aufmerksam beäugt von Napoléon. Es war immer noch warm und im Zwielicht des Abends kündigte sich eine traumhafte Sommernacht an.

»Und ich koche zu gerne! Wie gut, dass wir uns so ergänzen!«, lachte Anna. »Ohne Kochen fehlt mir was!«

»Das Problem habe ich nicht.«

»Für mich ist Kochen eine Verbindung aus Farbe, Duft, Geschmack, Fühlen – einfach ein Erleben für alle Sinne und wenn du dann aus verschiedenen Zutaten etwas völlig Neues erschaffst, wenn die Einzelteile sich zu einem vollkommenen Ganzen verbinden, das ist jedes Mal wieder ein kleines Stückchen Glück.«

»Du kannst ja richtig philosophisch werden bei deinem Lieblingsthema! Wenn ich das genießen darf, was du gekocht hast, das ist mir schon Glück genug!«

Jetzt begann es kräftig nach gebratenem Speck, Zwiebeln und Knoblauch zu duften. In einer Pfanne brieten zwei Schollen und eben gab Anna noch ein Schälchen gewürfelte Tomaten hinzu.

»Du kannst jetzt die Soße über den Salat geben, Frauke, und dann den Kindern Bescheid sagen. Wir können gleich essen.«

Kurz darauf saßen die beiden Frauen mit den Jungs um den Gartentisch hinter dem reetgedeckten Häuschen und verzehrten mit großem Appetit, was Anna zubereitet hatte. Für Lionel und Jakob gab es Bratwürstchen vom Biobauern zu den gebackenen Kartoffelscheiben, denn Fisch gehörte bisher nicht zu ihren bevorzugten Speisen. Es dämmerte, die Vögel im Dickicht der Bäume ringsum gaben ihr Abendkonzert und dann fingen auch die Frösche im Teich am Ende des Gartens an zu quaken.

Zum Nachtisch hatte Anna ihre ›Mousse au Chocolat à la minute‹ gemacht, einfach Sahne und geschmolzene Schokolade verrührt, die sie auf einer Mischung aus frischen Früchten – Kirschen, Johannisbeeren und Pfirsichen – servierte, für die Großen mit einem Schuss Brandy. Müde von den Spielen des Tages zogen sich Lionel und Jakob bald freiwillig in Jacobs Zimmer zurück, wuschen sich, putzten die Zähne und fielen ins Bett. Auch Napoléon trollte sich ins

Haus und legte sich auf eine Decke, die Frauke ihm vor die Tür des Kinderzimmers gelegt hatte.

»Jetzt erzähl mal genau – was ist bei euch los? Warum bist du so durch den Wind?«, forderte Frauke die Freundin auf, als sie allein im Garten zurückgeblieben waren. Es war immer noch nicht richtig dunkel und wenn man nach oben sah, konnte man die Schemen der Fledermäuse erkennen, die lautlos zwischen der Krone einer Eiche und dem Reetdach hin und her huschten, auf der Jagd nach Nahrung.

»Was bei uns los ist, ist ziemlich schnell gesagt: Du weißt ja, dass einer von unseren algerischen Angestellten seit einer Woche verschwunden ist, der, von dem unsere Jungs gestern den Motorroller gefunden haben. Ja, und heute Morgen hatte jemand Naziparolen an die Wand der Villa geschmiert.«

»Oh Scheiße – und du hast Angst wegen Lionel?«

»Natürlich! Hättest du wahrscheinlich auch an meiner Stelle, oder?«

»Ja, klar!«

»Ich habe schon einmal den Menschen verloren, der mir das Wichtigste auf der Welt war und wenn ich mir vorstelle…«

Anna schüttelte den Kopf und sprach nicht weiter. Frauke legte den Arm um sie.

»Ich verstehe dich, aber so darfst du nicht denken, Anna! Was mit deinem Mitarbeiter passiert ist, weißt du ja noch gar nicht und die Polizei wird diese Typen schon schnappen, die ihre blöden Parolen an die Villa geschmiert haben!«

»Seitdem Said damals verschwunden ist, wirft mich so was einfach aus der Bahn und ich war gerade dabei, mich hier sicher und geborgen zu fühlen.«

»Du hast mir noch nie erzählt, was damals genau passiert ist.«

»Wenn ich das so genau wüsste. Ich habe immer versucht,

das Geschehen von damals zu verdrängen, ganz bewusst zu verdrängen, weil ich Angst hatte, verrückt zu werden, weil ich sonst nie hätte aufhören können, darüber nachzugrübeln. Ich habe gedacht, irgendwann ist es dann einfach vorbei und vergessen. Du weißt schon, die Zeit heilt alle Wunden und so.«

»Wenn wir schon bei klugen Sprichwörtern sind, sage ich dir: Geteiltes Leid ist halbes Leid. Vielleicht hilft dir das ja auch.«

Anna nickte langsam.

»Mit meiner Verdrängungsmethode war ich jedenfalls nicht sehr erfolgreich.«

»Ich denke, es wird eher gut für dich sein, wenn du darüber redest.«

»Vielleicht hast du ja recht.«

Frauke nickte ermutigend und Anna begann:

»Said und ich waren schon über ein Jahr zusammen damals. Mein Vater und meine Stiefbrüder mochten ihn von Anfang an nicht. Said war geflohen, weil er als Mitglied einer Studentengruppe, die für demokratische Verhältnisse in Algerien eintrat, damals um sein Leben fürchten musste. Dort war Chaos, Krieg, jeder gegen jeden. Aber die Leute aus dem Maghreb sind von vielen Franzosen nie als gleichberechtigte Mitbürger akzeptiert worden, obwohl sich wegen der alten Kolonien schon immer viele fremd aussehende Menschen aus anderen Kulturen im Land aufhielten.«

Frauke füllte die Weingläser mit dem frischen Muscadet nach, den Anna mitgebracht hatte.

»Nach dem Tod meiner Mutter hatte Said das Lachen in mein Leben zurückgebracht. Ich war 17, als meine Mutter starb. Meine Stiefbrüder waren erwachsene Männer und mein Vater hatte mit sich selbst zu tun, er hat den Tod meiner Mutter nie verwunden. Ich war allein und als Said plötzlich vor mir stand, da war es passiert.«

„Das kenne ich«, seufzte Frauke. »So ist mir das mit Jakobs Vater auch gegangen. Ich hab ihn gesehen und war hin und weg, aber als ich dann schwanger war, war leider ganz schnell auch unsere Beziehung futsch.«

»Als ich schwanger war, war Said überglücklich. Er ging sofort los, kaufte ein Paar Fußballschuhe in der kleinsten Größe, die es gab, denn er war ein begeisterter Fußballer und überzeugt, dass es ein Junge würde. Er war so stolz, Vater zu werden.«

Anna lächelte in sich hinein und Frauke betrachtete sie mitfühlend.

»So was solls auch geben, nur mir ist so jemand nie begegnet. Und was ist dann geschehen?«

»Eines Tages war Said plötzlich verschwunden. Meine Stiefbrüder sagten natürlich: Da siehst du, so sind sie, diese Maghrebiner! Kaum hast du dich mit ihm eingelassen, schon sucht er sich eine andere. Unehrliche, unzuverlässige Typen! Als sie dann auch noch mitkriegten, dass ich ein Kind von Said erwartete, hieß es sofort: Jetzt wissen wir es, deswegen hat er dich sitzen lassen! Der will doch nicht eine Frau und so ein Blag am Halse haben!«

»Du Arme! Das muss ja wirklich schrecklich für dich gewesen sein!«

»Es war die Zeit der Herbststürme in der Bretagne und einige Tage, nachdem Said verschwunden war, trieb einige Kilometer weiter nördlich an der Küste ein Boot an, das aus dem Hafen unseres Ortes gestohlen worden war. Das Ruder war abgebrochen und in der Kajüte fand man Saids Jacke mit seinen Papieren und einer größeren Summe Geld. Danach war für die anderen natürlich alles klar: Er wollte mit dem Boot abhauen und ist bei dem Sturm dann über Bord gegangen.«

Anna hielt kurz inne.

»Er wurde nie gefunden.«

»Oh Gott, wie entsetzlich!«

»Ich wusste immer, so konnte es nicht gewesen sein. Said war mit seinem Ersparten unterwegs gewesen, um nach einer alten Holzwiege zu schauen, die er in einem Antiquitätenladen entdeckt hatte. Und was ich heute so weiß wie damals: Said war ein Sohn der Wüste. Das Meer machte ihm Angst. Nie hätte er sich allein mit einem Boot und schon gar nicht bei so einem Sturm auf den Atlantik gewagt! Da musste etwas anderes passiert sein. Aber niemand wollte auf mich hören. Ich war ja nur so ein verliebtes, dummes Ding und die Gendarmen machten blöde Bemerkungen, statt meinen Hinweisen in irgendeiner Form nachzugehen.«

»Nein, wie furchtbar! Das ist das Schlimmste: Einen geliebten Menschen zu verlieren, aber nie die letzte Gewissheit zu haben, nie richtig Abschied nehmen zu können. Eigentlich hättest du damals therapeutische Hilfe haben müssen in so einer Situation!«

»Das hätte ich mal meiner Familie vorschlagen sollen! Die waren Erstens gar nicht so unfroh, dass sie den ungeliebten Algerier los waren und eine Therapie ist in ihren Augen was für Verrückte. Ich selbst hatte genug mit der Schwangerschaft und dann mit meinem Baby zu tun und konnte überhaupt nicht einschätzen, was für ein Trauma ich durch diesen Verlust erlitten habe. Ich war sehr traurig, hatte Schlafstörungen, Ängste – das alles fand ich aber normal. Schließlich hatte ich den Menschen verloren, der mir am wichtigsten war.«

Frauke legte ihre Arme um die Freundin und drückte sie.

»Was musst du durchgemacht haben!«

»Es dauerte lange, bis ich akzeptiert habe, dass Said nicht wieder zurückkommt. Als Lionel geboren war, habe ich dann endlich seiner Familie in Algerien schreiben können. Er hatte dort noch seine Mutter und drei Brüder. Leider habe ich sie nie kennengelernt, denn für Said wäre es zu gefährlich gewesen, damals in seine Heimat zurückzukehren. Ich habe nie eine Antwort bekommen«, Anna schluckte. »Ach Frauke, er fehlt mir immer noch!«

Frauke fasste die Freundin an den Schultern.

»Ich bewundere dich! Letztlich hast du ja doch das alles allein geschultert, dein Kind ist ein wundervoller, ganz normaler Junge geworden und du hast dir hier diese neue Existenz aufgebaut – und dass du in der jetzigen Situation dann alte Ängste hochkommen fühlst, ist doch völlig in Ordnung! Jede noch so starke Frau würde da wie du reagieren!«

»Danke, Frauke, es tut mir gut, wenn du das sagst! Überhaupt bin ich froh, mal wieder mit dir reden zu können!«

»Jederzeit, mein Mädchen! Weißt du doch!«

Für einen Moment blieben Frauke und Anna schweigend aneinander gelehnt sitzen und lauschten dem Zirpen der Grillen und dem Quaken der Frösche, das die warme Nachtluft erfüllte. Anna fühlte sich mit einem Mal ruhig und entspannt. Vielleicht muss ich mir einfach öfter mal freinehmen und nicht immer nur ans Restaurant denken, ging es ihr durch den Kopf, diese Gespräche mit Frauke sind viel zu selten. Ihre Freundin war eine große Frau, bestimmt über einen Meter achtzig, sehr schlank mit einer etwas knochigen Figur und einer klaren, lauten Stimme. Ihr Haar war aschblond, straßenköterblond nannte sie es auf ihre flapsige Art. Sie trug es in einer praktischen Kurzhaarfrisur. Überhaupt war ihr das Praktische immer wichtig, ob es sich um ihr Auto, den Haushalt oder ihre Kleidung handelte. Deshalb sah man Frauke privat fast immer in Jeans, T-Shirt und Turnschuhen oder Gesundheitssandalen und wenn sie sich einmal wirklich schick machen sollte, empfand sie das als Stress.

»In meinem Job trage ich immer nur die weiße Arztkleidung, also, wozu soll ich mir den Schrank mit Klamotten voll hängen, für die dreimal im Jahr, die ich ausgehe?«, war ihr Standardspruch. Dabei wäre Frauke liebend gerne öfter ausgegangen, am liebsten natürlich mit einem Mann, doch den passenden zu finden, war ihr trotz größter Bemühungen bisher nicht gelungen. Vielleicht war sie den meisten Männern einfach zu stark. Frauke war jemand, dem man sofort sein Vertrauen schenkte, bei dem man sich geborgen fühlte, selbst wenn der Himmel einzustürzen drohte. Frauke war wie ein Fels in der Brandung, genau das, was Anna heute Abend gebraucht hatte.

»Weißt du, Frauke, ich hab das ja noch nie jemandem erzählt, aber manchmal denke ich, vielleicht kommt Said ja doch zurück, vielleicht ist er ja gar nicht tot. Verrückt, oder?«

»Das finde ich überhaupt nicht verrückt! Du hast ja nie einen Beweis für seinen Tod erhalten.«

»Ein bisschen verrückt ist das schon, immer wenn ich irgendwie Stress habe und glaube, ich pack das nicht, so ganz allein. Neulich in Lübeck dachte ich auch wieder, ich hätte ihn erkannt.«

»Aber so allein bist du doch gar nicht, mein Mädel! Du hast Lionel und du hast zum Beispiel auch meine Wenigkeit.«

»Das weiß ich doch, Frauke, und ich bin auch sehr froh darüber!«

»Und natürlich! Fast hätte ich es vergessen: Du hast ja auch den getreuen Yann!«

Fast von Anbeginn, aber spätestens, seit sie erfahren hatte, dass Yann und Anna nur Geschäftspartner und Freunde waren, nannte Frauke ihn den ›getreuen Yann‹. Sie kannte ihn nicht besonders gut, denn meist trafen sie und Anna allein mit den Kindern zusammen, aber sie fand ihn sehr sympathisch und vor allem sehr charmant und konnte überhaupt nicht verstehen, dass die beiden nicht längst ein Paar waren.

In ihren Augen war er ein ›echtes Sahnestückchen‹, wie sie sich ausdrückte, gerade weil er ein Mann war, bei dem erst auf den zweiten Blick klar wurde, dass er ziemlich gut aussah. Und richtig schöne Männer waren entweder schwul oder entsetzlich arrogant – jedenfalls nach Fraukes Erfahrung.

»Ja, stimmt. Ich habe auch Yann«, nickte Anna versonnen. Frauke sah sie scharf an.

»Du sagst das so anders. Hab ich was verpasst?«

»Na ja«, Anna wurde ein bisschen verlegen, ihrer Freundin entging wirklich nichts. »Ich weiß nicht, seit ein paar Wochen ist es immer ganz komisch zwischen uns, so eine eigenartige Stimmung.«

»Sollte jetzt doch so etwas wie Liebe keimen?«, fragte Frauke mit mildem Spott. »Ist er denn immer noch zu haben? Kaum zu glauben, dass ein Prachtexemplar wie der getreue Yann wie ein Mönch lebt.«

»Es gab da schon Frauen, hin und wieder. Aber ich habe die nie kennengelernt. War wohl auch nichts Ernstes und es hat mich nicht interessiert.«

»Und wie ist das jetzt zwischen euch? Erzähl doch mal!«, Frauke setzte sich gespannt auf.

»Ich komme mir ein bisschen albern vor. Also, wie gesagt, früher war er für mich der gute Freund, der immer da war – als Mann habe ich ihn nie wahrgenommen. Seit wir aus der Bretagne weg sind, hat er sich irgendwie verändert, er ist viel gelöster, viel lockerer. Er scheint sich hier sehr wohl zu fühlen, das neue Land, die neue Sprache, das waren alles überhaupt keine Probleme für ihn.«

»Ich finde, er hat so eine charmante, zurückhaltende Art«, schwärmte Frauke.

»Da hättest du ihn früher mal sehen sollen, er war wirklich ziemlich schüchtern.«

»Wie süß!«

»Und zwischen uns hat sich eben auch was verändert,

die Art, wie er mich manchmal anschaut, oder wenn wir uns zufällig berühren. Auch was er sagt, klingt irgendwie anders und ich kriege Herzklopfen. Wie peinlich! Ich höre mich an wie eine pubertierende Göre!«

»Ach Quatsch! Das wäre doch toll, wenn es zwischen euch funkt! Ihr kennt euch schon ewig, ihr arbeitet zusammen, Lionel und er verstehen sich. Was willst du mehr? Und außerdem wärs total praktisch!«

»Du immer mit deinem Sinn für das Praktische!«, Anna musste lachen.

»Stimmt doch! Wie lange kennt ihr euch eigentlich schon?«

»Ich glaube, seit ich 12 oder 13 war. Yann kam direkt von der Hotelfachschule in den Betrieb meiner Eltern und gehörte dann irgendwie immer zur Familie. Er war damals der Einzige, der zu mir gehalten hat.«

»Könntest du es dir denn vorstellen? Eine Beziehung mit ihm?«

Anna hob ratlos die Schultern.

»Ich weiß es nicht. Auf der einen Seite denke ich, ja, er ist für mich nach Lionel der wichtigste Mensch, er gehört ohnehin schon lange zu meinem Leben. Andererseits ist es auch gut, so wie es ist, klar geordnet, und dann wehre ich mich dagegen, mich zu verlieben. Da sind noch die alten Wunden und die Angst, wieder in so ein Gefühlschaos zu stürzen. Dann denke ich, lieber allein und ruhig leben, kein Risiko eingehen, als wieder jemanden zu verlieren. Verstehst du das? Ich bin einfach völlig durcheinander!«

Frauke sah sie an, nahm die Hände ihrer Freundin und drückte sie.

»Klar, verstehe ich das! Das ist wirklich schwierig für dich, aber du wirst die richtige Entscheidung treffen! Abgesehen davon«, Frauke konnte sich ein leises Grinsen nicht verkneifen, »es gibt Schlimmeres! Wenn du mich fragen würdest, ich wüsste, wie ich mich entscheide – aber mich fragt ja leider keiner!«

Die beiden Frauen lachten.

»Wie spät ist es eigentlich?«, fragte Anna und spähte auf ihre Armbanduhr.

»Ich glaube, ich fahre jetzt besser los. Vielleicht werde ich im ›Floric‹ noch gebraucht.«

»Doch jetzt nicht mehr, kurz nach 11!«

»Oh, es soll Gäste geben, die kommen nur, um zum Abschluss des Abends noch einmal mit der Chefin plaudern zu dürfen!«

»Na, dann darf ich dich natürlich nicht aufhalten!«

»Vielen Dank für den schönen Abend, Frauke, und für das Zuhören!«

Anna verabschiedete sich mit zwei Wangeküsschen von ihrer Freundin.

»Mach ich immer wieder gerne, meine Liebe. Vor allem, wenn ich dafür ein so köstliches Abendessen bekomme! Machs gut!«

Anna war angenehm leicht zumute, als sie über die leeren nächtlichen Straßen zur ›Villa Floric‹ zurückfuhr, bis sie die von Bäumen gesäumte Zufahrt erreichte. Sie sah das rhythmische Zucken eines Blaulichts und sofort spürte sie, wie ihr Herz schneller schlug und ihr die Luft knapp wurde. Das Lichtsignal kam von einem Einsatzfahrzeug der Polizei, das vor den Autos der Gäste auf dem Parkplatz stand. Sie parkte schnell auf dem Hof und rannte im Laufschritt ins Haus.

Yann kam ihr entgegen.

»Anna! C'est pas grave! Es ist nichts Schlimmes passiert! Ich habe gedacht, du übernachtest bei deiner Freundin und es reicht auch noch, wenn du morgen früh davon erfährst, deshalb habe ich dich nicht angerufen. Ich wollte dich nicht aufregen.«

»Was ist denn hier los?«

»Ich weiß es noch nicht genau. Irgendwas mit unserem Lehrling. Die Polizei verhört ihn gerade.«

»Matte? Wo?«

»Ich habe sie in die Bibliothek geschickt«, antwortete Yann und Anna stürmte sofort los.

Ohne Anklopfen öffnete sie die Flügeltür und lief einem uniformierten Beamten direkt in die Arme.

»Entschuldigung! Sie können jetzt hier nicht rein!«, sagte er nicht unfreundlich, aber bestimmt.

Anna wollte protestieren, da hatte sie der große Kommissar schon gesehen und kam sogleich auf sie zu.

»Frau Floric, guten Abend! Kein Grund zur Aufregung!«

»Guten Abend! Tut mir leid, als ich das Blaulicht gesehen habe, dachte ich, es ist was passiert.«

»Gehen Sie sofort das überflüssige Blinklicht ausschalten!«, schnauzte Angermüller den Streifenpolizisten an, der ihn überrascht ansah. »Eine Unsitte ist das – wir sind hier doch nicht im Fernsehkrimi!«

Der Kommissar schloss die Tür zur Bibliothek und blieb mit Anna davor stehen.

»Entschuldigung! Also, es ist nichts passiert, aber es gibt Neuigkeiten. Es wurde mittlerweile einwandfrei festgestellt, dass der unbekannte Tote vom Steilufer nicht identisch mit Fouhad Ferhati ist.«

„Hatten Sie das denn angenommen?«, fragte Anna Floric erstaunt. Angermüller sagte nicht, dass er und seine Kollegen in gewisser Weise darauf gebaut hatten, sondern meinte nur ausweichend:

»Nun ja, wir konnten das zumindest zunächst nicht ausschließen, aber jetzt ist es zweifelsfrei erwiesen. Die andere Neuigkeit ist ein Hinweis, den wir heute Abend erhielten: Ihr Kochlehrling Matthias Wulff soll Kontakte zu einer Gruppe von Neonazis haben. Haben Sie das gewusst?«

Anna sah den Kommissar entgeistert an.

»Das darf nicht wahr sein! Ich hab dem Jungen hier eine Lehrstelle gegeben, weil seine Mutter mich darum gebeten hat. Es war in gewisser Weise seine einzige Chance. Ich hatte schon manchmal so ein dummes Gefühl, weil er öfter Schwierigkeiten machte in der Zusammenarbeit mit seinen ausländischen Kollegen, vor allem mit den Algeriern: Der Matte ist also doch ein Rechter und ich dachte immer, der hat nur verspätete Pubertätsprobleme.«

»Ich kann Ihnen jetzt nicht viel dazu sagen, aber natürlich vermuten wir einen Zusammenhang mit den Parolen an der Villa und vielleicht auch mit dem verschwundenen Mitarbeiter von Ihnen. Der junge Mann ist sehr verstockt. Wir werden ihn jetzt erst mal mitnehmen müssen.«

»Na, das sind ja keine guten Neuigkeiten.«

»Tut mir leid, Frau Floric!«

»Wenn Sie mich nicht mehr brauchen…Ich würde Matthias jetzt ungern begegnen.«

Angermüller nickte zustimmend und Anna Floric ging zurück in die Halle, wo Yann sie an der Bar erwartete.

»Ich habe gesehen, dass noch ziemlich viele Gäste da sind. Ich bin nicht in der Stimmung, jetzt meine Honneurs zu machen.«

»Mais, Anna! Naturellement! Das ist doch überhaupt kein Problem«, nickte Yann.

»Hast du das gehört? Der Matte soll ein Neonazi sein.«

»Ja, sie haben so was gesagt, als sie ihn aus der Küche geholt haben.«

»Incroyable! Da haben wir sozusagen das Übel im eigenen Haus beherbergt.«

Anna schüttelte traurig den Kopf. Als Yann tröstend seinen Arm um sie legte, empfand sie ein Gefühl der Dankbarkeit. Er war eben wirklich der getreue Yann, wie Frauke ihn nannte. Wenn er gebraucht wurde, war er zur Stelle.

9

Es war noch früh am Morgen, in den kleinen Wohnstraßen von St. Jürgen herrschte idyllische Ruhe und der weiße Putz an den hübschen Häusern aus der Gründerzeit strahlte in der Sonne unter einem makellos blauen Himmel. Georg Angermüller war mit dem Fahrrad auf dem Weg in die Bezirkskriminalinspektion. Er genoss den Fahrtwind und war froh, wenn er im Schatten radeln konnte, denn er schwitzte stark. Nach vier Stunden wenig erholsamer Nachtruhe im Schlafzimmer unterm Dach, in dem es durch die anhaltende Hitze mittlerweile recht stickig war, fühlte er sich wie zerschlagen. Und wenn er an die nächtliche Vernehmung von Matthias Wulff dachte, besserte das nicht gerade seine Stimmung.

Als sie ihn in der ›Villa Floric‹ in der Restaurantküche angetroffen hatten, wo er gerade dabei war, mit seinen Kolleginnen und Kollegen aufzuräumen und ›klar Schiff‹ für den nächsten Tag zu machen, war ihm noch eine gewisse Überraschung anzusehen. Als sie dann aber allein mit ihm in der Bibliothek des Hauses saßen, hatte er sich wieder gefangen und antwortete nur das Nötigste auf die Fragen der Polizisten und es war ihm anzumerken, dass er am liebsten gar nichts gesagt hätte.

»Letzte Nacht hat jemand die Wand der ›Villa Floric‹ mit Parolen besprüht. Das ist Ihnen bekannt?«

»Ja.«

»Wo waren Sie letzte Nacht zwischen zwei und fünf?«

»Zu Hause.«

»Kann das jemand bestätigen?«

Konsequent sah Matthias Wulff an Jansen vorbei, der die Fragen stellte. Er hielt seinen Blick stur auf die Wand gegenüber geheftet.

»Meine Mutter.«

Angermüller betrachtete den jungen Mann, der in seiner weißen Kochjacke in betont lässiger Haltung auf dem antiken Sofa lehnte und dessen Aussehen und Wesen so gar nichts Einnehmendes an sich hatten. Matthias' Gesichtsausdruck schwankte zwischen unwillig und gleichgültig, ja, er schien geradezu darum bemüht, möglichst unfreundlich zu wirken. Er war ziemlich groß, dabei irgendwie plump, und der kleine Kopf mit seinen rosablassen, weichlichen Gesichtszügen schien nicht dazu zu passen. Wäre sein Haar länger gewesen, hätte er mit einem Lächeln vielleicht ganz sympathisch aussehen können, doch die kurz geschorenen Stoppeln gaben nicht nur den Blick auf große Ohren frei, sondern ließen auch sonst keine Chance auf ein ansprechendes Äußeres. Mut zur Hässlichkeit, dachte Angermüller, warum will einer so aussehen?

»Kennen Sie einen Maik Priewe?«

»Wieso?«

»Ich wiederhole: Kennen Sie Maik Priewe?«

»Warum?«

»Wir sind hier nicht bei der Sesamstraße!«, platzte Jansen der Kragen. »Beantworten Sie meine Fragen!«

»Ja.«

Für einen kurzen Moment ahnte man so etwas wie ein verächtliches Grinsen hinter der unbewegten Fassade, die Genugtuung darüber, einen Polizisten aus der Fassung gebracht zu haben. Der Kochlehrling kannte Maik Priewe erst seit einigen Wochen, seit der als Lieferfahrer für den Gourmet-Profi arbeitete und in regelmäßigen Abständen auch die ›Villa Floric‹ belieferte. »Und Sie fanden den Priewe gleich sympathisch?«

Matthias Wulff sagte nichts, zuckte nur mit den Schultern. Mit Jansens ironischem Unterton konnte er nichts anfangen.

»Treffen Sie Priewe auch privat?«

»Was dagegen?«

»Also: ja?«

Der junge Mann machte eine minimale Bewegung, die unwillig Zustimmung signalisieren sollte.

»Hören Sie: Es ist spät, wir alle wollen nach Hause. Wir haben nur ein paar einfache Fragen an Sie und je präziser Sie die beantworten, desto schneller ist das alles hier vorbei. Also, bitte seien Sie so freundlich!«

Angermüller versuchte, dem verstockten jungen Mann mit nachsichtiger Geduld beizukommen. Doch der blieb hinter seiner unsichtbaren Glasscheibe, ließ nichts und niemanden zu sich vordringen.

»Verkehren Sie im ›Studio 88‹?«

Jetzt reagierte Matthias Wulff überhaupt nicht mehr. Er saß steif und stumm auf dem Sofa und ließ sämtliche Fragen nach Priewes Clique, nach der Sprühaktion am Restaurant, nach Fouhads Verschwinden einfach an sich abprallen. Angermüller und Jansen ließen den Jungen in der Obhut des Streifenbeamten in der Bibliothek sitzen, um sich draußen kurz zu beraten.

»Des glaubste doch net, dass ich mich in meinem Alter von so einem Milchbubi um meine Nachtruhe bringen lassen muss! Dass er was mit den Vorkommnissen hier zu tun hat, ist doch so klar wie Kloßbrühe!«, stöhnte Angermüller.

»Komm, wir nehmen ihn mit!«, schlug Jansen vor. »Der ist noch nie in unserer gastlichen Hütte gewesen, vielleicht macht das ja Eindruck auf ihn. Wir vernehmen ihn noch ein bisschen und wenn das nix bringt, bleibt er den Rest der Nacht in Polizeigewahrsam. Schließlich steht er unter dringendem Tatverdacht.«

Der Ortswechsel schien zumindest einen Hauch von Verunsicherung bei dem Jungen zu bewirken, das konnte man an den nervösen Blicken ablesen, mit denen er die unbekannte Umgebung taxierte, doch auch nach mehr als zwei Stunden in der Possehlstraße, blieb er stumm wie ein Fisch.

Kaffeeduft zog durch das Büro. Jansen und Angermüller tranken schweigend.

Eichhorn und Sobinsky vom Staatsschutz hatten die erste Vernehmungsrunde am Morgen übernommen. Vielleicht würden sie ja erfolgreicher sein, schließlich waren sie den Umgang mit Typen dieses Kalibers eher gewöhnt. Als Erstes hatte Angermüller vorhin Matthias Wulffs Mutter angerufen, um das Alibi ihres Sohnes zu überprüfen, sowohl bezüglich des Verschwindens von Fouhad am Mittwoch letzter Woche wie auch in der Nacht der Schmierereien an der ›Villa Floric‹. Er hatte sie an ihrem Arbeitsplatz in der Villa erreicht, der nicht ihre einzige Putzstelle war. Natürlich hatte die Frau angegeben, der Junge sei an beiden Tagen wie üblich gegen Mitternacht von der Arbeit nach Hause gekommen und dann schlafen gegangen. Auf genaueres Nachfragen hatte sie allerdings zugeben müssen, dass sie ihn immer nur kommen und duschen hörte und dann wieder einschlief. Natürlich kam es auch öfter vor, dass er das Haus wieder verließ, was sich aber ihrer Kontrolle entzog.

»Er ist schließlich erwachsen«, meinte sie entschuldigend. Auch am Morgen bekam sie ihn meist nicht zu Gesicht, da sie gewöhnlich bereits um 6:30 Uhr aufbrach, um arbeiten zu gehen.

»Aber er war bestimmt zu Hause!«

So weit also Wulffs Alibi.

Angermüller las unkonzentriert einige Berichte, die er

aus dem Schreibbüro erhalten hatte und die er abzeichnen musste. Wegen des chronischen Personalmangels war der Inhalt oft schon nicht mehr aktuell, wenn er sie erhielt. Die Vorschrift verlangte aber, dass sie angefertigt werden. Die Alternative war, die Sachen selbst in den Computer zu tippen, was er auch hin und wieder tat, aber die Zeit dafür blieb selten.

»Hier riecht es ja gut! Kriegen Kollegen aus anderen Abteilungen auch einen Kaffee bei euch?«

Der Kollege Eichhorn kam ins Büro. Er war ein unauffälliger Typ in Angermüllers Alter, freundlich, umgänglich, mit einem sehr umfangreichen Wissen über die Aktivitäten der Rechtsextremen in der Region. Seinen häufigen Frust über die mühsame Ermittlungsarbeit und die mageren Verurteilungen seiner ›Kunden‹ kompensierte er mit Humor und Selbstironie und gab die Hoffnung nie auf, irgendwann doch auf der Gewinnerseite zu stehen.

»Wenn du uns was Schönes zu erzählen hast, kriegst du sogar einen mit Milch und Zucker!«, meinte Jansen.

»Danke, ohne Zucker und schwarz wie meine Seele! Die Nacht in unserer Präsidentensuite hat dem Jungen gut getan. Er ist ziemlich umgänglich, zumindest hat er auf unsere Fragen geantwortet. Der ist kein Ausgebuffter, eher ein Novize, was nicht heißt, dass er kein Rechter ist. Er macht jedenfalls kein Hehl daraus, dass er keine Ausländer mag, auch keine Juden und keine Linken, weil die seiner Meinung nach schuld an allen Übeln sind, die wir in diesem Land haben. Versuchst du zu argumentieren, wiederholt er nur autistisch seine Dumpfbackensprüche.«

»Und, hat er was gesagt zu den Parolen an der ›Villa Floric‹ oder zu seinem verschwundenen Kollegen?«

»Den Parolen stimmt er inhaltlich zu, sein Kollege ist ihm egal und natürlich weiß er von nichts und sein Name ist Hase. Aber ich denke, wenn er doch was weiß, braucht es jetzt nur noch einen kleinen Kick. In diesem Sinne: Kobra, übernehmen Sie!«

»Vielen Dank, Kollege! Wir werden unser Glück versuchen!«

Eichhorn verabschiedete sich und Jansen begann, die Unterlagen auf seinem Schreibtisch hin und her zu schieben, bis er auf das stieß, was er gesucht hatte.

»Wie war das? Die Kollegen aus der neunten Etage haben doch von einem kleinen Kick gesprochen. Da hätte ich eine Idee!«

»Was für eine Idee?«, fragte Angermüller.

Jansen hielt mehrere Aufnahmen des Fundorts der Leiche am Steilufer in die Höhe.

»Und? Bisher hat der Tote doch mit dem verschwundenen Algerier nichts zu tun.«

»Das ist doch völlig egal. Der Wulff weiß das nicht und du denkst doch auch, dass es trotzdem einen Zusammenhang geben kann. Glaube ich auch.«

»Also, ich weiß nicht.«

»Aber ich«, sagte Jansen entschieden.

Sie begannen die Vernehmung erneut mit Fragen nach seinem verschwundenen Arbeitskollegen, die Matthias Wulff jetzt ohne Zögern beantwortete. Er blieb dabei, er hatte keine Ahnung, was mit ihm passiert war. Gleichzeitig machte er eindeutig klar, dass ihm Fouhads Schicksal völlig egal war:

»Ich hab keinen Schimmer, was mit dem Kanaken passiert ist und das geht mir auch so was von am Arsch vorbei!«

Dann legte ihm Jansen die Fotos vor. Es war nicht so, dass die Aufnahmen von der entsetzlich zugerichteten Leiche vom Steilufer bei dem jungen Mann einen Schock auslösten. Er betrachtete sie mit fast fachmännischem Interesse.

Wenn etwas daran seine Zunge löste, dann die Tatsache, dass die Beamten ihn scheinbar damit in Verbindung brachten. Mit unbewegtem Gesicht schob er die Bilder beiseite.

»Da hab ich nichts mit zu tun.«

»Und das sollen wir dir glauben? Ich darf dich doch duzen?«, fragte Jansen und ohne die Antwort abzuwarten: »Du magst doch keine ›Ausländerschweine‹, wie du sie nennst, hast du ja deutlich gesagt, oder? An deinem Arbeitsplatz nerven sie dich und du hast ständig Ärger mit ihnen und dann behauptest du, du hast nichts mit diesem Toten zu tun? Du bist nicht vorne mit dabei, wenn ein Nordafrikaner schön brutal totgeschlagen wird? Das wird der Staatsanwalt anders sehen, das verspreche ich dir!«

Jansen war immer näher an Matthias Wulff herangerückt und dabei stetig lauter geworden. Der Junge starrte ihn mit einer Mischung aus Angst und Wut an.

»Wenn du Glück hast, ist es Totschlag, wenn du Pech hast, Mord, und sogar du weißt wohl, was das heißt: lebenslänglich.«

Die letzten Worte hatte Jansen, leise und drohend, nah am Ohr des jungen Mannes gesprochen.

»Lasst mich in Ruhe, ihr Bullenschweine! Ich hab damit nix zu tun! Ich hab den Scheißausländer nicht umgebracht!«, brach es aus Matthias Wulff plötzlich heraus. Er war aufgesprungen und zog Jansen am T-Shirt, als ob er ihn auf diese Weise von seiner Unschuld überzeugen könnte. Der Kommissar packte ganz ruhig die Handgelenke des Jungen und hielt sie mit eisernem Griff fest, bis dieser das T-Shirt losließ und auf seinen Stuhl zurücksackte.

»Ich hab keinen umgebracht«, wiederholte er, mehr zu sich selbst.

»O.k., vielleicht kannst du uns ja davon überzeugen und dann könnten wir ein gutes Wort für dich einlegen«, schlug

Angermüller in freundlichem Ton vor. »Vielleicht hast du uns ja doch was zu erzählen.«

Matthias starrte vor sich hin. Sein schneller Lidschlag zeigte an, dass es in ihm arbeitete. Fast tat er Angermüller leid. Mit der Intelligenz des Jungen war es nicht sehr weit her und sie nutzten seine Unerfahrenheit mit solcher Vernehmungssituation berechnend aus. Fair konnte man ihr Vorgehen nicht nennen. Doch was war schon Fairness in einem Fall wie diesem? Was Priewe und seine Clique trieben, waren keine Dummejungenstreiche und ihre Triebfeder war menschenverachtender Hass. Natürlich stellte sich die Frage, was hatte eine Gesellschaft falsch gemacht, dass es zu solchen Auswüchsen kam? Hätte man nicht der allein erziehenden, offensichtlich überforderten Mutter viel mehr Hilfe bieten müssen mit ihren beiden Kindern? Hätte man einen wie Matthias nicht schon früh fördern müssen, um ihn nicht an diese Extremisten zu verlieren?

Angermüller fasste gedankenverloren an sein Kinn, um, wie gewohnt, seinen Bart zu kraulen, doch er fand nur die Stoppeln seiner neuen Dreitagetracht. Er nahm die Hand wieder herunter, straffte sich und versuchte, seine galoppierenden Gedanken zu zügeln. Angermüller, du bist Polizist und du hast einen Mord aufzuklären, vielleicht sogar zwei, sagte er sich. Du musst dich daran gewöhnen, dass du immer nur kitten darfst, was im täglichen Daseinskampf unter den Tisch gefallen ist. Die Ursachen für all die Verbrechen und die Gewalt zu beseitigen, ist nicht deine Aufgabe, die wäre noch weniger zu bewältigen, als wenigstens hin und wieder einmal einen Mörder dingfest zu machen. Gib dich damit zufrieden und mach das Beste draus!

»Matte, so wirst du doch genannt? Was hättest du uns denn anzubieten, um den Staatsanwalt gnädig zu stimmen?«

Verachtung und Trotz lagen in dem Blick, den Matthias Wulff zu Angermüller sandte.

»Die Parolen am Restaurant, das war ich. Ich ganz allein. Und ich würd das immer wieder machen und jetzt sach ich nix mehr.«

Und so war es dann auch. Der junge Mann schwieg eisern und es blieb ihnen nichts übrig, als ihn wieder auf freien Fuß zu setzen, nachdem er seine Aussage unterzeichnet hatte, denn mehr als eine Anzeige wegen Sachbeschädigung und Verwendung verfassungsfeindlicher Kennzeichen würde ihm sein Vergehen nicht einbringen – so eine Hakenkreuzschmiererei erregte zwar Aufsehen in der Öffentlichkeit, war aber von den juristischen Folgen her nur eine Lappalie. Und wahrscheinlich sahen Matthias' Kumpel in einer Verurteilung eher eine ehrenvolle Auszeichnung denn eine Strafe.

»Und dafür so ein Bohei! Wir hauen uns die Nacht um die Ohren wegen dieser braunen Soße«, stöhnte Jansen, als Matthias Wulff wieder verschwunden war. »Der Tag ist wieder so gut wie gelaufen und wir haben nichts erreicht!«

»Stimmt scho«, nickte Angermüller. »Und mit jedem Tag werden die Chancen geringer, dass wir den schnappen, der den Mann im Schlauchboot auf dem Gewissen hat.«

»Dass dieser Vermisste noch lebt, daran beginne ich auch langsam zu zweifeln.«

»Ich rufe jetzt auf jeden Fall bei Frau Floric an und informiere sie darüber, dass tatsächlich ihr Kochlehrling der Übeltäter mit den Parolen war. Könnte mir vorstellen, dass sie auf seine Mitarbeit in Zukunft verzichten kann«, Angermüller griff zum Telefon. »Vielleicht sollte ich auch gleich mal bei Steffen nachfragen, ob er rauskriegen kann, wie lange das mit der Gesichtsrekonstruktion noch dauert.«

Anna Floric sagte nicht viel zu Angermüllers Mitteilung. Sie schien weniger entsetzt als enttäuscht darüber, dass Matte tatsächlich der Urheber der fremdenfeindlichen Schmierereien war. Als der Kommissar dann seinen Freund Steffen am Telefon hatte, konnte der leider nicht weiterhelfen. Der befreundete Kollege in Bonn war auf einer Tagung und erst am nächsten Tag wieder erreichbar. Doch der Anruf bei Steffen besserte Angermüllers Laune trotzdem nachhaltig.

»Was hältst du davon, wenn ich dich heute Abend in die ›Villa Floric‹ einlade, Schorsch?«

»Ähm, also, viel, wenn du mich so fragst! Aber wie komm ich zu der Ehre?«

»Ich wollte mich schon lange einmal für deine Einladungen revanchieren, schaffe es aber einfach nicht an den heimischen Herd. Und da du jetzt dienstlich die ›Villa Floric‹ kennengelernt hast, finde ich, du hast es verdient, auch einmal dort zu essen.«

»Also, des find ich eine ganz wunderbare Idee!«

»Außerdem habe ich dir was Wichtiges zu erzählen.«

»Dienstlich?«

»Bewahre! Ganz privat!«

»Na schön – ich freu mich auf heut Abend!«

Das Tageslicht wurde unmerklich weniger. Die aufmerksamen Kellner hatten Windlichter überall auf den Tischen verteilt, deren flackernde Flämmchen eine geheimnisvolle Atmosphäre zauberten. Ein zarter Wind strich über die Terrasse hoch über der Lübecker Bucht, ließ sanft Hosenbeine und Hemdsärmel flattern und die Palmen in den großen Kübeln sich leise bewegen. Angermüller, ein Weinglas in der Hand, schaute sich mit verklärtem Blick um, atmete tief ein, als wolle er die ganze Umgebung in sich aufnehmen und war nur noch auf Genießen eingestellt.

»Na, zufrieden bisher?«, fragte Steffen seinen Freund.

Es dauerte einen kurzen Moment, bis der in stille Andacht versunkene Georg Angermüller antwortete.

»Merkt man das nicht? Ich bin ganz verzaubert. Dieser Ort, das Essen: formidable! Ich bin dir wirklich dankbar, dass ich durch dich hierher gekommen bin.«

»Das freut mich!«

Djaffar, der elegante Chefkellner, hatte sie an einen Tisch an der Balustrade geführt, von dem aus man einen wunderbaren Blick aufs Meer hatte. Als sie Platz genommen hatten und sich gegenübersaßen, hatte Steffen seinem Freund als Erstes ein Kompliment zu seinem Dreitagebart gemacht.

»Steht dir wirklich ausgezeichnet! Du siehst um Jahre jünger aus und ich beneide dich!«

Georg freute sich natürlich, auch wenn Steffen maßlos übertrieb, zumal ihm selbst seine 40 Jahre überhaupt nicht anzusehen waren. Dann hatte Steffen in seinem geschliffenen Französisch zwei Kir Breton als Aperitif bestellt. Die Mischung aus einem trockenen Cidre mit einem Schuss Cassis, eiskalt serviert, schmeckte sehr fruchtig und war herrlich erfrischend. Gleichzeitig mit der Speisekarte brachte Djaffar einen Glasteller mit länglichen, rotweißen Radieschen, dazu ein Schüsselchen gelber Butter und einen Korb mit Brot. So einfach dieser Amuse-Geule war, so köstlich mundete die Kombination aus den knackig zarten Radieschen mit der aromatischen Butter und dem nussigen Brot, das nach Koriander duftete.

Da Georg immer auf der Suche nach unbekannten Genüssen war und neugierig auf die bretonische Küche, hatte er als Vorspeise Galette Saucisse gewählt, einen Buchweizenpfannkuchen, in den fein gewürzte Andouille und Apfelscheiben gewickelt waren. Anna Floric hatte ihm von den exquisiten Wurstwaren erzählt, für die ihre Heimat berühmt war und Andouille, eine Kaldaunenwurst, war eine ganz typische bretonische Spezialität. Steffen hatte sich für eine warme Artischocke mit Sauce Vinaigrette entschieden, ein leichtes Gericht und sehr bretonisch, denn auch dieses stachelige Gemüse wird dort in großen Mengen angebaut.

»Ich muss ein bisschen auf meine Figur Acht geben«, hatte Steffen entschuldigend zu seinem Freund gesagt und mit kritischem Blick an seinem hellblauen Polohemd gezupft.

»Steffen! Meinst du das etwa ernst?« Über Fette und Kalorien hatte Georg nun überhaupt nicht nachgedacht, als er die Speisekarte der ›Villa Floric‹ in Händen hielt. Irgendwie fühlte er sich zwar unangenehm berührt, als ausgerechnet der schlanke Steffen das Thema Disziplin beim Essen ansprach, andererseits hätte er es jammerschade gefunden, aus diesem Grund darauf zu verzichten, einmal nach Herzenslust die unbekannten Köstlichkeiten der Bretagne zu kosten. Er lebte jetzt und heute und wer weiß, wann er wieder einmal hier zu Gast sein würde. Außerdem war sein Speiseplan in den letzten Tagen ja wirklich nicht so üppig gewesen. Astrid hätte darin allerdings keinen Grund gesehen, heute nun wieder kräftig zuzulangen, eher die Chance, sich ab jetzt zu beschränken, wo schon ein kleiner Anfang gemacht war.

»Du weißt doch, Schorsch«, bei dem kultivierten Steffen klang das urfränkische ›Schorsch‹ immer eher wie das französische ›George‹. »Der Jahrmarkt der Eitelkeiten. In unserem Alter muss man dann schon ein bisschen was für sich tun.«

»Das sieht Astrid wohl genau so. Jedenfalls hat sie vor ein paar Tagen kritische Worte über mich, meine Figur und meine Essgewohnheiten geäußert. Zum ersten Mal übrigens, so weit ich mich erinnern kann.«

»Wie kommts?«

Ja, das war eine Frage, über die Georg auch schon nachgegrübelt hatte, genau wie über die Unstimmigkeiten, die seit einigen Wochen ständig zwischen ihm und Astrid auftraten. Natürlich lag es daran, dass sie jetzt mehr arbeitete und deshalb zusätzlich zur Organisation des Alltags auch mehr Belastungen ausgesetzt war. Er war sich durchaus bewusst, dass er ihr neben dem Job eine Menge Dinge überließ, was die Kinder, soziale Kontakte, Haus und Garten anbetraf und er war ja auch bereit, sich mehr zu beteiligen. Trotzdem hatte er das Gefühl, dass es einen anderen Grund für die gestörte Harmonie gab. Eine gute Gelegenheit, einmal mit Steffen darüber zu reden, dem einzigen Mann in seinem Umkreis, der für solche persönlichen Themen infrage kam.

»Ja, wie kommt es? Ich bin mir nicht sicher. Irgendwie hat sich was verändert zwischen uns.«

»Ich bin ja nicht unbedingt ein Fachmann für Krisen in der bürgerlichen Ehe, aber hat euch vielleicht der graue Alltag eingeholt? Ist euer Zusammenleben zur Routine geworden?«

»Unser Zusammenleben ist im Moment eher von dauernden Organisationsschwierigkeiten und Missverständnissen geprägt.«

Djaffar kam an den Tisch und nahm ihre Essenswünsche entgegen. Da sie beide Fischgerichte als Hauptgang gewählt hatten, bestellte Steffen einen Sauvignon Blanc Entre-Deux-Mers, der ihm auf seine Nachfrage von Djaffar dazu empfohlen wurde. Georg wollte den Gesprächsfaden wieder aufnehmen und Steffen die Frage stellen, die ihn schon die ganze Zeit beschäftigte, hatte aber den Eindruck, dass sein Freund nicht so richtig bei der Sache war. Er sah immer mal wieder zu dem Kiesweg, der zur Terrasse führte, unauffällig zwar, aber es war Georg Angermüller nicht entgangen.

»Sag mal, Steffen, erinnerst du dich an diesen Martin, der letzten Samstag bei unserem Essen dabei war?«

»Ich erinnere mich vor allen Dingen an das köstliche mediterrane Buffet, das du für uns zubereitet hast! Und an die unsägliche Carola, die nichts als Plattitüden von sich gab, comme d'habitude.«

»Martin, der neue Kollege von Astrid«, half Georg dem Gedächtnis seines Freundes auf die Sprünge.

»Mmh«, Steffen sah auf die Uhr. Es war offensichtlich, dass er in Gedanken woanders war.

»Martin«, wiederholte er abwesend. »Ach ja, der Seefahrer! Ganz sympathisch, ja. Was ist mit dem?«

Georg war ein wenig enttäuscht von der Reaktion seines Freundes, hatte er doch gehofft, in ihm einen Verbündeten zu finden und er beschloss, vielleicht später noch einmal das Thema Martin anzusprechen und welchen Zusammenhang er zwischen dessen Erscheinen und seinen Schwierigkeiten mit Astrid erkannt zu haben meinte. So fragte er stattdessen:

»Reden wir von dir! Du wolltest mir doch was Wichtiges erzählen?«

Plötzlich war Steffen wieder ganz Ohr und strahlte.

»Ja, stimmt! Aber ich fürchte, du musst dich noch ein wenig gedulden.«

So hatten sie ihre Entrees mit großem Genuss verspeist, gefolgt von den nicht minder köstlichen Hauptgerichten. Steffen delektierte sich an gebratenem Seeteufel mit hausgemachter Aioli und Sommersalaten, während Georg sich an Rochenflügel im Speckmantel auf Gemüse erfreute.

Zwischendurch hatte Georg Angermüller wieder an seinen aktuellen Fall denken müssen, was in der Umgebung der ›Villa Floric‹ nicht zu vermeiden war. Er hatte versucht, mit Steffen ein paar der Fragen zu diskutieren, die ihm dazu durch den Kopf gingen, doch ganz im Gegensatz zu seiner sonstigen Gewohnheit schien sein Freund nicht daran interessiert. Also hatte er die Versuche, das Thema anzusprechen, aufgegeben, um sich einfach nur unbeschwert durch diesen herrlichen Abend treiben zu lassen.

Mit der Auswahl eines Desserts ließen sich die beiden noch etwas Zeit.

»Also, ich bin wirklich hochzufrieden! Die Küche hier ist bemerkenswert!«

»Schön, dass es dir so gut gefällt! Ah! Da ist er ja!«

Steffen war schnell von seinem Stuhl aufgestanden und winkte jemandem lebhaft zu. Ein großer Mann ihres Alters kam zu ihnen an den Tisch. Er und Steffen begrüßten sich mit einer Umarmung und einem Wangenküsschen.

»Darf ich vorstellen: Georg, mein alter Freund, auch Schorsch genannt – David, mein Lebensgefährte!«

Steffen sprach ›David‹ englisch aus und als David Georg begrüßte, war sein britischer Akzent unüberhörbar. Im ersten Moment fühlte sich Angermüller etwas überrumpelt und man merkte ihm deutlich seine Befangenheit an.

»Eigentlich wollte ich dir ja nur von der großen Veränderung in meinem Leben erzählen, Georg, doch dann rief David an, dass er schon für heute einen Flug nach Lübeck bekommen hat und da dachte ich, das ist die Gelegenheit, dass ihr euch kennenlernt!«

Steffen sprach schnell und aufgeregt und schien auf einer Woge des Glücks zu schwimmen.

Nicht nur sein Akzent, auch seine Erscheinung entlarvten David eindeutig als Brite. Er war ein eher blasser Typ, sehr schlank, mit dichtem, rotblondem Haar, das oberhalb seiner Ohren in einer Länge glatt um den schmalen Kopf fiel. Seine Kleidung war klassisch, ein cremefarbener Leinenpulli mit einem feinen blauen Streifen am V-Ausschnitt, dazu eine helle, weit geschnittene Hose und blaue Bootsslipper. Die Eleganz seines Stils erinnerte an die Sportmode der 30er Jahre.

David nahm Platz an ihrem Tisch, Djaffar brachte eine neue Flasche Wein und noch ein Glas und Steffen erzählte, wie sie sich in der ›Tate Gallery of British Art‹ vor einem

Dreivierteljahr begegnet waren. Vor dem Porträt der ›Proserpina‹ von Dante Gabriele Rossetti hatten sie sich ihre heimliche Vorliebe für diese oft als schwülstig oder kitschig bezeichneten Präraffaeliten gestanden und sogleich gemerkt, dass sie noch viel mehr Gemeinsamkeiten hatten. David war Kunstrestaurator, spezialisiert auf Kirchenmalerei und offensichtlich eine Kapazität auf seinem Gebiet, denn er reiste für seinen Beruf ständig in der Welt herum. Da er auch schon viel in Deutschland gearbeitet hatte, war sein Deutsch ziemlich gut. Er hatte eine offene, nette Art, gepaart mit einem trockenen Humor, was Angermüller sehr angenehm fand. Immer wieder sah Steffen zu David und es schien, als ob er sein Glück noch gar nicht fassen konnte.

»Wir möchten den Rest unseres Lebens zusammen verbringen.« Steffen griff nach Davids Hand, der charmant dazu lächelte. »Und weil David ohnehin beruflich nicht an einen Ort gebunden ist, haben wir beschlossen, dass er zu mir nach Lübeck zieht. Mit zwei verschiedenen Wohnungen ist der Eine doch immer nur Gast beim Anderen.«

Georg fühlte sich noch ein wenig unsicher in dieser Situation. Auch wenn Steffen aus seiner Homosexualität nie einen Hehl gemacht hatte, sie hin und wieder auch darüber scherzten, es war nie ein großes Thema zwischen ihnen. Georg hatte zwei, drei schwule Freunde von Steffen kennengelernt, aber offensichtlich hatte sich nie der Mann fürs Leben darunter befunden. Irgendwie rührte ihn die Verliebtheit der beiden Männer und vor allem freute er sich, Steffen so glücklich zu sehen.

Im September wollten sie zusammenziehen und David war gekommen, weil sie sich an diesem Wochenende gemeinsam ein paar Wohnungen ansehen wollten.

»Und wenn wir den Umzug hinter uns haben und eingerichtet sind, dann wird Hochzeit gefeiert!«

Steffens Zustand konnte nur noch euphorisch genannt

werden. Er wollte von nichts anderem mehr reden als von der gemeinsamen Zukunft, der neuen Wohnung, dem Ja-Wort in der Lindischen Villa und dass er sich seinen alten Freund Georg als Trauzeugen wünschte. Angermüller erkannte seinen sonst so zurückhaltenden Freund nicht mehr und auch David beobachtete Steffen mit stillem Amüsement. Sie bestellten ihre Desserts, auch für David, der angesichts der späten Stunde zuvor nur noch eine kleine Portion überbackene Jakobsmuschel gegessen hatte, und unterhielten sich blendend. David erzählte von seinen irischen Vorfahren, von denen der Familienname Reid stammte, was so viel wie rothaarig bedeutete und in seinem Fall ja auch hundertprozentig zutraf. Als David hörte, dass Georg aus der Nähe von Coburg stammte, fielen selbstverständlich die Stichworte Victoria und Albert und es war, als färbte das enge Verwandtschaftsverhältnis zwischen Sachsen-Coburg-Gotha und dem britischen Königshaus ein wenig auch auf ihre Beziehung ab.

Eine laute Stimme erklang und jemand fragte in jovialem Ton:

»Guten Abend, Herr Kommissar! Immer noch im Dienst?«

»Guten Abend!«

Georg Angermüller erhob sich überrascht und trat einen Schritt vom Tisch weg. Ein älterer Mann in einem hellgrauen Anzug, trotz der Wärme mit einem Einsteckschal im weißen Hemd, stand vor ihm. Das war doch dieser Anwalt, dem das Boot gehört hatte, in dem der Tote angetrieben worden war. Wie hieß der noch? Ach ja.

»Nein, Herr Burmester, ich bin natürlich privat hier.«

Mit unverhohlener Neugier musterte Burmester Steffen und David. Vielleicht hoffte er, dass sie ihm vorgestellt würden.

»Ach so, ich dachte, es wäre wegen der Parolen, von denen das Fernsehen gestern berichtet hat.«

»In diesem Fall ermittelt der Staatsschutz.« Er würde diesem neugierigen Alten ganz bestimmt nichts über vermutete Verbindungen mit anderen Straftaten auf die Nase binden.

»Und, sind Sie schon weiter gekommen mit dem Toten aus meinem Boot? Deswegen waren Sie bei uns im Verein am Sonntag, nicht wahr? Dieser arme Teufel aus Nordafrika? Stand ja vor ein paar Tagen in der Zeitung.«

Angermüller wollte Burmester so schnell wie möglich loswerden und sagte ausweichend:

»Wir ermitteln weiterhin in alle Richtungen.«

»Ja, der Herr Kommissar.« Drei Männer seines Alters in formellen Anzügen standen mittlerweile um sie herum und hörten ihrem Gespräch zu.

»Der Herr Kommissar ist nicht sehr gesprächig, wenns um seinen aktuellen Fall geht, der tote Ausländer vom Steilufer, wisst ihr!?«

Die Herren nickten mit lächelnden Gesichtern.

»Na ja, diese Burschen kommen hierher, weil das für die ein Paradies ist bei uns. Aber es werden ja immer mehr, die kosten unser Geld, je mehr kommen, desto weniger gefällt das unseren Leuten. Schon gar nicht, wenn sie unserer Jugend die Arbeitsplätze streitig machen. Und lassen Sie sich von einem erfahrenen alten Mann eines sagen, Herr Kommissar: Was diese Parole an der Villa hier angeht. Natürlich tut man so was nicht, aber man muss ja sagen, dass der Unmut der Leute verständlich ist.« Er machte eine kleine Pause. Seine Begleiter nickten und lächelten stumm. »Oder nicht, Herr Kommissar?«

Der Mann erwartete keine Antwort, er wollte nur seine Weisheiten loswerden.

»Und ich habe die Chefin hier schon des Öfteren darauf hingewiesen, dass wir in Schleswig-Holstein genügend Arbeitslose haben und keine Ausländer beschäftigen müssen. Das schafft böses Blut.«

Wieder zustimmendes Nicken und Lächeln in der Runde. Ein hinterhältiges Lächeln, wie Angermüller fand. Er kannte solche alten Männer auch aus den Wirtshäusern seiner Heimat, wo sie mit roten Köpfen über ihren Biergläsern hingen und Theorien spannen, wie sich das Reich entwickelt hätte, wenn man den Zweiten Weltkrieg gewonnen hätte. Denn hätte man auf sie gehört, sie hätten ihn gewonnen, zumindest am Biertisch. Sie testeten genau aus, wie weit sie in ihren Aussagen gehen konnten, ohne sich gleich als stramme Rechte zu entlarven, eine unangenehme Spezies, die sich aufgrund des natürlichen Alterungsprozesses nun langsam dezimierte.

»Sollten wir das nicht Frau Floric überlassen, wen sie hier einstellt?«, fragte Angermüller die Runde, sich schon auf eine Diskussion gefasst machend. Doch die Antwort war wieder ein nickendes Lächeln und plötzlich schüttelte Burmester Georgs Hand mit festem Griff.

»Sie nehmen doch einem alten Mann wie mir nicht übel, dass er altmodische Ansichten hat, oder, Herr Kommissar?«

Seine Begleiter lächelten breit und bevor er eine Antwort bekam, klopfte er Angermüller väterlich auf die Schulter.

»Nichts für ungut und schönen Abend noch!«

»Was war das denn für eine Ansammlung von Reptilien?«, fragte Steffen seinen Freund und Georg erläuterte, in welchem Zusammenhang er Burmester schon einmal begegnet war. Sie hatten sich schon wieder angenehmeren Themen zugewandt, als Anna Floric in ihrer weißen Kochjacke an den Tisch trat.

»Schön, Sie auch einmal unter anderen Vorzeichen hier zu sehen, Herr Kommissar!«, begrüßte sie Georg Angermüller ehrlich erfreut. »Waren Sie zufrieden?«

»Er ist hingerissen von Ihrer Kochkunst, Madame! Und wir sind es auch! Vielen Dank. Es war köstlich!«, bedankte sich Steffen auf seine überschwängliche Art und Georg und David stimmten ihm zu.

»Danke, das freut mich! Darf Ihnen das Haus noch einen Goutte servieren?«

Als sie bejahten, winkte Anna nach Djaffar, der ihnen kurz darauf den braungoldenen Cidre-Schnaps servierte. Sie baten Anna, sich an ihren Tisch zu setzen und stießen mit ihr auf einen gelungenen Abend in der ›Villa Floric‹ an.

»Entschuldigen Sie die Frage, aber es interessiert mich einfach: Ist Ihr Lehrling heute eigentlich wieder bei Ihnen aufgetaucht?«, wandte sich Angermüller an die Restaurantchefin.

»Seine Mutter rief heute Nachmittag an und entschuldigte sein Fernbleiben mit einem Termin beim Amt und außerdem habe er einen kleinen Infekt, kein Wort von den Schmierereien oder der Polizei.«

»Werden Sie ihn denn weiter hier beschäftigen?«

»Ich weiß ja gar nicht, ob er sich überhaupt noch hier blicken lässt und ich selbst bin mir, ehrlich gesagt, noch nicht sicher, was ich machen werde. Darüber muss ich erst einmal nachdenken. Das Vertrauensverhältnis ist natürlich zerstört. Aber vielleicht kommt er ja auch zur Einsicht, wenn man ihm noch eine Chance gibt.«

Angermüller wiegte nachdenklich den Kopf.

»Stimmt schon, wenn er jetzt ohne Ausbildung bleibt, den ganzen Tag nichts zu tun hat, dann wird er vollends in dieser Naziclique aufgehen.«

»Andererseits gibt es Grenzen dessen, was man vergeben und vergessen kann, und ich bin auch nicht verantwortlich für die Versäumnisse dieser Gesellschaft. Ich bin keine Mutter Teresa.«

Angermüller konnte nicht umhin, Anna Floric auch nach dem alten Burmester zu fragen.

»Ich bin zwar jetzt nicht im Dienst, aber dürfte ich trotzdem noch Eines fragen: der ältere Herr, der vorhin an unseren Tisch kam …«

»Dürfen Sie! Ich hab gesehen, wie der Burmester mit Ihnen gesprochen hat. Er kommt regelmäßig zu uns, meist in Begleitung dieser Herren, die auch heute Abend dabei waren.«

»Hat er mit Ihnen über die Schmierereien an der Villa gesprochen?«

»Natürlich! Fast jedes Mal spricht er mich auf meine ausländischen Mitarbeiter an. Er sagte heute, ich hätte wissen müssen, dass so etwas passiert, er hätte mich immer schon gewarnt. Der Unmut in der deutschen Bevölkerung wachse.«

»Der Mann scheint wirklich einer von den Unbelehrbaren zu sein. Tut mir leid, dass Sie sich jetzt auch noch mit solchen Leuten auseinandersetzen müssen. Von dem verschwundenen Mitarbeiter weiß er nichts?«

»Von uns hat ihm jedenfalls keiner von ihm erzählt.«

»Dann lassen wir jetzt besser dieses unerfreuliche Thema, tut mir leid.«

»Sie können ja nichts dafür, Herr Kommissar! Es ist nur so schade: Da denkt man, jetzt ist man auf einem himmlischen Fleckchen Erde gelandet, wo alles überschaubar, nett, nachbarschaftlich ist und dann merkt man, dass hinter manch einer freundlichen Fassade Missgunst, Neid und Hass wuchern, die sich zuallererst gegen alles Fremde richten, weil das Fremde diesen Leuten Angst macht. Viele sind ja einfach nur dumm, suchen sich jemanden, auf den sie meinen, herabblicken zu können – wenn ich zum Beispiel an unseren Matte denke. Aber andere, wie dieser Burmester, ich weiß nicht, welche Motive bei ihm dahinterstecken.«

Anna schüttelte ratlos den Kopf. »Jetzt aber Schluss mit diesem unerfreulichen Thema!«, sagte sie dann und schenkte noch eine Runde Goutte in die Gläser aus der Flasche, die Djaffar vorsorglich auf dem Tisch hatte stehen lassen.

Noch eine ganze Weile blieben sie zusammen auf der Terrasse sitzen, die sich allmählich geleert hatte und später kam auch noch Yann zu ihnen an den Tisch. Sie redeten über die Besonderheiten der bretonischen Küche wie der holsteinischen, scherzten über die englische, was Davids lebhaften Widerspruch hervorrief und genossen die milde, klare Sternennacht. Georg Angermüller beobachtete sehr genau, dass zwischen Anna Floric und Yann Tanguy sich etwas zu entwickeln schien, das ihm vor ein paar Tagen noch nicht aufgefallen war.

Als der Kommissar gegen 1 Uhr nach Hause kam, war natürlich alles dunkel, Astrid und die Kinder schliefen schon. Er ging in die Küche, um noch ein Glas Wasser zu trinken. Auf dem Tisch lag ein Zettel: ›Georg, du hattest versprochen, mit Julia und Judith zum Chinesen zu gehen. Nur zur Erinnerung: Ich hatte ein Arbeitsessen mit den Kollegen heute. PS: Deine Schwester hat angerufen: Eure Mutter ist im Krankenhaus. Bitte zurückrufen! PPS: Ich bin ziemlich sauer.‹

Mist, verdammter, dachte Georg Angermüller, das mit dem Arbeitsessen hab ich total vergessen – genau das sollte mir eigentlich nie wieder passieren.

Um zu Hause anzurufen, in dem kleinen Dorf nicht weit von Schloss Rosenau, wo er geboren war und wo heute noch seine Mutter und eine seiner Schwestern lebten, war es jetzt auch zu spät. Oder doch nicht?

»Hallo, Schorsch, schön, dass du dich meldest!«

Er murmelte etwas von wichtigem Fall und langen Dienstzeiten, doch seine Schwester störte sich nicht an der späten Stunde.

»Ich kann heut sowieso net schlafen. Ma grübelt ja doch immer, was mit ihr is und so.«

»Was ist denn mit der Mutter passiert, Marga?«

»Heut Morgen da war ihr so olber, schwindlig und übel und so. Aber den Doktor rufen durft ich net. Du kennst se ja, wenn se was net will. Ich hab dann halt gsagt, bleib wenigstens im Bett, aber se hört ja immer net.«

Angermüller lauschte der klagenden Stimme seiner ältesten Schwester, die nie aus dem Elternhaus ausgezogen war. Ihr Dialekt fiel ihm heute besonders stark auf, dabei war auch seine Sprache nach all den Jahren im Norden immer noch geprägt von den weichen Lauten seiner oberfränkischen Heimat.

»Als ich dann in meiner Mittagspause mal nach ihr gucken wollt, da lag se in der Küche aufm Boden. Ich hab natürlich en Mordsschreck gekriegt und dann hab ich gleich den Notarzt grufen. Der kam auch ganz schnell und hat se ins Klinikum nach Coburg gebracht.«

Marga arbeitete als Mädchen für alles im Fabrikladen, mittlerweile nannte er sich ›Factory-Outlet‹, eines großen Porzellanherstellers in der Nähe, der vor allem für seine bunten Kinderfigürchen weltbekannt war. Die weiteste Reise ihres bisherigen Lebens hatte sie nach Lübeck zu ihrem Bruder geführt, aber auch nur, weil sie meinte, der Mutter diesen Weg nicht allein zumuten zu können. Dabei war die Mutter die lebenstüchtigere Person.

»Und was hat die Mutter?«

»Sie ham gsagt, des war e Schlägle.«

»Ein was?«

»Nu ja, so a kleiner Schlaganfall halt.«

Die Verniedlichungen seines Heimatdialekts hatten manchmal wirklich etwas sehr Makabres.

»Sie ham gsagt, nix Ernstes. Aber trotzdem behalten sie se jetzt e paar Tag drin, zur Beobachtung, und dann kann se wieder heim. Aber ich mach mir halt Sorgen.«

»Das glaub ich, Marga! Aber das war gut, dass du sie

in deiner Mittagspause gefunden hast. Beim Schlaganfall kommts auf schnelles Handeln an!«

»Das ham die Ärzte auch gsagt. Sie ham gsagt, des war genau rechtzeitig und dass sie nix zurückbehalten wird.«

»Na siehst du! Du brauchst dir wirklich keine Sorgen machen. Die Mutter ist in Coburg bestimmt in guten Händen.«

»Hast scho recht, aber ich bin halt so a blöds Ding.«

»Was ist denn mit Lisbeth?«

»Die is net da, deswegen hab ich dich ja angerufen. Die sind doch auf Mallorca.«

In Bayern hatten die Ferien gerade angefangen und wie jedes Jahr war Lisbeth gleich zu Beginn mit Mann und Kindern auf die Mittelmeerinsel geflogen.

»Du kannst mich jederzeit anrufen, Marga, das weißt du doch! Wenn ich irgendwas tun kann…«

Er wusste natürlich, er konnte nicht viel tun von hier oben aus und er hatte auch ein schlechtes Gewissen, dass Marga, die schnell von Ausnahmesituationen überfordert war, sich jetzt ganz allein um die Mutter kümmern musste. Aber er konnte im Moment wirklich nicht hier weg. Doch auch wenn die Zeiten ruhiger waren – die Reise in seine alte Heimat hatte er schon ewig nicht mehr angetreten. Seine Mutter war bisher nie ernsthaft krank gewesen, dies war ihr erster Krankenhausaufenthalt überhaupt. Sie wurde in diesem Jahr 70, was ja eigentlich noch kein Alter war und sie führte nach wie vor den Haushalt für sich und Marga und bewirtschaftete den riesigen Bauerngarten mit Gemüsebeeten, Obstbäumen und Beerensträuchern. Ohne Arbeit würde ihr was fehlen, sagte sie immer. Aber er sollte nicht warten mit einem Besuch, bis sie wirklich einmal ernsthaft krank war. Im Herbst war ihr Geburtstag, da würde er sie besuchen, mit oder ohne Astrid. Das nahm er sich ganz fest vor.

»Ich weiß doch, dass du kei Zeit hast, Schorsch! Des hat mir scho gholfen, jetzt mit dir zu plaudern!«

»Hat die Mutter denn ein Telefon auf dem Zimmer?«

»Des bsorg ich ihr morgen. Ich kann dich dann ja anrufen und dir ihre Nummer geben.«

»Mach das auf jeden Fall, Marga!«

»Des mach ich! Tschüssle, Schorsch!«

Er trank sein Wasser und für einen Moment war er auf dem Bauernhof, wo er seine Kindheit verbracht hatte. Unterm Dach hatte er sein erstes eigenes Zimmer, eigentlich eher eine enge Kammer, aber es war der einzige Raum im Haus, von dessen Fenster man einen Blick auf die Rosenau hatte und das war schon etwas Besonderes. Im Sommer war es da oben allerdings immer furchtbar heiß.

Beim Gedanken daran fiel Angermüller sein jetziges Schlafzimmer ein und dass es Zeit wurde, ins Bett zu gehen, denn schließlich hatte er schon letzte Nacht viel zu wenig geschlafen. Da nichts Spezielles vorlag, würde er am nächsten Morgen etwas später zum Dienst gehen, in der Hoffnung beim Frühstück mit Astrid über sein jüngstes ›Vergehen‹ reden zu können. Die Fenster im Schlafzimmer waren weit geöffnet, trotzdem war es unangenehm heiß hier oben und selbst unter dem dünnen Laken schwitzte er. Er fiel in einen unruhigen Schlaf und erinnerte sich bei jedem Aufwachen an andere Personen, die ihm im Traum begegnet waren: Priewe und seine Naziclique, Marga und seine Mutter, Astrid und Martin und noch ein ganzes Kaleidoskop von Leuten, mit denen er in diesen Tagen zu tun gehabt hatte. Das letzte Traumbild, das er sah, waren Steffen und David in weißen Dinnerjacketts, wie sie aus der Lindischen Villa traten, danach nichts mehr. Er schien endlich fest eingeschlafen zu sein.

10

Der nächste Tag begann für Georg Angermüller alles andere als traumhaft – und das lag ganz bestimmt nicht am Wetter, denn wieder war der Himmel unerbittlich blau, die Sonne konnte ohne Unterlass auf die Erde strahlen und den Menschen an der Lübecker Bucht einen makellosen Sommertag bescheren. Astrid fand Georgs Versäumnis vom Vortag schlichtweg unverzeihlich. Natürlich wusste er, dass er einen Fehler gemacht hatte – aber ohne böse Absicht natürlich! Als Steffen ihn in die ›Villa Floric‹ einlud, hatte er überhaupt nicht mehr daran gedacht, dass er zugesagt hatte, an diesem Abend für die Kinder da zu sein. Er hatte es einfach vergessen!

»Aber genau das meine ich doch, Georg! Genau das habe ich dir vorgestern Abend gesagt: Du handelst verantwortungslos, weil du dich gar nicht zuständig fühlst!«

»Aber ihr hättet mich doch anrufen können!«

»Ach, Georg!«, Astrid seufzte hoffnungslos. »Ich dachte, du steckst mal wieder in irgendwelchen wichtigen Ermittlungen und es stimmt ja, die Kinder können auch mal allein bleiben. Aber sie waren natürlich enttäuscht. Sie hatten sich so auf den Abend mit dir gefreut. Ich habe dann halt ein paar Pizzen für sie in den Ofen geschoben.«

Als Georg erneut zu widersprechen versuchte, ging sie überhaupt nicht darauf ein.

»Ich kann das nicht mehr hören! Ich weiß, dass du die Dinge einfach vergisst, aber so geht das nicht! Du bist auch verantwortlich! Was glaubst du, wie deine Kinder heute den Tag verbringen? Wer hat dafür gesorgt, dass sie heute Nachmittag mit meiner Schwester an den Strand fahren können, wenn wir beide arbeiten? Wer hat ihre Reise ins Zeltlager nächste Woche organisiert? Weißt du, welche von ihren Freunden jetzt verreist sind und welche nicht, mit wem sie sich in den Ferien mal verabreden können? All das interessiert dich überhaupt nicht!«

»Na ja, bisher hast du das ja auch immer alles gemacht, ganz toll gemacht übrigens, wenn ich das mal sagen darf. Ich müsste mich ja auch erst einmal einarbeiten.«

»Quatsch! Interessieren müsstest du dich mal dafür, das ist alles! Um deine Mutter und deine Schwester kümmerst du dich ja auch nicht, wenn ich dich nicht ab und zu daran erinnere! So – und jetzt sag ich nichts mehr. Ich habe keine Lust, ewig über die gleichen Dinge zu debattieren.«

Und so war es dann auch. Als Georg Vorschläge machte, was er mit Julia und Judith am Wochenende unternehmen könnte und auch sonst versuchte, guten Willen zu zeigen, lächelte Astrid nur müde und blieb stumm. Mit diesem Verhalten konnte er noch weniger umgehen. Er liebte zwar den lauten Streit nicht, doch wenn es gar keinen Dialog mehr gab, wenn ihm nur noch Schweigen entgegengebracht wurde, dann irritierte ihn das. Es erinnerte ihn an seine Kindheit, wenn seine Mutter ihn mit Schweigen bestrafte, wenn er böse gewesen war, wie sie sagte. Ach ja, und heute war seine Mutter eine alte Frau, um die er sich viel zu selten kümmerte – da hatte Astrid leider recht. Wie es der Mutter wohl ging? Marga hatte ja versprochen, sich zu melden. Wenn er bis zum Nachmittag nichts gehört hatte, würde er noch einmal versuchen, sie zu erreichen.

Trotz allem fand er es unfair, so behandelt zu werden. Er schwor sich, dass er ihr keinen Anlass zu solchen Diskussionen mehr liefern würde und er nahm sich vor, bei nächster Gelegenheit etwas mit den Kindern zu unternehmen, denn natürlich war er gerne mit den beiden zusammen. Bald würden sie ohnehin Besseres zu tun haben, als ihre Zeit mit Mami und Papi zu verbringen. Vielleicht sollte er mit ihnen wieder einmal in den großen Vergnügungspark nach Sierksdorf – er hasste zwar derlei Freizeitgestaltung, aber die Zwillinge fanden es immer ›obercool‹. Oder sie könnten bei diesem schönen Wetter einfach an den Strand gehen. Er würde einen leckeren Picknickkorb packen. Wie so oft holte ihn die Melodie seines Diensthandys aus seinen Gedanken und beim Blick auf das Display fragte er sich, was wohl so Besonderes sein könnte, dass Jansen sich bereits vor Dienstbeginn bei ihm meldete.

Sanfte Erhebungen mit sattgrünen Wiesen, silbriggrün wogende Getreidefelder, an den Rändern gesäumt von Kornblumen, Margariten und Mohn, dazwischen immer wieder Knicks aus Büschen und Hecken und darüber das klare Blau des Himmels – lautlos flog die ostholsteinische Landschaft im hellen Sonnenschein vor den Autofenstern vorbei. Der Inbegriff eines Sommertages. Im Innern des Audis rauschte leise die Klimaanlage und Jansen und Angermüller schwiegen vor sich hin.

Der Anruf war vor etwa einer Stunde eingegangen: Holzarbeiter in einem Waldstück südlich von Ratekau hatten geglaubt, eine Leiche unter einem Stapel Baumstämme entdeckt zu haben. Kurz darauf meldete sich die Streife, die zuerst vor Ort war, die Person sei ein Mann und gebe Lebenszeichen von sich, wenn auch sehr schwache. Der Audi bog in einen für den öffentlichen Verkehr gesperrten Wirtschaftsweg ein, der in einen dichten Laubwald führte. Nach ein paar 100 Metern wurde der Weg etwas breiter und schien hier zu enden. Rot-weißes Band versperrte die Durchfahrt und erst als sie ihre Dienstausweise zeigten, ließen sie die dort postierten Schutzpolizisten passieren. Rechts und links lagen dicke, abgeholzte Bäume, fast drei

Meter hoch aufgestapelt. Daneben stand ein Holztransporter, der bereits mit einigen Baumstämmen beladen war und eine kranartige Hebevorrichtung besaß, an der ein weiterer Baumstamm schwebte. Zwei Einsatzfahrzeuge der Polizei und ein Notarztwagen waren daneben abgestellt.

Kaum waren sie aus ihrem Auto gestiegen, kam ein Uniformierter auf Angermüller und Jansen zu. »Moin!«, begrüßte er sie laut und fröhlich. „Der Notarzt war aber schneller als Sie!«

Der Beamte war von der Polizeidienstelle Ratekau und offenbar begeistert, dass etwas los war in seinem Revier.

»Ach ja? Schneller, als die Polizei erlaubt?«

Das war genau der Typ Kollege, auf den Jansen allergisch reagierte. Der Mann aus Ratekau sah ihn verständnislos an. Er führte sie hinter den Holzstapel auf der linken Seite, wo zwei weitere Schutzpolizisten mit drei Waldarbeitern standen und der Notarzt sowie zwei Sanitäter mit dem aufgefundenen Mann beschäftigt waren.

»Das sind die drei, die ihn gefunden haben. Die sollten heute die Stämme zum Sägewerk transportieren.«

Jansen ging auf die Männer zu.

»Moin, allerseits! Na dann, erzählen Sie doch mal, wie haben Sie ihn denn gefunden?«

Der Ältere der Gruppe kratzte sich bedächtig am Kopf und antwortete: »Wir haben wie immer einen Stamm nach dem anderen an den Haken genommen und auf den Transporter gehievt. Unser Kollege aufm Kran und wir zwei hier unten. Und denn, als wir dann den Baum da hochgezogen haben«, er zeigte auf den mächtigen Stamm, der immer noch am Kran hing, »habe ich so eine Art Bündel zwischen den übrigen Baumstämmen liegen sehen und hab erst mal ›Halt‹ gebrüllt. Ich hab mir das dann genauer besehen und dann hab ich zu meinen Kollegen gerufen: ›Das is ne Leiche!‹.«

»Das stimmt! Der Otto hat gerufen: Hey, da liegt 'n Toter zwischen den Stämmen! Ich und der Frieder, wir haben uns das dann auch angeschaut und dann haben wir die Polizei gerufen. Und die haben dann gesagt, der is ja gar nich tot, der atmet noch.«

»Wir haben nix angefasst. Kennt man ja, keine Spuren verwischen und so, wie beim ›Tatort‹ im Fernsehen.«

»Können Sie sich denn erklären, wie der Mann unter das Holz gekommen sein kann?«

Die drei Arbeiter sahen sich an.

»Da haben wir auch schon über nachgedacht. Vielleicht war der Stapel nicht ordnungsgemäß gesichert und wenn dann einer so unglücklich dazwischen turnt, dann kann schon mal was ins Rollen kommen.«

»Also, das is nich die Regel, aber kann schon mal vorkommen.«

»Dann vielen Dank erst mal! Sie lassen bitte von den Kollegen ihre Personalien aufnehmen, mit Telefonnummern, falls wir noch Fragen haben.«

Der Laubwald stand hier sehr dicht, nur durch einzelne kleine Lücken im Blätterwerk bahnten sich die Sonnenstrahlen ihren Weg. Angermüller fühlte sich wie in einem Gemälde flämischer Meister, auch die Szene mit dem Arzt und den Sanitätern, die sich um den Mann im Holz bemühten, hatte in diesem schwachen Licht etwas Unwirkliches. Der Kommissar holte tief Luft, es roch nach moderndem Laub und Holz, dann zog er eine Kopie des Fotos von Fouhad Ferhati aus der Tasche und begab sich zu den Medizinern.

»Guten Tag! Kripo Lübeck.«

»Wenn Sie denken, Sie können mit meinem Patienten jetzt eine Vernehmung machen oder was, das können Sie sich aus dem Kopf schlagen!«

Der Arzt war noch sehr jung und wirkte nervös. Er sah

Angermüller böse an, der heute auch nicht in der Stimmung für Nettigkeiten war.

»Sachte, junger Mann! Sie machen Ihren Job und ich mach meinen. Ich muss mir nur einmal kurz das Gesicht Ihres Patienten ansehen und Sie dürfen mir auch gerne sagen, ob Sie meinen, dass er der Mann auf diesem Foto ist!«

»Ich denke, das ist er«, sagte der Arzt nach einem kurzen Blick. »Ist zwar jetzt verschmutzt, verschorft und mit Barthaaren zugewachsen, aber das ist er, würde ich sagen. So, aufgepasst! Jetzt ganz vorsichtig auf die Trage mit ihm.«

Der Arzt hielt die Infusionsflaschen und die Schläuche, die unter eine Aludecke führten, mit der der Mann bedeckt war, und die beiden Sanitäter hoben den leblos wirkenden Körper behutsam auf die Trage. Angermüller trat einen Schritt näher, auch Jansen war heran gekommen. Der Mann hatte die Augen geschlossen, das dunkle Haar war filzig, ein paar Ameisen und andere kleine Tierchen krabbelten zwischen Baumrindenstückchen, die sich darin verfangen hatten, herum. Sein Gesicht war an der rechten Schläfe mit angetrocknetem Blut verkrustet und die Lippen waren geschwollen und rissig. Trotzdem meinten auch die beiden Kriminalbeamten, er gleiche dem Mann auf dem Foto. Inzwischen war das Team von der Spurensicherung eingetroffen und Angermüller sah einen Kollegen mit einer Kamera herankommen.

»Es tut uns wirklich leid, Sie bei Ihrer wichtigen Arbeit stören zu müssen, aber wir müssten wenigstens einen kurzen Blick auf den Körper des Mannes werfen und ein paar Fotos machen. Es besteht der dringende Verdacht, dass er durch Fremdverschulden in diese unschöne Situation geraten ist und da ist für uns jeder Hinweis wichtig.«

»Ist schon in Ordnung«, murmelte der Arzt. »Das habe ich mir schon gedacht, dass der sich nicht freiwillig zwischen die Bäume gelegt hat. Außerdem war er an den Händen gefesselt. Wir haben ihm die Strippe abgenommen und einer von den Polizisten hat sie gleich eingetütet, auch alles, was der Mann in den Taschen hatte!«

»Das ist gut – was ist mit seiner Kleidung?«

»Schuhe und Strümpfe hat Ihr Kollege auch an sich genommen, aber den Rest können wir dem Patienten erst im Krankenhaus ausziehen. Wir müssen uns jetzt wirklich sputen!«, trieb der Arzt zur Eile an. »Der Bursche ist mehr tot als lebendig, völlig ausgetrocknet, eventuell hat er eine schwere Kopfverletzung, Quetschungen, Prellungen, einige Knochenbrüche und was sonst noch alles, der muss so schnell wie möglich in die Klinik. Ich weiß nicht, wie lange der hier gelegen hat.«

»Wenn er der Mann auf dem Foto ist, dann wahrscheinlich schon eine Woche.«

»Eine Woche! Wirklich?« Der Notarzt war erschüttert. »Wenn das stimmt, dann grenzt sein Überleben wirklich an ein Wunder! Der hat Glück gehabt, dass er sich so ein schattiges Plätzchen ausgesucht hat, bei diesem Sommerwetter!«

Die Sanitäter hoben die Trage an.

»Dann machen Sie schnell Ihre Fotos und dann gehts ab ins Klinikum!«

Der Arzt zog die Aludecke weg, die über Fouhad Ferhati lag, und die beiden Kommissare begutachteten mit wachsendem Interesse die bedauernswerte Gestalt, die ohne merkbare Lebenszeichen und mit einem seltsam verdrehten Bein vor ihnen lag. Das Fußgelenk war dunkel verfärbt und geschwollen. Die Fessel schien sehr eng gesessen zu haben, denn beide Handgelenke zeigten dunkelrote Striemen. Während der Fotograf seine Aufnahmen machte, rief Jansen halblaut nach Ameise, der sofort angerannt kam und auf Jansens Geheiß eine Probe von einem auffälligen roten Farbfleck nahm, der sich auf Ferhatis Sweatshirt in Höhe der Brust befand. Auch an einem Ärmel und einem Hosenbein waren solche Flecke zu sehen.

»Gut, Herr Doktor, das wars! Ein Beamter kommt mit in die Klinik und Sie übergeben ihm bitte sämtliche Kleidungsstücke, die der Mann jetzt noch trägt. Und unser Rechtsmediziner wird sich wahrscheinlich auch bald bei Ihnen melden, um sich über Ihren ersten Eindruck von den Verletzungen zu informieren.«

»Alles klar! Wir starten. Auf gehts, Jungs!« Im Laufschritt eilten sie zu ihrem Notarztwagen, luden die Trage ein und fuhren, so schnell wie auf dem holprigen Waldweg möglich, davon.

Der muntere Polizist aus Ratekau kam auf die beiden Kriminalbeamten zu: »Melde gehorsamst: Alle möglichen Spurenträger, Kleidungsstücke und persönliche Gegenstände des Verletzten spurensicher verpackt und sichergestellt!«

Jansen murmelte etwas von unerträglichem Frohsinn und begleitete den Mann zu seinem Streifenwagen. Während die Kriminaltechniker systematisch den Fundort nach Spuren abgrasten, machte sich auch Angermüller mit der Umgebung vertraut, in der Hoffnung auf irgendetwas zu stoßen, dass die Vorgänge um Fouhad Ferhatis Verschwinden erklären könnte. Aber er machte keine Aufsehen erregenden Entdeckungen und glaubte schon bald zu wissen, dass dieser Ort nichts weiter zu offenbaren hatte. Er ging zurück zu Jansen, der dabei war, die eingetüteten Fundstücke auf dem Dach ihres Autos zu sichten. Nachdem sich der Krankenwagen entfernt hatte, war es ziemlich still im Wald geworden, ab und zu konnte man den Wind durch die Bäume rauschen hören und hin und wieder den seltsamen Schrei eines Vogels.

»Eichelhäher«, sagte Jansen und Angermüller nickte. Zu Beginn ihrer Zusammenarbeit hatte er sich über dieses Spezialwissen seines jungen Kollegen noch gewundert, inzwischen wusste er, dass Jansen als Junge ein begeisterter Hobbyornithologe gewesen war. Diese Liebhaberei aus seiner Kinderzeit hatte Jansen schon längst aufgegeben – Sport, schnelle Autos und Frauen hatten heute Vorrang – aber die einmal erworbenen Kenntnisse waren immer noch vorhanden.

»Also erstens: Das Opfer ist zu 99 Prozent unser Vermisster.« Jansen, der sich Handschuhe übergezogen hatte, breitete die Gegenstände aus der ersten Tüte auf dem Autodach aus. »Dieses Portemonnaie war bei seinem Tascheninhalt und enthält neben wenig Kleingeld und einer Visitenkarte der ›Villa Floric‹ die Kopie einer vorläufigen Aufenthaltserlaubnis auf den Namen Fouhad Ferhati. Und die Frau auf dem Foto kennst du auch!«

»Na klar! Das ist seine Freundin! Der kann Niemann dann auch die gute Nachricht übermitteln, dass wir ihn gefunden haben.«

„Und jetzt das Beste!«

Jansen hielt eine Plastiktüte triumphierend in die Höhe, in der sich ein Stück blaues Seil befand.

»Was sagst du denn hierzu?«

»Sag du, Claus!«

»Das ist ja wohl genau derselbe Tampen, der bei dem Toten vom Steilufer verwendet worden ist.«

»Du meinst das Seil? Stimmt, das sieht genau so aus. Es ist auf jeden Fall das gleiche, würde ich sagen, ob es auch aus diesem Segelverein stammt, wird hoffentlich die Kriminaltechnik herausfinden können.«

»Was soll jetzt die Korinthenkackerei?«

»Mann, Claus! Dasselbe kann es nicht sein, weil das nämlich bei uns bei der Spurensicherung liegt. Es ist auf jeden Fall auf den ersten Blick das gleiche, aber das müssen unsere Kollegen noch untersuchen. Und wenn es so ist, vielleicht sagt man dann doch ›dasselbe‹? Ich weiß das jetzt auch nicht.«

»Is mir auch schnurzpiepe!« Angermüllers Bemühen um sprachliche Richtigkeit stieß bei Jansen auf taube Ohren. »Jedenfalls sieht das ja stark nach einem Zusammenhang mit dem Steiluferoten aus! Aber vielleicht ist dir ja noch was anderes aufgefallen, außer dem gleichen oder demselben? Die komischen Farbflecke zum Beispiel.«

»Genau dazu wollte ich jetzt kommen: Mein Neffe hat neulich dieses Spiel erwähnt: Gotcha. Ich hab mich dann im Internet mal schlaugemacht. Da schießt eine Mannschaft mit sogenannten Markierern Gelatinekugeln, die mit Lebensmittelfarbe gefüllt sind, auf die gegnerische Mannschaft. Die Spieler müssen 18 Jahre alt sein und diese Luftdruckschussapparate fallen bei uns unter das Waffengesetz.«

»Da habe ich auch gleich dran gedacht, als ich die Farbflecke auf dem armen Kerl gesehen hab. Paintball heißt das wohl auch.«

»Genau. Jedenfalls hat mein Neffe erzählt, dass der Priewe und seine Gang des Öfteren solche Spiele organisieren.«

»Das passt in die Wehrsporttradition der Rechten.«

»Ja, stimmt. Im öffentlichen Waldgebiet sind diese Spiele natürlich verboten. Normalerweise musst du Schutzkleidung tragen, auch eine Art Helm mit Maske, damit du nicht doch verletzt wirst. Der Marco war bis jetzt noch bei keinem Spiel dabei, aber er fand die Idee, da mitzumachen, total geil.«

»Kann ja vielleicht als Sport ganz spannend sein. Aber das Ganze zur Menschenjagd umzufunktionieren! Pervers ist das!«

»Allerdings! Ich bin mir jedenfalls sicher, dass die Farbflecke auf der Kleidung von Ferhati sogenannte Splats von dieser Markierfarbe sind!«

»Wat nu machen?«

»Wir überlassen den Jungs von der Spusi jetzt die Tüten mit den Fundstücken für das Labor und die sollen auch gleich mal die nähere Umgebung auf Gotcha-Spuren untersuchen und wir besuchen den Priewe, würde ich vorschlagen.«

Gewöhnlich profitiert eine Landschaft von strahlendem Wetter und erscheint dem Betrachter einladend und freundlich. Nicht so die Umgebung der Hochhäuser im Hudekamp, deren Schäbigkeit trotz mühsamer Versuche, sie mit bunter Farbe zu übertünchen, im gleißenden Licht erst richtig zur Geltung kam. Nach der Fahrt in der angenehmen Kühle ihres Wagens wirkte die Hitze, die Jansen und Angermüller draußen empfing, wie ein Schock. Die Kronen der wenigen Straßenbäume waren so sparsam mit Blättern ausgestattet, dass auch sie kaum Schatten boten.

Lahm kickten ein paar dunkelhäutige junge Männer auf dem Gehweg einen Fußball hin und her, ihre Hosen reichten über die Knie, waren weit und formlos und saßen tief auf den Hüften. Eine Frau im Rentenalter, ihren Einkaufstrolley hinter sich herziehend, bahnte sich mit mürrischem Gesicht ihren Weg durch die Truppe. Als ihr der Ball vor die Füße rollte und ihr die Männer lachend etwas zuriefen, begann sie, wie ein Rohrspatz zu schimpfen, und beschleunigte ihren Schritt. Sie ging auf den Hauseingang zu, in dem auch Maik Priewe wohnte, und die beiden Beamten beeilten sich, hinter ihr ins Haus zu kommen, was aber nicht nötig gewesen wäre, da das Türschloss ohnehin nicht zu schließen schien.

»Was wollen Sie hier? Wohnen Sie hier?«, blaffte die Alte die beiden an, als sie hinter ihr im Treppenhaus standen, das nicht sehr einladend wirkte. In einer Ecke ein Haufen Reklameprospekte auf dem Fußboden, daneben ein paar mit Müll gefüllte Plastiktüten, an die Wand waren ein paar unleserliche Tags gekritzelt und das Treppengeländer war aus der Halterung gerissen.

»Wir sind von der Polizei.« Jansen hielt ihr seinen Dienstausweis hin und sofort wurden sie mit einem Schwall von Worten überzogen, der eine einzige Anklage gegen das ›ausländische Gesocks‹ war, das dieses ehrenwerte Haus in den letzten Jahren in immer größerem Maße heimgesucht hatte. Es begann mit Küchengerüchen und Babygeschrei und endete bei Diebstahl und Rauschgift.

»Und alles von unseren Steuergeldern! Unsereins muss sich abquälen und die leben wie die Made im Speck! Ob Russen, Neger oder sonst was – die kriegen das doch vorne und hinten reingeschoben, sonst würden doch nicht immer mehr von denen hierherkommen, von diesem Asylantenpack! Gut, dass Sie da sind, räumen Sie da mal ordentlich auf!«

Angermüller konnte sich vorstellen, dass das Zusammenleben der vielen Menschen hier, die aus den unterschiedlichsten Gegenden der Welt kamen und die finanziell mehr oder weniger schlecht ausgestattet waren, kein Zuckerschlecken war. Das war keine multikulturelle Spaßveranstaltung, sondern ein täglicher Kampf der Kulturen. Hier war jeder sich selbst der Nächste und die Angst vor dem Unbekannten, Fremden schlug oft genug um in tiefen Hass. Da genügte manchmal schon der Geruch eines fremden Gewürzes aus der Küche des Nachbarn, um gefährliche Aggressionen zu schüren. Da er es für ziemlich sinnlos hielt, einige ihrer bodenlosen Behauptungen richtigzustellen oder der aufgebrachten alten Frau von den Idealen eines Martin Luther King zu erzählen, überhörte er kurzerhand ihr Geschimpfe und fragte nach Maik Priewe.

»Ja, unser Maik! Das ist doch mal ein netter Nachbar!« Die eben noch keifende Stimme der Frau schlug um in einen freundlichen Ton, den Angermüller bei ihr gar nicht für möglich gehalten hätte.

»Der bringt einem auch mal einen Wasserkasten hoch oder dreht eine Glühbirne rein. Der wohnt noch nicht lange hier, aber das ist ein feiner junger Mann! Hat der was angestellt?«, unterbrach sie misstrauisch ihre Lobreden und fuhr fort, als Angermüller nur die Schultern hob: »Der wohnt ja direkt unter mir, im 4. Stock. Manchmal ist seine Musik ein büschen laut, aber die wollen ja auch mal feiern, die jungen Leute, da hat man doch Verständnis für! Der hat auch eine ordentliche Arbeit, der Maik! Da werden Sie übrigens kein Glück haben, der ist bestimmt auf Tour um diese Zeit!«

»Wir schaun mal«, meinte Angermüller nur. »Ach, sagen Sie, gibt es hier so was wie einen Hausmeister, der auch Schlüssel zu den Wohnungen hat?«

»Den gibt es. Aber der ist meistens nicht da oder besoffen. Was wollen Sie denn von dem?«

»Falls der Maik nicht da sein sollte... Wir müssten dringend mal in seine Wohnung, im Rahmen ermittlungstaktischer Zusammenarbeit mit Tatzeugen, das wäre ganz wichtig für den Maik.«

Jansen hob erstaunt die Brauen.

»Das können Sie leichter haben als mit dem alten Suffkopp«, sagte die alte Frau. »Ich hab nämlich auch einen Schlüssel. Der Maik hat gesagt – gleich, nachdem er hier eingezogen war – da hat er gesagt, ich vertrau dir, Oma Butz, du kriegst meinen Schlüssel, für alle Fälle!«

»Wenn Sie uns den kurz geben könnten, da tun Sie Ihrer Polizei einen großen Gefallen mit!«

»Denn kommen Sie man mit! Der Maik ist auch immer für Ordnung, der hat da bestimmt nichts gegen, wenn Sie da was für Ihre Ermittlungszeugen und so erledigen müssen.«

Sie fuhren gemeinsam mit dem Aufzug nach oben und

als sie im 4. Stock niemanden antrafen, begleiteten sie die auskunftsfreudige Alte in ihre Wohnung und erhielten von ihr den Schlüssel ausgehändigt, mit der Bitte, ihn anschließend gleich wieder zurückzubringen.

»Was machst du denn heute für Sachen, Georg? So kenn ich dich ja gar nicht!« Jansen sah seinen Kollegen kopfschüttelnd an. »Ermittlungstaktische Zusammenarbeit mit Tatzeugen! Du erzählst einen Schietkram, wenn der Tag lang ist. Aber so ganz ohne Durchsuchungsbefehl? Das könnte bösen Ärger geben.«

»Tja, das Eine darf man und das Andere muss man.« Angermüller machte ein entschlossenes Gesicht. »Ich bin mir ganz sicher, dass wir hier dahinterkommen, was es mit dem Verschwinden von Fouhad Ferhati auf sich hat und wer weiß, vielleicht führt die Spur uns ja auch ans Steilufer! Sollte es Schwierigkeiten geben, ich nehme das auf meine Kappe.«

Sie streiften sich Schutzhandschuhe über und öffneten die Wohnungstür.

»Boah! Wie sieht das denn hier aus?«

Jansen schien echt beeindruckt von der blitzsauberen Ordnung, die überall in der Zweizimmerwohnung herrschte – bei ihm zu Hause konnte davon keine Rede sein, dort regierte ein unübersichtliches Chaos, wie Angermüller von seinen wenigen Besuchen bei seinem Kollegen wusste. In Priewes Küche stand weder benutztes Geschirr noch lag irgendetwas einfach so herum, kein überquellender Mülleimer, keine bunte Sammlung leerer Flaschen, auf dem kleinen Tisch sogar ein Deckchen und eine Schale mit Obst.

Angermüller öffnete die Kühlschranktür und besah sich interessiert den Inhalt. Auch hier war alles sauber und geordnet. Neben einer Menge Dosenbier standen drei Literpackungen Trinkjoghurt und im Gemüsefach lagerten zwei Fertigpackungen Currywurst.

»Sach ma, welches Erkenntnisinteresse treibt dich denn an?«, knurrte Jansen verständnislos.

»Zeig mir, was du isst und ich sage dir, wer du bist! Deine bevorzugte Speisenauswahl lässt ja auch ziemlich tief blicken.«

Angermüller überhörte Jansens Protest und öffnete die Tür zum Gefrierfach.

»Immerhin, Tiefkühlpizza.«

Auch in den Küchenschrank steckte Angermüller noch seine Nase und zeigte Jansen kopfschüttelnd eine ganze Sammlung großer Dosen mit Aufschriften wie ›Giant Powerfood‹, ›Turbo Weight Gainer‹ oder ›Mega Mass Drink‹.

»Für den schnellen Aufbau von Muskelmasse. Da kannste ja gleich Hundefutter frühstücken. Für mehr Hirnmasse sorgt des aber bestimmt net.«

Das Wohnzimmer war unpersönlich und ohne Sinn für Farb- und Formgebung mit Schrankwand, Ledersofa, Couchtisch und Sideboard vollgestellt und wirkte kreuzbrav und spießig. Aufgehoben wurde dieser Eindruck durch eine riesige Reichskriegsflagge mit Hakenkreuz, die an der Wand über dem Sofa angebracht war. Auf dem Sideboard, wo andere ihre Porzellanfiguren oder ihre Familienbilder aufstellen, lagen hier zwei Gasmasken, ein Stahlhelm, ein kleiner Blechpanzer und diverse andere Utensilien aus der Zeit der Weltkriege und der Naziherrschaft. Auf einem Stück schwarzem Samt, das in einen Bilderrahmen gespannt war, fanden sich verschiedene Orden und Rangabzeichen, von denen Angermüller nur das eiserne Kreuz, Hakenkreuze und SS-Runen erkannte. Im Mittelpunkt dieser Sammlung fand sich ein Foto von Rudolf Hess mit schwarzer Schleife.

»Tsss! Sach ma, das is doch irgendwie krank!« Jansen hob den Stahlhelm hoch und schüttelte den Kopf. »Was finden die Jungs an dem ollen Plunder? Verstehst du die Faszination von diesem Kram?«

»Keine Ahnung, werde ich nie begreifen. Vielleicht wollen die nur irgendwie anders sein oder suchen nach einem Religionsersatz und das sind ihre Reliquien. Vielleicht wollen sie sich Respekt verschaffen mit diesen düsteren, verfemten Accessoires. Ich weiß es nicht.«

»Knallköppe sind das.«

Jansen reichte seine kurze Erklärung – tiefschürfende Analysen waren seine Sache noch nie gewesen. Er hockte sich vor die umfangreiche CD- und DVD-Sammlung in der Schrankwand und kam aus dem Kopfschütteln überhaupt nicht mehr raus.

»Wenn davon nicht mehr als die Hälfte auf dem Index steht, heiß ich Egon!«

Angermüller war mittlerweile ins Schlafzimmer gewechselt, wo auf einem Stuhl ein Stapel akkurat gefalteter T-Shirts lag und das Bett sehr ordentlich gemacht war. Er hatte den großen Kleiderschrank geöffnet. Auch hier war alles übersichtlich und wie abgezirkelt einsortiert. Er griff in eines der unteren Fächer und beförderte eine Schutzmaske ans Licht, die ein wenig wie ein Motorradhelm aussah. Er schaute genauer hin und fand noch zwei dieser Masken sowie immer in dreifacher Anzahl Handschuhe, Ellbogenschützer und Suspensorien. Am Boden des Schranks stand ein großer Karton.

»Ach, was haben wir denn hier?«

Stolz über seinen Fund präsentierte Angermüller seinem Kollegen etwas, das auf den ersten Blick einem kleinen Maschinengewehr ähnelte.

»Bingo! Das ist er, der Markierer! Und da drin sind noch zwei davon. Hier, siehst du, das Magazin und hier in der Tüte die Munition – und rate, welche Farbe die Kugeln haben!«

»Rot, nehme ich an!«

»Na klar! Davon nehme ich ein paar mit für das Labor.«

11

Das Restaurant war eines der besseren in Timmendorfer Strand, ein Edelitaliener mit einer sehr ambitionierten Speisekarte auf höchstem Preisniveau und mit einem wechselnden Angebot an exquisiten Spezialitäten, deren Preise vorsichtshalber nicht auf der kleinen Extratafel vermerkt waren. Zwei italienische Kellner, schön, elegant und leicht blasiert, hatten ihnen den Weg zum Lieferanteneingang gewiesen und sie gebeten, jedes Aufsehen zu vermeiden. Es war kurz vor 12 und das Restaurant noch völlig leer. Sie waren genau zum richtigen Zeitpunkt gekommen: Angermüller und Jansen, begleitet von Eichhorn und Sobinsky, sowie zwei Streifenpolizisten. Als Maik Priewe mit seinem Lieferschein um die Ecke federte, um seine Lieferung in der Küche anzukündigen, griffen sie zu. Priewe stutzte einen Moment, sah die Überzahl der Beamten und gab sich völlig locker.

»Probleme, Herr Kommissar?«, fragte er Angermüller, der ihm am nächsten stand, mit einem schiefen Grinsen.

»Ich nicht, aber Sie. Würden Sie uns bitte in die Kriminalinspektion begleiten?«

»Wie komme ich dazu?«

»Sie sind vorläufig festgenommen.«

»Ach nee. Und warum?«

»Wir sagen jetzt mal Verdunklungsgefahr und alles Weitere klären wir gemütlich bei uns im Büro.«

Zumindest für diesen Moment war Priewe das Grinsen vergangen.

Noch während der Fahrt in die Possehlstraße hatte Angermüller in der ›Villa Floric‹ angerufen und die Restaurantchefin darüber informiert, dass man Fouhad Ferhati gefunden hatte. Die Erleichterung war natürlich groß, wenn auch das Ausmaß seiner Verletzungen und womöglich bleibender Schäden keineswegs geklärt war. Auf seine Nachfrage erfuhr Angermüller von Anna Floric, dass Matte, der Kochlehrling, noch nicht wieder zur Arbeit erschienen war. Angeblich hatte er eine Sommergrippe und musste nach wie vor das Bett hüten. Der Kommissar schickte ein Team zu ihm nach Hause, das ihn nach eigenem Ermessen ins Behördenhaus mitnehmen sollte, wenn er nicht wirklich ernsthaft krank war.

Angermüller überlegte, welche Schritte jetzt hintereinander getan werden mussten: Laborergebnisse abfragen, Krankenhaus anrufen beziehungsweise erfragen, ob Steffen schon den Verletzten begutachten konnte, Staatsanwaltschaft informieren und natürlich parallel die beiden Verdächtigen befragen. Für 17 Uhr war eine Teamsitzung angesetzt und er hoffte, dass sie dann schon mit konkreten Ergebnissen arbeiten könnten. Der Hunger, der ihn sonst regelmäßig spätestens am frühen Nachmittag überfiel, blieb heute aus. Er spürte ein unruhiges Kribbeln und war gleichzeitig hochkonzentriert, denn jetzt schien endlich der Wendepunkt in den Ermittlungen erreicht. Aber natürlich gab es weder im Labor noch bei der Rechtsmedizin so schnell die benötigten Informationen, wie er es gerne gehabt hätte. Die Ärztin aus der Notaufnahme im Klinikum konnte ihm nur sagen, dass Fouhatis Verletzungen nicht so gravierend waren wie von dem jungen Kollegen heute Morgen angenommen und dass sie voraussichtlich in zwei oder drei Tagen mit ihm würden reden können.

Also blieben erst einmal nur die Vernehmungen. Und dieser Priewe war ein harter Brocken. Den ersten Schrecken über seine Festnahme schien er schon wieder verdaut zu haben und als hätte er einen Text auswendig gelernt, wiederholte er gebetsmühlenartig sein Alibi für die Nacht, in der Fouhad Ferhati verschwunden war.

»Und wenn ihr mich noch hundertmal fragt, ihr kriegt immer wieder diese Antwort: Am Mittwochabend waren wir im ›Studio 88‹ und dann in der Kneipe in Marli. Zeugen dutzendweise. Anschließend war ich bei meiner Ische – könnt sie ja fragen. Ich hab mit keinem dieser Ausländer irgendwas zu tun.«

»Kennen Sie Gotcha?«

»Wer soll das sein?«

»Priewe! Wir haben Leute, die uns bestätigt haben, dass Sie dieses Geländespiel hin und wieder spielen. Verkaufen Sie uns nicht für blöd!«

»Wenn Sie es sagen, dann spiel ichs wohl ab und zu.«

Eine kleine Unsicherheit meinte Angermüller bei diesem Thema zwar gespürt zu haben, doch insgesamt war der Mann nicht aus dem Konzept zu bringen. In seinem hautengen ›Gourmet-Profi‹-Shirt und den Camouflagehosen saß er breitbeinig auf einem Stuhl, schaute herausfordernd von einem zum anderen. Er schien die Befragung regelrecht zu genießen.

Es klopfte und der Kollege Eichhorn vom Staatsschutz steckte seinen Kopf zur Tür herein.

»Kann ich euch mal kurz sprechen?«

»Klar, eine kurze Pause wär sowieso nicht schlecht«, meinte Jansen und Angermüller stimmte zu. Sie ließen Priewe in der Obhut eines Beamten zurück.

»Was gibts denn?«

Eichhorn streckte einen Daumen hoch.

»Ich sage euch, der Junge redet jetzt wie ein Wasserfall!«

»Wie habt ihr das denn hingekriegt?«

»Berufsgeheimnis aus dem K5«, schmunzelte Eichhorn und hielt ihnen stolz ein Handy entgegen. »Ach, Quatsch! Zufall! Wir sind total überraschend bei ihm zu Hause aufgetaucht. Die Mutter hatte uns reingelassen und wir haben nicht lange gefackelt und sind in sein Zimmer rein und da war er gerade mit seinem Handy am Fummeln.«

»Ja, und?«

»Na ja, er machte einen ziemlich erschrockenen Eindruck und versuchte, irgendwie unauffällig das Handy verschwinden zu lassen und du kennst uns ja, das machte uns natürlich besonders scharf drauf. Was glaubt ihr, warum wir das nicht finden sollten?«

»Nu sach schon!«

»Schaut es euch an: Da ist ein nettes Filmchen drauf.«

Wie gebannt schauten Angermüller und Jansen auf das kleine Display des silberfarbenen Telefons. Bild und Tonqualität waren schlecht, das Bild war stellenweise ziemlich unscharf und wackelte und auch die Geräusche klangen etwas scheppernd und abgehackt, aber eines war klar: Hier wurde ein Mensch ziemlich böse von ein paar Leuten traktiert. Im Licht von Autoscheinwerfern lag er am Boden und die anderen bearbeiteten ihn mit Fußtritten, Gegröle war zu hören und ab und zu etwas, das wie ein Stöhnen klang und von dem Gequälten kam. Was sie sahen und hörten, ließ den beiden Beamten den Atem stocken. Jansen räusperte sich.

»Mich laust der Affe: Das ›Gourmet-Profi‹-Auto! Und wenn ich nicht ganz bekloppt bin, dann ist da auf jeden Fall unser lieber Maik zu erkennen.«

»Sehen wir auch so. Sobinsky und ich haben uns diesen Gruselfilm jetzt schon ein paar Mal angeschaut, das isser, der Priewe, 100 Prozent, und das Opfer ist der Ferhati. Ich würde vorschlagen, gleich in die Kriminaltechnik damit, Nummern auswerten und so.«

»Klar! Mach man!«

»Übrigens scheint es irgendwie Unstimmigkeiten zwischen dem Wulff und dem Priewe gegeben zu haben, ganz klar ist uns das noch nicht. Hängt wohl mit seinen Schmierereien an dem Restaurant zusammen.«

»Dann reden wir jetzt mal mit ihm?«, fragte Angermüller den Kollegen.

»Gerne, dann machen wir eine kurze Pause und gehen einen Kaffee trinken.«

In seinem armeegrünen T-Shirt und der schwarzen Hose, die unten in Springerstiefeln steckte, hing Matte kraftlos auf seinem Stuhl. Es ging ihm offensichtlich nicht gut und als Angermüller und Jansen den Raum betraten, sah er nur kurz auf und senkte dann wieder den Blick. Wie ein unterlegener Boxer saß er in seiner Ecke des Rings und hatte alle Illusionen verloren.

»Moin!«, schmetterte Jansen. »So sieht man sich wieder! Dann erzähl uns doch mal, was du über deinen Kollegen Fouhati und die Gotcha-Spiele weißt!«

»Muss das sein? Sie haben doch das Handy.«

Das klang nicht mehr wie aufmüpfiger Protest, sondern ziemlich kleinlaut und erschöpft und Angermüller fand es an der Zeit, sich Matthias Wulff gegenüber auch einmal wieder von der menschlichen Seite zu zeigen.

»Möchtest du vielleicht was trinken, Matthias, ein Wasser, einen Kaffee? Was macht dein Infekt?«

»Welcher Infekt?« Matthias sah den Kommissar verwirrt an und dann fiel ihm wohl ein, dass seine Mutter ihn damit bei der Arbeit entschuldigt hatte. „Ach, das. Ja, geht schon wieder. Kann ich einen Kaffee haben?«

»Aber klar!«

»So, jetzt leg mal los!« forderte Jansen den Jungen auf, als er seinen Kaffee bekommen hatte. Stockend erzählte er noch einmal, wie er vor einigen Wochen Maik Priewe bei dessen Lieferungen für den ›Gourmet-Profi‹ in der ›Villa Floric‹ kennengelernt hatte. Sie hatten öfter mal eine zusammen geraucht, dabei über dies und das geschnackt, Matthias hatte seinem häufigen Frust über seine ausländischen Arbeitskollegen Luft gemacht und Maik hatte das immer gut verstehen können.

»Was hat er denn da so gesagt?«

Immer wieder stellten die Beamten Zwischenfragen, um Matthias' Erzählfluss am Laufen zu halten.

»Na ja, so was wie: Ärger dich nicht, die kommen auch noch dran und irgendwann hauen die von selber ab, du wirst sehen!«

Eines Abends hatte Priewe ihn dann ins ›Studio 88‹ eingeladen und auch mal zu einem Kameradschaftsabend mitgenommen und Matthias hatte sich dort sofort wohl gefühlt. Man akzeptierte ihn, er fühlte sich als gleichberechtigtes Mitglied einer Gemeinschaft. Einmal war er auch bei einem Konzert von ›Wotans Wuth‹ dabei, das offiziell als Geburtstagsfeier lief und bei dem es anschließend Ärger mit der Polizei gab.

»Und wie war das nun mit diesen Gotcha-Spielen?«

»Da hat der Maik uns immer von erzählt, dass er manchmal so was organisiert, aber das war alles sehr geheim, weil das ja einfach so im Wald eigentlich verboten ist. Die Kameraden und ich, wir fanden die Idee trotzdem geil. Der Maik hat dann die ganze Zeit so Andeutungen gemacht, von einem Geheimkommando und so, und als ich und noch ein paar andere mitmachen wollten, sagte er, das ist nix für Pimpfe. Ihr müsst euch erst mal bewähren und würdig erweisen, bei so einer Strafaktion dabei zu sein.«

»Und wie war das letzte Woche, als dein Kollege verschwunden ist? Konntest du dir gleich denken, was mit ihm passiert war?«

»Wir alle wussten, was los ist, als der Maik und zwei andere an dem Abend loszogen. Als der Ausländer dann bei der Arbeit nicht wieder aufgetaucht ist, war mir eigentlich alles klar. Der Maik hatte ja immer gesagt, er wird denen einen Denkzettel verpassen, dass die sich wünschen, nie in unser schönes Deutschland gekommen zu sein. Er würde das für uns alle tun.«

»Wie fandest du das?«

»Eigentlich fand ich das gut. Die haben mich alle immer nur genervt da im Restaurant, diese Kameltreiber. Ich fand das nur total ungerecht, dass ich nicht mitmachen durfte.«

»Und deswegen hast du dann die Parolen ans Restaurant geschmiert?«

Wie ein uneinsichtiges, trotziges Kind sagte Matthias: »Ich wollte auch was tun. Ich wollte dem Maik zeigen, dass ich auch was beitragen kann zu unserer Sache!«

»Wie fand er das?«

»Er hat sich furchtbar aufgeregt! Wie ich so was Blödes machen konnte, hat er gefragt. Wegen mir hätte er jetzt die Bullen am Hals und so.«

»Von wem stammt eigentlich dieses Filmchen auf deinem Handy?«

»Das ist von Timo. Den nennt Maik auch immer nur Pimpf.«

»Und wann hat der Timo dir die Bilder geschickt?«

»Gestern.«

»Also erst nach deiner Heldentat an der ›Villa Floric‹?«

Matthias warf einen unsicheren Blick auf Jansen.

»Wieso Heldentat? Der Timo hat das mitgekriegt von meiner Aktion an der ›Villa Floric‹ und der fand das irgendwie gut, dass ich was gemacht habe. Der war nämlich auch sauer, dass der Maik ihn nicht ernst nimmt, dass der uns immer behandelt wie kleine Kinder. Der Timo ist denen dann letzte Woche in der Nacht einfach mit seinem Auto nachgefahren.«

»Weiß Maik das?«

Matthias schüttelte langsam den Kopf und es war ihm anzusehen, was er sich in diesem Augenblick am wenigsten wünschte: Maik Priewe zu begegnen. Angermüller und Jansen warfen sich einen Blick zu und wären sie allein gewesen, hätten sie wohl ein Freudengeheul ausgestoßen. Matthias Wulff hatte ihnen soeben Maik Priewe auf einem silbernen Tablett serviert.

Sie trieben Timo nach Wulffs Hinweis in einer Eisbude in Travemünde an der Promenade auf, dort hatte er einen Ferienjob. Timo ging noch zur Schule. Er stammte aus geordneten Familienverhältnissen und Angermüller fühlte sich an seinen Neffen erinnert, als der Junge im Vernehmungszimmer vor ihm saß. Er war 18 Jahre alt, dem Gesetz nach also erwachsen, doch sowohl sein Aussehen als auch sein Benehmen trugen kindliche Züge. Mit einer Mischung aus Angst und Spannung sah er die beiden Beamten erwartungsvoll an und bejahte dankbar, als sie ihn fragten, ob sie ihn duzen dürften. Bei der nächsten Gelegenheit musste er sich Marco noch einmal vornehmen, dachte Angermüller, und ihm klar machen, in was er da durch Priewes Gang hineinschlittern könnte. Na ja, zumindest für eine Weile würde Priewe jetzt erst mal aus dem Verkehr gezogen sein.

Timo schilderte ihnen detailliert, wie Fouhad Ferhati von Priewe und den beiden Glatzen, die alle nur Stan und Olli nannten, letzte Woche in der Nacht von Mittwoch auf Donnerstag kurz hinter der ›Villa Floric‹ auf seinem Roller gestoppt und in Priewes Lieferwagen gezerrt worden war. Den Roller hatten sie gleich an Ort und Stelle in der Senke unter Laub und Astwerk versteckt, wo ihn die beiden Kinder knapp eine Woche später entdecken sollten. Dann waren sie in das Waldstück südlich von Ratekau gefahren und dort hatte Timo gefilmt, was sie mit Fouhad Ferhati anstellten, als sie im Wald angekommen waren.

»Der war gefesselt an den Händen und die hatten ihm die Augen verbunden. Und dann haben die erst mal was getrunken und den Typen immer so zwischen sich herumgeschubst, der is dann mal hingefallen, aber immer wieder hochgekommen. Und als er dann wieder hingefallen ist, da hat sich der dicke Olli auf den drauf gesetzt und ihn gezwungen, Bier zu trinken und er sollte immer ›Prost Mohammed‹ sagen. Der wollte das aber nicht. Und da haben sie ihn getreten und so.«

Timo hatte offensichtlich Schwierigkeiten, die Brutalitäten zu schildern, deren Zeuge er in jener Nacht geworden war und Angermüller dachte, wer weiß, wozu es gut war, dass der Junge mitgekriegt hat, dass die Wirklichkeit mit einem Computerspiel nichts gemein hat.

»Das sind die Szenen, die du mit deinem Handy aufgenommen hast?«

Er nickte.

»Warum hast du das eigentlich gemacht?«

Achselzucken.

»Ich weiß nicht. Irgendwie dachte ich, denen zeig ichs, weil sie uns nicht beim Gotcha dabei haben wollten. Ich wusste ja nicht, dass die solche Scheißsachen machen.«

»Was haben die denn noch mit dem Fouhad gemacht?«

»Na ja.« Timo druckste herum. »Der musste sich auf den Bauch legen und dann haben sie ihm eine brennende Zigarre auf den nackten Rücken gelegt und versucht, die auszupissen.«

Jansen schüttelte den Kopf und atmete laut pustend aus.

»Und warum bist du mit deinem Wissen über so eine brutale Straftat nicht sofort zu uns gekommen?«

Der Junge sah Jansen offen an.

»Ich hab Schiss vor denen, Mann.«

»Wie ging es dann weiter?«

»Die haben sich dann ihre Gotcha-Klamotten angezogen. Ich weiß, dass der Stan eine Nachtsichtbrille mit Infrarot und so hat und da hab ich mich dann vom Acker gemacht und bin zu meinem Auto zurückgeschlichen, weil, wenn die mich entdeckt hätten...«

Jansen nickte.

»Gut, Timo. Es dauert noch einen Moment, dann kannst du deine Aussage unterschreiben und wieder gehen. Könnte sein, dass die Staatsanwaltschaft sich bei dir meldet.«

Erschrocken schaute Timo auf.

»Aber wieso? Ich hab doch alles gesagt, was ich weiß!«

»Na ja, möglicherweise spielt unterlassene Hilfeleistung eine Rolle oder aber das Verschweigen einer Straftat. Das sind auch Delikte. Wir werden sehen. Wenn es zu einem Prozess kommen sollte, und das wird es bestimmt, wirst du vielleicht auch als Zeuge auftreten müssen.«

»Krieg ich dann Polizeischutz?«

Was dieser Junge sich so vorstellte! Jansen schüttelte den Kopf. Wie die meisten Menschen glaubte auch er offensichtlich, man verfüge über eine Unzahl Polizisten, die man zu den verschiedensten Gelegenheiten nach Belieben einsetzen konnte. Noch nie etwas über den chronischen Mangel an Menschen und Ausstattung bei der Polizei gehört?

»Das werden wir dann schon hinkriegen, Timo!«, sagte er aufmunternd und klopfte ihm auf die Schulter.

Als sie Maik Priewe mit den Aussagen der beiden Jungen konfrontierten, gab er sich anfangs immer noch völlig gelassen. Er leugnete nicht mehr die Tatsache, Ferhati als Zielscheibe für das Gotcha-Spiel benutzt zu haben. Aber seine

Unverfrorenheit ging so weit, zu behaupten, dass Ferhatis Beteiligung mit dessen Einverständnis stattgefunden habe.

»Das war nur ein Spiel, versteht ihr! Das fand er spannend, der Ali!«

Jansen schaltete den Computerbildschirm ein. Die Kriminaltechnik hatte mittlerweile die Bilder, die sie auf den Handys der Jungen entdeckt hatten, auf eine CD gebrannt.

»Und das? Fand er das auch spannend?«

Im ersten Augenblick schien Priewe nicht zu erkennen, was da über den Monitor flimmerte, doch als dann bestimmte Wortfetzen hörbar waren und sein blond gefärbter Bürstenschnitt im Bild auftauchte, dämmerte ihm, dass dies eine eindeutige Dokumentation seines nächtlichen Treibens von der vergangenen Woche war. Es hielt Priewe nicht länger auf seinem Stuhl. Er sprang auf und starrte wie gebannt auf den Bildschirm.

»Wo habt ihr das her? Das kann doch nicht der Kanake gefilmt haben?«

Jansen schoss ebenfalls von seinem Stuhl empor und packte Priewe am Kragen seines T-Shirts.

»Der Mann heißt Fouhad Ferhati und wenn du uns nicht sofort haarklein erzählst, was in dieser Nacht passiert ist, wirst du mich kennenlernen!«

Jansens Ausbruch bewirkte bei Priewe nur ein dreckiges Grinsen.

»Was kannst du schon machen, Bulle? Wir leben ja immerhin in eurem beschissenen Rechtsstaat. Da ist Gefangenenmisshandlung verboten.«

Auch Angermüller war aufgestanden. Er stellte sich neben Jansen, der Priewes T-Shirt wieder losgelassen hatte.

»In diesem beschissenen Rechtsstaat wirst du jetzt – wir sind ja inzwischen beim ›Du‹, wie ich gehört habe – vorerst keinen Mist mehr bauen können, denn erst mal wirst du für eine ganze Weile von der Bildfläche verschwinden. Dir ist bekannt, was auf Mord steht?«

»Wieso Mord? Isser tot?«

»Wer?«

»Na, der.« Priewe sah zu Jansen. »Der Ali.«

»Der Mann heißt Fouhad Ferhati, geht das in dein Spatzenhirn?«

»Also: Isser tot dieser Fouhati oder wie der jetzt heißt?«

»Das ist noch nicht klar.«

»Wie? Das wisst ihr noch gar nicht? Wozu dann der ganze Larry? Der Typ ist einfach abgehauen mitten in der Nacht, was kann ich dafür?«

»Weil er nicht mehr mit euch spielen wollte, oder was? Dabei war das doch so nett, wie man auf diesen Bildern hier sehen kann.« Jansen platzte schon wieder der Kragen. »Los jetzt!

Setz dich! Wer war dabei? Wie ist das Ganze abgelaufen?«

Endlich schien Priewe einzusehen, dass er sich aus dieser Situation nicht mehr herauswinden konnte. Alle drei nahmen wieder auf ihren Stühlen Platz. Maik Priewe erzählte mit erschreckender Selbstverständlichkeit, dass er schon seit Längerem mit Stan und Olli den Plan hatte, endlich mal eine richtige Strafaktion gegen diese lästigen Ausländer zu starten. Die beiden Glatzen, deren richtige Namen Matthias Wulff den Beamten genannt hatte, waren inzwischen auch festgenommen worden und auf dem Weg in die Possehlstraße.

Dann schilderte Priewe noch einmal ausführlich den Verlauf jener Nacht: wie sie Fouhad Ferhati mit seinem Roller gestoppt und in das Auto gezerrt hatten und anschließend den Roller versteckt, wie sie in den Ratekauer Forst gefahren waren und dort erst einmal ›spontan ein bisschen

Party gemacht und sich warm gelaufen‹ hatten. So bezeichnete Priewe die bei reichlichem Bierkonsum veranstalteten Quälereien von Ferhati. Angermüller schaute immer wieder ungläubig den Mann an, der ihnen völlig kalt über diese ungeheuren Vorgänge berichtete – ohne eine Spur von Scham oder gar Mitgefühl. Im Gegenteil, er schien sich mit seinen grausamen Details sogar noch brüsten zu wollen. Wie konnte jemand so verrohen? Was konnte man gegen einen, der keine Moral, keine Grenzen kannte, überhaupt ausrichten? In solchen Momenten hasste Angermüller seinen Beruf.

»Und denn ham wir unsere Ausrüstung angezogen und damit der Typ auch ne Chance hatte, haben wir ihm die Augenbinde abgenommen und ihm einen kleinen Vorsprung gelassen und dann ham wir 'n büschen rumgeballert – aber doch nur mit Farbmunition!«

»Wie lange ging das so?«

»Kann ich nich sagen, Viertelstunde, 20 Minuten – auf einmal war der Ali weg. Der Stan hat zwar mit seiner Infrarotbrille noch ne ganze Weile nach dem gesucht, aber der blieb verschwunden. War Pech.«

Wer da nun nach Priewes Meinung Pech gehabt hatte, er und seine Kumpel, da ihnen ihre Zielscheibe nach so kurzer Zeit bereits die Menschenjagd verdorben hatte oder Ferhati, der angeblich plötzlich wie vom Erdboden verschluckt war, konnte dieser Aussage nicht entnommen werden. Auch nach längerem Nachfragen blieb Priewe bei seiner Darstellung. Es war ihm nicht nachzuweisen, dass er und seine beiden Kumpel den jungen Algerier in die Zwangslage gebracht hatten, in der er gefunden worden war.

Das war aber im Moment auch nicht von Bedeutung, denn schon die Freiheitsberaubung und die menschenverachtenden Gewaltdelikte auf dem kurzen Film reichten als Haftgrund für die drei aus. Spätestens, wenn Ferhati vernehmungsfähig war, würden sie vermutlich die ganze Wahrheit über diese schrecklichen Vorgänge erfahren. Angermüller hatte zwischendurch kurz mit der Kriminaltechnik telefoniert und das für ihn wichtigste Ergebnis war die Tatsache, dass das blaue Seil, mit dem Fouhad Ferhatis Hände zusammengebunden waren, tatsächlich identisch war mit der Fessel des Toten vom Steilufer. Winzige Partikel von Bootslack, der sich auf beiden Tampen gefunden hatte und die aus dem Bootsschuppen der Lübschen Seglervereinigung stammten, hatten dies eindeutig bestätigt.

Angermüller hatte um die beiden Beweisstücke gebeten, weshalb sie jetzt vor Priewe auf dem Tisch lagen, der sie nur mit einem verständnislosen Blick streifte.

»Kannst du uns was zu diesem Seil erzählen?«

Priewe zuckte gelangweilt mit der Schulter.

»Wahrscheinlich isses das, das wir dem Ali um die Händchen gebunden haben. Also habt ihr ihn gefunden.«

Trotz Jansens deutlicher Ermahnung, das Opfer nur mit seinem richtigen Namen zu bezeichnen, blieb Priewe hartnäckig bei seinem herablassenden ›Ali‹.

»Und wofür habt ihr es noch verwendet?«

»Was soll das denn? Wollt ihr uns jetzt irgendwas anhängen, ihr mit eurem Scheiß-Rechtsstaat? Da war nix weiter außer dem bisschen Spaß.«

»Woher hattest du denn den Tampen?«, mischte sich Jansen ein.

»Mann, den hatte ich bei mir zu Hause, kann man ja immer mal gebrauchen, oder?«

»Wo hast du ihn gekauft?«

»Den hab ich nich gekauft. Der lag irgendwo rum und da hab ich ihn mitgenommen.«

»Gehts etwas genauer!?«

»Wollt ihr mich jetzt drankriegen wegen Tampenklau oder was? Also, ich hatte da 'n Job in 'nem Segelverein und da sollte ich den Bootsschuppen büschen aufräumen und da lag das Zeug meterweise rum und ich habe mir 'n kleines Stück abgeschnitten. Kann man ja nie wissen, wozu man das mal brauchen kann.«

»Der Verein, war das die Lübsche Seglervereinigung?«

»Kann sein.«

»Was war das für ein Job?«

»Das war vor gut zwei Monaten, da war ich noch nicht bei diesem ›Gourmet-Profi‹-Laden und stand ganz schön auf dem Schlauch und da hat der olle Burmester gesagt, er hätte 'ne Arbeit für mich. War aber nur einmal da, hatte ich kein Bock zu, in diesem Seglerpuff aufzuräumen.«

»Wer ist der olle Burmester und woher kennst du den?«

Angermüller fragte beiläufig und versuchte, sich nichts anmerken zu lassen. Burmester! Das durfte doch nicht wahr sein! An Jansens Blick sah er, dass auch sein Kollege die Antennen ausgefahren hatte.

»Irgendwoher eben.«

»Priewe, müssen wir dir alles aus der Nase ziehen?«

»Der hat so 'n Verein und da hab ich schon manchmal für gearbeitet.«

»Du meinst die ›Freiheitlich Unabhängige Bürgervereinigung‹, nehme ich an?«

Angermüller sah erstaunt zu seinem Kollegen, denn diese Information war ihm neu.

»Was hast du für die gemacht?«

»Mal was renoviert, Zeitungen ausgetragen, Lebensmittelspenden verteilt, Ordnerdienst. All so was. Und den Job beim ›Gourmet-Profi‹ hab ich auch über die gekriegt. Beim Scheißarbeitsamt kommen ja sowieso immer nur die ganzen Ausländer dran.«

Sie versuchten, noch einmal weiterzukommen und fragten wieder nach der blauen Schot, doch Priewe stellte auf

Durchzug. Ob er nur blockierte oder wirklich nichts über die zweite Fessel und den Toten aus dem Schlauchboot wusste, war nicht auszumachen. Angermüller telefonierte mit dem Staatsanwalt und leitete alles in die Wege, damit Priewe und seine beiden Kumpane heute noch dem Haftrichter vorgeführt würden.

»Gratuliere, Herr Kommissar! Da haben Sie ja einen guten Fang gemacht und ziemlich schnell! Heute Morgen den vermissten Mann aufgefunden und mittags schon den Hauptverdächtigen festgenommen. Wieso waren Sie eigentlich zu diesem Zeitpunkt schon so sicher, dass der Priewe dahinter steckt? Das Opfer ist doch noch gar nicht vernehmungsfähig?«

Unangenehm berührt dachte Angermüller an seine eigenmächtige Durchsuchung von Priewes Wohnung.

»Reine Intuition, Herr Staatsanwalt!«

»Ich bin wirklich beeindruckt, gute Arbeit!«

Dieses nicht ganz verdiente Lob hinterließ bei Angermüller ein flaues Gefühl. Nicht etwa, dass er unter seinem wenig vorschriftsmäßigen Verhalten litt, vielmehr wurmte ihn, dass sie bei der Lösung ihres eigentlichen Falles immer noch nicht richtig vorangekommen waren.

Durch die für diese Breiten ungewöhnliche Hitze war es im Besprechungsraum, der schon seit Stunden von der Sonne beschienen wurde, auch bei heruntergelassenen Jalousien ziemlich heiß und stickig. Auch die gekippten Fenster brachten keine Abkühlung. Trotz dieser unangenehmen Arbeitsbedingungen herrschte bei den meisten, die sich an dem großen Tisch zur Teamsitzung versammelt hatten, nach Tagen wieder einmal eine optimistische Stimmung. Endlich ein greifbares Ergebnis: Der vermisste Fouhad Ferhati war lebend wieder aufgetaucht. Laut Steffens kurzer Zusammenfassung seines Befundes hatte der junge Algerier Brandmale an Rücken und Armen, Hämatome am ganzen Körper und auch im Gesicht sowie eine Platzwunde am Kopf, die höchstwahrscheinlich auf die Misshandlungen durch die Neonazis zurückzuführen waren. Der gebrochene rechte Unterschenkel sowie die Quetschungen auf der rechten Seite stammten wohl von seinem Gefängnis zwischen den Baumstämmen. Die Ärzte prognostizierten vollständige Heilungschancen – Ferhati hatte noch mal Glück gehabt. Die Schuldigen waren dingfest gemacht und in ein paar Tagen würde das Opfer selbst erzählen können, was in jener Nacht passiert war. Nach der Lage der Fakten wurden die Ermittlungen gegen Priewes Gang jetzt federführend von der Ermittlungsgruppe für rechtsextrem motivierte Delikte beim Staatsschutz übernommen. Bei einer genauen Durchsuchung von Priewes Wohnung waren die Angermüller bereits bekannten Beweismittel sichergestellt worden sowie eine Menge an Propagandamaterial, verfassungswidrigen Kennzeichen, verbotener Musik. Leider war nichts darunter, das ihn in Verbindung mit der Leiche vom Steilufer gebracht hätte.

Trotzdem hatte sich auch Jansen von der Siegerlaune der Kollegen anstecken lassen, während Angermüller dafür nicht den geringsten Anlass sah. In ihm herrschte das schale Gefühl der Unvollkommenheit vor, da sie ihre Aufgabe, den Mörder des Toten vom Steilufer zu finden, bis heute nicht gelöst hatten. Priewe und seiner Truppe eine rechtsextremistisch motivierte Gewalttat nachzuweisen, betrachtete er nur als ein Abfallprodukt ihrer eigentlichen Ermittlungsarbeit. Angermüller war nach wie vor überzeugt, dass es einen Zusammenhang zwischen beiden Taten geben musste. Seit klar war, dass sämtliche blaue Schoten aus der Lübschen Seglervereinigung stammten, in der Burmester dem Vorstand angehörte und dass selbiger seit Längerem schon Verbindung zu Maik Priewe hatte, konnte er an nichts anderes mehr denken. Man war übereingekommen, außer Jansen und Angermüller nur noch ein Team an der Mordsache vom Steilufer arbeiten zu lassen.

Während die anderen noch über eine Pressemitteilung diskutierten, die herausgegeben werden sollte, plante Angermüller im Anschluss an diese Sitzung einen Besuch bei Burmester zu machen. Er hoffte, auch Jansen von dieser Idee überzeugen zu können. Er legte sich seine Argumente zurecht, da spürte er sein Handy in der Hosentasche vibrieren.

Es war seine Schwester und er nutzte die Gelegenheit, sich auf den Flur zurückzuziehen. Seiner Mutter ging es viel besser. Er ließ sich die Nummer im Krankenhaus geben und rief sofort dort an. Seine Mutter schien erstaunt, von ihm zu hören.

»Georg, du? Was ist denn los?«

»Bei mir nichts Besonderes, aber du bist im Krankenhaus! Wie gehts dir denn?«

Wie nicht anders zu erwarten, fühlte seine Mutter sich völlig gesund und sah überhaupt nicht ein, dass sie nicht gleich wieder heimgehen durfte.

»Mir geht es doch wieder gut! Unkraut vergeht net, des weißte doch, Georg!«

»Aber Mama, die Ärzte werden schon wissen, was gut für dich ist. Lass dich doch noch e bissle verwöhnen.«

»Verwöhne! Den ganzen Tag im Bett liegen – des macht mich krank! Im Garten sind die Johannisbeeren reif, die Kirschen müssen eigmacht wern. Ich darf gar net dran denken!«

Seine Mutter sprach den unverfälschten Dialekt seiner oberfränkischen Heimat und sobald er mit ihr telefonierte, klang auch er wieder vollkommen anders.

»Dann denk halt net dran! Schau e bissle Fernsehen.«

»Da gibts eh nix Gscheits!«

Jetzt wusste er wieder, warum er so selten anrief. Auch wenn seine Mutter gesund war, die Telefonate mit ihr nahmen meist einen wenig befriedigenden Verlauf. Am besten ging es noch, wenn er ihr etwas erzählte, sei es über das Wetter oder die Kinder, aber sobald sie in den Austausch von Meinungen rutschten, wurde es heikel. Um sie aufzumuntern, erzählte er ihr, dass er voraussichtlich im Oktober zu Besuch kommen würde, was sie zwar aufmerksam zur Kenntnis nahm, aber ob sie sich darüber freute, war ihr nicht anzumerken. Angermüller stand im Flur, auf dem es mächtig zog, da überall auf der Etage die Fenster gekippt waren und er spürte, wie ihm ein kalter Schauer über den nass geschwitzten Rücken seines Polohemdes lief. Es war an der Zeit, das Gespräch zu beenden, und er erwähnte, dass er vom Handy aus telefonierte. Davor hatte seine Mutter mächtigen Respekt, vor allem vor den Gebühren, von deren Höhe sie keine Ahnung hatte, und sie verabschiedeten sich.

»Ich ruf' dich morgen wieder an!«

»Brauchste net.«

So war seine Mutter. Bis heute wusste er nicht, ob er ihr wichtig war, ob sie sich freute, wenn er sich meldete und was sie von ihm als ihrem Sohn erwartete. Aber was Astrid erwartete, das wusste er. Also rief er sie sogleich auf ihrem Handy an, um mitzuteilen, dass er es nicht pünktlich zum Abendessen schaffen würde. Sie schien erstaunt über seinen Anruf, aber gleichzeitig auch erfreut. Na ja, ist doch gar nicht so schwer, dachte Georg Angermüller, mit etwas gutem Willen kriegen wir alles wieder in den Griff. Und das Rätsel um den Mann vom Steilufer knacke ich auch noch.

Die blaue Schot fiel ihm wieder ein und plötzlich kam ihm ein Gedanke. Er ging in sein Büro und rief bei der Kriminaltechnik an und gleich darauf war er im Fahrstuhl auf dem Weg in den ersten Stock. Er ließ sich die Sachen geben, die bei Priewe sichergestellt worden waren und tatsächlich, wie hatten sie das nur übersehen können: Spurensicher verpackt in einem kleinen Tütchen befand sich ein kleines Schlüsselbund mit einer orangeroten Boje als Anhänger. Jemand hatte mit einem schwarzen Filzschreiber drei Buchstaben darauf geschrieben, die zwar schon etwas verwischt, aber immer noch zu erkennen waren: LSV.

12

Feierabendruhe lag über den Straßen um den Stadtpark, die Gehwege waren leer und nur ab und zu fuhr ein Auto vorbei. Für die meisten Menschen hatte das Wochenende mit dem Freitagabend bereits begonnen. Das unaufdringliche Geräusch eines Rasensprengers erklang aus manchem der grünen Gärten, hin und wieder hörte man leises Gläserklingen, Gesprächsfetzen, ein fernes Lachen. Von irgendwoher duftete es dezent nach Gegrilltem.

Die weiße Villa leuchtete förmlich in der kräftigen Abendsonne. Sie war wohl um die 100 Jahre alt, aber hervorragend in Schuss. Über dem Souterrain lagen zwei Stockwerke mit großen Fenstern, Erkern und Balkons und auch unter dem Fachwerkgiebel schien es noch eine bewohnbare Dachetage zu geben. Der Garten war sehr gepflegt, wenn er auch etwas steril wirkte mit seinem kurz geschnittenen Rasen und den mit hellem Kies bestreuten Wegen. Ein Zaun aus weiß gestrichenen Metallstreben mit aufwendigen Jugendstilornamenten umschloss das Grundstück und auf einem der Pfosten neben der Eingangspforte war eine schwarze Granitplatte eingelassen auf der in großen, goldenen Buchstaben der Name ›Burmester‹ stand.

»Nobel geht die Welt zugrunde!«, murmelte Angermüller und es war nicht auszumachen, ob dieser Spruch bewundernd oder kritisch gemeint war.

»Wohnen deine Schwiegereltern nicht auch hier in der Gegend?«, fragte Jansen seinen Kollegen.

»Da drüben, auf der anderen Seite vom Park, aber das

Dittmersche Haus ist eine bescheidene Hütte gegen das hier!«

Es hatte Angermüller einiger Überzeugungsarbeit bedurft, Claus Jansen nach ihrer Sitzung noch zu einem Besuch bei Burmester zu überreden. Irgendwo sah der zwar schon ein, dass die Rolle des alten Anwalts im Rahmen ihrer Ermittlungen einige Fragen aufwarf – aber mussten sie die ausgerechnet am Freitagabend klären? Erst als Angermüller ihm vorrechnete, dass ihm sicherlich noch genug Zeit bleiben würde, sich danach ins freitägliche Discogetümmel zu stürzen, hatte er seinen Widerstand zögernd aufgegeben.

»Bei euch jungen Leuten läuft doch vor Mitternacht eh nix!«, hatte er dem um 10 Jahre jüngeren Kollegen vorgehalten, froh darüber, selbst nicht mehr auf Vergnügungen in den ersten Stunden eines Tages angewiesen zu sein.

»Aber der frühe Vogel frisst den Wurm«, maulte Jansen noch ein wenig herum, doch da waren sie schon auf dem Weg zu ihrem Wagen, um nach St. Gertrud zu fahren.

Die beiden Beamten betraten das Grundstück durch die unverschlossene Gartenpforte und stiegen die Stufen zur Haustür empor. Draußen war der Gong der Türklingel deutlich vernehmbar, aber niemand kam, um zu öffnen.

»Keen tuhus. Ich werf mal einen Blick in den Garten«, meinte Jansen und sprang die Treppe hinunter, doch es dauerte nicht lange und er kam wieder zurück.

»Nö, auch niemand. Da stehen Tisch und Stühle auf der Terrasse und auch ein Sonnenschirm, aber die Tür ist zu und auf mein Klopfen ist keiner gekommen.« Jansen rieb sich die Hände. »Denn können wir ja Feierabend machen.«

»Tja.«

Diese Perspektive war Angermüller gar nicht recht. Er fand die Verbindung des alten Burmester zu Maik Priewe eine zu wichtige Frage, um deren Klärung auf die lange

Bank zu schieben. Andererseits wollte er dieses Wochenende nicht schon wieder seinem Dienst opfern, sondern sich wirklich der Familie widmen und mit den Mädels etwas unternehmen.

»Guten Abend, die Herren! Zu wem möchten Sie?«

Die Frage kam von einer Dame, die freundlich lächelnd in einem Rollstuhl saß, den ein junger Mann auf dem Gehweg am Zaun entlang schob. Ihr helles Haar war glatt und kinnlang, der Farbton schwankte zwischen blond und grau, sie trug eine türkisfarbene Bluse, die am Ausschnitt mit bunten Ornamenten und Spiegeln bestickt war und ihre Beine steckten in einer farblich passenden Hose, die aus einem fließenden, leichten Stoff zu sein schien. Um den Hals lagen mehrere Silberketten, zum Teil mit türkis schimmernden Steinen dazwischen – die ganze Erscheinung strahlte eine exotische Eleganz aus.

»Nabend! Wir wollten Herrn Dr. Burmester sprechen, aber es scheint niemand zu Hause zu sein.«

Jansen war schon wieder auf dem Weg zum Ausgang.

»Worum geht es denn? Ich bin Ille Burmester. Vielleicht kann ich Ihnen ja weiterhelfen?«

Ihr Begleiter, ein junger Mann Anfang 20, mit langem, schwarzem Haar, das er zum Zopf gebunden trug, hatte inzwischen den Rollstuhl durch die Pforte geschoben. Angermüller und Jansen stellten sich vor.

»Wir hätten da ein paar Fragen an Dr. Burmester im Zusammenhang mit der Lübschen Seglervereinigung.« Angermüller versuchte, es so allgemein wie möglich zu formulieren.

»Hat jemand von seinen Seglern was verbrochen?«, fragte Frau Burmester amüsiert. Angermüller rätselte, wie alt sie wohl sein mochte, als er sie jetzt aus der Nähe sah. Die Falten um ihre blauen Augen waren unübersehbar, aber der Blick war wach und aufmerksam und ihre Stimme klang jung und kräftig.

»Nein, nein, so weit geht es nicht.«

»Dann bin ich ja beruhigt!«, sagte sie spöttisch. »Freitagnachmittag trifft sich mein Gatte, soweit ich weiß, oft mit Freunden in der Lübschen. Aber bevor er zum Abendessen ausgeht, kommt er gewöhnlich hier noch einmal vorbei.« Eine ganze Kollektion dünner Silberreifen klingelte leise an ihrem Arm, als sie ihn hob, um einen Blick auf ihre zierliche Armbanduhr zu werfen.

»Wahrscheinlich wird er bald kommen. Lassen Sie uns doch auf die Terrasse gehen. Im Sitzen wartet es sich bestimmt bequemer. Na ja, ich sitze ja sowieso schon bequem, nicht wahr, Oker?«

Die letzte Bemerkung der Frau klang überhaupt nicht bitter und der mit Oker angesprochene junge Mann hinter ihrem Rollstuhl schüttelte lachend den Kopf. Angermüller und Jansen waren einverstanden und so begab man sich auf die Terrasse, die auf der Hausrückseite in Höhe des Hochparterres lag, aber über eine Schräge gut mit dem Rollstuhl zu erreichen war. Oker musste den Sonnenschirm kippen, um Schatten in der tief stehenden Abendsonne zu schaffen und wurde dann ins Haus geschickt, um Getränke zu holen.

»Sie haben es sehr schön hier!«

Angermüller schaute sich anerkennend um. Auf dieser Seite des Hauses war der Garten etwas natürlicher, wilder. Phlox und Lupinen wucherten in allen Schattierungen von Rosa und Violett, dazwischen leuchteten gelbe und weiße Margeriten, vereinzelt Lilien in flammendem Orange. Die Blumen und dichte, mannshohe Büsche waren auf einer weitläufigen Rasenfläche verteilt und hie und da, wie zufällig hingestellt, fanden sich ein paar interessante Skulpturen, teils sehr futuristische Formen aus Metall, teils afrikanisch anmutende, aus verwittertem Holz.

»Danke schön! Mein Großvater, Johann Hinrich Burmester, hat dieses Haus gebaut und den Garten angelegt.

Die Kunst habe ich angeschafft, denn die hätte ihm auch nicht gefallen.«

Sie lachte. »Ich habe hier mein ganzes Leben verbracht und könnte mir überhaupt nicht vorstellen, woanders zu leben.«

»Ach, Burmester ist Ihr Geburtsname?«

»Oh ja! Dieses Schild am Gartentor hängt dort seit 1901. Die Burmesters sind eine alte Kaufmannsfamilie, sehr erfolgreich im Import-Export. Bis zum Ausbruch meiner Krankheit habe ich die Firma selbst geleitet. Erich ist kein geborener Burmester.«

Angermüller meinte, hinter diesem letzten Satz eine Änderung in ihrem bislang wohlwollend-heiteren Tonfall verspürt zu haben, doch ihr Gesichtsausdruck blieb unverändert freundlich.

»Und wer führt Ihre Firma jetzt?«

»Es gibt die Firma Burmester nicht mehr. Ich habe sie verkauft und sie ist in einem anderen Unternehmen aufgegangen.«

»Und, tut Ihnen das leid?«

»Wissen Sie, ich bin Realistin – oder besser: Ich bin Realistin geworden, Herr Kommissar. Das ist jetzt 30 Jahre her. Seither bin ich bei den kleinsten Dingen des alltäglichen Lebens auf fremde Hilfe angewiesen. Es war besser so. Ich bin die letzte Burmester. Kinder waren mir nicht vergönnt. An materiellen Werten habe ich mehr, als ich in diesem Leben je brauchen werde. Für wen hätte ich die Firma erhalten sollen?«

»Was ist mit Ihrem Mann, hätte der nicht einsteigen können?«

»Mein Mann?« Sie sah Angermüller mit einem mitleidigen Blick an und hob die Brauen. »Dr. Erich Burmester war ein verlockendes Angebot, dass sich leider als Fehlinvestition herausgestellt hat.«

Unvermittelt brach die alte Frau in ein lautes Lachen aus – sie schien sich prächtig zu amüsieren und zu erwarten, dass die anderen mit einstimmten. Angermüller war fasziniert von ihrer natürlichen, offenen Art, andererseits fand er es ungewohnt, von einer älteren Dame aus den besseren Kreisen der Stadt so eine unverblümt negative Charakteristik ihres Ehemannes präsentiert zu bekommen und er konnte nur genauso verlegen grinsen wie Jansen.

Oker kam mit einem Tablett aus dem Haus und stellte einen Krug und vier Gläser auf den Tisch.

»Sie nehmen doch ein Glas selbst gemachte Zitronenlimonade? Oker stellt sie nach meinem alten Familienrezept her: Sie ist sehr erfrischend!«

Oker nahm ganz selbstverständlich am Tisch Platz und goss allen Limonade in die Gläser. Das eisgekühlte Getränk, in dem Zitronenscheiben und Melisseblättchen schwammen, schmeckte köstlich in seiner perfekten Mischung aus süß und sauer.

»Mmh! Das tut gut und schmeckt wirklich ausgezeichnet!«, lobte Angermüller.

»Nicht wahr! Es geht eben nichts über unsere alten, überlieferten Rezepte! Früher war Kochen eine meiner Lieblingsbeschäftigungen in der Freizeit, leider bin ich dafür nicht mehr kräftig genug.«

Angermüller war zu diskret, um nach dem Leiden zu fragen, das sie in den Rollstuhl gezwungen hatte, doch Frau Burmester wusste auch so, was ihre Gesprächspartner bewegte.

»Eine äußerst seltene Erkrankung der Nerven, unheilbar, und dass ich noch lebe, ist ganz erstaunlich, sagen die Ärzte. Ich war Anfang 40, als es anfing, und sie gaben mir noch fünf Jahre. Wie sie sehen, habe ich schon eine ganze Ecke mehr geschafft. Ich bin nicht unzufrieden, denn durch meine Krankheit habe ich viel gelernt: Geduld zum Beispiel und Demut. Ich glaube, ich war ziemlich oberflächlich früher. Aber das ist ein anderes Thema! Jedenfalls, wenn ich Oker sage, wie man bei uns in Schleswig-Holstein kocht, dann kriegt er das ganz gut hin! Heute gibts Butt, Pellkartoffeln und einen schönen frischen Kopfsalat!«

»Muss ich ja auch können, bin schließlich ein echter Lübecker!«, warf Oker mit deutlich norddeutsch gefärbtem Akzent ein.

»Stimmt! Hast völlig recht, mein Junge!« Sie klopfte ihm freundschaftlich auf die Hand. Oker zeigte ein charmantes Lächeln und erhob sich. »Und jetzt muss ich in die Küche!«

Ille Burmester sah ihm hinterher.

»Ich hatte schone eine Menge Pflegerinnen und Pfleger, aber dieser Junge ist der beste von allen! Er hat Humor, eine positive Weltsicht und – ja, er weiß, was Nächstenliebe ist. Oker ist seit zwei Jahren bei mir und mein Leben ist heller geworden seither.«

»Oker? Ist das ein türkischer Name?«

»Okers Eltern sind Türken. Er ist in Lübeck geboren und aufgewachsen. Er fühlt sich hier zu Hause.«

»Guten Abend! Oh, du hast Besuch.«

Erich Burmester kam schnellen Schrittes den Weg zur Terrasse hoch. Er war bekleidet mit einem weißen Polohemd, dunkelblauer Leinenhose und blauen Bootsschuhen, in der Hand hielt er ein weißes Basecap – ganz der sportlich-elegante Gentleman.

»Nein, ich nicht. Es ist dein Besuch, Erich.«

Erst jetzt erkannte Burmester, wer da auf seiner Terrasse saß und wenn er überrascht war, so war es ihm jedenfalls nicht anzumerken.

»Die Herren von der Bezirkskriminalinspektion mal wieder.«

Er ging zu seiner Frau und beugte sich zu ihr herunter,

um ihr einen angedeuteten Kuss auf die Wange zu geben, den sie überrascht und distanziert entgegennahm, erst dann begrüßte er die beiden Beamten und nahm ebenfalls am Gartentisch Platz.

»Dann hast du ja nette Gesellschaft gehabt, meine Liebe, und brauchtest dich nicht zu langweilen.«

Ille Burmester legte den Kopf schief und schaute ihren Mann mit unbewegter Miene an.

»Das wäre ja etwas ganz Neues, dass dich das interessiert! Aber sei versichert, ich langweile mich nie. Oker ist ein sehr interessanter Gesprächspartner, wenn ich Unterhaltung brauche. Du musst hier keine Vorstellung als besorgter Ehemann geben, Erich.«

Sie sagte dies völlig gelassen und sicher nicht zum ersten Mal und Burmester ging einfach über die Bemerkung seiner Frau hinweg, auch bestimmt nicht zum ersten Mal.

»Wie kann ich Ihnen helfen?«, wandte er sich mit einem verbindlichen Lächeln an Angermüller und Jansen.

»Wir hätten da noch ein paar Fragen, unter anderem zur Lübschen Seglervereinigung, die wir gerne allein mit Ihnen geklärt hätten.«

Die Erklärung war Angermüller unangenehm, doch so waren die Vorschriften für eine Zeugenvernehmung.

»Ich habe keine Geheimnisse vor meiner Frau.«

Ille Burmester schüttelte unwillig den Kopf und sah ihren Mann befremdet an.

»Erich, bitte lass doch dieses Schmierentheater. Ich helfe Oker ein bisschen in der Küche. Könnten Sie so freundlich sein?«, wandte sie sich an Jansen, der aufstand und sie in ihrem Rollstuhl in die Küche fuhr.

Burmester war nicht anzumerken, ob ihm die ablehnende Behandlung durch seine Frau vor den beiden Beamten in irgendeiner Weise peinlich war.

»Na, Herr Kommissar, Sie freuen sich bestimmt auch

auf Ihren Feierabend?«, fragte er Angermüller in leichtem Plauderton. Der räusperte sich nur umständlich, denn nach Small Talk mit diesem Mann stand ihm ganz und gar nicht der Sinn. Mit Jansen kehrte auch die dienstliche Atmosphäre an den Tisch zurück und Angermüller konnte endlich zum Thema kommen.

»Herr Dr. Burmester, Sie sind ja im Vorstand der Lübschen Seglervereinigung. Haben Sie da eine spezielle Funktion?«

»Ich bin zweiter Vorsitzender, ohne besondere Aufgaben. In den 40 Jahren meiner Mitgliedschaft habe ich jedes Vorstandsamt schon mal ausgeübt: Kassenwart, Schriftführer, Sportwart, auch lange Jahre erster Vorsitzender. Aber vor ein paar Jahren hab ich gesagt, nu is man gut, Kinners, lasst man die junge Generation ran, ich will man büschen kürzertreten. Doch zum Vize hab ich mich denn doch wieder überreden lassen.«

In gespielter Hilflosigkeit streckte Burmester die Arme von sich und hob die Schultern.

»Was soll man machen?« Er gab sich sehr selbstgefällig.

»Sie haben wohl ein Herz für die jungen Leute?«

»Natürlich! Die sind doch die Zukunft unseres Vaterlandes, oder nicht?«

»Kennen Sie einen Maik Priewe?«, fragte Angermüller knapp und zum ersten Mal war Burmester offensichtlich irritiert.

»Ähem. Wie war der Name?«

»Priewe, Maik. Paula, Richard, Ida, Emil.«

»Also, leider sagt mir das nichts.« Burmester blickte ratlos von einem zum anderen.

»Der Herr Priewe hat uns erzählt, dass er schon öfters für Sie gearbeitet hat. Ordnerdienste, Zeitungen austragen.«

»Ach so!« Dr. Burmester lächelte nachsichtig. »Das meinen Sie! Das ist der zweite Verein, in dessen Vorstand ich sitze, und der tut was für die jungen Menschen im Gegensatz zu unseren Politikern, die immer nur schöne Reden schwingen! Aber natürlich kenne ich nicht jeden Einzelnen, dem wir da auf den rechten Weg helfen.«

»Auf den rechten Weg. Schön haben Sie das gesagt und so zutreffend bei einem vorbestraften, gewalttätigen Neonazi wie Maik Priewe.« Angermüller spürte Ärger in sich aufsteigen angesichts der grenzenlosen Selbstsicherheit des alten Herrn, was Jansen nicht verborgen blieb. Er deutete dem Hauptkommissar mit einer unauffälligen Bewegung an, dass er einen Gang zurückschalten sollte.

»Neonazi! Was für ein hässliches Wort! Eine gesunde nationale Einstellung bei unserer Jugend ist doch höchst wünschenswert und überlebenswichtig! Von den roten Lehrern wird heutzutage doch nur Geschichtsfälschung betrieben! Wir verhelfen den jungen Leuten zu einem korrekten Geschichtsbild, damit sie wieder stolz auf ihre Heimat sein können.«

Jansen, der nicht in Burmesters Blickwinkel saß, schüttelte den Kopf und tippte leicht mit dem Zeigefinger an seine Stirn, um seinem Kollegen klar zu machen, dass hier sowieso nichts mehr zu machen sei.

»Sollen sich denn unsere jungen Menschen überrollen lassen von den Einwandererhorden, die unsere unfähige Regierung sogar noch ins Land holen will? Einwanderungsland! Wo soll das hinführen? Wir brauchen nicht das Lumpenproletariat dieser Welt, das sich noch dazu ungezügelt vermehrt!«

Burmester sah von einem zum anderen, als erwarte er Beifall für seine Argumentation. »Ist das nicht so?«

»Soweit mir bekannt ist, geht es dabei um gesteuerte Einwanderung, aber…«

Angermüller kam nicht weit mit seinem Widerspruch, Burmester hatte sich warm gelaufen.

»Herr Hauptkommissar!«, er legte Angermüller die Hand auf den Oberarm und es klang, als spräche der alte Herr mit einem uneinsichtigen Kind. »Das Einzige, was in diesem Lande gesteuert ist, sind unsere Massenmedien und Sie sind das Opfer! Sie sollen glauben gemacht werden, dass wir Einwanderung brauchen! Ist Ihnen noch nicht aufgefallen, wie gleichförmig die alle berichten? In den Redaktionsstuben sitzt der politisch korrekte Gutmenschenpopanz und manipuliert die deutsche Bevölkerung.«

»Wir sind nicht zum Diskutieren hierhergekommen. Sie haben Maik Priewe für die Lübsche Seglervereinigung arbeiten lassen. Stimmt das?«

Die Überraschung bei Burmester währte nur kurz. Angermüller hatte ihn unterschätzt. Er war ein alter Fuchs.

»Ach, der junge Mann war das! Hätten Sie mich doch gleich gefragt, wer bei uns in der Lübschen gearbeitet hat.«

Angermüller kramte in seiner Hosentasche und förderte ein kleines Plastiktütchen zutage, das er auf den Tisch vor Burmester legte.

»Und Sie haben ihm die Schlüssel für den Segelverein gegeben?«

Burmester sah verwirrt auf den Tisch.

»Also, ich weiß noch, dass ich den Mann höchstpersönlich hingefahren habe, da er zu der Zeit nicht über einen eigenen Wagen verfügte.«

Er griff nach dem Tütchen, in dem sich das Schlüsselbund mit der kleinen orangeroten Boje befand. Selbst durch die Plastikverpackung waren die Buchstaben LSV, zwar etwas bruchstückhaft, aber deutlich genug, zu erkennen.

»Stimmt, das ist wohl mein Ersatzschlüsselbund. Das habe ich ihm überlassen.«

Er sah schuldbewusst zu Jansen und Angermüller.

»Das haben Sie nicht erwähnt, als Sie uns letzte Woche die Listen ausgehändigt haben, Herr Dr. Burmester.«

»Sie entschuldigen, das war mir entfallen.« Er lächelte liebenswürdig. »Man wird eben doch älter. Der – Priewe heißt er? – also, der Priewe war auch nicht lange da. Er war wohl nicht der Richtige für diese Arbeit.«

»Aber die Schlüssel hatte er immer noch.«

»Ja, ja, ja! Sie haben ja recht! Ich hatte das offenbar völlig vergessen. Das macht doch jetzt hoffentlich keine Schwierigkeiten?«

»Uns nicht. Die ›Villa Floric‹ kennen Sie ja bestens. Einem der algerischen Mitarbeiter von Frau Floric wurde übel mitgespielt.«

»Davon weiß ich nichts, aber das tut mit leid für Frau Floric!«

»Maik Priewe und noch zwei Männer wurden festgenommen. Der Tatvorwurf lautet auf Freiheitsberaubung und schwere Körperverletzung.«

»Und was habe ich damit zu tun?«

»Das Opfer war gefesselt mit einem Stück blauer Schot, die aus dem Bootsschuppen in Ihrem Segelverein stammt. Übrigens genau wie die des Mordopfers vom Steilufer, das wir in einem Boot gefunden haben, das ebenfalls aus der Lübschen Seglervereinigung stammte.«

»Und aus dieser blauen Schot wollen Sie mir jetzt einen Strick drehen? Weil dieser Mensch von mir die Schlüssel hatte für ein Grundstück, das jeder über die Seeseite ohne Schwierigkeiten betreten kann? Ist das nicht ein wenig lächerlich, meine Herren?« Burmesters Lächeln war süffisant.

»Die Täter stammen aus dem Dunstkreis Ihres national gesinnten Bürgervereins.«

»Ich wüsste nicht, dass die Tatsache, dass die Männer

Hilfstätigkeiten für uns ausgeführt haben, ein Straftatbestand ist. Ich sagte Ihnen bereits, dass wir uns als unabhängige Hilfsorganisation verstehen. Wenn jemand in Schwierigkeiten ist, selektieren wir nicht, wer Hilfe verdient. Wir haben auch keine Vorurteile gegenüber Strafentlassenen. Dass diese Männer nicht alle Engel sind…« Er zuckte mit den Schultern. »Hin und wieder schlägt von den jungen Kerls mal einer über die Stränge, das ist doch nur menschlich.«

Angermüller war längst klar, dass er auf verlorenem Posten kämpfte, doch er konnte Burmesters Worte nicht einfach so stehen lassen.

»Einen Menschen zu quälen, zu verprügeln und wie ein Tier durch den Wald zu hetzen? Das nennen Sie menschlich?«

»Erstens weiß ich davon nichts und zweitens habe ich nie jemandem den Auftrag gegeben, auf irgendwelche Ausländer loszugehen. Rohe Gewalt ist kein Mittel der Auseinandersetzung im Sinne unserer ›Freiheitlich Unabhängigen Bürgerbewegung‹!«

Der Mann war aalglatt und keineswegs der vergessliche Alte, als der er sich zuweilen präsentierte.

»Aber Sie nehmen sie billigend in Kauf!«

Jansen rutschte auf seinem Stuhl herum und warf seinem Kollegen einen Blick zu, der ihn eindeutig aufforderte, diese fruchtlose Diskussion zu beenden.

»Wie kommen Sie darauf, das zu behaupten? Ich habe ein gewisses Verständnis für den Unmut, der sich in unserer deutschen Bevölkerung breitmacht. Wir haben dringende Probleme in diesem Land und auch ich begreife nicht, wie man Millionen für die sogenannte Integration von Islamisten, Drogendealern und kopftuchtragenden Ehefrauen, die ein Kind nach dem anderen werfen, zum Fenster rausschmeißen kann! So bereiten wir selbst den Boden für eine unaufhaltsame Überfremdung und das gefällt vielen Landsleuten nicht.«

»Und diesen Unmut schüren Sie ganz bewusst, sodass es dann zu solchen gewalttätigen Exzessen kommt!«

»Meine Herren! Das muss ich mir nicht länger anhören! Sie haben meine Zeit schon genug in Anspruch genommen.« Burmester stand auf. »Sollten Sie noch sachliche Fragen mit mir klären wollen, melden Sie sich nächste Woche wieder – ich werde dann sehen, ob ich einen Termin für Sie frei habe. Guten Abend!«

Er drehte sich abrupt um und verschwand schnellen Schrittes um die Ecke des Hauses in Richtung Hauseingang.

»Tja. Satz mit X, war wohl nix!«, Jansen tippte mit der flachen Hand auf den Tisch. »Dann können wir uns ja auch vom Acker machen.«

Angermüller ließ keine Anzeichen erkennen, sich erheben zu wollen. Er starrte nur missmutig auf den Rasen.

»Ey, Georg! Komm!«

Der Angesprochene ging auf die Aufforderung seines Kollegen überhaupt nicht ein.

»Mir will das einfach nicht in den Kopf! Da sind diese Neonazis, da ist dieser nationale Verein von dem Burmester, da sind die Schlüssel, da sind der tote und der misshandelte Ausländer und alles ist durch die blaue Strippe verbunden. Und dann soll es da keinen Zusammenhang geben!«

»Nun lass doch die Jammerei! Wir werden das alles noch mal in Ruhe nachprüfen – Montag, wenn wir wieder frisch sind! Komm jetzt!«

»Wenn wir nur endlich wüssten, wer der Mann vom Steilufer ist.«

»Kollege! Du hast dich da ganz schön in was verrannt! Und wenn es nun doch nur ein blöder Zufall ist? Es kann sich doch wirklich jemand völlig anderes die Strippe aus dem Schuppen geholt haben!«

Angermüller strafte Jansen mit einem bösen Blick und wollte gerade zu einer passenden Antwort ansetzen, da kam Ille Burmester in ihrem Rollstuhl, von Oker geschoben, an den Tisch zurück.

»Na, konnten Sie Ihre Fragen klären?«

»Teils, teils«, meinte Angermüller ausweichend.

»Ging es wieder um seinen Naziverein?«

»Auch, ja.«

»Ich finde es beschämend, was Erich da treibt! Rechte Propaganda, die Unwissenheit und niederste Instinkte für sich instrumentalisiert, die aufhetzt gegen alles Fremde, Andersartige unter dem Deckmantel, den Benachteiligten unserer Gesellschaft helfen zu wollen. Es ist widerwärtig.«

Aufmerksam sah der Kommissar die Frau an. Zwischen ihr und ihrem Mann schienen in jeder Beziehung Welten zu liegen. Die sah seinen Blick und sagte seufzend: »Jetzt fragen Sie sich wahrscheinlich, wie jemand wie ich mit diesem Mann zusammen sein kann. Ich sage es Ihnen: um Schlimmeres zu verhindern!«

Angermüller verstand nicht.

»Dr. Erich Hempel war erst 25 und schon ein junger, aufstrebender Anwalt, wie man so sagt. Ich war 30 und verliebt wie ein Backfisch.«

Offensichtlich war es Ille Burmester wichtig, den Kommissaren ihr Verhalten verständlich zu machen und deshalb ihre ganz private Geschichte zu erzählen.

»Bis dahin hatte es für mich nur die Firma gegeben und einen Dauerverlobten, nett und aus bestem Hause, aber ziemlich langweilig. Dann kam der schöne Erich mit den glänzenden Zukunftsaussichten«, sie lächelte in sich hinein. »Mein Vater mochte ihn nie, für ihn war er von Anfang an ein Blender. Doch natürlich mischte er sich nicht in die Herzensangelegenheiten seiner geliebten einzigen Tochter.

Hätte auch nichts genutzt. Ich war ein oberflächliches, verwöhntes Ding und außerdem, wie Oker sagen würde, total hormongesteuert!«

Frau Burmester lachte leise, Oker grinste und Angermüllers Verwunderung über das seltsame Gespann in diesem Hause wurde immer größer.

»Schauen Sie nicht so, Herr Kommissar! Ich bin zwar gerade 74 geworden, aber ich weiß noch sehr gut, was ich wem erzähle. Um zum unrühmlichen Schluss zu kommen: Mein Vater hatte recht, Erich war und ist ein Blender. Als Anwalt war er mäßig erfolgreich, in der Firma richtete er mehr Schaden an, als er Nutzen brachte, weshalb ich ihn auch dort bald nicht mehr haben wollte und sein Charme mir gegenüber verwandelte sich nach den ersten Jahren unserer Ehe in geschäftsmäßige Freundlichkeit. Dann wurde ich krank.«

»Pardon, wenn ich das so offen frage: Aber warum haben Sie sich nicht scheiden lassen?«

»Wegen meines Vermögens.«

Jetzt machte Angermüller ein ziemlich dämliches Gesicht. Auch Jansen, der sich ja eigentlich längst ins freitägliche Partyvergnügen stürzen wollte, lauschte erstaunt und interessiert.

»Würde ich mich scheiden lassen, bekäme Erich die Hälfte des Burmesterschen Vermögens und wer weiß, welchen Schaden er dann erst der Menschheit mit seinen abstrusen deutschnationalen Politikexperimenten zufügen könnte. So bekommt er ein, zugegeben großzügiges Taschengeld und bewohnt die zweite Etage der Villa – aber das ist ein Klacks. Hätte er sich scheiden lassen, wäre er leer ausgegangen und so viel Charakter hat der gute Erich denn auch nicht. Wenn ich sterbe, geht mein Vermögen in eine gemeinnützige Stiftung für die Förderung von Migrantenkindern über. Erich bekommt den kleinstmöglichen

Pflichtteil. Und glauben Sie mir, dieser Gedanke bereitet mir sehr großes Vergnügen!«

Gerne hätte Angermüller mehr von Ille Burmester erfahren. Sie hatte ihn mit ihrer Klarheit und Konsequenz wie auch mit ihrer Natürlichkeit und Heiterkeit tief beeindruckt. Aber einerseits war dies ein dienstlicher Besuch und weder dazu gedacht noch geeignet, engere Kontakte zu knüpfen und andererseits war da Jansen, der endlich in sein Wochenende starten wollte. Schon des Öfteren war er durch seinen Beruf interessanten Persönlichkeiten begegnet und musste bedauernd feststellen, dass ihm die Möglichkeit verwehrt blieb, in einen intensiveren Gedankenaustausch einzusteigen. Jetzt allerdings wollte auch er nach Hause, wo Astrid und die Kinder auf ihn warteten. Vielleicht tat ihm ein bisschen Abstand zu der Ermittlungsarbeit ja gut. Er freute sich auf das freie Wochenende und ließ sich von dem Gedanken trösten, am Montag ausgeruht und mit frischen Kräften neue Erkenntnisse aus ihren bisherigen Ermittlungsergebnissen ziehen zu können. Er fand diesen Gedanken tröstlich und schöpfte sofort Hoffnung, dann endlich dem Rätsel des Toten vom Steilufer auf die Spur zu kommen.

Als er die Haustür aufschloss, schallte ihm das laute Lachen von Julia und Judith entgegen und eine Wolke von Grillgeruch waberte vom Garten herein. Nanu, Astrid rührte für gewöhnlich solche Gerätschaften wie den Grill nicht an! Ihr war diese Feuerzeremonie zu umständlich und sie hatte schon gar keine Lust, sich danebenzustellen und das Fleisch zu bewachen, ob es denn nun endlich richtig gegart sei. Ein sonores Lachen erklang und Georg Angermüller wusste Bescheid. Er versuchte, seine Verärgerung zu ignorieren, was ihm nur mühsam gelang. Als er im Garderobenspiegel sein missmutiges Gesicht sah, nahm er einen tiefen Atemzug und ließ die Luft ganz langsam wieder entweichen. Er musste diesen Menschen jetzt ertragen und sagte sich, dass dies vielleicht eine Gelegenheit war, Astrids neuen Kollegen einmal genauer unter die Lupe zu nehmen. Mit den Mundwinkeln deutete er ein Lächeln an, als er den Garten betrat.

»Papi, Papi! Wir grillen!«

»Wir grillen die Schwester von Luise!«

»Wer ist Luise?«

»Das Schwein von Eckert!«

Julia und Judith überboten sich in der Wiedergabe von Informationen, die sich auf die Erlebnisse des heutigen Tages bezogen. Nachdem Astrid sie vom Strand abgeholt hatte, waren sie zu dem Biohof gefahren, der Georgs Freund Eckert gehörte, um das Fleisch einzukaufen, hatten dabei wieder einmal einen Rundgang über den ganzen Hof gemacht und wie es ihre Art war, zu allem und jedem Fragen gestellt.

»Hallo, Schatz! Tut mir leid, dass es so spät geworden ist!«, begrüßte Georg seine Frau.

»Das macht nichts, du hast ja Bescheid gesagt und wir waren darauf eingerichtet. Die Mädels wollten unbedingt grillen und der Martin hatte auch Lust und so kommst auch du zu einem kräftigen Abendessen!«

»Grüß dich, Schorsch! Du kommst genau richtig! Wir haben eben die ersten Würstchen von Luises Schwester auf den Grill geschmissen!«, meldete sich Martin zu Wort, der über Bermuda und Polohemd die alte Gartenschürze gezogen hatte und am Grill stand.

»Hallo, Martin!«

»Und Martin hat seinen Spezialsalat gemacht und ich Folienkartoffeln und Kräuterquark!«

»Das ist doch wunderbar!«

Angermüller rieb sich die Hände, machte gute Miene zum bösen Spiel und entschied, sich durch den unerwarteten Besuch nicht den Abend verderben zu lassen.

»So lob ich mir den Feierabend! Ich glaube, ich brauche erst mal ein schönes, kühles Bier!«

Bald saßen sie um den Gartentisch versammelt und verzehrten die kleinen Würstchen, quasi als Vorspeise, denn ein paar mächtige Koteletts warteten auch noch darauf, über der Grillkohle zu einem saftig-würzigen Genuss zu reifen. Martins Spezialsalat war eine bunte Mischung aus grünem Salat, Tomaten, Gurken, Mais, Radieschen, vermischt mit Schafskäse und Oliven, gewürzt mit Oregano und einem Essig-Öl-Dressing. Leider war das Ganze etwas wässrig, wahrscheinlich war der Salat nach dem Waschen nicht genügend abgetropft und das Dressing einerseits zu lasch, andererseits mit zu viel Essig übersäuert. Angermüller verzichtete aufs Nachwürzen und lobte mit ein paar dürren Worten die Kreation.

»Na ja«, wehrte Martin erfreut ab, »so ein paar Standards hab ich auch drauf, aber an deine Kochkunst komme ich natürlich nicht im Entferntesten ran. Was du für deinen mediterranen Abend neulich alles Tolles gemacht hast, das könnte ich nie! Allein diese Nudeln mit Steinpilzsoße – göttlich!«

Erstaunt nahm Georg Angermüller dieses Kompliment entgegen. Er hatte nicht geglaubt, dass Martin während seiner abendfüllenden One-Man-Show irgendetwas von dem Essen bewusst wahrgenommen hatte. Dann lobte Martin auch noch Georgs fränkisches Spezialbier, den dunklen Fuhrmannstrunk, von dem er sich hin und wieder aus der Heimat eine Kiste schicken ließ und Georgs Vorbehalte begannen zu bröckeln. Hinzu kam, dass heute das Publikum für Martins Selbstdarstellungen fehlte und er sich als interessierter Zuhörer und anregender Gesprächspartner entpuppte.

Zum Nachtisch hatte Astrid eine große Schüssel luftiger Quarkspeise mit frischen Erdbeeren serviert und vor allem die Zwillinge hatten dafür gesorgt, dass nichts davon übrig blieb. Jetzt saßen Astrid, Georg und Martin allein am Tisch, tranken Rotwein und genossen die Frische, die sich nach dem heißen Tag mit der beginnenden Dunkelheit über den Garten legte. Die zahlreichen Vogelstimmen, die vorher die Luft erfüllt hatten, wurden weniger, nächtliche Stille kehrte ein, ab und zu unterbrochen von dem lauten Gekicher der Kinder aus dem Haus, die dabei waren, ins Bett zu gehen.

»Schön ists bei euch! Ihr seid wirklich eine tolle Familie!«

So wie Martin das sagte, klang es absolut ehrlich. Astrid beugte sich zu Georg und gab ihm einen Kuss auf die Wange.

»Wir sind ja auch ein ganz gutes Gespann! Nur, dass der Herr Kommissar über seine Arbeit halt manchmal vergisst, wie toll seine Familie ist.«

Auch wenn die Bemerkung nicht ganz den Tatsachen entsprach, verzichtete Georg auf eine Entgegnung und Astrid setzte fröhlich hinzu:

»Aber wir arbeiten dran.«

»Ich bin sicher, ihr kriegt das hin! Prost!«

Georg meinte, hinter Martins Ermutigung ein wenig Wehmut zu spüren und er hatte sich nicht getäuscht.

»Ach, Martin!« Astrid legte ihren Arm um die Schulter des Kollegen. »Bei dir wird sich auch alles wieder einrenken, du wirst sehen!«

Martin warf ihr nur einen skeptischen Blick zu.

»Seine Frau ist vor drei Monaten ausgezogen, erstmal vorübergehend. Aber Martin fürchtet, dass sie vielleicht überhaupt nicht mehr zurückkommen will«, erklärte Astrid.

»Sie fehlt ihm.«

Der große, blonde Martin, braungebrannt und sportlich,

sah jetzt ziemlich unglücklich aus und zuckte nur hilflos mit den Schultern – sodass er Georg ehrlich leidtat. Dann rappelte er sich auf und nahm einen großen Schluck Rotwein.

»Lasst uns von was anderem sprechen, dieses Thema zieht mich total runter! Schorsch, großer Detektiv, was macht die Kunst?«

»Was soll ich dazu sagen? Das war heute auch wieder so ein Tag mit Höhen und Tiefen.«

Und Georg Angermüller erzählte vom Auffinden des vermissten Algeriers, der Festnahme der Neonazis und dass sie trotz allem nach wie vor im Dunkeln tappten, was den Toten vom Steilufer betrifft.

»Was mich am meisten ärgert, ist dieser alte Salonnazi, der sich selbst nicht die Hände schmutzig macht, diese Jungs als williges Fußvolk gebraucht, aber angeblich mit keiner ihrer Schandtaten etwas zu tun haben will. Ekelhaft! Aber ich habe auch seine Frau kennengelernt und das ist die erstaunlichste Persönlichkeit, der ich seit Langem begegnet bin. Sie ist über 70, aber so was von fit, vor allem im Kopf. Wirklich beeindruckend diese Frau Burmester!«

»Sagtest Du Burmester?«

Astrid sah ihren Mann fragend an.

»Ja, Ille Burmester heißt die Frau. Kennst du sie?«

Astrid nickte.

»Ich denke schon. Sie ist eine große Mäzenin in dieser Stadt und es gibt das Gerücht, dass sie mit so einem Rechtsaußen verheiratet ist.«

»Komisch, dass ich vorher nie von ihr gehört habe.«

»Sie hängt ihre ›Charity‹ nicht an die große Glocke wie so mancher Promi. Im Gegenteil, sie verbittet sich jeglichen Medienrummel: Ich denke, manches Projekt würde ohne ihre Unterstützung gar nicht mehr existieren.«

»Und was für Projekte unterstützt sie da?«

»Sie tut sehr viel für ausländische Frauen und Mädchen, die sind ja besonders benachteiligt, ohne Sprachkenntnisse, oft ohne eigenes Einkommen, abhängig von allmächtigen Ehemännern, Brüdern, Vätern, die sie kontrollieren, manchmal prügeln. Aber auch für unseren Verein hat sie schon öfter eine größere Summe gespendet.«

»Toll, dass es so jemanden gibt!«

»Aber sag mal, dann ist das also kein Gerücht? Ihr Mann ist wirklich der Burmester von dieser ominösen rechten Bürgervereinigung?«

Georg Angermüller nickte.

»Wie geht denn das zusammen?«

Und Georg erzählte die erstaunliche Geschichte von Ille und Erich Burmester.

»Wer hätte das gedacht – im braven Lübeck! Das Leben schlägt manchmal ganz schöne Haken!«

»Wirklich, eine starke Frau!«

Auch Astrid und Martin waren beeindruckt von Ille Burmesters Konsequenz, mit der sie ihren Weg ging. Sie redeten noch eine ganze Weile über diese seltsame Ehe und kamen dann auf ihre Pläne für das bevorstehende Wochenende zu sprechen. Natürlich hatte Georg längst wieder vergessen, dass der Sonnabend der große Tag des Geburtstagsfestes seiner Schwiegermutter war und er deshalb seinen Plan, einen ganzen Tag mit Julia und Judith zu verbringen, nicht in die Tat umsetzen konnte.

»Dann unternehmen wir eben Sonntag was.«

»Ach, Georg!« Astrid tätschelte ihm die Wange. »Was hast du nur für ein Gedächtnis? Am Sonntag fahren die beiden doch ins Zeltlager. Ob du unsere Familientermine wohl jemals auf deiner Festplatte gespeichert kriegst?«

Sie sah ihn kopfschüttelnd an, als wäre er ein unbelehrbares Kind. Georg fühlte sich unbehaglich, nicht zuletzt wegen Martins Anwesenheit.

»Also, Astrid! Entschuldige, wenn ich mich einmische, aber eines sehe ich ganz klar: Der Schorsch macht das mit Sicherheit nicht böswillig!«

Erstaunt blickte Georg zu Martin, während Astrid nur ergeben mit dem Kopf nickte.

»Das weiß ich doch auch! Aber das macht es nicht leichter.«

Martin erhob sich.

»So, Freunde, ihr könnt eure Kommunikationsprobleme jetzt allein weiterdiskutieren – ich muss nach Hause. Morgen ist Regatta bei uns im Verein angesagt, die will ich natürlich gewinnen! Wie sieht es aus mit Sonntag, Astrid?«

»Ich glaube, das wird nix. Ein ganzer Sonntag ohne Kinder und Georg ohne Dienst – das muss ausgenutzt werden, da werde ich was Nettes mit meinem Mann unternehmen! Tut mir leid!«

»Das ist doch klar! Ich drück die Daumen, dass sämtliche Massenmörder sich bis Montag zusammenreißen!«

Nachdem Martin sich verabschiedet hatte, setzten sich Georg und Astrid noch eine Weile auf die Bank am Ende des Gartens. Es war jetzt angenehm frisch und das einzige hörbare Geräusch kam von einer verirrten Grille, die unverdrossen in der Dunkelheit zirpte. Georg legte seinen Arm um Astrids Schulter.

»Was für eine Nacht, was für ein Sommer! Man könnte denken, wir wohnen am Mittelmeer!«

»Seit dieser Woche, ja. Wer weiß, wie lange das noch so bleibt. Auf jeden Fall hatten wir einen schönen Abend heute. Wie findest du eigentlich Martin?«

Georg zögerte, ob er ihr sagen sollte, dass er ihn anfangs für einen ziemlich nervigen Lautsprecher und Angeber gehalten hatte.

»Er scheint ein netter Kerl zu sein.«

»Denkst du vielleicht, deine Frau gibt sich mit Idioten ab?«

»Das nicht. Er sieht ja gut aus, ist sportlich und ganz unterhaltsam.«

»Vor allem ist er ein mitfühlender Mensch und ein guter Zuhörer.«

»Das habe ich zugegebenermaßen anfangs nicht so gesehen. Dass ein so strahlender Held wie er von seiner Frau verlassen wurde und vor allem, dass er ihr nachtrauert, das hätte ich auch nie gedacht. Ich dachte, er ...«

»Was dachtest du?«

»Na ja, ihr habt so viel zusammen unternommen. Du und ich, wir hatten ständig Diskussionen, da dachte ich ...«

Georg hob hilflos die Schultern. Astrid tippte ihm mit dem Zeigefinger auf die Brust und konnte einen erfreuten Unterton nicht verbergen, als sie feststellte:

»Du warst eifersüchtig!«

»Na ja, so würde ich das nicht gleich nennen.«

Er gab sich Mühe, locker auszusehen, wirkte dabei aber ziemlich verlegen. Astrid brach in Lachen aus.

»Da warst du auf dem völlig falschen Dampfer!«

Sie umarmte ihn lachend. Auch Georg schmunzelte, wenn auch etwas verhalten. Dann wurde Astrid wieder ernst.

»Du als Kriminalbeamter solltest das eigentlich wissen, Georg: Die Dinge sind oft ganz anders, als sie scheinen.« Er nickte zustimmend.

Aber was war der Schein und was die Wahrheit dahinter? Angermüller konnte nicht ahnen, welche Bedeutung dieser Satz bald für ihn haben würde.

13

Die Nacht war kurz – sehr kurz – gewesen und eigentlich hatte sie viel zu wenig geschlafen – doch schon lange hatte Anna sich nicht mehr so leicht und beschwingt wie heute gefühlt. Nachdem der letzte Gast gegangen war, hatte sich die Mannschaft der ›Villa Floric‹ zu einer kleinen, spontanen Feier auf der Terrasse versammelt. Bei allen waren die Freude und die Erleichterung groß, dass Fouhad lebte und wieder ganz genesen würde. Jeder hatte schon von Fällen gehört, bei denen die Opfer nicht überlebt hatten oder aber den Rest ihres Lebens schwerbehindert im Rollstuhl verbringen mussten. Man stieß mit einem Glas Champagner an und beschloss, dass jeden Tag zwei andere Kollegen ins Krankenhaus gehen würden, wenn Fouhad erst einmal Besuch empfangen durfte.

Vielleicht war es die gute Nachricht von Fouhads Rettung, das Wissen, dass die Täter ihrer gerechten Strafe zugeführt würden, vielleicht war es auch der Champagner – Anna spürte die Anspannung der letzten Tage von sich abfallen, das dunkle Gefühl der Angst ließ sie endlich los. Alle waren in heiterer, gelöster Stimmung und plauderten angeregt bis spät in die Nacht. Dann verabschiedeten sich die Ersten und schließlich blieben Anna und Yann allein zurück.

Und als ob es ganz selbstverständlich wäre, trennten sich heute ihre Wege nicht wie gewohnt im Flur, sondern sie gingen gemeinsam zu Yanns Zimmer. Yann hob Anna hoch und trug sie über die Schwelle. Sie musste lachen, doch als sie den ernsthaften Ausdruck auf Yanns Gesicht sah, unterdrückte sie es lieber. Nie hätte sie vermutet, dass er so ein Romantiker war. Aus der Halle hatte er den frischen Rosenstrauß, der dort zur Dekoration stand, mitgenommen, die Blumen überall im Raum verteilt und ein Meer von Kerzen entzündet. Erst dann nahm er sie in seine Arme und sämtliche Zweifel, die Anna gehegt hatte, waren verflogen. Sein feierlicher Ernst rührte sie und irgendwie hatte sie das Gefühl, dass er diesen Augenblick in seinem Innersten schon sehr lange vorbereitet haben musste.

Trotz des wenigen Schlafs hatte Anna es am Morgen nicht lange im Bett ausgehalten. Sie war leise aus Yanns Zimmer geschlichen, nicht ohne einen liebevollen Blick auf ihn zu werfen, der tief schlafend auf der Seite lag und leise schnarchte. Dann war sie den Weg zum Meer hinabgestiegen, was sie selten tat, denn es war ziemlich weit und meist fehlte dafür die Zeit. Die Mühe hatte sich gelohnt, denn sie hatte den Strand für sich allein und das Bad in der Ostsee war herrlich erfrischend. Anschließend stand sie fröhlich vor sich hin pfeifend in der Küche und bereitete ein fürstliches Frühstück. ›Ma reine‹ hatte Yann sie letzte Nacht genannt, ›meine Königin‹, – eine deutliche Steigerung gegenüber dem sonst bei ihm üblichen ›chefesse‹.

Dann endlich war auch Yann in der Küche erschienen und entgegen ihrer Befürchtung herrschte kein bisschen Befangenheit zwischen ihnen. Alles war so vertraut wie immer. Nur die Begrüßung fiel anders aus: Er schloss sie in seine Arme und küsste sie, was ihr ein wohliges Kribbeln über den Rücken laufen ließ.

Lionel verbrachte das Wochenende bei seinem Freund Jakob und so hatten sie den Vormittag für sich allein und genossen das Frühstück in ungestörter Zweisamkeit auf der Terrasse. Dann besprachen sie den heutigen Tag, die bereits eingegangenen Reservierungen – unter anderem hatte sich erst gestern eine große Geburtstagsgesellschaft angemeldet, für die noch spezieller Blumenschmuck besorgt werden musste – und angesichts des anhaltend warmen Wetters benötigten sie über das Wochenende noch mehr Mineralwasser für das Restaurant.

Yann strich ihr zärtlich über das Gesicht, als er sich verabschiedete, um für seine Besorgungen in die Stadt zu fahren. Anna zog sich in die Küche zurück und ging noch einmal die Menüwünsche für den heutigen Abend durch. Plötzlich kam ihr Matte in den Sinn. Sollte sie dem Jungen doch noch eine Chance geben? Sollte sie ihn weiter in der Küchenmannschaft lassen? Stark genug fühlte sie sich jetzt, aber heute hätte sie sich ohnehin alles zugetraut. Sie musste lächeln. Am besten sie wartete ab, bis sie mit Fouhad sprechen und seine Meinung hören konnte und auch alle anderen Mitarbeiter aus Küche und Restaurant sollten mit entscheiden. Ja, so würde sie es machen.

Sie blieb noch einen Moment an dem großen Holztisch sitzen und dachte darüber nach, wie die Dinge sich entwickelt hatten. Der Sommer hatte angefangen, die Geschäfte liefen glänzend, genau, wie Yann es prophezeit hatte. Und er hatte noch etwas gesagt, etwas, das sich jetzt zu erfüllen schien: Zu uns kommt das große Glück.

Georg Angermüller saß im Garten seiner Schwiegereltern und schwitzte. Gerne hätte er diesen freien Tag anders verbracht, doch die Geburtstagsfeier von Johanna war eine Pflichtveranstaltung, bei der auch entschuldigtes Fehlen nicht geduldet wurde. Zu der anhaltenden Hitze war jetzt noch eine unangenehme Schwüle gekommen, über dem Blau des Himmels lag ein gräulicher Schleier und nur selten regte sich ein Lüftchen. Unter dem alten Kirschbaum, gleich neben den Johannisbeerbüschen, waren zwei Kaffeetafeln hergerichtet, die eine mit Johannas feinstem Porzellan und silbernen Kuchengabeln auf einer Blaudrucktischdecke für die Erwachsenen und eine weitere mit dem Alltagsgeschirr auf einem Wachstuch für die Kinder.

Selbst hier im Schatten der Bäume war es so unerträglich heiß, dass Georg meinte, er könne den Saft in den schwarzen Johannisbeeren schon kochen hören. Heini, sein Schwiegervater, tat ihm leid. Ein ums andere Mal wischte er sich mit seinem großen Stofftaschentuch den Schweiß von der Stirn und bemühte sich, Haltung zu bewahren, aber es war deutlich zu sehen, dass die Hitze dem 80-Jährigen alten Herrn zu schaffen machte. Astrid, Sigrid und Gudrun gingen ihrer Mutter zur Hand und brachten Platten voll saftigem Butterkuchen und fruchtigem Kirschkuchen zu den Tischen und Johanna ließ es sich natürlich nicht nehmen, ihre traditionelle Lübecker Nusstorte persönlich auf der Kaffeetafel zu platzieren.

Die Männer der Familie hingen kraftlos auf ihren Stühlen und sogar die Kinder hatten nicht die Energie, durch den Garten zu toben. Vielleicht lag es an der Hitze, vielleicht auch daran, dass man sich erst einige Tage zuvor am Strand getroffen hatte – Versuche, ein Gespräch in Gang zu bringen, verliefen im Sande. Endlich war auch der Kaffee fertig und für die Kinder stand ein Krug Apfelsaft bereit, der jeden Herbst aus der Dittmerschen Apfelernte gekeltert wurde. Während Johanna den heißen Kaffee aus einer Thermoskanne in die Tassen füllte, haderte sie unentwegt mit dem Wetter, das sich ja nun genau zu ihrem Geburtstag verschlechtert habe.

»Es ist jedes Jahr dasselbe: Erst schönstes Sommerwetter und an meinem Geburtstag wird es schlecht! Wenn das man nur trocken bleibt! Das würde noch fehlen, dass es heute regnet!«

Keiner sagte etwas dazu, da jede Äußerung nur noch für mehr Aufregung gesorgt hätte und Johanna nur zu gerne irgendjemanden für die Wetterlage verantwortlich gemacht hätte.

Ihre Bäckereien jedenfalls waren wie immer aufs Trefflichste gelungen und trotz des appetithemmenden Wetters spürte Georg den Drang, auch wirklich alle Sorten kosten zu wollen. War seine Schwiegermutter sonst immer sehr kritisch, was seine immer runder werdende Statur betraf, so hartnäckig war sie, wenn sie ihm noch ein Stück Selbstgebackenes offerieren wollte.

»Es schmeckt dir doch, Georg?«

»Wie immer – ganz hervorragend!«

»Dann zier dich nicht so, Georg! Wir sind hier doch ganz unter uns Pastorentöchtern.«

Und schon hatte er noch ein mächtiges Stück der köstlichen Lübecker Nusstorte auf seinem Teller. Zwischen dem knusprigen Mürbeteigboden und luftigem Biskuit fand sich eine Schicht herbsüßer Marmelade aus roten Johannisbeeren und auf dem Biskuitteig türmte sich mit gemahlenen Haselnüssen durchzogene Schlagsahne. Gekrönt wurde die Komposition von einer dünnen Marzipandecke, die die ganze Torte umhüllte und die Johanna kunstvoll mit Sahneröschen und Haselnüssen verziert hatte.

»Tja, Georg, bi uns im Norden da sünd die Torten-s-tücke so groot as Plätteisen – da musst du dich dran gewöhnen!«, dröhnte Schwager Peter in die Runde und alle lachten, obwohl dieser Ausspruch bei fast jeder Familienfeier fiel. Georg lächelte lahm und arbeitete sich zügig durch das Stück Marzipantorte, das sich in der Hitze in seine Bestandteile aufzulösen drohte. Entgegen anderer Erfahrungen stand er heute augenscheinlich hoch in der Gunst seiner Schwiegermutter. Schon bei der Begrüßung hatte sie sich ungewohnt wohlwollend über sein fast bartloses Gesicht geäußert.

»Das steht dir ja so viel besser, Georg! Jetzt siehst du endlich aus wie ein zivilisierter Mensch!«

Mit ihrem strengen Blick, dem nichts entging, seien es Flecken, Falten oder lose Knöpfe, hatte sie kurz seine Garderobe erfasst und Astrids Tipp, er solle sich noch ein weißes, kurzärmeliges Hemd besorgen, hatte sich als goldrichtig erwiesen. Er trug das Hemd über seiner schwarzen Leinenhose und dazu die geflochtenen schwarzen Slipper, die er sich letzten Sommer in Italien gekauft hatte, und fand sich selbst sehr lässig und chic gekleidet. Und da Johanna weder etwas dazu gesagt, noch unwillig an ihm herumgezupft hatte, schien sie zumindest nichts daran auszusetzen zu haben – mit einem Kompliment hatte er eh nicht gerechnet.

Die Kaffeetafel war abgeräumt und alle Gäste etwas schläfrig. Georg half seinem Schwiegervater in einen Liegestuhl in einer ruhigen, schattigen Ecke des Gartens und es dauerte gar nicht lange, da war Heini eingenickt. Johanna war die Einzige, der die Hitze nichts auszumachen schien und die enttäuscht war, dass ihre Geburtstagsgäste keine lebhafte Unterhaltung führten, geschweige denn für ›S-timmung‹ sorgten, was auch immer sie darunter verstehen mochte.

»Mit euch jungen Leuten ist ja auch nichts mehr los! Da habe ich einmal im Jahr Geburtstag und dann so eine lahme S-timmung!«, beschwerte sie sich, ehrlich empört. Aufgrund der Hitze an ihrem großen Tag erschöpft zu sein, das war einfach ungehörig.

»Es gibt jetzt ein Gläschen Sekt und danach sieht das schon ganz anders aus!«

Bald standen alle am Fuß der Treppe, die aus dem Haus in den Garten führte, mit gefüllten Sektgläsern in der Hand und Peter hielt, wie bei jeder dieser Gelegenheiten, eine launige Rede. Georg musste zugeben, dass dies eines der wenigen Dinge war, die sein Schwager perfekt beherrschte. Johanna stand auf der obersten Stufe und nahm die Huldigung entgegen. Auch Marco hatte ein Glas Sekt bekommen und als das Singen des Geburtstagsliedes und das allgemeine Zuprosten vorbei waren, ergriff Georg die Gelegenheit, um mit seinem Neffen zu reden.

»Na, Marco, alles klar?«

Marco griente und nickte.

»Übrigens, der Maik ist im Knast.«

»Echt?« Marco sah seinen Onkel voller Respekt an. »Und warum?«

»Er sitzt in U-Haft wegen des Verdachts auf Freiheitsberaubung, schwere Körperverletzung und das ist vielleicht noch nicht alles.«

»Wow! Das ist ja …«

Sein Neffe schien von dieser Mitteilung wirklich beeindruckt. Angermüller kannte solche Reaktionen, wenn Leuten klar wurde, wie nah sie einem Verbrechen oder einem Täter gewesen waren – das war einfach eine andere Qualität als im Fernsehen oder in einem Computerspiel. In jedem Fall erhoffte er sich daraus eine Lehre für den Jungen. In Zukunft wäre vielleicht auch der unkritische Marco ein bisschen aufmerksamer bei der Wahl seines Umgangs.

»Der ausländische Mitarbeiter eines Restaurants ist von Maik Priewe und zwei seiner Kameraden letzte Woche in der Nacht zum Donnerstag richtiggehend gekidnappt worden. Sie haben den Mann gefesselt und in den Wald verschleppt, ihn mit Schlägen, Tritten und brennenden Zigaretten gequält.«

»Erzählst du meinem Sohn wieder Schauergeschichten von irgendwelchen Neonazis?«

Schwager Peter hatte sich neben Georg Angermüller aufgebaut und so laut gesprochen, dass ihnen sofort die Aufmerksamkeit zumindest aller Erwachsenen zuteil wurde. Wenn er auch versuchte, seine Frage witzig klingen zu lassen, war die Aggressivität dahinter nicht zu überhören.

»Ich habe Marco noch nie Schauergeschichten erzählt,

wie du das ausdrückst. Ich habe ihn über ein paar Leute aus seinem Umfeld aufgeklärt und wie sich jetzt zeigt, völlig zu Recht.«

»Ich kenne keinen Neonazi!« Peter sah sich Zustimmung heischend um. »Ihr vielleicht?«

»Papa, nun lass doch!«, versuchte Marco, seinen Vater zu bremsen, doch dieser Versuch war bei einem Peter Overmann vergebens.

»Ich verstehe überhaupt nicht, was diese Panikmache mit den Braunen immer soll! Mein Gott, das ist jetzt über 60 Jahre her – können wir das nicht einfach mal vergessen und Schwamm drüber?«

»Was das nun miteinander zu tun hat, verstehe ich wiederum nicht! Deine Art, die Geschichte ausblenden zu wollen, ist eine Sache. Aber diese Neonazis sind Gegenwart, die treiben jetzt und heute ihr Unwesen! Wir haben gestern einen jungen Mann gefunden, der diesen Kerlen in die Finger geraten war. Der war mehr tot als lebendig. Und warum? Nur weil er Nordafrikaner ist und eine andere Hautfarbe hat.«

Im Garten war es still bis auf das Summen der Insekten. Gudrun war neben Peter getreten und da, wo ihre Hand sich um seinen Unterarm schloss, war die Haut weiß. Sie versuchte auf ihre Art, ihren Mann ruhig zu stellen und zeigte dabei ein verkrampftes Lächeln, allein Peter ließ sich davon nicht beeindrucken.

»Wenn da mal so ein paar Typen verrückt spielen ... Wir haben früher auch viel Scheiß gemacht! Das sind halt junge Kerle.«

Er schüttelte Gudruns Arm ab wie eine lästige Fliege. Georg versuchte, ruhig zu bleiben, aber seine Stimme klang jetzt auch schon etwas lauter.

»Und hinter den jungen Kerlen, wie du diese Gewalttäter nennst, stehen brave Bürger, die sich von den Schandtaten offiziell distanzieren, aber klammheimlich Beifall klatschen.«

»Was heißt das denn? Brave Bürger?«

Peter schien sich persönlich angegriffen zu fühlen.

»Das kann ich dir genau sagen: Die glatzköpfigen Kameraden sind nur das unappetitliche Fußvolk der Bewegung – aber wichtig. Es gibt genügend junge Leute, die sich allein wegen der Lonsdale-T-Shirts und Springerstiefel oder der rechten Krawallmusik ködern lassen. Und zur nächsten Bürgerschaftswahl stellt sich dann die Partei ›Freiheitlich Unabhängige Bürgerbewegung‹ des Herrn Burmester und holt reichlich Stimmen. Und plötzlich fragen alle erstaunt: Wie konnte das denn passieren?«

»Der Dr. Burmester!«

Heini war in seinem Liegestuhl aufgewacht. Da endlich so laut gesprochen wurde, dass er es auch verstehen konnte, war er aufmerksam der Diskussion gefolgt und steuerte nun sein Wissen bei.

»Stimmt! Der hat irgendeinen Verein, da lagen neulich mal so Werbezettel im Briefkasten. Was ist mit Dr. Burmester?«

»Der Dr. Burmester ist ein feiner Mann! Ich kenne ihn vom Sehen, er grüßt immer sehr freundlich und ich habe noch nie gehört, dass der etwas mit Neonazis zu tun haben soll.«

Johanna kannte jeden, der in St. Gertrud wohnte, zumindest zwischen Burgtor und Stadtpark, und wusste auch bestens über die Familienverhältnisse Bescheid.

»Aber die Ehe soll ja gar nicht glücklich sein. Das wundert mich auch nicht. Ille Burmester war schon immer eine seltsame Person.«

»Sie ist eine bewundernswerte Frau und eine große Wohltäterin, die für Lübeck schon sehr viel getan hat. Es müsste viel mehr solche Menschen geben!«

Astrid vergeudete sonst nicht ihre Energie für Diskussionen im Familienkreis, die sie ohnehin für sinnlos hielt. Ihre leidenschaftlich vorgebrachte Verteidigung überraschte denn auch Johanna und ließ sie indigniert die Brauen hochziehen. Ihr passte diese Diskussion ohnehin nicht in den Kram.

»Jetzt lasst man gut sein mit der Politik, ihr Männer!«

Dass ihre Tochter soeben auch Partei ergriffen hatte, übersah sie einfach. Politik war Männersache.

»Da regt ihr euch immer viel zu sehr bei auf. Wir sind doch heute hier zum Feiern!«

So wie Johanna das sagte, war das ein Befehl, dem sich keiner entziehen durfte. Astrid kam zu Georg, strich ihm über den Rücken und an ihrem Blick sah er, dass sie sich genauso unbehaglich fühlte wie er. Bestimmte Themen waren im Familienkreis tabu, viele Dinge blieben unausgesprochen – aber vielleicht war das auch gar nicht anders möglich in einer Gruppe von Menschen, die der Zufall zusammengeführt hatte. Er hatte schließlich nur Astrid geheiratet – den kompletten Anhang hatte er umsonst dazubekommen.

Die ganze Gesellschaft folgte mit Sitzgelegenheiten und Tischen dem gewanderten Schatten und ließ sich näher am Haus vor einem Beet mit rosa und weißen Stockrosen nieder. Kühler war es auch dort nicht. Auf den Freizeithemden seiner beiden Schwager zeichneten sich deutliche Schweißflecken ab. Georgs Hemd war auch schon lange nicht mehr trocken, doch der weiße Stoff verbarg gnädig entsprechende Spuren. Peter, der im Winter bei Familienfeiern immer als Erster die Fenster aufriss, tropfte es nass von den Schläfen. Keiner fühlte sich richtig wohl, aber niemand beklagte sich, alle litten stumm für Johanna, die ständig geschäftig hin- und hergelaufen war und nun auch Platz nahm und begann, Geschichten aus ihrer Jugend zu erzählen, die jeder der Anwesenden bereits auswendig kannte.

Georg spürte sein Handy in der Hosentasche vibrieren,

erhob sich und zog sich unter den Kirschbaum zurück, um das Gespräch entgegenzunehmen. Johannas empörter Blick und der Satz: »Das fehlte gerade noch, dass Georg jetzt zum Dienst muss!«, waren ihm dabei nicht entgangen.

»Steffen! Das ist ja eine Überraschung!«

»Grüß dich, Schorsch! Die Überraschung ist größer, als du denkst: Das Ergebnis der Gesichtsrekonstruktion ist heute gekommen.«

»Klasse! Das ist die beste Nachricht seit Langem! Wie machen wir das, dass ich so schnell wie möglich an die Bilder komme?«

»Ich habe sie als Datei hier. Ich kann sie dir per Mail schicken.«

»Ich habe hier keinen Computer und unser PC zu Hause hat irgendeine Macke, da funktioniert der Internetzugang nur manchmal. Ins Büro wollte ich eigentlich auch nicht, ich habe Astrid versprochen, dieses Wochenende mit ihr zu verbringen. Aber ich bin natürlich gespannt wie ein Flitzebogen!«

»Wo bist du denn gerade?«

»Johanna hat Geburtstag.«

Mehr brauchte Georg nicht zu sagen. Sein Freund kannte Johanna und in gewisser Weise schätzte er sie sogar als Gesprächspartnerin für gepflegte Klatschgeschichten. Sie wiederum fand den kultivierten Steffen ausgesprochen reizend und wollte nicht verstehen, wie ein solch gut aussehender Mann immer noch Junggeselle sein konnte.

»Frage doch deine entzückende Schwiegermama, ob ich mit David kurz vorbeikommen darf, dir etwas bringen. Dann drucke ich dir die Bilder einfach aus.«

»Würdest du das machen? Das wäre sehr nett von dir!«

»So bin ich eben! Aber es macht keine Umstände, wir

wollen uns ohnehin eine Wohnung um die Ecke bei Johanna anschauen.«

Natürlich war Johanna einverstanden. Nie hätte sie dem charmanten Steffen einen Wunsch abschlagen können. Mit einem Mal spürte Georg die drückende Schwüle nicht mehr. Er war bei seinem Fall und rekapitulierte das Wenige, das sie über den Toten vom Steilufer herausgefunden hatten. So bald wie möglich würde er die Bilder an sämtliche Asylbewerberheime und Flüchtlingsunterkünfte in Schleswig-Holstein, Hamburg und Mecklenburg-Vorpommern schicken und er selbst wollte die ›Villa Floric‹ aufsuchen. Vielleicht hatten sie ja Glück und einer von den Algeriern erkannte das Gesicht. Das brächte sie schon ein ordentliches Stück weiter.

Die Ankunft von Steffen und David kurz darauf riss ihn aus seinen Gedanken. In ihren hellen, eleganten Hosen und Polohemden kamen die beiden in den Garten, begrüßten alle auf die charmanteste Art und ein gewisser Glanz legte sich über die lethargische Runde. In formvollendeter Pose überreichten sie Johanna jeder eine gelbe Rose. Die Männer staunten und die Frauen schmolzen dahin. Natürlich versuchte Johanna, die beiden zum Bleiben zu nötigen. Doch so schnell, wie sie gekommen waren, waren sie auch wieder verschwunden. Zurück blieben die Rosen und endlich wieder ein Gesprächsthema für die müde Geburtstagsgesellschaft.

Johanna schien etwas irritiert durch Steffens Auftritt mit seinem Freund David, vor allem auch durch die Mitteilung, dass die beiden auf der Suche nach einer gemeinsamen Wohnung waren. Doch tapfer schob sie die Zweifel beiseite, die sie hin und wieder schon verspürt haben musste, da sie immer mal nachbohrte, ob es nicht doch eine Frau in Steffens Leben gab. Als Peter auf seine derbe Art irgendetwas Zweideutiges von sich gab, zischte sie ihn nur an, seine Geschmacklosigkeiten zu unterlassen und signalisierte damit, dass sie an diesem Thema nicht rühren wollte.

Georg konnte seine Neugier kaum zügeln. Er stand auf und hielt den Umschlag, in dem sich die Bilderfolge befand, die den Prozess der Gesichtsrekonstruktion dokumentierte, von den anderen abgewandt und ging langsam in Richtung Haus. Er zog sich in Johannas Küche zurück, in der alles in sauberem Glanze strahlte – kein schmutziges Stück Geschirr und kein Krümel kündete von der vorangegangenen Tortenschlacht, nur die Spülmaschine rauschte leise. Gespannt legte er ein Bild nach dem anderen vor sich auf den großen Holztisch und konnte so die Entstehung der Gesichtszüge genau verfolgen. Als er das letzte Bild aufdeckte, blickte er in die großen, dunklen Augen eines gut aussehenden jungen Mannes. Er stutzte. Irgendwie kam ihm dieses Gesicht bekannt vor.

»Na, Georg! Hoffentlich hast du auch ordentlich Appetit!«

Johanna war neben ihn getreten und spähte auf die Bilder.

»Was machst du da denn?«, fragte sie ihren Schwiegersohn entrüstet. Angermüller murmelte etwas Unverständliches und packte die Blätter schnell wieder in den Umschlag. Sie wollte die Antwort ohnehin nicht hören, denn sie hatte andere Sorgen.

»Das fängt jetzt so an zu wehen draußen. Hoffentlich bleibt es trocken!«

»Ich glaube nicht, dass es Gewitter gibt und wenn doch – wir sind ja genug starke Männer und tragen einfach alles schnell nach drinnen!«

»So einfach, wie du das sagst, ist das ja auch wieder nicht getan! Das Geschirr, die Gläser, die Tischdecken, die Polster – und der Grill! Wie sollen wir denn dann das Fleisch grillen? Ich mag gar nicht daran denken.«

Johanna wollte sich ihre Untergangsstimmung wegen eines vielleicht aufziehenden Gewitters nicht nehmen lassen. Georg Angermüller ging darauf nicht ein. Im Moment dachte er ohnehin an alles andere als an gegrillte Koteletts. Zum einen kreisten seine Gedanken immer wieder um das Gesicht, das das Computerprogramm für den Toten rekonstruiert hatte. Wie konnte er es schaffen, schon am Sonntag den Männern in der ›Villa Floric‹ einen Besuch abzustatten, ohne Astrids Zorn auf sich zu ziehen? Zum anderen war er noch immer ziemlich satt von den reichlich genossenen Torten- und Kuchenstücken. Johanna aber redete munter weiter.

»Grillen ist nicht so aufwendig für so viele Leute bei diesem Wetter. In meinem Alter kann man nicht mehr so wie ihr Jungen!«

Dann zählte sie aber doch auf, dass sie ein paar Matjes in Sahne eingelegt hatte, die es zu Schwarzbrot vorweg geben sollte und sie außerdem einen Bohnensalat, einen Kopfsalat mit Specktunke und einen Kartoffelsalat vorbereitet hatte.

»Und das Fleisch habe ich extra von Schlachter Lüders geholt und schön mit Zwiebeln und Pfefferkörnern in Öl eingelegt!«

»Das hört sich alles sehr gut an!«, bemerkte Angermüller pflichtbewusst.

Angermüller sah, dass seine Schwager im Garten schon dabei waren, den Grill in Gang zu setzen und Astrid kam mit ihren Schwestern herein, um das bereitgestellte Geschirr aus dem Esszimmer zu holen. Er erhob sich, um auch wieder nach draußen zu gehen.

»Georg, du musst kosten, ob an meinem Bohnensalat etwas fehlt!«

Johanna beförderte eine große Schüssel aus dem Kühlschrank auf den Tisch, reichte ihm einen Löffel und er musste unter ihren strengen Augen von dem Salat versuchen, den sie nach ihrem traditionellen Rezept zubereitet hatte. Zarte Stangenbohnen vereinten sich mit einer sehr fein gehackten Zwiebel unter einem Dressing aus süßer Sahne mit etwas Essig, Öl, Salz und Pfeffer zu einem erfrischenden Salat, der perfekt zu einem warmen Sommertag passte. Angermüller hätte sich die Mischung ein wenig kräftiger, mit etwas mehr Essig, gewünscht, doch er wusste, dass Johanna dann wieder auf ihren empfindlichen Magen verweisen würde. Also deklarierte er den Bohnensalat als gelungen, was sie zufrieden zur Kenntnis nahm.

»Aber jetzt wollen wir erst einmal mit den Matjes anfangen!«

Johanna dirigierte Georg mit der großen Terrine nach draußen und folgte ihm mit den Brotkörben. Erwartungsgemäß weigerten sich sämtliche Enkel, von Omas Fischspezialität auch nur zu probieren, was ihnen eine harte Rüge einbrachte, und stopften sich stattdessen mit Brot und Butter voll. Georg nahm sich eine kleine Portion und fand auch diese gut gekühlte Mischung aus salzigem Fisch, süßer Sahne, pikant mit Zwiebeln, Äpfeln und Gurken verfeinert, die richtige Speise für das heiße Wetter. Wieder meldete sich in seiner Hosentasche das Handy und er verließ die Runde und erntete dafür erneut einen pikierten Blick seiner Schwiegermutter.

Dieses Mal war seine Schwester Marga am Telefon. Zwar hatte seine Mutter signalisiert, keinen Wert auf seinen Anruf zu legen, aber nun hatte sie Marga doch berichtet, dass der Schorsch trotz seines Versprechens, sich heute wieder zu melden, dies noch nicht getan habe. Er hatte es einfach vergessen. Also holte er es sofort nach und das Gespräch war genauso kurz und unbefriedigend wie am Vortag. Aber offensichtlich zählte für seine Mutter allein die Tatsache, den versprochenen Anruf erhalten zu haben.

Vom Grill kamen die ersten, würzigen Rauchschwaden gezogen und gerade wollte Georg sich wieder an den Tisch setzen, da rief Johanna aus dem Haus nach ihm und bat noch einmal um seine Unterstützung. Natürlich war ihm ihr Wunsch Befehl. Sie eilte flink in der Küche hin und her, erhitzte Brühe in einem Topf, briet Speck und Zwiebeln. Seine Schwiegermutter bereitete ihren warmen Kartoffelsalat zu und Georg wurde angestellt, den Kopfsalat mit der kalten Specktunke zu mischen.

Bald darauf waren die Tische im Garten üppig gedeckt mit Johannas Salaten, selbst gemachter Remoulade, der unvermeidlichen Ketchupflasche für die Kinder, Brotkörben und Platten voll gegrillten Entrecotes und Nackenkoteletts. Georg mischte sich ein Alsterwasser und wie immer fand er das Bier bei seinen Schwiegereltern ein wenig zu warm. Als sein Handy vibrierte, schaltete er es kurzerhand aus.

Georg hatte die reichlich dargebotenen Speisen, die für ihn meist das einzige Highlight dieser Zusammenkünfte waren, immer genossen, aber heute konnten ihn auch die deftigen Spezialitäten seiner Schwiegermutter nicht locken. Als die Fleischberge bis auf ein paar Reste zusammengeschmolzen und die Salatschüsseln geleert waren, verdrückte sich Angermüller ins Haus, ging ins Esszimmer und schaltete sein Handy wieder ein. Die Nummer des Anrufers, den er weggedrückt hatte, war ihm unbekannt, doch mittlerweile war ein zweiter Anruf eingegangen, und zwar von seinem Kollegen Jansen.

»Sach ma, in welcher Liebeslaube steckst du denn, dass du nicht gestört werden willst?«, fragte der, als er ihn zurückrief.

»Schwiegermutters Geburtstag.«

»Au Backe.«

Für Jansen, der feste Beziehungen mied wie die Pest,

musste die Vorstellung einer eigenen Schwiegermutter eine wahre Horrorvision sein.

»Wir haben morgen eine Verabredung, wir zwei. Das Krankenhaus hat bei mir angerufen, nachdem sie dich nicht erreicht haben. Sie meinen, wir könnten den Algerier mit dem Namen, den ich mir nicht merken kann, morgen vernehmen.«

»Fouhad Ferhati heißt der Mann. Das ist heute schon die zweite gute Neuigkeit!«

»Was war die erste?«

»Steffen hat mir das Ergebnis der Gesichtsrekonstruktion unserer Leiche vom Steilufer gebracht.«

»Sehr gut! Wann sehen wir uns morgen? Bedenke bei der Uhrzeit bitte, es ist Sonntag.«

»Vor allem muss ich das jetzt erst einmal Astrid beibringen – wir wollten uns morgen zu zweit einen schönen Tag machen, die Mädels fahren ins Zeltlager.«

»Sollen wirs auf Montag verschieben?«

»Auf gar keinen Fall! Dafür ist die Aussage von Ferhati viel zu wichtig! Ich würde sagen, wenn ich mich nicht gleich noch mal melde, treffen wir uns um 10 an der Klinik.«

»Das is ’n Wort.«

Als Angermüller zurück in den Garten kam, waren Astrid und ihre Schwestern gerade dabei, die Tische abzuräumen.

»Na, willst du mir was sagen, Georg?«, fragte Astrid, als sie mit einem Stapel Teller an ihm vorüberging.

»Wieso?«

»Du guckst so komisch.«

Manchmal fand Angermüller die Hellsichtigkeit seiner Frau geradezu beängstigend.

»Ja, der Jansen hat gerade angerufen beziehungsweise ich hab ihn angerufen. Wir haben morgen einen Termin.«

»Wichtig?«

»Ziemlich wichtig. Der junge Mann, über den die Neonazis hergefallen waren, ist wieder vernehmungsfähig.«

»So, so. Schon als Steffen mit diesem ominösen Umschlag hier auftauchte, sah ich die Chance auf unseren Sonntag schwinden.«

»Das ist die zweite Geschichte: Unser unbekannter Toter vom Steilufer hat ein Gesicht bekommen und wenn wir jetzt jemanden finden, der weiß, wer er ist, sind wir schon ein ganzes Stück weiter!«

Angermüller sprach schnell und begeistert. Der Fahndungseifer des engagierten Polizisten hatte ihn gepackt. Astrid brachte die Teller ins Haus und als sie wieder herauskam, ging sie zu ihm und legte ihre Arme um seinen Hals.

»Das ist kein Problem morgen, Georg! Es wäre nur schön, wenn wir zusammen die Mädels an den Bahnhof bringen könnten.«

»Du bist nicht sauer?«

»Ich verstehe doch, wie wichtig das für euch ist! Und ich freue mich auch einmal über einen Sonntag in aller Ruhe allein zu Hause, einfach machen, was mir so einfällt. Das Wetter soll ohnehin schlechter werden. Außerdem haben wir ja noch 10 Tage allein für uns.« Sie lächelte ihn an. »Und 10 Nächte«, flüsterte sie nah an seinem Ohr.

Georg gab ihr einen Kuss.

»Schatzi, du bist wunderbar!«

»Na, was ist denn mit euch los? Ihr seid ja die reinsten Turteltäubchen!«

Sigrids Mann Jochen, der gerade aus dem Haus kam, zeigte auf die beiden.

»Seht euch das an!«

»Nur kein Neid!«

Astrid meinte das ernster, als es sich anhörte, denn sie wusste, dass die Ehe ihrer Schwester alles andere als glücklich war, und sagte dann in scherzhaftem Ton:

»Ich habe meinem Mann soeben morgen frei gegeben, damit er auch am Sonntag einen Mörder jagen kann!«

»Oh, wie spannend! Wessen Mörder?«

Angermüller ließ Astrid los.

»Es geht immer noch um den unbekannten Toten vom Steilufer, einen jungen Nordafrikaner.«

»Ach so.« Jochens Interesse schien schon geschwunden. »Na ja, was wollen die auch alle hier?«

»Wir wissen nicht, was der Junge hier wollte. Er konnte es uns nicht mehr sagen und bisher haben wir auch keinen gefunden, der ihn kannte.«

Angermüller wusste genau, worauf sein Schwager abzielte, aber warum auch immer, er wollte seine krude Weltsicht aus Ignoranz und Vorurteilen einfach noch einmal von ihm selbst hören.

»Hör mal, das weiß man doch, warum die hierher kommen! Die denken, hier wäre das Paradies. Die kriegen hier 'ne Wohnung umsonst, die kriegen Taschengeld und brauchen nicht arbeiten.«

»Weißt du denn, wie das Paradies von den Leuten aussieht, lieber Jochen?«

Astrid konnte die platten Allgemeinplätze ihres Schwagers nicht unkommentiert lassen.

»Mehrbettzimmer in einer Asylunterkunft, Einkaufen mit sachgebundenen Gutscheinen, ungewohntes, teils richtig schlechtes Essen, Sprachkurse höchst selten, da kein Geld dafür vorhanden ist und keine Aufgabe, den ganzen Tag nichts zu tun. Und hin und wieder wirst du von Einheimischen angepöbelt, wenn du Glück hast! Wenn du Pech hast, quälen sie dich ein bisschen und manchmal überlebst du es nicht. Das unterscheidet sich doch nur geringfügig von eurem Urlaubsparadies in der Provence, oder?«

»So habe ich das doch nicht gemeint!«, versuchte Jochen sich zu rechtfertigen. »Aber für die einfachen Leute sieht das doch so aus, als ob es den Ausländern hier ohne Arbeit mindestens so gut, wenn nicht noch besser als ihnen selbst geht.«

»Und jemand wie du, der es eigentlich besser wissen könnte, macht es sich mit genau den gleichen Vorurteilen bequem! Wenn Leute wie du schon mit so einer Gedankenlosigkeit diese Scheinargumente übernehmen, welchen Vorwurf kann man den schlichten Geistern machen, wenn sie den Neonazis glauben? Hör doch auf, Jochen!«, winkte Astrid ab, schob Georg vor sich her und ließ ihren Schwager einfach stehen.

Immer noch rauschte der Wind in den Bäumen, es hatte sich ein wenig abgekühlt, doch das war nach der drückenden Schwüle ganz angenehm. Johannas Befürchtung, es könne regnen, war nicht eingetroffen. Man hatte Windlichter auf den Tischen verteilt und im dämmrigen Zwielicht saßen die Geburtstagsgäste ziemlich matt und satt auf ihren Stühlen herum. Nur Johanna war schon wieder emsig und deckte Suppenteller und Löffel auf, denn sie fand, dass es Zeit für ihren Nachtisch wurde, um den sie ein großes Geheimnis gemacht hatte. Natürlich gaben alle vor, wahnsinnig gespannt zu sein.

Das Überraschungsdessert entpuppte sich als warme Pflaumensuppe, in der unter einer Haube aus steif geschlagener Sahne eine Kugel Vanilleeis schwamm, gekrönt von gerösteten und karamellisierten Weißbrotwürfeln und Mandelsplittern. Die sanft nach Zimt und Vanille schmeckende, süß-säuerliche Suppe war wirklich köstlich, doch Georg schaffte es trotzdem nicht, mehr als ein paar Löffel davon zu kosten.

Als alle ihre Teller beiseitegeschoben und den wunderbaren Nachtisch gelobt hatten, zeigte auch Johanna deutliche Ermüdungserscheinungen. Trotzdem fragte sie höflich, ob noch etwas zu trinken gewünscht würde. Niemand meldete sich und so deckte man den Tisch ab, allgemeine Aufbruchstimmung machte sich breit und nach vielen Versicherungen, wie schön es doch wieder einmal mit der ganzen Familie gewesen war, verabschiedete man sich voneinander.

Wenig später rollte der betagte Volvo in Richtung St. Jürgen. Astrid saß am Steuer und die Zwillinge waren auf der Rückbank eingeschlafen, kaum hatte sich der Wagen in Bewegung gesetzt. Georg Angermüller lehnte zufrieden auf dem Beifahrersitz. Der Sonntag lag vor ihm wie ein Geschenk. Er würde ihn zu nutzen wissen.

14

Noch kein Tropfen Regen war gefallen. Wolkenberge von graublau bis violett schoben sich langsam und drohend über den Horizont. Bäume und Knicks, die Felder und Wiesen säumten, schwankten unter den Attacken eines heftigen, böigen Windes. Der düstere Himmel hatte der sanften Hügellandschaft ihren ganzen Liebreiz genommen und man wartete förmlich darauf, dass der Sturm endlich losbrechen würde. Seit Stunden schon wartete man vergeblich.

Angermüller war nicht böse darüber, dass die drückende Hitze einer frischen Kühle gewichen war, wenn sich auch die Luft sehr feucht anfühlte und man trotzdem leicht ins Schwitzen geriet. Die Touristen, die eine Woche lang Strandleben pur genießen durften, waren verschreckt. Sie hatten das Mittelmeerklima bereits als festen Bestandteil der Lübecker Bucht verinnerlicht. Jetzt kreuzten sie in ihren Autos ziellos durch die Gegend, auf der Suche nach urlaubsgemäßer Betätigung. Sie hatten Zeit, denn sie mussten irgendwie einen ganzen Urlaubstag herumbringen und fuhren langsam und gemächlich, was Jansen schier zum Verzweifeln brachte.

»Mann, was sind das bloß für Kutscher! Gib ma büschen Gas da vorne, du Penner aus FF!«

»Der ist aus Frankfurt an der Oder.«

»Is mir doch egal, deswegen muss der trotzdem hier nicht so schleichen!«

»Wir hams doch net eilig, wir haben doch keinen Termin in der ›Villa Floric‹.«

Jansen sagte nichts mehr, sondern setzte sich mit einem geschickten Überholmanöver vor den Urlauber aus Frankfurt, nur um 50 Meter weiter wieder an der Stoßstange eines Wagens, diesmal aus Dortmund, zu hängen. Angermüller verkniff sich einen Kommentar. Er war ohnehin in seinen Gedanken noch bei ihrem Besuch im Klinikum.

»Es ist wirklich ganz erstaunlich, wie schnell sich der Patient körperlich von den Strapazen seines tagelangen Aufenthaltes in dem Baumgefängnis regeneriert hat«, begrüßte sie der Stationsarzt. »Wenn man bedenkt, dass er nichts gegessen und kaum Flüssigkeit zu sich genommen hat. Eine bewundernswerte Konstitution! Er sieht zwar noch etwas mitgenommen aus, aber es geht ihm den Umständen entsprechend wirklich blendend! Trotzdem sollten wir es nicht übertreiben: Eine halbe Stunde muss für Ihren Besuch reichen.«

»Und wie sieht es mit der psychischen Stabilität aus? Man spricht ja nicht umsonst von traumatischen Erlebnissen bei Menschen, die gequält und misshandelt wurden«, wollte Angermüller wissen.

»Auch das ist erstaunlich! Ich gebe zu, für eine langfristige Prognose ist es zu früh, aber der Patient scheint nichts verdrängen zu wollen und setzt sich mit der konkreten Situation genau auseinander. Insofern spricht auch nichts gegen Ihren Besuch – im Gegenteil! Ich glaube, Herr Ferhati sieht dem Gespräch mit Ihnen gespannt entgegen.«

So war es auch. Trotz Gipsverbänden an Arm und Bein und einem dicken Kopfverband redete der junge Algerier lebhaft und konzentriert mit den Polizisten. Er schilderte ihnen in flüssigem Deutsch, wie ihm jemand neben einem Lieferwagen an der Straße gewunken hatte, als er mit seinem Roller vorbeifuhr. Weil er glaubte, derjenige hätte eine Panne und bräuchte Hilfe, hielt er an. Aber auf einmal waren da drei Männer, vermummt, die ihn packten, ihn knebelten, fesselten, ihm die Augen verbanden und ihn in den Wagen zerrten. Sie fuhren eine ganze Weile. Dabei hörten sie laute Musik, sie rauchten, sie grölten und häufig hörte er auch das Geräusch einer sich öffnenden Bierdose. Schließlich flog er auf der Ladefläche des Wagens hin und her, denn offensichtlich hatten sie die Teerstraße verlassen und waren in einen holprigen Weg eingebogen.

Sachlich schilderte er die menschenverachtenden Quälereien, die die drei Neonazis dann mit ihm veranstaltet hatten.

»Die waren zu dritt und ich allein – gefesselt und mit verbundenen Augen. Ich konnte mich nicht wehren, logisch. Typen wie die fühlen sich nur in der Gruppe stark.«

Als sie genug von ihren grausamen Spielchen hatten, nahmen sie Ferhati die Augenbinde ab. Er konnte niemanden erkennen, da ihre Gesichter wieder vermummt waren. Dann hetzten sie ihn durch den Wald und er war fest entschlossen, ihnen bei dieser Gelegenheit zu entfliehen. Zu Anfang bekam er ein paar Treffer ab, was seine Jäger jedes Mal mit Jubelgeschrei feierten. Doch statt wie ein aufgescheuchtes Wild ziellos durch die Gegend zu rennen, bewegte sich Ferhati relativ langsam, hinter dicken Baumstämmen Schutz suchend, und entfernte sich so immer weiter von seinen Verfolgern. Wahrscheinlich hatte auch der Alkoholkonsum ihr Reaktionsvermögen eingeschränkt. Irgendwann vernahm er ihre Stimmen nur noch in weiter Ferne. Dann sah er in der Dunkelheit schemenhaft diesen riesigen Stapel von Baumstämmen vor sich liegen und kroch Schutz suchend dazwischen, was ihm nicht leicht fiel, da seine Hände immer noch auf dem Rücken gefesselt waren. Und plötzlich passierte es: Ein dumpfes Knirschen, ein Ruck und er spürte gar nichts mehr. Er war wohl ohnmächtig geworden und als er erwachte, fand er sich eingeklemmt zwischen den mächtigen Hölzern.

»Wie konnten Sie das nur tagelang in diesem engen Gefängnis aushalten?«, fragte Angermüller entsetzt.

»Anfangs habe ich mir Rezepte ausgedacht und an Rechenaufgaben geknobelt. Meinen Hunger und Durst habe ich mit dem Kauen von Baumrinde in Schach gehalten. Ich habe gebetet und immer wieder geschlafen.«

»Sie sind Moslem?«

»Ich renne normalerweise nicht fünf Mal am Tag in die Moschee, wenn Sie das meinen. Gott oder Allah, das ist für mich dasselbe. Hauptsache, irgendeiner, an den ich mich wenden kann.«

Der Hauptkommissar fühlte sich plötzlich sehr klein diesem jungen Mann gegenüber, auch Jansen, der persönliche Betroffenheit aus seinem Beruf völlig auszuklammern versuchte, schien sehr beeindruckt. Fouhad Ferhati war weder verängstigt noch voller Hass gegenüber seinen Peinigern. Er sah die Tatsachen glasklar, analysierte messerscharf die Beweggründe von Maik Priewe und seinen Kumpanen und kam zu dem Schluss, dass er letztlich der glücklichere Mensch sein musste.

Dann wollte Fouhad Ferhati alles über seine Gefangenschaft und seine Errettung wissen und fragte die Beamten nach sämtlichen Details: wie lange genau er zwischen den Baumstämmen gelegen hatte, wie und von wem er gefunden worden war und natürlich auch, ob die Polizei die Täter schon ausgemacht hatte. Allmählich war ihm aber dann doch eine gewisse Erschöpfung anzumerken und auch der Arzt schaute zur Tür herein und erinnerte daran, dass die halbe Stunde jetzt um sei.

»Eine Bitte habe ich noch: Könnten Sie sich dieses Bild einmal ansehen.« Angermüller legte die Abbildung des rekonstruierten Gesichtes auf die Bettdecke vor Ferhati. »Kennen Sie vielleicht diesen Mann?«

Aufmerksam betrachtete Ferhati das Gesicht und schüttelte dann mit dem Kopf.

»Irgendwie kommt er mir zwar bekannt vor – aber

eine konkrete Person fällt mir jetzt nicht ein. Was ist mit ihm?«

»Er wurde vor ein paar Tagen tot am Steilufer gefunden. Stammt wahrscheinlich auch aus Nordafrika.«

»Armer Kerl.«

»Ja, das ist er«, nickte Angermüller nachdenklich. »Ich denke, das wars auch schon. Vielen Dank für Ihre Hilfe. Wir lassen Sie jetzt mal wieder in Ruhe, damit Sie sich weiter erholen können.«

»Kein Problem! Hat mich gefreut, für mich waren Sie mein erster Besuch!«

»Dann wünschen wir Ihnen weiter gute Besserung!«

»Danke! Und viel Besuch – ich war lange genug allein mit den Bäumen.«

»Wir wollen jetzt zu Ihren Kollegen in der ›Villa Floric‹. Sollen wir sie herschicken?«

»Ja, bitte! Und sagen Sie schöne Grüße!«

Sorgenvoll blickte Anna durch das Fenster ihrer Küche in den düsteren Himmel. Der Sommer legte eine Pause ein, laut Wetterbericht zwar eine kurze, aber man konnte sich auf die Aussagen der Meteorologen selten verlassen und die eine Sommerwoche hatte noch lange nicht ausgereicht, der ›Villa Floric‹ schwarze Zahlen zu bescheren. Bisher hatte es noch nicht geregnet, aber auf der Terrasse würde bei diesem Wetter heute Abend kein Gast sitzen können und das bedeutete, mindestens ein Drittel weniger Umsatz. Hinzu kam der merkbar geringere Getränkekonsum bei niedrigen Temperaturen. Sie atmete laut pustend aus. Konnten denn diese Sorgen nicht mal ein Ende nehmen?

Vielleicht weckte die kühle Witterung den Appetit ihrer Gäste und sie verlangten statt nach leichten Sommersalaten auch einmal wieder nach kräftigeren Speisen. Also änderte Anna kurz entschlossen das Angebot und setzte ihre pikante

Muschelsuppe, gefüllte Poularde und Kaninchen in Cidre geschmort auf die Karte; alles Spezialitäten, die während der heißen Tage nicht in der ›Villa Floric‹ serviert worden waren. Das war auch eine Art Therapie, denn wenn sie in ihre Welt der Düfte und Geschmackskompositionen eintauchen konnte, dachte sie an nichts anderes. Aus Dijonsenf, Honig und zerdrücktem Knoblauch mischte sie eine pastöse Marinade, gab noch Öl und etwas frisch gemahlenen schwarzen Pfeffer dazu und bestrich damit die zartrosa Kaninchenteile. Die durften ruhig ein paar Stunden in der Marinade liegen bleiben.

Dann brachte sie in kochendem Wasser die Miesmuscheln dazu, sich zu öffnen, löste das Muschelfleisch aus den Schalen und stellte den Sud beiseite. In einem großen Topf dünstete sie Zwiebeln und Lauch in Butter an, gab eine fein gewürfelte Tomate hinzu sowie Thymian, Petersilie und Lorbeerblatt und zum Schluss, damit die pikante Muschelsuppe ihren Namen auch verdiente, wenige scharfe, kleine Peperoni und ein paar Knoblauchzehen, alles unzerkleinert. Ein wunderbar würziger Duft stieg auf. Nun folgten klein gewürfelte Kartoffeln und grob geraspelte Möhre. Anna goss den Muschelsud auf, schmeckte ihn mit Salz ab und ließ alles auf kleiner Flamme köcheln. Ganz zum Schluss gab sie dann das Muschelfleisch hinein. Am Abend, vor dem Servieren, kamen dann noch reichlich Crème fraîche und frisch gemahlener schwarzer Pfeffer dazu. Sie nahm einen Löffel zur Probe – die Suppe schmeckte jetzt schon köstlich.

Längere Vorbereitungen waren nicht mehr nötig, alles andere konnte von der Küchenmannschaft am Nachmittag erledigt werden. Anna bereitete sich eine große Tasse Milchkaffee – es war schon die dritte an diesem Tag – und setzte sich in den Wintergarten. Es war ein eigentümliches Wetter da draußen. Kalt, windig, dunkle Wolken – es sah nach einem kräftigen Gewitter aus und Lionel war mit Yann auf der Segeljacht unterwegs. Der Junge hatte nicht locker gelassen und Yann immer wieder an sein vor Tagen gegebenes Versprechen für einen gemeinsamen Segeltörn erinnert. Als Anna wegen des unwirtlichen Wetters protestiert hatte, meinte er, ein richtiges Unwetter würde ausbleiben, dafür habe es sich schon viel zu lange abgekühlt, sich woanders entladen und kräftigen Wind, den bräuchten echte Männer schließlich zum Segeln. Lionel hatte stolz dazu gegrinst. So hatte sich die besorgte Mutter damit abgefunden und die beiden ziehen lassen. Yann war schließlich ein erfahrener Segler und Leichtsinn gehörte nicht zu seinen Charaktereigenschaften.

Annas Hochstimmung, in der sie am Tag zuvor gelebt hatte, war vergangen und sie ahnte, dass daran nicht nur der Wetterumschwung Schuld trug. Am späten Sonnabendnachmittag hatte Frauke angerufen, dass Lionel nun doch nicht wie verabredet bei Jakob übernachten könne. Jakobs Vater, sein ›Erzeuger‹, wie Frauke ihn konsequent nannte, hatte sich wieder einmal völlig überraschend gemeldet: Er sei in der Gegend und wolle mit seinem Sohn etwas unternehmen. Da dies selten genug vorkam und deshalb für den Jungen umso größere Bedeutung hatte, bat Frauke um Verständnis, dass sie Lionel nun in die ›Villa Floric‹ zurückbringen musste. Das war für Anna nachzuvollziehen, aber Lionel war natürlich enttäuscht von dieser plötzlichen Änderung seiner Wochenendgestaltung und kam ziemlich schlecht gelaunt zu Hause an.

Anna war auf seine frühe Rückkehr nicht vorbereitet. Nur kurz hatte sie der Gedanke beschäftigt, wie sie Lionel die Veränderung ihrer Beziehung zu Yann erklären sollte – sie hatte später in Ruhe darüber nachdenken wollen, aber dazu war jetzt keine Gelegenheit mehr. Erfreulicherweise war die ›Villa Floric‹ an diesem Abend ausgebucht, die Leute saßen drinnen wie draußen. Anna hatte alle Hände voll zu tun, die Küche arbeitete auf Hochtouren, um alle Wünsche der Gäste rasch und in der gewohnten, exquisiten Qualität zu erfüllen. Trotzdem wurde für Lionel seine Lieblingspizza mit Mozzarella, Spinat und Tomaten frisch zubereitet und zum Nachtisch bekam er eine große Portion Milchreis mit Kirschen serviert. Er durfte Cola trinken, fernsehen und Computer spielen – alles Dinge, die nicht die Regel waren – und als er gegen 11 erschöpft ins Bett fiel, hatte sich seine Laune zumindest so weit gebessert, dass er Anna gnädig einen Gutenachtkuss genehmigte.

Allein Lionels Anwesenheit führte dazu, dass Anna plötzlich wieder Zweifel kamen, ob die Liebesbeziehung zu Yann nicht ein Fehler gewesen war. Vor allem, dass sie noch nicht mit Lionel darüber hatte sprechen können, hinterließ bei ihr ein schlechtes Gefühl. Sie wusste, dass es albern war. Sie war eine erwachsene Frau und ihrem Sohn keine Rechenschaft über ihr Liebesleben schuldig. Außerdem war Yann ohnehin eine Art Ersatzvater in den letzten Jahren für Lionel gewesen, der Junge mochte ihn, ja, Yann war sogar eine Art Vorbild für ihn. Trotzdem fühlte sie sich wie jemand, dem eine Beichte bevorstand.

Als das Restaurant schloss und die Küchenmannschaft Feierabend machte, blieben Anna und Yann allein in der Küche zurück und als Yann sie in die Arme nahm, lächelnd, ungeduldig, da war sie plötzlich verkrampft und abweisend und konnte seine Küsse nicht ertragen.

»Entschuldige, Yann, es liegt nicht an dir.«

Sanft machte sie sich von ihm los und sah seine Verwirrung und seine Enttäuschung. Sie versuchte, ihm ihre Gefühle zu erklären, redete und redete. Sie erzählte von sich, von Lionel, der ihr alles bedeutete, von Said, den sie verloren hatte, redete von ihren Zweifeln, von der alles beherrschenden Angst, auch Lionel zu verlieren, weil er ihre Beziehung vielleicht nicht akzeptieren könnte. Yann sah sie an, hörte ruhig zu, streichelte zärtlich ihren Arm und nickte hin und wieder nachdenklich. Er war nicht böse, aber ob er wirklich verstehen konnte, was in ihr vorging, das wusste sie nicht.

Beim Frühstück heute Morgen war Lionel jedenfalls wieder bestens gelaunt. Dass Jakob keine Zeit für ihn hatte, war vergessen und er setzte seine ganze Überzeugungskraft und seinen Charme ein, Yann zu dem versprochenen Segeltörn zu überreden. Annas Unsicherheit, wie sie sich Yann gegenüber im Beisein von Lionel verhalten sollte, erwies sich als überflüssig. Für ihre Befürchtung, zu große Nähe und Vertrautheit zwischen ihnen beiden würde sofort Lionels Aufmerksamkeit wecken, gab es keinen Anlass. Yann war so freundlich und aufmerksam wie immer, doch sie hatte den Eindruck, er behandelte sie mit einer gewissen Distanz, ja Reserviertheit. Warum mussten diese ganzen Gefühlsdinge immer so kompliziert sein? Oder machte sie sich selbst nur immer das Leben so schwer? Yann war ihr wichtig, aber Lionel war ihr noch wichtiger. Sie nahm einen Schluck Milchkaffee. Er war kalt und schmeckte bitter. Sie fröstelte.

»Sei froh, dass du ein Hund bist! C'est beaucoup plus simple!«

Sie kraulte gedankenverloren das dichte Fell des Tieres, das nie allein sein konnte und ihr getreulich folgte, sobald Lionel nicht da war. Draußen war alles grau. Die Ostsee und der Himmel darüber – lichtlos, farblos bis zum Horizont. Auch der Wind schien jetzt eingeschlafen zu sein. Die Palmen auf der Terrasse standen mit einem Mal reglos, wie abgestorben. An den Fensterscheiben des Wintergartens perlten die ersten Regentropfen.

Angermüller und Jansen stiegen schnell aus dem Auto und beeilten sich, unter den Schutz des etwas überstehenden Daches der Remise zu kommen. Jansen klopfte an die Tür. Schon seit geraumer Zeit ging bei völliger Windstille ein gleichmäßiger, kräftiger Landregen nieder. Die Tür wurde von einem Mann in einem weiten, weißen Gewand geöffnet. Es war Omar Chabi und auch heute schien er nicht im Geringsten bemüht, irgendeine Art von Freundlichkeit zu zeigen. Aus dem Flur ertönte laute, fremdartig klingende Musik, eine Mischung aus orientalischen Klängen und modernen Rhythmen. Als Jansen einen ›guten Tag‹ wünschte, nickte Omar Chabi wortlos.

»Wir würden Ihnen und Ihren Kollegen gerne ein Bild zeigen und hören, ob Sie die Person darauf erkennen. Können wir kurz reinkommen?«

Chabi schien Jansens Frage verstanden zu haben und ließ die beiden Beamten herein. Dann öffnete er die Tür zur Küche. Vor dem Herd, mit dem Rücken zur Tür, stand Hadi, rührte laut singend mit einem großen Holzlöffel in einem Topf und ließ dazu elegant die Hüften kreisen. Djaffar, der Chefkellner der ›Villa Floric‹, saß am Tisch und trommelte hingebungsvoll im Rhythmus der Musik, die aus einem Kassettengerät kam. Es roch kräftig nach Olivenöl und Lammfleisch. Omar Chabi winkte seinem Landsmann. Djaffar stoppte die Musik und man hörte nur noch Hadi laut singen, der nun in der plötzlichen Stille jäh verstummte und sich erstaunt umdrehte. Als er die beiden Beamten sah, grinste er verlegen.

»Tach, die Herren! Wir wollten Sie nicht bei Ihrem Tanzvergnügen stören«, meinte Angermüller, der auch grinsen musste. »Wir haben nur eine kurze Frage an Sie.«

»Guten Tag! Fouhad geht wieder gut. Große Freude!«, erklärte Hadi entschuldigend in seinem noch unvollkommenen Deutsch.

»Aber das ist doch klar! Wir sollen Sie übrigens von Ihrem Kollegen grüßen, er freut sich auf Ihren Besuch!«

»Wir dürfen ihn heute Nachmittag besuchen und Hadi

hatte die Idee, ein Couscous für ihn zu kochen – das ist sein Lieblingsessen!«, mischte sich Djaffar ein.

»Na, da drüber freut sich Ihr Kollege bestimmt! Nachdem er so lange fasten musste – gezwungenermaßen! Und das duftet ja sehr appetitlich!«

»Ja, sehr lecker!«, bestätigte Hadi vom Herd her. »Voulez-vous goûter?«

Omar Chabi sagte etwas in seinem harten Arabisch zu seinen Kollegen. Er wirkte ungeduldig. Angermüller holte die Abbildung der Gesichtsrekonstruktion aus der Innentasche seiner Jacke.

»Wir wollen Sie nicht lange aufhalten, wir haben nur eine kurze Frage.« Er legte die Klarsichthülle mit dem Bild auf den Tisch. »Kennen Sie diese Person?«

Auch Chabi hatte die Frage verstanden und alle drei beugten sich über das Computerbild. Ziemlich schnell war klar, dass sie damit nichts anfangen konnten.

»Sagt Ihnen nichts, dieses Gesicht?«, fragte Angermüller noch einmal nach und seine Enttäuschung war ihm deutlich anzuhören. Alle drei schüttelten den Kopf.

»Irgendwie kommt er mir bekannt vor, aber nicht so, dass ich jemanden darin wieder erkenne«, bestätigte Djaffar. Angermüller nahm das Bild wieder an sich.

»Das wars schon, meine Herren!«

Chabi verließ wortlos die Küche und Hadi stellte zwei Teller auf den Tisch und legte Besteck daneben.

»Jetzt Couscous!«

Dieses Mal nahm Angermüller Hadis Einladung an und es war ihm egal, dass Jansen seine Augenbrauen kritisch in die Höhe zog. Ehe der sich dagegen wehren konnte, saß er sowieso gleich darauf neben seinem Kollegen am Tisch und probierte von Hadis algerischem Eintopf. Angermüller konnte eine leichte Schadenfreude nicht unterdrücken: Jansen, der notorische Fastfood-Konsument, der unbekannte

Gerichte niemals anrührte, konnte sich Hadis begeisterter Bewirtung nicht verweigern und stocherte vorsichtig in der exotischen Speise. Georg Angermüller aß mit Appetit – es schmeckte kräftig, würzig, scharf und mild gleichzeitig. Der Couscous, der kleinkörnige Hartweizengrieß, der dem Gericht seinen Namen gab, war sanft und nussig, die rote Harissa-Soße brannte feurig und in der Gemüse-Fleisch-Komposition kam der Geschmack der einzelnen Zutaten gut zur Geltung.

»Und dies hier ist also das köstliche Nationalgericht Ihrer Heimat?«, fragte Angermüller zwischen zwei Gabeln der aromatischen Mischung aus Karotten, Kichererbsen, Bohnen, Zucchini, weißen Rübchen und allerlei Gemüsesorten, die er so schnell nicht identifizieren konnte.

»Es stimmt, in Algerien, auch in Marokko und Tunesien übrigens, wird viel Couscous gegessen«, bestätigte Djaffar, »aber hauptsächlich nur der nahrhafte und billige Weizengrieß mit einer dünnen Gemüsesoße. Was Sie hier essen, ist ein typischer Festtagsschmaus, mit Lamm und Huhn. So etwas gibt es nicht alle Tage.«

»Schmeckt gut?«, wollte Hadi von Jansen wissen, der pflichtschuldig nickte. »Ja, sehr lecker.«

Angermüller war gespannt, ob sein Kollege bei diesem Urteil bleiben würde, wenn sie wieder unter sich waren. Hadi jedenfalls war zufrieden und Angermüller bat um das Rezept. Ein Couscous ließ sich gut vorbereiten und eignete sich hervorragend für größere Runden von Gästen. Als Hadi ihnen eine zweite Portion anbot, winkten die beiden Beamten ab.

»Danke, wir wollen Ihnen nicht alles wegessen! Aber es war ganz wunderbar!«

Sie bedankten sich bei den beiden Algeriern für die nette Bewirtung, verabschiedeten sich und sprangen durch den immer noch fallenden Regen schnell über den Hof zum

Hintereingang der ›Villa Floric‹. Als auf ihr Läuten niemand öffnete, umrundeten sie das Haus, möglichst eng an der Wand, um vor der Nässe ein wenig geschützt zu sein. Schließlich entdeckten sie Anna Floric in ihrem eleganten Wintergarten. Sie winkte ihnen zu, als sie die beiden Beamten erkannte, erhob sich und ließ sie über die Terrassentür ein. Neben ihr stand der große Hund mit dem weißgrauen Fell und wedelte freundlich mit dem Schwanz.

»Guten Tag, Messieurs! Was bringen Sie für ein hässliches Wetter mit?«

»Guten Tag, Frau Floric! Wir übernehmen keine Verantwortung!«

Anna Floric lachte.

»Ja, leider kann man niemandem die Schuld für das Wetter zuschieben! Auch wenn bei uns heute die Geschäfte deshalb wieder schlecht laufen werden.«

Seufzend sah sie hinaus in den grauen Tag.

»Aber Sie sind wahrscheinlich nicht gekommen, um über das Wetter zu reden. Was führt Sie her? Wollen Sie sich setzen?«

»Danke, wir wollen Sie gar nicht lange aufhalten.«

Angermüller fummelte die Klarsichthülle aus seiner Jackentasche.

»Wir wollten Ihnen nur das hier zeigen und fragen, ob Ihnen die Person vielleicht bekannt vorkommt.«

Er hielt Anna Floric den Ausdruck mit dem rekonstruierten Gesicht des Toten vom Steilufer hin. Sie nahm ihm das Bild ab und sah es kurz an.

»Woher haben Sie das? Wer soll das sein?«

»Das ist eine Rekonstruktion des Gesichtes der unbekannten Leiche vom Steilufer, angefertigt durch ein Computerprogramm.«

»Wieso Computerprogramm?«

Der Klang ihrer Stimme, tonlos und brüchig, irritierte

den Kommissar und er warf ihr einen erstaunten Blick zu.

»Sein Gesicht war praktisch nicht mehr existent. Kennen Sie den Mann?«

In dem Moment machte Anna Floric einen Schritt auf den Tisch zu und hielt sich mit einer Hand an der Kante fest. Jansen sprang geistesgegenwärtig herbei und schob ihr einen Stuhl hin, auf den sie sich sogleich sinken ließ. Sie starrte auf die Abbildung, ihr Gesicht war kreidebleich.

»C'est pas possible« flüsterte sie. »Das ist Said.«

Die beiden Beamten setzten sich zu ihr an den Tisch.

»Wer ist Said, Frau Floric?«, fragte Angermüller leise und vorsichtig. Bemüht, sich nichts anmerken zu lassen, vibrierte er innerlich vor Spannung.

Annas Augen waren in die Ferne gerichtet und sie schien nicht mehr an diesem Ort zu sein.

»Lionels Vater.«

Als Angermüller diese Erklärung hörte, fasste er sich unwillkürlich an den Kopf und fragte sich, wie er so blind hatte sein können. Wieso hatte er das nicht früher gesehen? Deshalb war ihm und wahrscheinlich auch manchem der dazu Befragten das Gesicht irgendwie bekannt vorgekommen. Der Mann auf der Abbildung hatte große Ähnlichkeit mit Anna Florics Sohn! Natürlich war er ein bisschen älter, die Haare waren kürzer und er hatte, im Gegensatz zu dem Jungen, ganz dunkle Augen – aber ansonsten sahen sich die beiden sehr ähnlich.

»Frau Floric, ich kann mir vorstellen, dass das jetzt sehr schlimm für Sie ist. Können Sie uns trotzdem etwas über den Vater von Lionel erzählen?«

Die junge Frau schien einen Moment zu brauchen, bis sie Angermüllers Frage verstanden hatte. Ihre Bewegungen waren langsam, als ob sie unter Schock stehen würde. Mechanisch drehte sie ihm ihren Kopf zu und nickte dann mehrfach, als ob sie sich selbst die Richtigkeit ihrer Entscheidung bestätigen wollte.

Und sie begann mit der Geschichte von Said, der vor 13 Jahren als Flüchtling aus Algerien in die Bretagne gekommen war, in einer Zeit, in der sie nach dem frühen Tod ihrer Mutter so sehr einen Menschen brauchte. Sie erzählte, wie sie sich Hals über Kopf in ihn verliebt hatte, in diesen trotz seiner Jugend so klugen und verständnisvollen Mann, der eine Fröhlichkeit und Lebenslust ausstrahlte, dass ihm alle Herzen zuflogen – bis auf die ihrer eigenen Familie. Sie schilderte Saids Freude, als sie ihm mitteilte, dass sie sein Kind erwartete und den stürmischen Tag damals im Herbst, als er eine Holzwiege für das Baby besorgen wollte und nicht zurückkehrte. Nie mehr zurückkehrte. Und sie beschrieb, wie Tage später ein gestohlenes Boot an der Küste gestrandet war, in dem sich Saids Jacke und Papiere befanden und alle Leute, bis hin zur Gendarmerie, glaubten, dass sich der junge Algerier aus dem Staub machen wollte.

Während Anna Floric erzählte, schrieb Jansen ab und zu etwas in sein kleines, schwarzes Notizbuch. Jetzt fragte er:

»Wie ist denn der Nachname von Lionels Vater?«

In ihrem Erzählfluss unterbrochen, sah sie ihn etwas irritiert an.

»Sein Name ist Messaoudi, Said Messaoudi. Und ich weiß, dass er das Kind und mich niemals im Stich gelassen hätte und genauso sicher weiß ich, dass er niemals allein mit einem Boot aufs Meer gefahren wäre. Er ist in der Sahara geboren und aufgewachsen und er fürchtete den Atlantik mit seinen gewaltigen Kräften.«

Angermüller sauste es in den Ohren. Was für eine Geschichte! Es konnte doch nicht sein, dass ein Mensch am Atlantik verschwand und seine Leiche 13 Jahre später in einem Schlauchboot an einem Strand der Lübecker

Bucht auftauchte. Er sah verwirrt zu Jansen, der nur ratlos mit den Schultern zuckte. Der Kommissar wusste nicht weiter. Er erhob sich und Jansen tat es ihm gleich. Er wollte hier weg, erst einmal in aller Ruhe diese Informationen sortieren und verarbeiten.

»Ja, Frau Floric. Vielen Dank für ihre ausführliche Auskunft. Wir müssen uns jetzt verabschieden. Meinen Sie denn, wir können Sie jetzt hier allein lassen?«

Anna Floric war immer noch sehr blass, doch ihre Stimme klang schon wieder ein wenig fester.

»Es geht schon, danke. Ich habe vorhin gerade mit Yann telefoniert, da waren sie schon wieder im Hafen. Er und Lionel müssen eigentlich jede Minute hier auftauchen.«

»Wir können ja noch so lange warten, bis die beiden hier sind.«

»Danke, lassen Sie nur! Sie kommen bestimmt gleich.«

Die Beamten zögerten trotzdem, Anna Floric in dieser aufgewühlten Stimmung einfach so allein zurückzulassen. Etwas ungelenk und verlegen standen sie neben ihr im Wintergarten und lauschten dem Regen, der immer noch unablässig auf das Glasdach strömte.

»Bei so einem Wetter waren die beiden segeln? Respekt!«, sagte Angermüller, um die unangenehme Stille zu unterbrechen.

»Yann hatte Lionel schon die ganze Woche immer wieder vertröstet, weil irgendwas am Schiff nicht in Ordnung war. Aber heute Morgen war der Junge nicht mehr davon abzubringen und da Yann sowieso bei jedem Wetter segelt…«

»Das kenne ich von meiner Frau. Aber ich bin eine echte Landratte, verstehen kann ich diese Leidenschaft nicht.«

Der jungen Frau gelang ein kleines Lächeln.

»Herr Kommissar, Sie können jetzt wirklich gehen! Es

macht mir nichts aus, alleine zu sein, im Gegenteil. Und Napoléon ist ja auch noch da.«

Der Bobtail hob aufmerksam seinen Kopf.

Es schien Anna Floric ein echtes Bedürfnis, alleine zu sein, und so hatten sie sich verabschiedet und waren mit dem Auto nur ein kurzes Stück der kleinen Straße gefolgt, die von der ›Villa Floric‹ zurück zur Hauptsraße führte. Dann war Jansen in einen betonierten Weg eingebogen, an dessen Ende sich ein kleiner, unbefestigter Parkplatz befand, auf dem fünf oder sechs Autos Platz finden konnten, der heute aber verwaist war. Bei schönem Wetter sah das hier bestimmt ganz anders aus, denn ein Trampelpfad führte direkt hinunter an einen kleinen Strand. Jansen fuhr so weit nach vorne wie möglich und stellte den Motor ab. Eine ganze Weile saßen sie nur nebeneinander und starrten durch die Windschutzscheibe. Man hatte von hier eine wunderbare Aussicht über die Ostsee, die heute allerdings nur als graue, verregnete Ödnis vor ihnen lag.

»Verrückte Geschichte!«, murmelte Angermüller.

»Tscha.«

»Frau Floric war sich ja nun absolut sicher, dass sie das Gesicht von diesem Said auf dem Bild erkannt hat.«

»Da ist wohl eher der Wunsch der Vater des Gedanken! Er sieht ihm vielleicht verdammt ähnlich, das Kind gleicht ihm ja auch, aber du weißt, was für verrückte Zufälle es gibt!«, widersprach Jansen vehement den Überlegungen seines Kollegen.

»Na ja, das ist auch wieder wahr.«

Angermüller starrte angestrengt auf den Ausschnitt von Meer und Himmel, der sich vor ihnen ausbreitete. Ganz hinten, da wo der Horizont sein musste, der heute nicht klar erkennbar war, meinte er, einen kleinen, hellen Fleck in dem schmutzigen Grau zu entdecken. Jansen suchte weiter nach Argumenten, um Angermüller von der Unmöglichkeit zu überzeugen, dass der Tote mit Lionels Vater identisch sein könnte.

»Außerdem ist die Frau natürlich traumatisiert! Wenn ein Mensch verschwindet, der nie gefunden wird, dann denkst du natürlich auch, er kann irgendwann wieder auftauchen und klammerst dich an jeden Strohhalm.«

»Gibt es da wirklich keinen Zusammenhang? Vor Jahren verschwindet ein Mann spurlos und ausgerechnet hier in der Nähe der ›Villa Floric‹ wird jetzt einer gefunden, der dasselbe Gesicht hat, das aber offensichtlich jemand ausradieren wollte?«

»Zufall, alles Zufall! Denk doch mal daran, Georg, wie oft wir schon mit ganz anderen verrückten Zufällen zu tun hatten.«

»Mmh«, brummte Angermüller, aber überzeugt klang das nicht.

»Und was ich noch gar nicht berücksichtigt habe: Das Alter des Toten! Der Rechtsmediziner sagte, er ist höchstens Mitte 20 – wenn ich mich recht erinnere, ist der Vater des Kindes von der Floric vor 12 Jahren verschwunden, also müsste er älter als 30 sein mittlerweile! Wir sollten sie noch einmal nach seinem genauen Alter fragen und du solltest dich bei deinem Freund Steffen erkundigen, ob er glaubt, dass jeder Irrtum ausgeschlossen ist bei der Altersbestimmung des Toten!«

»Meinst du, wir sollten gleich noch mal zurückfahren?«

»Klar, Georg! Es gibt nix Gutes, außer man tut es! Sacht meine Oma immer.«

Anna Floric war ziemlich erstaunt und nicht unbedingt erfreut, als kaum eine halbe Stunde später wieder die beiden Kriminalbeamten vor ihr standen. Angermüller bereute fast, auf Jansen gehört zu haben und entschuldigte sich wortreich. Sie führte sie aus dem dunklen Flur in die Halle, wo sich Rezeption und Bar befanden.

»Leider haben wir vorhin eine wichtige Frage vergessen: Wie alt war Lionels Vater, als er damals verschwunden ist?«

»Er wäre in vier Wochen 26 Jahre alt geworden.«

»Das heißt, er wäre jetzt 38 Jahre alt«, meinte Angermüller nachdenklich. Eine kurze Nachfrage bei Steffen hatte ergeben, dass er zu seiner Altersangabe des Toten von maximal 25 Jahren stand, »zumindest zu 95 Prozent! Du weißt, dass wir Rechtsmediziner uns nie auf eine hundertprozentige Sicherheit festnageln lassen, mein Lieber!«, hatte Steffen noch nachgeschoben.

»Was unseren jetzigen Stand der Ermittlungen anbetrifft, handelt es sich bei dem Toten um einen jungen Mann von maximal 25 Jahren. Er kann also mit fast hundertprozentiger Sicherheit nicht mit der von Ihnen auf dem Bild erkannten Person identisch sein.«

Anna Floric nickte nur stumm. Ob diese Mitteilung für sie ein Trost war – Angermüller wusste es nicht.

»Es tut mir leid, Frau Floric, dass wir Sie so beunruhigt haben. Wir werden uns vielleicht auch noch einmal bei Ihnen melden müssen, aber heute werden wir Sie bestimmt nicht mehr belästigen.« Angermüller zögerte. »Aber um eines möchte ich Sie doch noch bitten. Hätten Sie vielleicht ein Bild von Lionels Vater?«

Er spürte sofort, dass diese Bitte ihr nicht recht war, aber sie sagte nur: »Wenn Ihnen das weiterhilft«, verschwand nach oben und kam kurz darauf mit einem Umschlag zurück. Sie leerte seinen Inhalt auf den Rezeptionstresen, es waren vielleicht 12, 15 Fotografien verschiedener Formate. Sie wählte ein Foto aus, auf dem ein junger Mann mit dunklen Locken und ein blondes, junges Mädchen zu sehen waren.

»Das ist das letzte Bild von ihm. Das haben wir in Quimper beim Fotografen machen lassen. Said wollte seinen Sohn feiern. Der Arzt hatte uns bei der Ultraschalluntersuchung gerade gesagt, dass es wahrscheinlich ein Junge würde.«

Die Ähnlichkeit des Mannes mit dem rekonstruierten Gesicht des Toten war wirklich erstaunlich.

»Dürften wir das mitnehmen? Sie erhalten es so bald wie möglich und garantiert unbeschadet zurück?«

Angermüller war die Frage unangenehm und es war deutlich, dass Anna Floric die Zustimmung schwerfiel, aber sie sagte ja. Jansen schaute interessiert nach den anderen Fotografien. Zwei Aufnahmen in Schwarz-Weiß waren etwas verknittert und abgegriffen. Sie zeigten eine Frau und vier männliche Personen, zwei noch Kinder und zwei schon junge Männer. Alle sahen sich auffallend ähnlich.

»Was ist mit diesen Bildern?«, wollte Jansen wissen.

»Das ist Saids Mutter mit ihren vier Söhnen. Said ist der Zweitälteste. Der Vater war damals bereits gestorben.«

»Gut, ich denke, das wars jetzt wirklich.«

Angermüller wollte gehen. Das Stochern in der Vergangenheit war für die junge Frau sicherlich eine große Belastung, auch wenn sie sich sehr beherrscht zeigte.

»Wir danken Ihnen sehr, Frau Floric.«

Anna Floric zuckte ergeben mit den Schultern und begleitete die Beamten zum Ausgang. Napoléon folgte.

»Sind Ihre beiden immer noch nicht zurückgekommen?«, fragte Angermüller, als sie an der Tür waren.

»Lionel wollte unbedingt noch eine Fischbulette und rote Grütze im Segelverein essen und er kann sehr dickköpfig sein«, seufzte Anna Floric.

»In welchem Verein haben Sie Ihr Boot denn liegen?«

»Oh, so genau kann ich Ihnen den Namen jetzt gar nicht sagen. Einer unserer Kunden hat Yann den Platz vermittelt.

Das Boot liegt dort noch nicht so lange. Vorher lag es in Neustadt, viel weiter weg von hier. Aber ich bin noch nie da gewesen. Ich weiß nur, es ist kurz hinter Niendorf. Lübecker Segelverein oder so?« Entschuldigend fügte sie hinzu: »Es ist Yanns Boot. Ich bin nicht so fürs Segeln. Er hat ›Ma reine‹ aus der Bretagne mit hierher genommen.«

»So heißt sein Schiff? Meine Königin? Das muss echte Leidenschaft sein.«

»Stimmt! Er wäre sonst sicher nicht hierhergezogen, wenn es kein Meer geben würde!«

»Kannten Sie sich eigentlich schon lange, bevor Sie hierher kamen?«

»Ewig! Ich glaube, ich war 12 oder so, als er im Hotel meiner Eltern anfing.«

»Nun gut, Frau Floric, jetzt verschwinden wir aber wirklich!«

15

Es war früher Nachmittag und aus dem bleiblauen Himmel regnete es immer noch, mal mehr, mal weniger, als ob ein Wettergott sein ganzes Arsenal an Möglichkeiten vorführen wollte. Normalerweise änderte sich hier an der See das Wetter ziemlich schnell, doch an diesem düsteren Sonntag war keine Bewegung in Sicht. Der Audi rollte zügig durch die Ausläufer von Travemünde und dann über die B75 in Richtung Lübeck. Die beiden Kommissare saßen schweigend nebeneinander. Jansen gab sich konzentriert seinem Ehrgeiz hin, alle vor ihm Fahrenden zu überholen und Angermüller war völlig in seine Gedanken versunken.

Hatte er sich zu sehr an seine These geklammert, diese Neonazis müssten auch etwas mit dem brutalen Mord an dem unbekannten Nordafrikaner zu tun haben, weil das so gut in das entsprechende Raster gepasst hätte? Der Tote vom Steilufer und der Vater von Anna Florics Sohn – konnte es da nicht vielleicht doch irgendeinen Zusammenhang geben? Oder war alles nur Zufall, wie Jansen behauptete?

Er sah zu seinem Kollegen, der nicht den Eindruck erweckte, als ob er über irgendetwas nachgrübelte. Den Zufall nahm Jansen manchmal ganz gerne zu Hilfe, wenn sie sich in ihren Ermittlungen fest gefahren hatten. Dass in beiden Fällen das Seil aus der Lübschen Seglervereinigung für die Fesseln verwendet worden war und auch das Schlauchboot von dort stammte – dafür hatte er bereits den Zufall verantwortlich machen wollen. Und nun fand Jansen die Erklärung völlig ausreichend, dass die Ähnlichkeit des Toten mit Lionels Vater und die Tatsache, dass der Tote gar nicht so weit entfernt von der ›Villa Floric‹ gefunden worden war, auch nur wahnwitzige Zufälle waren. Daran mochte Angermüller einfach nicht glauben, dass alle ihre Recherchen immer nur zu einer Häufung von Zufällen führen sollten.

Jetzt gab es wieder etwas, das Angermüller stutzig machte und das Jansen wahrscheinlich längst unter ›Z‹ ad acta gelegt haben würde. Sie näherten sich dem Herrentunnel, in dem die B75 die Trave kreuzte, große Schilder zeigten Lübeck-Siems an, die letztmögliche Ausfahrt vor dem Tunnel. Angermüller gab sich einen Ruck.

»Fährst du hier bitte raus!«

»Wat?«

»Bitte, nimm diese Ausfahrt!«

Heute gab es keine Schwierigkeiten, einen Parkplatz zu finden. Das regnerische Wetter verlockte niemanden, auf dem Jungfernstieg um den netten, kleinen Hafen zu promenieren. Die Pforte war zwar nicht abgeschlossen, aber auch das Gelände der Lübschen Seglervereinigung war menschenleer. Die Jachten dümpelten in ihren Liegeplätzen, da bei Flaute und Regen offensichtlich kaum jemand Lust verspürte, sich auf See zu begeben. Auf dem Weg zum Vereinshaus versuchte Jansen, seinem Kollegen endlich eine Erklärung für ihren Abstecher zu entlocken.

»Könntest du jetzt mal damit rausrücken, warum wir hier unseren heiligen Sonntag verdaddeln müssen?«

»Weil ich deine Zufallsthesen verifizieren will.«

»Nix verstehn.«

»Warts ab.«

Sie standen vor der offenen Tür des Hafenmeisterbüros. Angermüller klopfte gegen den Türrahmen.

»Guten Tag, Herr Sievers! Dürfen wir reinkommen?«

»Die Herren Kriminaler! Moin, moin! Haben Sie Ihren Mörder gefunden?«

»Wir sind dran, Herr Sievers, wir sind dran! Aber wir hätten da eine Frage: Kennen Sie eine Jacht die ›Ma reine‹ heißt und einem gewissen Herrn Tanguy gehört?«

»Ja.«

»Na, Sie sind flott!«

»Das hat seinen Grund. Es gab deswegen 'ne Menge Ärger letzte Woche. Der Burmester hatte jemandem einen Liegeplatz gegeben, ohne das vom Vorstand absegnen zu lassen, und jetzt ist das raus gekommen beziehungsweise hat ein Vereinsmitglied das den anderen vom Vorstand gesteckt und dann war die Kacke am Dampfen.«

»Macht der Herr Burmester so was öfter?«

»Der denkt manchmal wohl, der Verein gehört ihm und so benimmt er sich entsprechend. Wie ein kleiner König.« Sievers lächelte fein. »Na ja, das is man nich meine Sache. Ich friste hier mein Gnadenbrot und verdiene mir was zu meiner Rente zu – was die Herrschaften hier so treiben, das geht mich nichts an.«

»Wo liegt denn das Schiff?«

»Bis vor ein paar Tagen lags noch draußen an einer Boje. Jetzt hat der Franzose einen festen Liegeplatz am Steg bekommen, den letzten am mittleren Kopfsteg – ganz offiziell als Gastlieger. Der Burmester kriegt am Ende doch immer seinen Willen.«

Der alte Sievers schüttelte verständnislos seinen Kopf, bei ihm wäre der Burmester nicht so leicht damit durchgekommen, sollte das wohl heißen.

»Gut, Herr Sievers! Wir dürfen uns dann noch ein bisschen draußen umschauen?«

»Selbstverständlich, Herr Kommissar! Aber der Franzose is vor 10 Minuten hier vom Hofe – hat der was ausgefressen?«

Angermüller grinste. Schon bei ihrer ersten Begegnung war ihm die neugierige Aufmerksamkeit des Hafenmeisters aufgefallen.

»Reine Routine, Herr Sievers, reine Routine!«

Sie verließen das Vereinshaus durch den Haupteingang, ließen die heute leere Terrasse rechts liegen und gingen direkt auf die Steganlage zu. Vom Himmel nieselte es feinste Tröpfchen.

»Du denkst also, da gibts eine Verbindung zwischen unserem Toten und der ›Villa Floric‹?«

Angermüller nickte voller Überzeugung.

»Und glaub ja nicht, ich lass mich von deiner Zufallstheorie gleich wieder aus der Bahn werfen!«

»Dann verrate doch mal deinem Kollegen, was du dir dabei denkst – wenn du dir überhaupt was denkst.«

»Ich geb zu: Viel Konkretes hab ich nicht vorzuweisen. Es ist mehr so ein Gefühl, dass da was sein könnte. Der Tote ist Nordafrikaner, genau wie die Leute in der ›Villa Floric‹ und er sieht ausgerechnet dem Sohn oder dem Vater des Sohnes der Chefin ähnlich. Findest du es nicht auch zumindest interessant, dass das Boot von dem Tanguy ausgerechnet hier liegt? In dem Verein aus dem das Dinghi und die Fesseln stammen? Und schließlich ist der Tanguy neben Anna Floric der Einzige, der auch Lionels Vater gekannt hat.«

»Tscha.«

Jansen widersprach zumindest nicht und schien jetzt doch auch ins Nachdenken zu kommen.

»Huch!«

Der Dauerregen hatte auf die Holzbohlen des Steges einen Effekt wie Schmierseife und es war gefährlich glatt.

»Mensch, Georg! Du willst doch nich etwa baden?«

Jansen hatte seinen Kollegen blitzschnell unterm Ellbogen gepackt, der mit seinen Ledersohlen nach den ersten Schritten auf dem Steg gefährlich ins Gleiten gekommen war.

»Sapperment, des is ja gemeingefährlich!«, fluchte Angermüller.

Sie langten am Ende des Steges an und schauten auf das Schiff, das vor ihnen lag – acht, neun Meter lang – und sich sanft zwischen seinen Festmachern in den Wellen wiegte. Offensichtlich hatte die Jacht schon einige Jahre auf dem Buckel, denn der weiße Kunststoff, aus dem sie gefertigt war, hatte sich an vielen Stellen grau verfärbt und wies eine kreidig stumpfe Oberfläche auf. Auch der schnörkelige Schriftzug ›Ma reine‹, der am Bug angebracht war, zeigte deutliche Altersspuren.

»Also dann, pack mers!«

Angermüller hatte nach dem Bugkorb gegriffen und die Jacht näher an den Steg gezogen.

»Wie? Du willst jetzt da drauf?«

»Klar! Los, komm!«

Schon stand Angermüller an Bord des Schiffes, das von seinem Gewicht zu schaukeln begann und noch mehr in Bewegung geriet, als auch Jansen an Deck sprang. An Wanten und Reling Halt suchend, turnten die Kommissare nach hinten in das Cockpit.

»Uns sieht hier ja keiner – aber damit betritt man normalerweise keine Jacht!« Jansen deutete auf die schwarzen Schuhe seines Kollegen.

»Ich hab mir auf der Fußmatte nebenan extra die Füße abgetreten. Is jetzt auch net so wichtig. Ich würde gerne sehen, wies da drinnen aussieht«, antwortete Angermüller und deutete auf das Schott, das vor dem Niedergang zur Kajüte angebracht und mit einem Vorhängeschloss gesichert war.

»Georg, du willst doch nicht wieder?«

»Doch, ich will und beeil dich, wenn ich net die Fische

füttern soll. Das Geschaukel schlägt mir nämlich auf den Magen!«

Nachdem er sich ein paar Schutzhandschuhe übergestreift hatte, förderte Jansen aus einer der vielen Taschen seiner Lederjacke ein Sortiment kleiner Feilen und ein dickes Schweizer Messer zu Tage und es dauerte nicht lange, da gab es ein leises Klickgeräusch und der Bügel des Schlosses sprang auf. Auch Angermüller trug jetzt Handschuhe und drückte gespannt das Schott nach oben.

»So richtig aufgeräumt siehts hier aber net aus.«

Die beiden schoben sich über drei Stufen nach unten in die Kajüte, wo ein heilloses Durcheinander von Segelsäcken und Schwimmwesten, Gummistiefeln und Overalls, Plastiktüten und anderen Dingen über die gepolsterten Bänke und den Tisch in der Mitte verteilt lag. Es roch nach Kunststoff und schimmliger Feuchtigkeit, eine Mischung, die bei Angermüller sofort leichte Übelkeit hervorrief.

»Lass uns anfangen, damit wir schnell wieder hier rauskommen.«

»Was suchen wir eigentlich?«

»Mensch, Claus, wann wissen wir schon mal, was wir suchen? Hauptsache, wir finden was!«

Konzentriert arbeiteten sie sich durch den Innenraum des Schiffes, öffneten jeden Schrank, jedes Schapp – und es gab eine Menge davon –, fanden Leinen in jeder Stärke und Farbe, allerdings keine blauen, verrostete Getränkedosen, abgenutzte Basecaps, eine völlig verbeulte Signaltröte, Werkzeug, Seekarten von der bretonischen Küste, Signalraketen, eine aufgeplatzte Tube Sonnencreme, verschimmelte Kekse – sie durchwühlten jedes Eckchen vom Bug bis in den hintersten Winkel der Kabine am Heck. Sie sahen in der Nasszelle und im Motorraum nach – es gab eine Menge Zeug hier drin, aber nichts, das irgendwie interessant gewesen wäre.

»Das wars. Hier is nix.«

Wenn Jansen auch von Anfang an nicht so recht an den Sinn der Aktion hatte glauben wollen, war er nun doch enttäuscht über das Ergebnis. Angermüller brauchte frische Luft. Die Geruchsmischung unter Deck, das leichte Schaukeln und die Unmöglichkeit, sich wenigstens mit dem Blick am Horizont festzuhalten, bewirkten ein unangenehmes Gefühl der Schwäche in ihm und er fühlte sich ziemlich elend. Rasch nahm er die drei Stufen, zwängte sich nach draußen und atmete tief durch. Auch Jansen bewegte sich in Richtung Niedergang, immer wieder die Kajüte taxierend, ob sie auch nichts übersehen hatten. Dann betrat er die kleine Treppe nach draußen. Als er seinen Fuß auf die zweite Stufe gesetzt hatte, hielt er plötzlich inne. Er bückte sich, begann mit beiden Händen das Brett abzutasten und ruckelte dann vorsichtig daran herum. Auf einmal löste es sich aus seiner Halterung und er hob es heraus. Dahinter wurde ein kleiner Hohlraum sichtbar. Ein paar verrostete Münzen, vergessene französische Franc, lagen lose darin herum – und ein kleines Päckchen in Form einer mehrfach zusammengelegten Plastiktüte. Jansen faltete es vorsichtig auseinander, bis er endlich den Inhalt erkennen konnte. Er schüttelte ungläubig den Kopf.

»Ich glaub, ich spinne!«

Unruhig lief Anna Floric zwischen Wintergarten und Küche, Restaurant und Bar hin und her. Der Regen hatte aufgehört und erste helle Flecke zeigten sich am Himmel, es schien, als ob die Sonne bald wieder durchkommen würde. Ob sie heute Abend doch die Terrasse für die Gäste öffnen könnten? Immer wieder fing sie mit einer neuen Tätigkeit an und brach sie ab, konnte sich auf nichts so richtig konzentrieren. Der letzte Besuch der Polizisten lag schon eine ganze Weile zurück und Lionel und Yann waren immer noch nicht nach Hause gekommen. Das Bild, das ihr die Kommissare gezeigt hatten, ging ihr nicht aus dem Kopf und sie merkte, wie allmählich eine große Verwirrung und Unruhe von ihr Besitz ergriff. War das wirklich Said? Sie müsste ihn doch erkennen! Wenn nur endlich Yann und Lionel kämen, sie brauchte unbedingt jemanden zum Reden.

Der Hund hob lauschend den Kopf, sprang dann erstaunlich behände für seine Größe auf die Pfoten und lief zum Eingang, um Lionel und Yann zu empfangen.

»Wie siehst du denn aus?«

Der alte Pullover gehörte Yann und war dem Kind einige Nummern zu groß, ebenso wie die abgeschnittene Jeans, die mit einem Gürtel um seine schmalen Hüften festgezurrt war. Außerdem war Lionel barfuß, aber er strahlte.

»Maman! Ich wäre fast ertrunken! Aber Yann hat mich gerettet!«

Er rannte auf Anna zu und hängte sich ihr an den Hals.

»Wie bitte?«

Sie machte seine Arme los und sah ihn entsetzt an. Dann schaute sie fragend zu Yann, der langsam hinter Lionel hereingekommen war.

»Was ist passiert?«, fragte sie zitternd vor Aufregung.

Yann und Lionel setzten gleichzeitig zu einer Erklärung an und Anna sagte ungehalten:

»Lionel, s'il te plaît! Ich verstehe kein Wort! Lass bitte Yann erzählen!«

Yann stellte seine große Sporttasche ab.

»Beruhige dich, Anna! C'etait rien! Es ist ja nichts weiter passiert und es war wirklich überhaupt nicht dramatisch. Kurz vorm Hafen wollte Lionel das Vorsegel bergen und ist dabei ausgerutscht und über Bord gegangen.«

»Ach, und das ist nichts, ja? Hatte er seine Schwimmweste um?«

Der Junge und Yann warfen sich einen schuldbewussten Blick zu.

»Nachdem der Wind immer weniger wurde und Lionel so schwitzte, habe ich ihm erlaubt, die Weste abzunehmen.«

»Yann!!!«

»Ja, das war ein Fehler, ich weiß.«

Anna schüttelte fassungslos den Kopf. Yann fasste nach ihren Händen, doch sie entzog sie ihm sofort.

»Glaub mir doch! Es war wirklich überhaupt nicht gefährlich. Es war ja kaum Wind und Lionel ist ein guter Schwimmer, das Wasser war nicht kalt und ich habe sofort gewendet und ihn wieder aufgefischt – das war eine Sache von Sekunden!«

»Lionel, wir gehen jetzt nach oben und du nimmst erst einmal ein Bad!«

Ihr Sohn wollte protestieren, doch als er Annas Blick sah, nahm er seine Sachen und verschwand blitzschnell Richtung Treppe. Der Hund folgte ihm getreulich.

»Ich komme gleich wieder – ich muss mit dir reden«, sagte sie noch zu Yann und lief dann ebenfalls nach oben.

Yann ging in den Wintergarten und wartete vor der verglasten Front, den Blick auf die Terrasse gerichtet. Als Anna wieder neben ihm auftauchte, setzte er sofort an zu einer großen Verteidigungsrede seines Verhaltens bei dem heutigen Segeltörn mit Lionel.

»Darum geht es gar nicht, Yann.«

Erst jetzt fiel ihm auf, wie blass sie war und wie nervös.

»Ist irgendwas passiert?«, fragte er besorgt.

»Die Polizei war hier. Sie hatten ein Bild dabei von dem Gesicht des toten Mannes vom Steilufer – von seinem rekonstruierten Gesicht. Als sie ihn fanden, hatte er keins mehr«, sie verstummte und schien zu erschauern. Yann griff nach ihrer Hand. Sie ließ es geschehen. »Er sah aus wie Said.«

Anna spürte, wie sich Yanns Griff verstärkte.

»Aber Anna, das kann nicht sein! Said ist tot!«

»Wer sagt das? Said ist verschwunden damals, ja. Aber seine Leiche habe ich nie gesehen!«

»Aber alle waren sich sicher, dass er auf See geblieben ist – sogar die Gendarmerie!«

»Wie kannst du das sagen? Ich dachte immer, du bist auf meiner Seite!«

Sie löste ihre Hand aus der seinen.

»Du sagst, dass du mich liebst – wenn du das wirklich tust, musst du auch meine Zweifel verstehen! Ich habe nie glauben können, dass Said tot ist!«

»Oh, Anna!«

Yann sah sie mit einem Blick an, der ihr durch und durch ging, so voller Traurigkeit und Verzweiflung, dass sie sich trotz ihrer eigenen niedergedrückten Stimmung fragte, ob ihr Verhalten ihm gegenüber nicht grausam und herzlos war. Schließlich hatte er ihr vorletzte Nacht erst gesagt, dass sie die Frau seines Lebens sei. Er war so glücklich, so gelöst gewesen, wie sie ihn all die Jahre nie erlebt hatte, er hatte sie immer wieder gefragt, ob sie ihn nicht so bald wie möglich heiraten wolle – und sie erweckte jetzt den Eindruck, als ob Said immer noch zwischen ihnen stünde – ob tot oder lebendig. Und wahrscheinlich war das sogar die Wahrheit. Oh Gott, wann würde sie endlich einmal zur Ruhe kommen, wann würde dieses Chaos der Gefühle nur ein Ende haben?

»Es tut mir leid, Yann.«

Es war später Sonntagnachmittag. Mit blinkendem Blaulicht schnurrte der silbergraue Audi über die Landstraße, gefolgt von zwei Streifenwagen. Ein leichter Wind trieb Wolkenfetzen über den Himmel, zwischen denen die Sonne immer häufiger hervorlugte. Die Anspannung der Kommissare war förmlich mit Händen greifbar. Sie sagten nichts. Aber Angermüller saß aufrecht wie nie auf dem Beifahrersitz und die Frequenz von Jansens Lidschlag hatte sich mindestens verdoppelt.

Tausend Gedanken schossen Angermüller durch den Kopf. Er hatte sich geirrt. Er hatte in einer Reihe von Zufällen Zusammenhänge sehen wollen, die so nicht existierten. Maik Priewe und seine Gang ebenso wie der alte Burmester waren zufällige Statisten, die ihn auf eine falsche Fährte gelockt hatten. Natürlich war ihnen die Tat zuzutrauen – schlimm genug, was sie mit Fouhad Ferhati angestellt hatten –, aber sie hatten mit dem Toten vom Steilufer wohl wirklich nichts zu tun. Die Dinge sind oft ganz anders, als sie scheinen. Es war nichts als eine Binsenweisheit, die Astrid neulich Abend von sich gegeben hatte, aber es war die exakte Beschreibung dessen, was ihre Ermittlungen zu Tage gefördert hatten.

Sie bogen in die schmale Straße ein, die durch Felder und Wiesen und das kleine Wäldchen in dem Fouhads Roller gefunden worden war, zur ›Villa Floric‹ führte. Jansen schaltete das Blaulicht aus und die Streifenwagen taten es ihm gleich. Angermüller wollte kein unnötiges Aufsehen erregen. Sie parkten die Autos auf dem Hof zwischen Villa und Remise und Angermüller wies die Uniformierten an, sich unauffällig vor den verschiedenen Ausgängen zu postieren. Die Tür zum Hintereingang stand offen und Jansen und Angermüller betraten einen langen Flur. Aus einem Raum zu ihrer Linken war das Klappern von Töpfen und Geschirr, Stimmen und Lachen zu hören. Es war die Küche, wo die Köche und ihre Helfer dabei waren, ihre Vorbereitungen für den Abend zu treffen. Gemüse und Salat wurden gewaschen und geschnitten, Soßen gerührt, Kartoffeln geschält, Fisch gesäubert, Fleisch gewürzt – es herrschte rührige Betriebsamkeit. Angermüller machte sich mit einem lauten »Guten Tag!« bemerkbar und fragte dann nach Yann Tanguy.

»Versuchen Sies mal im Wintergarten, da habe ich ihn vorhin noch gesehen«, empfahl ein junger Koch mit einem deutlich englischen Akzent. »Hier durch den Flur, an der Bar vorbei und rechts durch das Restaurant.«

Sie fanden ihn allein an einem Tisch sitzend, den Blick auf die Terrasse gerichtet, auf der die Tische mit den hochgestellten Stühlen, die Palmen und die Oleanderbüsche ringsherum, nass vom stundenlangen Regen, in der Sonne glitzerten. Die plötzlich zurückgekehrte Wärme ließ die Erde dampfen. Draußen vor der geschlossenen Tür, die vom Wintergarten auf die Terrasse führte, konnte man einen der Streifenpolizisten stehen sehen. Als er hinter sich die Schritte der beiden Kommissare hörte, sah Tanguy sich nur einmal kurz um, dann wanderte sein Blick wieder nach draußen.

Angermüller bemerkte, dass Jansen nach der Waffe in seinem Schulterhalfter greifen wollte und bedeutete ihm mit einer Handbewegung, dass er zurückbleiben sollte. Vorsichtig zog er einen Stuhl heran und setzte sich zu dem Mann an den Tisch, der überhaupt keine Notiz von ihm zu nehmen schien. Der Hauptkommissar räusperte sich.

»Herr Tanguy. Wir müssen mit Ihnen reden.«

Langsam wandte der Angesprochene sich ihm zu und sah ihn mit abwesendem Blick an. Es sah so aus, als ob er Angermüller gar nicht verstanden hatte.

»Herr Tanguy«, setzte der noch einmal an.

»La mort est plus forte que l'amour – der Tod ist stärker als die Liebe. Als meine Liebe jedenfalls. Wussten Sie das?« Ungläubig schüttelte Yann Tanguy seinen Kopf. Er schien keine Antwort zu erwarten.

»Said hat immer noch Macht über sie. Aber Said ist tot! Seit 12 Jahren! Tot!«

»Die Leiche wurde meines Wissens nie gefunden. Woher wissen Sie, dass er tot ist?«

Zum ersten Mal in dieser Unterhaltung kam Yann Tanguy in der Gegenwart an. Er schenkte Angermüller sein gewinnendes Lächeln und zuckte mit den Achseln.

»Warum stellen Sie mir diese Frage, Herr Kommissar? Alle wissen, dass er tot ist. Ich dachte, Sie wüssten Bescheid. Weshalb sind Sie eigentlich hier?«

Angermüller legte das Päckchen vor ihn auf den Tisch, das sie auf der Segeljacht gefunden hatten.

»Wir sind hier, weil wir Sie vorläufig festnehmen müssen, Herr Tanguy. Sie stehen unter dem dringenden Verdacht, Rachid Messaoudi ermordet zu haben.«

Der Kommissar sah ihn ernst an und wartete auf seine Reaktion. Als Tanguy seinen Stuhl weg schob und sich erhob, zückte Jansen im Hintergrund seine Waffe, doch diese Vorsichtsmaßnahme erwies sich als überflüssig.

»Ich bin froh, dass es zu Ende ist. Können wir gehen?«

Völlig selbstverständlich ließ er sich Handschellen anlegen und ging mit Angermüller nach draußen, während Jansen den Kollegen von der Streife Bescheid sagte. Sie standen alle auf dem Hof, als Anna Floric aus der Villa gelaufen kam. Angermüller spürte ein Ziehen im Magen. Er hatte schon darüber nachgedacht, dass man sie natürlich über ihre neuesten Erkenntnisse und die Festnahme ihres Partners würde aufklären müssen. Doch da ihm der Gedanke alles andere als angenehm war, hatte er diese Pflicht bis ganz zum Schluss aufschieben wollen.

»Was ist hier los? Was wollen Sie schon wieder hier?«, wandte sie sich empört an Angermüller. Dann, ehe sie eine Antwort bekam, sah sie das Metall an Yanns Handgelenken. Ihre Empörung schlug in ungläubiges Entsetzen um.

»Yann?! Qu'est-ce qui se passe? Was will die Polizei von dir?«

Er sah zu ihr und ein trauriges Lächeln glitt über sein Gesicht.

»Es war alles umsonst. C'est fini, Anna. Es tut mir leid«, war alles, was er noch zu ihr sagte. Dann wendete er sich ab, bedeutete den Polizisten, dass er einsteigen wollte und verschwand auf der Rückbank des Polizeifahrzeugs. Anna Floric blickte verwirrt von einem zum anderen.

»Ich verstehe überhaupt nichts mehr. Was soll das alles hier bedeuten?«

»Lassen Sie uns nach drinnen gehen.«

Angermüller ging mit der jungen Frau in die Halle und überlegte krampfhaft, wie er ihr erklären sollte, warum sie ihren Partner wegen Mordverdachts vorläufig festgenommen hatten. Sie setzten sich in zwei Sessel, die an einem Tisch neben der Rezeption standen. Anna Floric ließ die Augen nicht von ihm, ihre Fingerknöchel waren weiß, so krampften sich ihre Hände in die Armlehnen des Sessels.

»Sagen Sie mir endlich, warum Sie Yann mitnehmen!«

Ihre Stimme klang schrill vor mühsam beherrschter Anspannung.

»Es tut mir leid, Ihnen das jetzt nicht ersparen zu können, Frau Floric. Nach unseren bisherigen Erkenntnissen handelt es sich bei dem Toten vom Steilufer um Rachid Messaoudi.«

»Was? Oh Gott!«

Sie schlug erschrocken beide Hände über dem Mund zusammen. Es dauerte einen Moment, bis sie wieder sprechen konnte.

»Saids kleiner Bruder. Aber was hat Yann damit zu tun?«

Der Kommissar räusperte sich. Es fiel ihm wahrhaft nicht leicht, ihr das zu sagen.

»Es besteht der dringende Verdacht, dass Herr Tanguy ihn getötet hat.«

Auf ihrem Gesicht breitete sich ungläubiges Entsetzen aus.

»Wie kommen Sie darauf, dass Yann etwas damit zu tun haben könnte?«

»Es gibt einiges, was für diese Annahme spricht. Vor allem aber haben wir auf seiner Jacht eindeutige Beweise gefunden.«

Anna Floric sah ihn gequält an.

»Warum? Warum soll er ihn umgebracht haben?«

»Das wissen wir noch nicht genau. Aber wir werden es herausfinden.«

Die junge Frau in ihrem Sessel wirkte wie betäubt.

»Sollen wir Ihnen jemanden schicken, der sich um Sie kümmert oder gibt es vielleicht jemanden in Ihrem Freundeskreis?«

»Frauke, ich muss Frauke anrufen.«

Anna Floric stand unter Schock, das war deutlich zu sehen. Die Erinnerungen, die mit dem Bild des Toten am Nachmittag lebendig geworden waren, hatten sie bereits in große Verwirrung gestürzt und nun wurde Yann Tanguy verhaftet, weil er unter Verdacht stand, den Bruder ihres verschollenen Lebenspartners ermordet zu haben. Das Wenigste, was Angermüller in diesem Augenblick für sie tun konnte, war, zu warten. Frauke wollte sich sofort ins Auto setzen und kommen.

»Frau Floric, wir werden auch mit Ihnen noch einmal sprechen müssen – wenn es Ihnen wieder besser geht. Und wenn es etwas gibt, dass für Sie von Interesse ist, werden wir Sie sofort informieren – das verspreche ich Ihnen!«

Dann blieben sie stumm sitzen und warteten auf Anna Florics Freundin. Da war nichts, was Angermüller hätte tun oder sagen können, um die junge Frau zu trösten.

16

In den Fluren des Behördenhochhauses in der Possehlstraße war es still. Es war früher Sonntagabend und die Mehrheit der Kollegen befand sich in der wohlverdienten Wochenendpause. Die dunklen Wolken hatten sich verzogen und über Lübeck schien wieder die Sonne. In dem schlichten Raum, der ihre engen Büros miteinander verband und in dem es bis auf einen großen Schreibtisch und ein paar Aktenschränke kein Mobiliar gab, saß auf einem Stuhl Yann Tanguy, ihm gegenüber Angermüller und Jansen.

Während der Fahrt von der ›Villa Floric‹ in die Bezirkskriminalinspektion hatten die beiden Kommissare kaum ein Wort gewechselt. In dem Streifenwagen vor ihnen saß der Festgenommene. Innerhalb eines Tages – ja, Nachmittages – seit der Entdeckung des Päckchens unter der Treppenstufe der Segeljacht, hatte ihr Fall eine dramatische Wendung genommen und eine ganz eigene Dynamik entwickelt.

Vorsichtig hatte Jansen die Plastiktüte auseinandergefaltet und das Erste, was gleich heraus fiel, war eine silberne Kette mit einem Medaillon. Sie war an einer Stelle gerissen, aber jemand hatte sie wieder zusammengeknotet. ›Said – pour toujours – Anna‹ stand darauf und als Jansen den Deckel aufklappte, fand sich darin ein Foto, etwas verwittert, aber immer noch erkennbar. Es war die verkleinerte Version der Aufnahme von Said und Anna Floric, die vor 12 Jahren in Quimper entstanden war. Dann kam eine kleinere Plastiktüte zum Vorschein und in dieser fand sich, fein säuberlich verpackt, eine Brieftasche, ein Brief ohne Umschlag und ein algerischer Pass – ausgestellt auf den

Namen Rachid Messaoudi. Die Brieftasche enthielt etwas über 100 Euro in kleinen Scheinen, eine einfache Bahnfahrkarte der SNCF von Brest über Paris nach Frankfurt, ausgestellt vor zwei Wochen, einige Quittungen und benutzte Fahrscheine, einen Zettel mit Telefonnummern, der Vorwahl nach die meisten davon aus Frankreich, und ein Stück Papier auf dem handschriftlich die Adresse der ›Villa Floric‹ notiert war.

Der Brief war auf Französisch, geschrieben im Mai vor 11 Jahren. Angermüllers Sprachkenntnisse reichten nicht aus, um seinen Inhalt exakt zu übersetzen. Aber die Unterschrift Anna Florics war deutlich lesbar und er verstand zumindest so viel, dass sie darin die Geburt ihres Sohnes Lionel mitteilte und ihre Trauer darüber, Said verloren zu haben. Der Brief war wohl an dessen Familie in Algerien gerichtet.

Sowohl Angermüller als auch Jansen sahen der Vernehmung von Yann Tanguy mit gemischten Gefühlen entgegen. Einerseits natürlich mit der Hoffnung, endlich Gewissheit zu erlangen und ihren Fall lösen zu können und andererseits mit der Frage, wie sich das Verhör wohl gestalten würde. Nie konnte man vorher einschätzen, wie sich ein Mensch in so einer Situation verhielt. Manche schwiegen einfach, sagten keine Silbe. Andere leugneten hartnäckig und waren durch nichts einzuschüchtern. Dieser Priewe zum Beispiel war so eine harte Nuss gewesen. Manche heulten los oder brüllten, fühlten sich ungerecht behandelt und beteuerten ihre Unschuld.

Ihre Bedenken erwiesen sich bei Yann Tanguy als unbegründet. Jansen drückte auf den Knopf des Aufnahmegerätes, nannte Datum, Uhrzeit, die Namen der vernehmenden Beamten, fragte die Personalien des Festgenommenen ab, Name, Geburtstag, Wohnort und so weiter und stellte dann erste Fragen. Tanguys Antworten kamen ohne Zögern. Er wollte reden, er wollte erklären, was passiert war.

»Vorletzte Woche am Donnerstag hatte ich frei. Es war richtig guter Wind und ich wollte endlich mal wieder mein Schiff bewegen. Also bin ich nachmittags segeln gegangen und bis abends auf dem Wasser geblieben. Es war schon dunkel und fing an zu regnen, als ich wieder im Hafen war. Eigentlich wollte ich gleich heim, aber dann bin ich Monsieur Burmester in die Arme gelaufen. Er hatte mir den Liegeplatz besorgt – nur weil wir uns so gut kennen, wie er sagte – und da musste ich mit ihm natürlich noch ein Bier trinken und mir seine Geschichten anhören. Vous comprenez?«

Angermüller verstand sehr gut, was Tanguy meinte. Er sah es direkt vor sich, wie der alte Anwalt sein Geflecht an Beziehungen pflegte, hier einen Gefallen tat, dort etwas vermittelte, immer mit dem Hintergedanken, dafür einmal etwas zurückzubekommen. Sei es eine bevorzugte Behandlung in der ›Villa Floric‹, sei es auch nur eine Unterhaltung am Biertisch. Hauptsache, er konnte den großen Kommunikator spielen und manchmal vielleicht auch jemanden für seine abstrusen politischen Ideen gewinnen.

»Und nach dem Bier?«

»Es war schon halb 11, wir waren die letzten Gäste und der Wirt wollte das Vereinsrestaurant schließen. Also haben wir uns verabschiedet. Auf dem Heimweg merkte ich, dass der Tank meines Wagens fast leer war und beschloss, noch kurz zur Tankstelle zu fahren. Ich nahm also nicht unsere Abzweigung, sondern fuhr weiter Richtung Travemünde – da habe ich ihn zum ersten Mal gesehen. Es war dunkel, es regnete und er trug eine Kapuze – aber im Scheinwerferlicht habe ich sein Gesicht trotzdem sofort erkannt. C'était comme un cauchemar. Es war wie ein böser Traum! Ich bin erst einmal weiter zur Tankstelle gefahren.«

»Was haben Sie in dem Augenblick gedacht, als Sie den Mann gesehen haben?«

»Ich dachte, der sieht aus wie er! C'est impossible! Nach

all den Jahren. Und dann dachte ich, was mach ich hier, ich muss hinterher! Vielleicht war es ja nur eine zufällige Ähnlichkeit ...«

Tanguy stockte und schien ganz der Erinnerung an diesen Tag nachzuhängen.

»Und dann?«

Jansens Frage brachte ihn zurück in die Gegenwart.

»Ich musste einfach wissen, warum er hier war. Ich habe nur für 10 Euro getankt und bin sofort wieder los gefahren. Kurz vor der Kreuzung sah ich ihn wieder. Er trug eine Reisetasche und marschierte immer noch die Straße entlang. Ich habe ihn überholt und dann angehalten und die Beifahrertür geöffnet. Als er herangekommen war, ist er stehen geblieben – er schien überhaupt nicht misstrauisch zu sein – und ich habe ihn auf Deutsch angesprochen. Er verstand mich nicht. Dann versuchte ich es auf Französisch, fragte ihn, ob ich ihm helfen könne. Er war offensichtlich sehr erfreut, jemanden zu finden, dessen Sprache er verstand. Er sah mich an und lächelte, mit diesem unbeschreiblich charmanten Lächeln, das ich nur zu gut kannte.«

Als ob ihn das noch immer erstaunen würde, schüttelte Yann Tanguy langsam seinen Kopf.

»Er erzählte mir sofort, er sei gerade erst in Lübeck angekommen und wolle jemanden besuchen. Das sei die Adresse, ob das hier richtig sei. Und er zeigte mir einen kleinen Zettel, darauf stand: ›Villa Floric‹, Steile Höhe, Travemünde, Allemagne.«

Fassungslos sah Tanguy zu den beiden Polizisten, als ob er auf ihre Zustimmung hoffte, dass dies schlicht ungeheuerlich war.

»Ist das nicht Wahnsinn?«, setzte er nach, als er keine Antwort bekam, und ließ die beiden Kommisare nicht aus den Augen. Unangenehm berührt wich Angermüller seinem Blick aus und fragte:

»Wie ging es weiter?«

»Ich fragte, ob er nicht einsteigen wolle, ich würde die ›Villa Floric‹ kennen und ihn hinbringen. Natürlich freute er sich über das Angebot; er strahlte mich an. Diese Augen und dieses Lächeln kamen mir unheimlich vor. Er setzte sich neben mich und bedankte sich überschwänglich, genau wie…« Er brach ab und hob hilflos die Hände. Nach einer kurzen Pause hatte er sich wieder gefasst und fuhr fort: »Deshalb hat er auch den Hinweis an der Straße zur ›Villa Floric‹ gar nicht mitbekommen. Et moi, j'avais la trouille, ich kriegte eine Scheißangst, ich dachte immerzu nur: Nein, das kann nicht sein. Warum gerade jetzt?«

»Das müssen Sie uns erklären«, meinte Jansen. »Was war das Problem?«

Er erntete einen erstaunten Blick, doch dann erläuterte Tanguy:

»Ich kenne Anna seit fast 20 Jahren, wir sind hierhergekommen, wir haben dieses Restaurant gemeinsam eröffnet, wir wollen zusammen alt werden – aber immer stand die Vergangenheit zwischen uns und jetzt, wo sich gerade etwas ändert…«

»Was ändert sich?«

Angermüller konnte seinen Blick nicht von dem Bretonen lassen. Der saß auf seinem Stuhl, von Unruhe und Anspannung gekennzeichnet, und versuchte um Verständnis für sein Handeln zu werben. Er trug immer noch seine ausgeblichene Jeans zu dem blau-weiß gestreiften, bretonischen Fischerhemd, seine nackten Füße steckten in Bootsschuhen. Mit seiner tiefen Sonnenbräune unter dem kurzen, dunklen Haar sah er aus wie ein gut erholter Urlauber. Irgendwie passte er überhaupt nicht hierher in diese staubtrockene Umgebung. Als sein Gegenüber auf die Frage nicht einging, fragte Jansen noch einmal:

»Was ändert sich gerade, Herr Tanguy?«

»Das ist noch nicht offiziell – aber ich denke, Anna und ich werden heiraten.«

Tanguy lächelte leise vor sich hin und Angermüller und Jansen warfen sich skeptische Blicke zu.

»Gut«, Angermüller hüstelte. »Was ist dann passiert? Was haben Sie getan?«

»Ich wusste, mit diesem Gesicht würde alles wieder von vorne anfangen. Schon Said war nicht gut für sie gewesen.«

Er hielt kurz inne.

»Ich bin abgebogen in eine kleine Seitenstraße und von dort in einen Waldweg gefahren. Da habe ich eine Panne vorgetäuscht. Er stieg natürlich mit mir aus und wollte helfen. Ich nahm den Wagenheber ...«

Tanguy hob seinen Arm und ließ ihn mehrmals nach unten sausen. Wie in Trance sah er die Beamten an.

»Die Angst war weg.«

Angermüller konnte kaum glauben, was er hörte. Dieser Mann behauptete, nicht Wut oder Hass wären das Motiv gewesen, diesen jungen Menschen zu töten und sein Gesicht bis zur Unkenntlichkeit zu verstümmeln – nein, panische Angst hätte ihn dazu getrieben, panische Angst, sein Lebensentwurf könnte durch das Gesicht dieses Jungen zunichte gemacht werden. Wahnsinn, das ist wirklich Wahnsinn, schoss es Angermüller durch den Kopf.

Nach dieser Offenbarung wirkte Tanguy erleichtert. Er sprach weiter und schilderte, was in jener Nacht geschehen war.

»Und weil überall Blut war, habe ich ihn in die Kunststoffmatte gewickelt, die ich für Lebensmitteltransporte im Auto habe, und auf die Ladefläche gelegt. Ich bin an den kleinen Strand hinter dem Segelverein gefahren. Hab mir aus dem Verein eine Leine und das Schlauchboot besorgt, bin zu dem Strand gerudert und habe ihn verschnürt in das Dinghi geladen. Ich fuhr damit zur Boje raus, an der mein Schiff lag, hab das Dinghi am Heck festgebunden und bin dann mit der ›Ma reine‹ aufs Meer raus.«

Bis hierhin hatten ihn die Kommissare nicht unterbrochen. Jetzt hakte Jansen ein.

»Haben Sie sich nicht denken können, dass das Schlauchboot in der relativen Enge der Lübecker Bucht ziemlich schnell an Land treiben wird?«

»Ich wollte ihn im Meer versenken und das Schlauchboot wieder mit zurücknehmen, doch plötzlich hörte ich einen Schiffsmotor und meinte, das sei die Küstenwache. Da dachte ich, nur schnell weg damit und hab die Leine vom Dinghi einfach gekappt. Das Schiff hat kurz darauf abgedreht, die wollten gar nichts von mir. Aber da war das Schlauchboot schon ziemlich weit abgetrieben.«

»Und danach?«

»Ich bin zu meinem Liegeplatz zurückgefahren. An Land musste ich schwimmen, weil ich ja mit dem Schlauchboot an Bord gekommen war. Dann bin ich nach Hause gefahren.«

»Wie spät war das ungefähr?«

»Ich glaube, gegen 1 Uhr.«

»Was haben Sie mit der Tasche des Jungen gemacht?«

»An der Straße in einen Müllcontainer gesteckt.«

»Und warum haben Sie seine Papiere aufgehoben?«

»Je ne sais pas. Ich wollte sie mir noch genauer anschauen, wollte wissen, wer er war. Das glaube ich zumindest, aber es war schon nach Mitternacht. Ich wollte nicht noch später in die Villa zurückkommen. Irgendwann hätte ich sie verbrannt.«

Eine kurze Pause entstand. Schon die ganze Zeit über hatte Angermüller eine bestimmte Frage stellen wollen:

»Und das Medaillon, das haben Sie auch bei dem Jungen gefunden?«

»Ich habe es ihm vom Hals gerissen!«

»Er trug es um den Hals?« Das fand Angermüller eigenartig.

»Mais oui! Er war wahnsinnig stolz darauf. Sie hat es ihm geschenkt.«

»Moment mal! Anna Floric hat ihm die Kette mit dem Medaillon geschenkt? Wann war das?«

»Das war im Oktober.«

Die Polizisten sahen sich an und Jansen fragte:

»Rachid Messaoudi war im Oktober schon mal hier?«

Yann Tanguy schüttelte ungeduldig den Kopf, als ob er es mit unverständigen Kindern zu tun hätte.

»Nicht Rachid.«

Angermüller und Jansen begannen zu ahnen, dass es mit dem Medaillon seine ganz eigene Bewandtnis hatte.

»Das müssen Sie uns schon etwas genauer erklären, Herr Tanguy!«

Der Angesprochene sah Angermüller gedankenverloren an und sagte dann mehr zu sich selbst:

»Toute l'histoire, alors. Sie wollen die ganze Geschichte hören.«

»Wir müssen die ganze Geschichte hören«, bestätigte Angermüller mit Nachdruck.

Yann Tanguy wandte sein Gesicht zum Fenster, von dem aus man die Vielzahl der Dächer im Grün von St. Jürgen und dahinter den glitzernden Bogen der Wakenitz sehen konnte. Er nahm nichts davon wahr. Sein Blick ging nach innen, er tauchte ein in die Vergangenheit, in eine stürmische Herbstnacht in der Bretagne vor 12 Jahren.

Das Maß war voll. Lange genug hatte er dieses Gesicht ertragen, dessen charmantes und gleichzeitig freches Lächeln alle Welt oder zumindest einen großen Teil davon sofort zu verzaubern schien. Dieser Mensch war hier einfach aufgetaucht, hatte alle Widerstände, die ihn am Bleiben hindern wollten, beiseitegeräumt und war geblieben. Ja, er war inzwischen so weit in seine Lebenskreise eingedrungen, dass sein Alltag ohne ihn nicht mehr denkbar war, und was das Allerschlimmste war, er hatte ihm dabei einfach so das genommen, was ihm das Liebste auf der Welt gewesen war. Nur dafür war er bereit gewesen, eine Menge auf sich zu nehmen, doch auch seine Leidensfähigkeit hatte ihre Grenze. Er sah nach hinten, wo im Cockpit seine in eine Decke gewickelte und wie ein Paket verschnürte Fracht lag. Nie wieder würde er dieses verdammte Lächeln ertragen müssen.

Anna war die Liebe seines Lebens. Bald nachdem er mit knapp 20 von der Hotelfachschule ins Hotel ihrer Eltern in den kleinen Küstenort in der Bretagne gekommen war, gehörte er mit zur Familie. Anna war erst 12, aber schon damals mit dem Charme und der Ernsthaftigkeit behaftet, die sie noch heute auszeichneten. Er hatte Zeit, er wartete – Hauptsache, er war ihr nah. Doch als Anna 17 war, da kam er. Said erschien auf der Bildfläche und für Anna gab es nur noch ihn. Yanns Traum zerplatzte wie eine Seifenblase. Er litt wie ein Hund. Als sie dann auch noch schwanger wurde, musste er einfach handeln. Er musste Anna von diesem Kerl befreien, dem die Herzen zuflogen, der immer fröhlich war, der immer lachte und ihn auslachte. Also handelte er.

Als er den Schutz des Kaps verlassen hatte, bekam er die volle Kraft des Windes zu spüren und die Regentropfen wehten ihm direkt von vorne ins Gesicht. Immer wenn die schnell dahinziehenden Wolken den Mond kurz freigaben, zeigte das fahle Licht eine aufgewühlte See. Der Schleppverband aus Motorsegler und dem kleinen Kajütboot fuhr genau gegen die Welle. Mit einem dumpfen Geräusch knallten die Schiffsrümpfe in jedem Wellental auf das dunkle Wasser und das angehängte kleine Boot vollführte wilde Tänze. Er sah auf die Uhr. Noch 10 Minuten würde er weiter in Richtung offenes Meer steuern, das müsste genügen.

Es war kurz nach Mitternacht, als er müde und erschöpft wieder Kurs auf die Küste nahm. Wie immer, wenn er die Lichter des kleinen Hafens vor sich auftauchen sah, überkam ihn ein Gefühl von Wärme und Geborgenheit und heute war dieses Glücksgefühl kaum zu beschreiben. Es war trotz des rauen Wetters viel einfacher gewesen, sich des toten Körpers und des Kajütbootes zu entledigen, als er befürchtet hatte. Und jetzt war der Weg frei! Die Zukunft lag verheißungsvoll vor ihm und er hatte Zeit, viel Zeit, die Dinge sich entwickeln zu lassen, wie er es sich von jeher erträumt hatte.

Verständnisvoll und geduldig stand er der trauernden Anna bei. Er kümmerte sich während der Schwangerschaft um sie und auch später, als das Kind da war. Er war immer für die beiden da und ging schließlich mit nach Deutschland. Und endlich, endlich – nach all den Jahren schien sie nun seine Gefühle zu erwidern.

Yann Tanguy war wieder in der Gegenwart angekommen. Ratlos hob er die Schultern.

»Was hätte ich tun sollen? Da taucht dieser Bursche hier einfach so auf, mit dem gleichen Gesicht, dem gleichen Lachen. Alle meine Träume wurden damals – poff – einfach so zerstört! Jetzt hätte alles wieder von vorne angefangen. Ich wollte Anna nicht noch einmal verlieren.«

Einen Moment war es still, dann fragte Angermüller: »Eines würde ich gerne wissen: Lionel sieht seinem Vater ja auch ziemlich ähnlich, was ist mit seinem Gesicht? Macht Ihnen das keine Angst?«

Tanguy zeigte ein überlegenes Lächeln.

»Pas du tout. Lionel ist ein Kind, er hat damit überhaupt nichts zu tun. Er ist vor allem Annas Sohn und er hat ihre Augen.«

Jansen und Angermüller verständigten sich mit einem Blick, dann stand Jansen auf und schaltete das Aufnahmegerät ab. Die beiden Polizisten schwiegen einen Moment. Der Mann hatte seine Taten zu einer Art Selbstverteidigung umgedeutet und bei ihnen immer wieder um Absolution geworben, die sie ihm natürlich nicht gewähren konnten. Seine Handlungsweise entsprang eindeutig niederen Beweggründen. Wenn es so etwas wie krankhafte Eifersucht gab, dann war Yann Tanguy diesem unseligen Wahn völlig erlegen und insofern vielleicht einfach nicht zurechnungsfähig – aber das würden andere zu klären haben.

Sie hatten alles gehört. Ihr Fall war geklärt. Sie hatten mehr erfahren, als sie erwartet hatten.

Angermüller und Jansen begannen mit der amtsüblichen Routine. Zwei Beamte kamen, um Tanguy in eine der Zellen des Polizeigewahrsams zu bringen. Er schaute etwas irritiert zu den beiden Kommissaren, ließ sich dann aber widerstandslos abführen. Jansen setzte sich mit dem Staatsanwalt in Verbindung, damit der Haftbefehl vorbereitet und der Festgenommene am nächsten Tag dem Haftrichter vorgeführt werden konnte. Angermüller telefonierte mit Eckmann, dem stellvertretenden Behördenchef, um ihm die Erfolgsmeldung mitzuteilen. Der gratulierte ihm und Jansen hocherfreut. Sie setzten für Montagmorgen eine Besprechung an und kamen überein, am Mittag dann eine Pressekonferenz zu geben.

»So!«

Mit einem lauten Knall wurde eine Schranktür geschlossen.

»Was hält mein geschätzter Kollege denn von Feierabend?«

Jansen schaute um die Ecke seiner Bürotür. Auch Angermüller räumte die letzten Papiere von seinem Schreibtisch.

»Viel.«

Natürlich gab es noch eine Menge zu tun. Die Kriminaltechnik musste die Spuren verifizieren, die auf den Aussagen des Täters basierten, Zeugen mussten vernommen, Berichte geschrieben werden. Auch die französischen Behörden mussten informiert werden. Das Rätsel um den Toten vom Steilufer war zwar gelöst, die Arbeit an dem Fall damit aber noch lange nicht beendet. Doch all das hatte Zeit bis morgen. Sie hatten einen wirklich vollgepackten Tag hinter sich und Angermüller spürte jetzt, da er an Feierabend dachte, dass er ziemlich erschöpft war.

»Und was machst du mit dem angebrochenen Sonntag?«, fragte er seinen Kollegen, als sie mit dem Fahrstuhl aus dem 7. Stock nach unten fuhren.

»Erstmal bin ich bei meiner Mutter zum Essen heute. Die wird meckern, weil ich zu spät komme. Bei ihr wird um 6 gegessen und da hat man pünktlich zu sein!«

Mittlerweile war es fast 8. Bei diesem Thema fiel Angermüller ein, dass er sich gar nicht bei Astrid gemeldet hatte. Er war ja eigentlich davon ausgegangen, spätestens am Nachmittag wieder zurück zu sein. Zwar hatten sie nichts Konkretes verabredet, aber nach den Diskussionen der letzten Wochen hätte er ihr vielleicht besser Bescheid sagen sollen. Auch bei seiner Mutter im Krankenhaus hatte er nicht angerufen, was die ihm sicherlich wieder übel nahm, auch wenn sie sich am Telefon meist nichts zu sagen hatten. Aber heute hatte er wenigstens eine einleuchtende Entschuldigung.

Er ließ sich von Jansen in ihrem Dienstwagen bis zur Ecke Overbeck/Fritz-Reuter-Straße mitnehmen und ging den restlichen Weg zu Fuß. Er brauchte jetzt ein bisschen Bewegung. Nach der Anspannung der letzten Stunden fühlte sich sein ganzer Rücken verkrampft an und die Beine waren steif.

Es war ruhig auf den Straßen, nur wenige Autos fuhren und auch Fußgänger waren kaum unterwegs und wenn, dann waren es meist Hundebesitzer, die ihre Tiere vor dem sonntäglichen Abendprogramm im Fernsehen noch einmal Gassi führten. Georg Angermüller dachte an Anna Floric. Sie würden im Rahmen der Aufarbeitung des Mordfalles auch mit ihr noch einmal reden müssen und vor allem hatten sie die unangenehme Aufgabe, sie über das ganze Ausmaß der Taten von Yann Tanguy zu informieren. Schlimm genug, sie mit Details über den Mord an Rachid Messaoudi behelligen zu müssen. Ihm graute davor. Wie aber würde die Frau reagieren, wenn sie erfuhr, dass sie jahrelang an der Seite des Mannes gelebt hatte, der vor 12 Jahren kaltblütig den Vater ihres Sohnes umgebracht hatte? Sollte man sie nach Lübeck ins Büro kommen lassen oder lieber einen Psychologen mit zur ›Villa Floric‹ nehmen? Vielleicht wusste Astrid ja einen Rat.

Er freute sich auf einen ruhigen Abend mit ihr. In letzter Zeit waren sie entweder gar nicht zu Hause gewesen oder wenn doch, dann nicht ungestört. Die Kinder, Martin, irgendjemand war immer dabei gewesen. Angermüller atmete hörbar ein. Es hatte Momente gegeben, da war beim Anblick des charmanten, lachenden Kollegen seiner Frau so ein dumpfes Grollen in ihm hoch gekommen. Des Öfteren hatte er ihn sich weit weg gewünscht. Sehr weit weg. Das Gefühl der Ohnmacht gegenüber einem Dritten, der plötzlich die Favoritenrolle im Leben des Partners spielte, auch wenn es nur eine ganz vage Vorstellung war: Es war ihm nicht fremd. Inzwischen hatte er Martin besser kennengelernt und wusste, dass er nur ein besonders geschätzter Kollege war, der Astrids Rat für seine eigenen Beziehungsprobleme suchte – und auch ein ganz netter Kerl.

Angermüller war in seiner Wohnstraße angekommen. Er merkte, dass er hungrig war und auf irgendwelche Reste hatte er jetzt überhaupt keinen Appetit. Ob Astrid schon gegessen hatte? Er könnte mit dem Fahrrad zum Thailänder fahren und Hühnchen in Kokossoße besorgen, das sie so gerne mochte. Als er die Haustür aufschloss, kam ihm ein intensiver Duft von in Öl geröstetem Knoblauch entgegen.

»Hallo, Schatz, ich bin's endlich! Wow, was hast du Gutes gekocht? Das riecht ja!«

»Hallo, Georg! Hier sind wir!«

Wir? Irritiert hängte Angermüller seine Jacke im Flur an die Garderobe und ging zur Küche. Im Türrahmen blieb er überrascht stehen.

»Ach, hallo, Martin!«

ENDE

Anhang

Angermüllers mediterraner Abend

Alle Küchen rund ums Mittelmeer bieten eine Menge Köstlichkeiten, die man bunt gemischt seinen Gästen servieren kann. Wer sich nicht so viel Mühe machen möchte, kann in italienischen, türkischen, spanischen und zahlreichen anderen landestypischen Feinkostläden heute jede Menge Leckereien fertig und frisch zubereitet erstehen. Nie fehlen sollten Oliven, ein frisches Weißbrot und ein guter Wein. Auch aus Tomaten und Schafskäse oder Mozzarella lässt sich schnell etwas kombinieren. Aber wer so gut und so gerne kocht wie Kommissar Angermüller, ist es natürlich seinen Gästen schuldig, sie mit eigenen Kreationen zu verwöhnen. Alle hier folgenden Rezepte sind im Rahmen eines Buffets gedacht, also von jedem etwas in kleinen Portionen für 6-8 Personen.

Sizilianische Caponata

Zutaten für 6-8 Personen:
400 g Auberginen
etwas Salz
400 g rote Paprika
3 Stangen Bleichsellerie
1 Zwiebel
250 g Tomaten
Olivenöl
1 großes Bund Basilikum

50 g Rosinen
2-3 EL Zucker
4-5 EL Balsamico (die Mischung aus Zucker und Essig soll angenehm süßsauer schmecken)
2 EL Kapern
200 g grüne Oliven ohne Stein
frisch gemahlener, schwarzer Pfeffer
Salz
2-3 EL geröstete Pinienkerne

Die Auberginen waschen, in Würfel von 2 cm Länge schneiden, in einen Durchschlag geben, salzen und ca. 30 Minuten abtropfen lassen. Die Paprika waschen und in 1 cm breite, 3 cm lange Streifen schneiden. Die Selleriestangen waschen und in 1 cm breite Scheibchen schneiden, die geschälte Zwiebel in Ringe schneiden. Die Tomaten schälen, entkernen und zerdrücken. Basilikum waschen und klein schneiden. Die Rosinen in lauwarmem Wasser einweichen. Oliven halbieren.

In einem Topf reichlich Öl erhitzen, die abgetropften, abgetrockneten Auberginenwürfel hineingeben und in 10-15 Minuten goldbraun braten, ab und zu wenden. Mit einem Schaumlöffel herausnehmen und auf Küchenkrepp entfetten. Im gleichen Öl nacheinander Paprika und Bleichsellerie garen, ebenfalls auf Küchenkrepp abtropfen lassen.

Nun die Zwiebel goldgelb braten, die Tomaten hinzufügen, umrühren und die Hälfte des klein geschnittenen Basilikums dazu geben. Das Ganze ca. 10 Minuten köcheln lassen. Nun Zucker, Balsamico, Kapern, Oliven und die abgetropften Rosinen zufügen, salzen, großzügig pfeffern und noch einmal kurz aufkochen. Die bereits gegarten Gemüse in die Sauce geben und weitere 10 Minuten bei schwacher Hitze ziehen lassen, öfter umrühren. In eine Schüssel geben, die Pinienkerne unterrühren und mit dem restlichen Basilikum bestreuen. Kalt stellen. Da sich dieses Gericht im Kühlschrank mehrere Tage hält und mit der Zeit an Qualität nur gewinnt, lässt es sich gut vorbereiten und ist, mit Weißbrot serviert, auch sehr gut als Vorspeise geeignet.

Gefüllte Datteln

Zutaten für 6-8 Personen:
ca. 30 Datteln, entkernt
150-200 g milder Gorgonzola
200 g Parmaschinken in hauchdünnen Scheiben

Mit einem Teelöffel den Gorgonzola in die Datteln füllen und dann jede Dattel mit einem Stück Parmaschinken umwickeln. Auf ein Backblech legen und 10-15 Minuten bei ca. 160 Grad im Backofen lassen. Mit Holzspießchen versehen zum Buffet stellen. Schmecken warm besser, aber auch kalt gut.

Sie können die Datteln auch mit etwas Butter bei mittlerer Hitze in eine Pfanne geben, 10-15 Minuten erwärmen, dann mit einem Schuss Marsala ablöschen und in einer gewärmten Schüssel mitsamt dem Fond servieren.

Und natürlich sind Ihrer Phantasie keine Grenzen gesetzt: Füllen Sie die Datteln mit Frischkäse, pur mit Kräutern oder Pfeffer – auch von der Ziege – oder nehmen Sie Mandeln oder Walnüsse, umhüllen Sie sie mit Speck und wenn Sie die Pfanne benutzen, löschen Sie mit Sherry ab. In jedem Fall, auch für sich serviert, eine köstliche Vorspeise.

Tomatensalat mit Thunfisch

Zutaten für 6-8 Personen:
1 kg Tomaten

ca. 300 g Thunfisch aus der Dose im eigenen Saft
1 große Zwiebel
1 Handvoll frisches Basilikum, gehackt
Olivenöl
Balsamico
Salz, Pfeffer, evtl. Zucker

Die Tomaten waschen, in dünne Scheiben schneiden und ziegelartig auf eine große Platte schichten. Darüber den abgetropften, mit der Gabel zerteilten Thunfisch gleichmäßig verteilen. Die Zwiebel in dünne Ringe schneiden und darüber legen. Für das Dressing kommen zu 7 Esslöffeln eines guten Olivenöls 3 Esslöffel milder Balsamico-Essig, dazu Salz und frisch gemahlener schwarzer Pfeffer und wer es lieblicher mag, nimmt noch eine Prise Zucker. Alles gut vermischen und über den Salat geben. Kalt stellen und vor dem Servieren mit Basilikum bestreuen – eine ganz einfache, erfrischende Variante von Tomatensalat. Schmeckt auch sehr gut mit Ölsardinen.

Tortilla mit Chorizo

Zutaten für 6-8 Personen:
500 g rohe, geschälte Kartoffeln
1 mittelgroße Zwiebel, fein gehackt
Olivenöl
Salz
6 Eier
150-200 g Chorizo im Stück

Die Kartoffeln auf dem Gemüsehobel in dünne Scheiben hobeln. Den Boden einer großen Pfanne mit Olivenöl bedecken, erhitzen und darin die Kartoffeln mit der Zwiebel bei mittlerer Hitze bedeckt weich schmoren. Ab und zu die Kartoffel-Zwiebel-Mischung wenden – sie soll nicht bräunen – und wenn sie goldgelb und gar ist, leicht salzen. Die Chorizo-Wurst in Würfel schneiden. Die Eier mit ein wenig Salz gut verquirlen – vorsichtig mit dem Salz, da die Wurst sehr würzig ist! Die Wurst in der Pfanne mit Kartoffeln und Zwiebeln mischen und die Eier gleichmäßig darüber verteilen. Bei milder Hitze die Eier stocken lassen, ab und zu ein wenig rütteln, damit sich nichts ansetzt. Wenn die Oberfläche einigermaßen trocken erscheint, das Omelett auf einen Teller gleiten lassen, einen zweiten Teller darüber stülpen, schnell wenden und das Omelett wieder vorsichtig in die Pfanne rutschen lassen. Die andere Seite goldgelb braten – fertig! Für ein Büffet die Tortilla auf eine Platte geben und wie eine Torte in Stücke schneiden, gegebenenfalls im Ofen warm halten, schmeckt aber auch kalt.

Hier noch ein paar Varianten anstelle von Chorizo: Paprikastückchen und Knoblauch – frische Pilze und schwarzer Pfeffer – Thunfisch und mehr Zwiebeln – Erbsen und Serranoschinken – scharfe Muscheln und Knoblauch. Nimmt man die Tortilla als Hauptgericht, schmeckt dazu beispielsweise ein grüner Salat oder eine Tomatensauce.

Spezialitäten aus der ›Villa Floric‹

Pikante Muschelsuppe

Zutaten für 4-6 Personen:

1 kg Miesmuscheln, küchenfertig gesäubert
40 g Butter
3 EL Öl
1 Zwiebel, fein gehackt

1 Tomate, geschält und gewürfelt
1 Handvoll fein gehackte Petersilie
1 TL getrockneter Thymian
1 Lorbeerblatt
2-3 Knoblauchzehen
3-4 scharfe, rote Peperoni
3 große Kartoffeln
1 große Lauchstange
2 große Karotten
Gemüsebrühe
1 Becher Creme fraîche
schwarzer Pfeffer aus der Mühle

Die Muscheln in einen Topf mit 1 Liter kochendem Wasser geben und so lange kochen, bis sie sich geöffnet haben. Abtropfen, Muschelsud auffangen und das Muschelfleisch aus den Schalen lösen.

Die Kartoffeln schälen und klein würfeln, den Lauch putzen und in schmale Ringe schneiden, die Möhren schälen und grob raspeln. In einem großen Topf die Zwiebel in Butter und Öl andünsten, gewürfelte Tomate, Thymian, Petersil und Lorbeerblatt zufügen und zum Schluss die gewaschenen, ganzen Peperoni und die geschälten, ganzen Knoblauchzehen. Noch ein paar Minuten andünsten, dann Kartoffel, Möhre und Lauch zugeben, kurz umrühren und mit dem Muschelsud aufgießen. Die Flüssigkeit mit Gemüsebrühe auf insgesamt 2 Liter ergänzen und abschmecken. Die Suppe ca. 15 Minuten leise kochen lassen. Nun die Muscheln und die Creme fraîche zugeben, mit schwarzem Pfeffer nach Geschmack würzen und noch einmal kurz aufkochen lassen. Wer scharfe Überraschungen vermeiden will, sollte die Peperonischoten vor dem Servieren entfernen – im Übrigen: Je länger die Peperoni in der Suppe schwimmen, desto mehr Schärfe geben sie ab.

Entweder frisches Baguette dazu reichen oder in Butter geröstete Weißbrotscheiben in die Teller legen und die Suppe darüber gießen. Bon appétit!

Scholle ›Villa Floric‹ mit Ofenkartoffeln

Zutaten für die Ofenkartoffeln für 4 Personen:
10 mittelgroße Kartoffeln
Olivenöl
Salz
ein paar Zweiglein Rosmarin

Die Kartoffeln waschen und entweder geschält oder mit Schale in gut 1 cm dicke Scheiben schneiden. Olivenöl auf ein Backblech geben und die Kartoffelscheiben auf beiden Seiten damit benetzen und nebeneinander auf das Blech legen. Die Rosmarinnadeln von den Zweigen streifen und über den Kartoffeln verteilen. Im Backofen bei ca. 200 Grad 15 bis 20 Minuten garen und anschließend Salz darüber streuen

Während die Kartoffeln im Ofen sind, bereiten Sie die Schollen zu.

Zutaten für 4 Personen:
4 küchenfertige Schollen
Salz, Pfeffer
Mehl
Olivenöl
80 g durchwachsener Speck, gewürfelt
1 mittelgroße Zwiebel, gewürfelt
2 Knoblauchzehen, fein gehackt
2 große Tomaten mit festem Fleisch, geschält und gewürfelt
ein kleines Glas Weißwein

Die Fische unter fließendem Wasser abspülen, mit Küchenpapier trocken tupfen, salzen und pfeffern. Während Sie in zwei ausreichend großen Pfannen Olivenöl und Speck heiß werden lassen, werden die Fische auf beiden Seiten leicht bemehlt und anschließend in ca. 5-7 Minuten pro Seite gar gebraten. Nach der Hälfte der Garzeit die Zwiebeln und den Knoblauch mit in die Pfanne geben und ein wenig Farbe annehmen lassen. Die fertig gebratenen Fische im Ofen kurz warm stellen. Die gewürfelten Tomaten zu der Speck-Zwiebel-Mischung in die Pfanne geben, den Weißwein zugießen und abschmecken. Meist ist Nachsalzen nicht nötig, da der Speck und der Fisch würzig genug sind. Ein wenig einkochen lassen, die Schollen auf gewärmte Teller legen, die Tomate-Speck-Zwiebel-Mischung auf den Fischen verteilen und servieren. Man kann dazu auch noch einen schönen frischen Salat reichen.

Annas schnelle Mousse au Chocolat

Ein wirklich sehr einfaches Rezept für ein köstliches Dessert. Je nach persönlicher Vorliebe können Sie helle, dunkle oder weiße Schokolade nehmen, auch solche mit Nüssen oder Orangenstückchen. Klar ist jedoch, je edler die Schokolade, desto besser der Geschmack – also nicht an der falschen Stelle sparen!

Zutaten für 4 Personen:
75-100 g Schokolade
1 Becher süße Sahne (200 g)

Die Schokolade im Wasserbad schmelzen. Die Sahne steif schlagen. In einer Schüssel behutsam, aber möglichst zügig die flüssige Schokolade unter die feste Sahne ziehen. Kalt stellen.

Es ist wieder Ihrer Kreativität überlassen, dieses Dessert nach persönlichen Vorlieben weiterzuentwickeln: Mischen Sie eine Handvoll Rumkirschen unter die Sahne, nehmen Sie für eine Hälfte weiße, für die andere dunkle Schokolade, streichen Sie die Mousse über eine Lage Himbeeren oder über in Rum eingeweichte Löffelbiskuits oder über beides, oder legen Sie eine Schicht Birnen darunter oder was fällt Ihnen sonst noch dazu ein?

Quatre-Quarts-Kuchen aus der Bretagne

Zutaten:
4 Eier, zimmerwarm (wiegen!)
genauso viel gesalzene Butter
genauso viel Zucker
genauso viel Mehl
1 Päckchen Backpulver
1 Messerspitze Vanillepulver
2 EL Rum

Die Butter in einem Töpfchen auf dem Herd langsam schmelzen, die Eier trennen. Das Eiweiß steif schlagen und die Eigelbe mit dem Zucker und der Vanille cremig rühren (Handrührgerät/Küchenmaschine). Nun die abgekühlte, flüssige Butter und den Rum unterrühren. Das Mehl mit dem Backpulver mischen und unter die Eier-Butter-Mischung rühren. Zum Schluss vorsichtig das zu Schnee geschlagene Eiweiß unterziehen. Eine kleine, runde Kuchenform – ca. 20 cm, das ist traditionell, hat man bei uns aber meist nicht – oder eine Kastenform buttern, mit Mehl bestäuben und den Teig einfüllen. Bei 180 Grad im Backofen ca. 30-45 Minuten backen.

Maghrebinische Küche aus der Remise

Festtags-Couscous nach Hadi Khaled

Zutaten für 6-8 Personen:
1 kg Hammel- oder Lammfleisch, in ca.12 Portionen zerteilt
1 Huhn, in 8 Portionen zerteilt
Olivenöl
2 große Zwiebeln, fein gehackt
500 g Kichererbsen, über Nacht eingeweicht und ½ Stunde in Salzwasser vorgekocht
500 g Karotten, in dicke Scheiben geschnitten
500 g weiße Rübchen (Teltower), in dicke Scheiben geschnitten
500 g grüne Bohnen in ca. 3 cm langen Stücken
500 g Zucchini, in dicke Scheiben geschnitten
½ Sellerie, gerieben
(anstelle oder zusätzlich zu den hier aufgeführten Gemüsen sind auch jeweils 500 g Kartoffeln, Kürbis, Weißkohl oder Tomaten möglich)
Salz, frisch gemahlener schwarzer Pfeffer
Sauce Harissa

1 kg Couscous
Salz, Butter

In einem großen Bratentopf reichlich Olivenöl erhitzen, die Fleischstücke hineingeben und 6 bis 8 Minuten von allen Seiten scharf anbraten. Hitze reduzieren, die Zwiebel hinzufügen, dann die Kichererbsen und 10 Minuten dünsten. Nun Karotten und weiße Rübchen zugeben, Bohnen und Sellerie und alles kurz andünsten, salzen und pfeffern. Dann gerade so viel Wasser aufgießen, dass alle Zutaten bedeckt sind und bei reduzierter Hitze 20-30 Minuten köcheln lassen. Nun prüfen, ob Fleisch und Gemüse bald gar sind, und ganz zum Schluss die Zucchini zufügen und mitgaren.

Für die Sauce mit einer Suppenkelle den größten Teil der Kochflüssigkeit in einen Topf abschöpfen und mit Harissa schärfen – mehr oder weniger, je nach Geschmack, aber es sollte schon überraschend scharf sein, denn das gehört zum Couscous.

Die traditionelle Zubereitung des Couscous genannten Hartweizengrießes ist sehr zeitaufwendig und man braucht dazu auch das entsprechende Gerät, den Couscoussier, eine Art zweiteiligen Dampftopf ohne Deckel. Heute gibt es ohnehin meist vorbehandelten Couscous (Couscous instant) zu kaufen, den Sie einfach in Salzwasser einweichen, erhitzen und mit einem Stich Butter verfeinern – Zubereitungsempfehlung auf der Packung beachten.

Zum Servieren in die Mitte einer großen Platte den Couscous schichten und die Fleisch-Gemüse-Mischung drum herumlegen. Die scharfe Sauce in einer extra Schüssel reichen. Dazu schmeckt ein gut gekühlter Rosé.

Chorba M'Katfa

Zutaten für 4 Personen:

500 g Lammfleisch, mundgerecht gewürfelt
Olivenöl
1 Zwiebel, fein gehackt
1 Kartoffel
1 Karotte
½ rotePaprika
½ grüne Paprika
1 Zucchini
1 Stück Sellerie (max. 100 g)

1 Stück Fenchel (max. 100 g), alle diese Gemüse klein gewürfelt
1 halbe Tasse Kichererbsen, am Vortag eingeweicht
1 EL Tomatenmark
1 getrocknete Chili, zerrieben
½ TL Zimt
Salz, schwarzer Pfeffer
1 Bund Koriander, fein gehackt
1 kg reife Tomaten, halbiert
100 g Fadennudeln/Vermicelli
1 unbehandelte Zitrone

In einem ausreichend großen Topf 3 bis 4 EL Olivenöl erhitzen und das Fleisch, die Zwiebel, die Gemüse und die Kichererbsen kurz anschmoren. Das Tomatenmark mit 2 bis 3 Esslöffeln Wasser verrühren und mit Chili, Zimt, Salz, Pfeffer und der Hälfte des gehackten Korianders in den Topf geben und alles zusammen 3 Minuten kochen lassen. Wenn Sie das Gericht authentisch zubereiten wollen, jetzt ein ausreichend großes Edelstahlsieb über den Topf hängen und die Tomaten so hineinlegen, dass der Saft langsam nach unten tropfen kann. Das Ganze bedecken und bei milder Hitze ziehen lassen, die Tomaten ab und zu mit etwas Wasser begießen, aber insgesamt nicht mehr als einen halben Liter nehmen. Wenn Sie kein passendes Sieb haben, schälen Sie die Tomaten, schneiden sie in kleine Stückchen und geben sie mit einem knappen halben Liter Wasser direkt in den Topf, legen den Deckel darauf und lassen bei geringer Hitze leise kochen. Bei beiden Zubereitungsarten beträgt die Garzeit ca. 1 Stunde.

Wenn das Fleisch weich gekocht ist, gegebenenfalls noch Wasser zufügen, sodass man eine sehr dickflüssige Suppe erhält. Die Würzung überprüfen dann die Fadennudeln beifügen und nach den Angaben auf der Packung garen, in der Regel 6 bis 8 Minuten. Die Suppe mit dem restlichen Koriander bestreuen und mit Zitronenscheiben belegt servieren.

Die reichhaltige Chorba M'Katfa stammt aus Tlemcen im Nordosten Algeriens. Sie ist ein traditionelles Gericht zum Fastenbrechen im Ramadan und schmeckt besonders gut in Begleitung eines warmen Fladenbrotes.

Angermüllers arabisch inspirierte Hackfleischpfanne mit Bulgur

Zutaten für 4 Personen:

500 g Rinderhack
2-3 EL Olivenöl
Salz
eine Prise Pul Biber (geschrotete, geröstete Chilis – gibt es in türkischen Läden)
eine Messerspitze Zimt
eine Messerspitze Cumin (Kreuzkümmel), gemahlen
eine Messerspitze Koriander, gemahlen
eine Prise geriebenen Muskat
2 Zehen Knoblauch, ganz fein gehackt
1 Bund Frühlingszwiebeln, in Ringe gehackt
½ Bund großblättrige Petersilie, gehackt

200 g Bulgur
1 Handvoll Rosinen
Salz
1 EL Butter

Den Bulgur in einem Gefäß abmessen und mit der gleichen Menge Wasser, einer Prise Salz und den Rosinen in einem Topf zum Kochen bringen, 5 Minuten aufkochen. Dann 15 Minuten mit geschlossenem Deckel neben dem Herd ziehen lassen. Vor dem Servieren die Butter dazugeben und wenn nötig, noch einmal kurz unter Rühren erwärmen.

Für das Fleischgericht Olivenöl in eine große Pfanne (oder den Wok) geben und heiß werden lassen. Das zerpflückte Hackfleisch hinzufügen und dann alle Gewürze – wer es schärfer oder intensiver mag, kann die angegebenen Mengen gerne erhöhen. Bei mittlerer Hitze das Fleisch garen und dabei hin und wieder umrühren. Wenn das Fleisch fast gar ist, den Knoblauch, die Frühlingszwiebeln und die Petersilie zufügen – umrühren, Würzung prüfen und warten, bis alle Zutaten erwärmt sind. Zusammen mit dem Bulgur servieren. Wer mag, kann mit einem Klecks sahnigem Joghurt oder Sauerrahm die Fleischpfanne noch verfeinern bzw. die Schärfe etwas mildern.

Aus Schwiegermutter Johannas holsteinischer Küche

Johannas Sahnematjes

Zutaten für 4 Personen:
2-4 milde Matjesfilets pro Person (als Hauptmahlzeit)
½ l süße Sahne
1 Becher Joghurt
4 säuerliche Äpfel, z.B. Boskop, in kleine Stückchen geschnitten
4 Gewürzgurken, in dünne Scheibchen und
2 Zwiebeln, in feine Ringe geschnitten
3 Tomaten, halbiert und in dünne Scheiben geschnitten
1 Handvoll Frühlingszwiebeln in feinen Ringen

Sollten die Matjesfilets sehr salzig sein, empfiehlt es sich, sie eine knappe Stunde in einen Liter Buttermilch einzulegen, danach mit Wasser abwaschen und abtrocknen. In einer ausreichend großen Schüssel die süße Sahne gut mit dem Joghurt verrühren und Äpfel, Gewürzgurken, Zwiebeln und Tomaten dazugeben und behutsam untermischen. Die Matjesfilets in die Sauce legen, sodass sie vollständig davon bedeckt sind, und zugedeckt für mindestens 1 Stunde kalt stellen. Vor dem Servieren die Frühlingszwiebeln darüber streuen. Dazu schmeckt ein kräftiges Schwarzbrot, mit oder ohne Butter, oder aber warme Pellkartoffeln.

Kopfsalat mit Specktunke

Zutaten:
50 g durchwachsener Räucherspeck, klein gewürfelt
1 EL Mehl
2-3 EL Wasser
2-3 EL Weinessig
1 Tasse saure Sahne
Zucker
Salz
frisch gemahlener schwarzer Pfeffer, wer will

1 großer Kopfsalat

Den Salat putzen, waschen, trocken schleudern und in eine große Schüssel geben. In einem Töpfchen den Speck auslassen, mit Mehl bestäuben, kurz anrösten und mit dem Wasser und dem Essig ablöschen, gut verrühren, damit sich keine Klümpchen bilden. Vom Feuer nehmen und abkühlen lassen. Dann die saure Sahne untermischen, mit Salz und Zucker abschmecken und kurz vor dem Servieren unter den Salat mischen.

In Johannas Küche hat er keinen Platz, aber ich empfehle,

diese Sauce einmal mit einem guten Balsamico herzustellen. Nehmen Sie das doppelte Rezept, in diesem Fall mit dem Pfeffer, aber lassen Sie die Sahne weg und fügen Sie eventuell mehr Wasser bei. Dann mischen Sie zarten, frischen Spinat mit hart gekochten Eiern in Scheiben, mit in Butter gerösteten Weißbrotcroutons und mit Käsewürfeln. Geben Sie kurz vor dem Servieren die noch warme Sauce über den Salat und bestreuen Sie mit gerösteten Pinienkernen. Dazu ein Knoblauchbaguette – als Vor- oder Hauptspeise sehr zu empfehlen.

Schwiegermutters Geburtstagsnachspeise (Warme Pflaumensuppe)

Zutaten für 6-8 Personen:
2 l Wasser
1 kg entsteinte Pflaumen
1 Stange Zimt
½ TL Vanillepulver
Zitronensaft
Zucker
1 Schuss Rum oder Zwetschgenwasser nach Geschmack
30-40 g Kartoffelmehl

Butter
4 Scheiben Weißbrot, ohne Rinde, klein gewürfelt
3-5 EL brauner Zucker
50 g Mandeln, gestiftet

Vanilleeis
Schlagsahne

Die Pflaumen mit der Zimtstange im Wasser zum Kochen bringen und weich werden lassen, das dauert nur wenige Minuten. Dann mit Vanille, Zucker und Zitronensaft abschmecken, sodass ein angenehm süßsäuerlicher Geschmack entsteht. Die Zimtstange entfernen und mit dem Kartoffelmehl binden.

Die Butter zerlassen, den Zucker hineingeben und unter Rühren die Weißbrotwürfel und die Mandelstifte karamellisieren.

Zum Servieren die warme Suppe in einen tiefen Teller schöpfen, eine Kugel Vanilleeis hineinsetzen, geschlagene Sahne darüber geben, mit der Karamellmischung bestreuen und genießen.

Lübecker Nusstorte

Zutaten Mürbeboden:
100 g Mehl
65 g kalte Butter
30 g Zucker
1 Vanillezucker

Alle Zutaten mit den Händen schnell zu einem glatten Teig verkneten, in Folie wickeln und eine halbe Stunde im Kühlschrank ruhen lassen. Anschließend auf einem leicht bemehlten Brett glatt ausrollen, auf den Boden einer mit Backpapier ausgelegten Springform geben und mit einer Gabel mehrmals einstechen. Im vorgeheizten Backofen bei 150-175 Grad 12 bis 15 Minuten backen. Nach dem Abkühlen auf eine Tortenplatte legen.

Zutaten Biskuitboden:
6 Eier, getrennt

180 g Zucker
1 Päckchen Vanillezucker
120 g Mehl
80 g Speisestärke

Die Eigelbe mit der Hälfte des Zuckers und dem Vanillezucker schaumig rühren. Die Eiweiße zu Schnee schlagen und langsam den restlichen Zucker zufügen und so lange schlagen, bis schnittfester Eischnee entstanden ist. Den Eischnee auf die Eigelbmischung geben und vorsichtig unterheben. Anschließend ebenfalls sehr behutsam das mit der Speisestärke vermischte Mehl unterziehen – die Luftigkeit des Teiges bestimmt die Höhe und die Luftigkeit des Tortenbodens! Den Boden der Springform mit Backpapier auslegen, nicht fetten und in der Mitte des vorgeheizten Ofens bei ca.180 Grad 20 bis 30 Minuten backen. In der ersten Viertelstunde nicht die Tür öffnen, damit der Teig nicht zusammensackt. Nach dem Backen in der Form ca. 15 Minuten auskühlen lassen, dann mit einem Messer vom Rand lösen und auf eine Tortenplatte stürzen, Backpapier abziehen und ein paar Stunden ruhen lassen.

Zutaten Füllung:
4-5 EL Johannisbeergelee
125 g gemahlene Haselnüsse
¾ l Schlagsahne

1 Marzipandecke
einige ganze Haselnüsse zum Verzieren

Den Mürbeboden auf eine Tortenplatte legen und gleichmäßig mit dem Johannisbeergelee bestreichen. Den Biskuitboden in zwei dünne Böden teilen (den Biskuitboden drehen und rundherum mittig mit dem Messer bis zur Mitte einschneiden) und einen Boden auf den Mürbeboden mit der Marmelade legen. Die Sahne steif schlagen, 6 EL abnehmen und unter den Rest die gemahlenen Haselnüsse ziehen. Die Nuss-Sahne auf die geschichteten Böden streichen und den zweiten Biskuitboden auflegen. Nun die Torte mit der Marzipandecke umhüllen, mit der beiseite gestellten Sahne Röschen aufspritzen (Spritzbeutel) und darauf die ganzen Nüsse legen. Bis zum Servieren kühl stellen.

Monika Detering
Herzfrauen

274 Seiten, 11 x 18 cm, Paperback.
ISBN 978-3-89977-714-7. € 9,90.

In unmittelbarer Nähe des Bielefelder »Wahlfamilienhauses« stürzt ein junger Mann, der Pharmazievertreter Till Matthusch, aus dem Fenster. Kurze Zeit später häufen sich Vergiftungen unter den Bewohnern dieses Wohnprojekts. Hauptkommissar Viktor Weinbrenner, der ebenfalls hier lebt, glaubt nicht an einen Zufall. Er beginnt zu ermitteln – genauso wie seine Mitbewohnerin Sybille Gott. Die Journalistin wittert in einem Artikel über Schenkkreise, den »Herzfrauen«, ihre große Chance. Plötzlich ergeben die mysteriösen Ereignisse im »Wahlfamilienhaus« einen Sinn. Viele Ungereimtheiten verdichten sich zu einem unheilvollen Bild. Und alle Spuren führen zu den Herzfrauen.

Sabine Klewe
Wintermärchen

226 Seiten, 11 x 18 cm, Paperback.
ISBN 978-3-89977-713-0. € 9,90.

Ein plötzlicher Wintereinbruch stürzt das Rheinland ins Chaos. Ausgerechnet an diesem Nachmittag gelingt Mario Brindi die Flucht aus der Klinik für Psychiatrie und Psychotherapie in Viersen-Süchteln. Er hat acht Frauen entführt und brutal gequält.
Am gleichen Abend verschwindet die Fotografin Katrin Sandmann spurlos. Sie wurde zuletzt in einem Parkhaus in der Düsseldorfer Altstadt gesehen. Was ist geschehen? Hat Brindi sich bereits sein neuntes Opfer gesucht? Ist Katrin in seiner Gewalt? Die Polizei glaubt nicht an einen Zusammenhang zwischen den beiden Ereignissen. Doch dann entdeckt ein Spaziergänger im Wald die grauenvoll zugerichtete Leiche einer jungen Frau …

KRIMI IM GMEINER-VERLAG

Wir machen's spannend

Das neue KrimiJournal ist da!

2 x jährlich das Neueste
aus der Gmeiner-Krimi-Bibliothek

KRIMI Journal
Nr. 7 www.gmeiner-verlag.de Die Zeitung für KrimiFreunde 2/2007
Das Geheimnis des Salzhändlers
Erfolgsautor Norbert Klugmann und sein erster historischer Roman
Martin Walser
Jochen Senf
Innere Unsicherheit
Deutschland am Rande des Abgrunds
Preisträgerinnen bei Gmeiner

In jeder Ausgabe:

- Vorstellung der Neuerscheinungen
- Hintergrund-informationen zu den Themen der Krimis
- Interviews mit den Autoren und Porträts
- Allgemeine Krimi-Infos (aktuelle Krimi-Trends, Krimi-Portale im Internet, Veranstaltungen etc.)
- Die Gmeiner-Krimi-Bibliothek (Gesamtverzeichnis der Gmeiner-Krimis)
- Großes Gewinnspiel mit ›spannenden‹ Buchpreisen

ISBN 978-3-89977-950-9
kostenlos

erhältlich in jeder Buchhandlung

KRIMI IM GMEINER-VERLAG

Wir machen's spannend

Alle Gmeiner-Autoren und ihre Krimis auf einen Blick

Anthologien: Tod am Bodensee • Mords-Sachsen (2007) • Grenzfälle (2005) • Spekulatius • Streifschüsse (2003)
Artmeier, H.: Feuerross (2006) • Katzenhöhle (2005) • Schlangentanz • Drachenfrau (2004)
Baecker, H-P.: Rachegelüste (2005)
Beck, S.: Duftspur (2006) • Einzelkämpfer (2005)
Bode-Hoffmann G./Hoffmann M.: Infantizid (2007)
Bomm, M.: Schattennetz • Beweislast (2007) • Schusslinie (2006) • Mordloch • Trugschluss (2005) • Irrflug • Himmelsfelsen (2004)
Bosch van den, J.: Wassertod • Wintertod (2005)
Buttler, M.: Dunkelzeit (2006) • Abendfrieden (2005) • Herzraub (2004)
Clausen, A.: Ostseegrab (2007)
Danz, E.: Steilufer (2007) • Osterfeuer (2006)
Detering, M.: Puppenmann • Herzfrauen (2007)
Dünschede, S.: Nordmord (2007) • Deichgrab (2006)
Emme, P.: Tortenkomplott • Killerspiele (2007) • Würstelmassaker • Heurigenpassion (2006) • Schnitzelfarce • Pastetenlust (2005)
Enderle, M.: Nachtwanderer (2006)
Erfmeyer, K.: Todeserklärung (2007) • Karrieresprung (2006)
Franzinger, B.: Jammerhalde (2007) • Bombenstimmung (2006) • Wolfsfalle • Dinotod (2005) • Ohnmacht (2004) • Goldrausch (2004) • Pilzsaison (2003)
Gardener, E.: Lebenshunger (2005)
Gibert, M.: Nervenflattern (2007)
Graf, E.: Elefantengold (2006) • Löwenriss • Nashornfieber (2005)
Gude, E.: Mosquito (2007)
Haug, G.: Gössenjagd (2004) • Hüttenzauber (2003) • Tauberschwarz • Riffhaie • Tiefenrausch (2002) • Höllenfahrt (2001) • Sturmwarnung (2000)
Heim, U.-M.: Totschweigen (2007) • Dreckskind (2006)
Heinzlmeier, A.: Bankrott (2006) • Todessturz (2005)
Imbsweiler, M.: Bergfriedhof (2007)
Karnani, F.: Turnaround (2007) • Takeover (2006)
Keiser, G.: Apollofalter (2006)
Keiser, G./Polifka, W.: Puppenjäger (2006)
Klausner, U.: Die Pforten der Hölle (2007)
Klewe, S.: Wintermärchen (2007) • Kinderspiel (2005) • Schattenriss (2004)
Klingler, E.: Königsdrama (2006)
Klugmann, N.: Die Tochter des Salzhändlers (2007) • Kabinettstück (2006) • Schlüsselgewalt (2004) • Rebenblut (2003)
Kohl, E.: Flatline (2007) • Grabtanz • Zuzwang (2006)
Köhler, M.: Tiefpunkt • Schreckensgletscher (2007)
Koppitz, R. C.: Machtrausch (2005)
Kramer, V.: Todesgeheimnis (2006) • Rachesommer (2005)
Kronenberg, S.: Weinrache (2007) • Kultopfer (2006) • Flammenpferd • Pferdemörder (2005)
Kurella, F.: Das Pergament des Todes (2007)
Lebek, H.: Schattensieger • Karteileichen (2006) • Todesschläger (2005)
Leix, B.: Waldstadt (2007) • Hackschnitzel (2006) • Zuckerblut • Bucheckern (2005)
Mainka, M.: Satanszeichen (2005)
Matt, G./Nimmerrichter, K.: Schmerzgrenze (2004) • Maiblut (2003)
Misko, M.: Winzertochter • Kindsblut (2005)
Puhlfürst, C.: Rachegöttin (2007) • Dunkelhaft (2006) • Eiseskälte • Leichenstarre (2005)
Senf, J.: Nichtwisser (2007)
Seyerle, G.: Schweinekrieg (2007)
Schmitz, I. G.: Mordsdeal (2007) • Sündenfälle (2006)
Schmöe, F.: Januskopf • Schockstarre (2007) • Käfersterben • Fratzenmond (2006) • Kirchweihmord • Maskenspiel (2005)
Schröder, A.: Mordsgier (2006) • Mordswut (2005) • Mordsliebe (2004)
Schuker, K.: Brudernacht (2007) • Wasserpilz (2006)
Schulze,G.: Sintflut (2007)
Schwab, E.: Angstfalle (2006) • Großeinsatz (2005)
Schwarz, M.: Zwiespalt (2007) • Maienfrost • Dämonenspiel (2005) • Grabeskälte (2004)
Steinhauer, F.: Narrenspiel (2007) • Seelenqual • Racheakt (2006)
Thadewaldt, A./Bauer, C.: Blutblume (2007) • Kreuzkönig (2006)
Valdorf, L.: Großstadtsumpf (2006)
Vertacnik, H-P.: Abfangjäger (2007)
Wark, P.: Epizentrum (2006) • Ballonglühen (2003) • Albtraum (2001)
Wilkenloh, W.: Feuermal (2006) • Hätschelkind (2005)